T. I. Lowe

Träume aus Meerglas und Sand

Über die Autorin

T.I. Lowe lebt mit ihrem Mann und ihrer Familie im US-Bundesstaat South Carolina und liebt es, besondere Geschichten zu schreiben. Mittlerweile hat sie bereits 20 Romane veröffentlicht, von denen *Sophies Café* ihr Debütroman war. Wenn Sie mehr über sie wissen möchten, besuchen Sie sie auf ihrer Homepage tilowe.com, auf Facebook unter *T.I. Lowe* und Instagram unter *tilowe.*

T. I. Lowe

Träume aus Meerglas und Sand

Roman

Aus dem Amerikanischen übersetzt
von Renate Hübsch

GerthMedien

Titel der Originalausgabe: Sea Glass Castle

Veröffentlicht bei Tyndale House Publishers, Inc. In Zusammenarbeit mit der Literaturagentur Browne & Miller Literary Associates, LLC, 52 Villages Place, Hinsdale, Il 60521.

1. Auflage 2024
Best.-Nr. 821042
ISBN 978-3-98695-042-2

Lektorat: Katharina Töws
Übersetzung: Renate Hübsch
Umschlagmotive: Kira Laktionov / unsplash.com (Verlagsausgabe);
romakoma / unsplash.com (Clubausgabe)
Umschlaggestaltung: Olaf Johannson, spoondesign.de
Satz: Apel Verlagsservice, Celle
Druck und Verarbeitung: GGP Media GmbH, Pößneck
Printed in Germany

www.gerth.de

Für meine Tochter Lydia Lu.
Wage es, über dein Schicksal selbst zu bestimmen.

Von allen Seiten werden wir von Schwierigkeiten bedrängt,
aber nicht erdrückt.
Wir sind ratlos, aber wir verzweifeln nicht.
Wir werden verfolgt, aber Gott lässt uns nie im Stich.
Wir werden zu Boden geworfen, aber wir stehen wieder auf
und machen weiter.
2. Korinther 4,8-9

1

Die Dunkelheit war ein Geschenk, denn sie verbarg fast alles, was Sophia Prescott verbergen wollte – die Trümmer ihrer Ehe, die noch nicht verblassten Narben und die kümmerlichen Reste ihres Selbstwertgefühls. Ihr Selbstwert war so gründlich erschüttert worden, dass mit ziemlicher Sicherheit keine Hoffnung mehr bestand, ihn jemals wiederherstellen zu können.

Die Schatten der Nacht hüllten das Leben barmherzig in den Mantel des Vergessens, und sei es nur für eine kurze Zeit am Montag. Jeden Sonntag nach der Kirche nahmen ihre Eltern Sophias zweijährigen Sohn mit zu sich, wo er über Nacht und bis zum Montagabend blieb. Und in dieser Zeit, die sie für sich allein hatte, verweilte Sophia in den Schatten, ließ zu, dass sie sich in Tränen auflöste, bevor sie sich um ihres Sohnes willen wieder zusammenreißen und vorzeigbar präsentieren musste. Collin verdiente sie ganz. Nicht in zerbrochenem Zustand.

Doch jeden Montag zerbrach sie.

Unter die dicke Bettdecke gekuschelt, riss Sophia die Augen auf, als das leise Klicken der sich schließenden Tür ihre Aufmerksamkeit erregte. Da sie wusste, was auf sie zukam, wappnete sie sich für den Kampf, umklammerte die Decke mit beiden Händen und kniff die Augen wieder zu.

Sie wusste, dass sie keine Chance hatte, als ihr die Decke von kräftigen Armen weggezogen wurde und gleißendes Licht an den zurückgezogenen Vorhängen vorbei hereinströmte.

„Lass das, Opal!“, kreischte Sophia. „Es ist viel zu hell!“ Sie vergrub den Kopf unter dem Kissen, in der Hoffnung, dem Licht und allem anderen, was auch immer ihre unternehmungslustige Freundin vorhatte, zu entkommen. Warum nur hatte sie ihr einen Schlüssel und damit die Erlaubnis gegeben, jederzeit hereinplatzen zu können?

„Unsinn. Es ist ein herrlicher Sommertag. Ein Tag, der dazu einlädt, im Freien zu sein und ihn zu genießen. Komm! Lass uns rausgehen und eins werden mit der Natur.“ Opal zog ihr nun auch das Kissen weg.

Sophia öffnete die Augen gerade noch rechtzeitig, um es durch den Raum fliegen zu sehen. „Ich wohne auf einem Golfplatz. Ganz bestimmt nicht das, womit ich *eins* sein will“, brummte sie und setzte sich auf, um ihre beste Freundin mit ihrem finstersten Blick zu fixieren.

Opals funkelnde grüne Augen verloren nie ihre Fröhlichkeit. Im Moment schien auch eine gewisse Belustigung darin zu liegen. „Der Golfplatz ist sehr schön gestaltet. Lass meinen Vater nicht hören, dass du seinen Platz schlechtmachst.“

„Ich zahle ihm die Miete für diese Wohnung, also kann ich so viel darüber lästern, wie ich will.“ Sophia rieb sich die Augen und wünschte, wenn sie sie wieder öffnete, wäre die Dunkelheit zurück. Aber sie kannte Opal Gilbert Cole zu gut. Es gab keine andere Möglichkeit, als mit ihr mitzugehen. Sie erhob sich mühsam aus dem Bett und lehnte sich gegen die Wand. „Was hast du vor?“

„Oh, eine ganze Menge.“ Opal grinste und drehte ihre goldroten Locken zu einem unordentlichen Knoten zusammen, wobei die blonden Spitzen in alle Richtungen abstanden. „Aber ich gebe mich damit zufrieden, dass du mir heute hilfst, ein Rätsel zu lösen."

„Es ist Montag. Solltest du nicht arbeiten?" Sophia beobachtete, wie Opal sich von ihr entfernte, und begann, in ihrem Schrank herumzukramen. Es war ein schlichtes weißes Möbelstück, das zum Küstenthema der Wohnung passte. Als sie eingezogen war, war sie ziemlich überrascht gewesen, nicht in jedem Detail der Wohnungseinrichtung Opals Handschrift wiederzuerkennen, aber da es sich um eine Mietwohnung handelte, hatte Opals Familie sie wohl etwas neutraler gestalten wollen. In der Stadt hieß Opal nur die Möbelfee, und diesen Titel hatte sie sich redlich verdient, denn sie verstand es, aus jedem alten Stück auf magische Weise etwas ganz Neues zu zaubern.

Opal war dafür bekannt, dass sie diese Magie auch bei Menschen einsetzte, also war Sophia vorsichtig, was die Aufmerksamkeit anging, die ihr zuteilwurde. Sie starrte auf die Badezimmertür und überlegte, ob sie sich darin einschließen sollte, um dem zu entgehen, was jetzt passieren würde.

„*Bless This Mess** hat montags nicht geöffnet, das weißt du ja. Und es gibt gerade keine dringenden Aufträge für Möbelrestaurierungen." Opal warf eine dunkelrote Strumpfhose und ein grau-orange gestreiftes T-Shirt-Kleid aufs Bett, zwei Stücke, die Sophia noch nie miteinander kombiniert hatte. Das würde auch heute nicht passieren. „Außerdem habe ich heute andere dringende Angelegenheiten auf dem Plan."

„Wovon redest du?" Sophia verschränkte die Arme, als Opal auf den Kleiderstapel zeigte. „Ich bin übrigens schon angezogen."

---

* zu Deutsch in etwa: „Segne diese Unordnung"

Opal kniff die Augen zusammen, und ihr Blick glitt über das schlichte schwarze Shirt und die Yogahose, die Sophia trug. „Schwarz hat dir noch nie gestanden. Es lässt selbst deine türkisfarbenen Augen blass aussehen", flötete Opal, als stünde ihr jedweder Kommentar über die Wahl von Sophias Outfit zu.

Mit einem vernichtenden Blick schnippte Sophia mit einer Hand in Richtung von Opals knallblauen Bermudashorts und psychedelischem Neckholder-Top, das sie nur ansehen musste, damit ihr schwindelig wurde. „Willst du mich ärgern?"

Opal tänzelte im Kreis herum und wackelte mit dem Hintern. „Wenigstens sehe ich nicht aus wie eine lebende Leiche. Ich bin groovy, Baby!" Sie gab ihre beste Austin-Powers-Imitation zum Besten. Die *Sand Queens* hatten den Film aus den späten Neunzigern mehrmals gesehen.

Das zauberte Sophia fast ein Lächeln auf die zusammengepressten Lippen. *Fast.* „Opal, hör auf, in Rätseln zu reden, und spuck endlich aus, was für eine hirnrissige Idee du für heute hast." Sie ließ sich aufs Bett fallen und schnaufte. „Oder besser: Lass es bleiben und sag, wir hätten es gern getan. Und schließ die Tür hinter dir ab."

„Nein, im Ernst." Opal griff nach Sophia und zerrte an ihrem Arm, bis die nachgab und sich auf die Bettkante setzte. „Jemand ist nebenan eingezogen, und das ist mir ein bisschen suspekt. Ich möchte, dass du rüberkommst und mir mitteilst, was dein Instinkt sagt."

„Mein Instinkt ist derzeit echt übel drauf", murmelte Sophia und ließ ihren Blick auf ihre Hände fallen, die in ihrem Schoß ruhten. Zum ersten Mal seit Jahren waren ihre Nägel frei von Acryl und Lack. Und zum ersten Mal seit Jahren hatte sie nicht das Bedürfnis, etwas dagegen zu tun.

„Das Einzige, was hier übel ist, ist dein Atem. Puh!“ Opal rümpfte die Nase und wies mit dem Kinn in Richtung Bad. „Tu mir einen Gefallen und ändere das.“

Es dauerte noch eine ganze Weile, bis Sophia sich dazu überreden ließ, sich die Zähne zu putzen und die Haare zu bürsten. Doch sie weigerte sich entschieden, ihre Kleidung zu wechseln. Wenn Opal sie aus der Wohnung zerren würde, dann nur im schwarzen Schleier der Finsternis. Nachdem sie sich eine riesige Sonnenbrille und einen ebenso riesigen Sonnenhut aufgesetzt hatte, schleppte sich Sophia zu Opals Wagen und fragte sich, wie sie es vermeiden konnte, dabei über ihre Unterlippe zu stolpern.

„Ich bin so froh, dass die *Sand Queens* wieder mal zusammen sind!“ Opal ging um den Tisch auf ihrer Terrasse herum und nahm sich ein Glas Limonade, bevor sie sich auf einen Gartenstuhl setzte. Sophia tat es ihr gleich. Der Sommertag war warm und sonnig und eine Brise trug das Lachen der Strandbesucher und das Kreischen der Möwen heran.

„Ich auch“, stimmte Josie zu, die bereits am Tisch saß, und strich sich eine Strähne ihres weißblonden Haares hinters Ohr. „Zwei Monate, ohne sich zu treffen – das ist entschieden zu lange. Ich bin froh, dass ich August überredet habe, mir den Nachmittag vom Camp freizugeben.“

„Dein Mann weiß eben, wie wichtig wir dir sind – er würde dir *natürlich* eine Auszeit geben“, sagte Opal in diesem leicht übertriebenen Tonfall, der eine versteckte Botschaft in sich trug.

Sophia verstand die Botschaft genau, beschloss aber, sie zu ignorieren. Ja, sie war es, die die beiden anderen versetzt hatte, und zwar hartnäckig. So war das Leben. Und in den letzten Monaten, die sich fast schon nach *Jahren* anfühlten, hatte das Leben ihr einen Teller voller Ungerechtigkeiten serviert.

„Sophia, freust du dich nicht, dass wir heute Zeit zusammen haben?", fragte Josie mit dieser leisen Stimme, die nie so recht zu ihr passte. Während sie auf ihre Antwort wartete, schob sie Sophia ein Glas mit Limonade über den Tisch und nahm selbst einen Schluck.

Sophia betrachtete Josies lange Finger, die voller bunter Farbe waren.

„Nichts gegen euch beide, aber ich verbringe meinen Montag lieber allein … mir geht so vieles durch den Kopf." Ja, die Wärme der Sonne und die sanfte Brise auf ihrer Haut fühlten sich gut an, aber das spielte jetzt keine Rolle.

„Oh, darauf wette ich. Hast du vor, Collin im Herbst für das Vorschulprogramm der Gemeinde anzumelden? Ich habe gehört, wie Mama gestern nach der Sonntagsschule mit dir darüber gesprochen hat." Opal nahm einen Schluck von ihrem Drink und warf Sophia einen unschuldig aussehenden Blick zu, der in Wirklichkeit ausdrückte, dass sie sich in fremde Angelegenheiten einmischte.

Sophia stieß einen langen Seufzer aus. „Er muss erst trocken sein, bevor sie ihn nehmen."

„Oh, das ist ganz einfach", sagte Opal schulterzuckend. „Ein paar Tutorials auf YouTube und dann besorgst du ihm eins von diesen Kinderklos."

„Ich möchte, dass er aufs Töpfchen geht, wenn er dazu bereit ist. Bis jetzt hat er kein Interesse daran." Sophia rieb ihren linken Daumen am linken Ringfinger und konnte nicht verhindern, dass sie zusammenzuckte, als sie die Leere spürte, wo früher ihr Ring gewesen war. Die Geste hatte sie sich angewöhnt, nachdem Ty ihr den auffälligen Verlobungsring an den Finger gesteckt hatte. Den Ring an ihrem Finger zu berühren, hatte ihr immer Trost gespendet und sie an ihr gegenseitiges Versprechen erinnert. Sie hatte immer noch Mühe zu begreifen, dass der Ehering – und die Versprechen, für die er stand – nicht mehr zu ihr gehörte.

„Ach, sicher willst du Collin doch ein bisschen auf die Sprünge helfen. Die Vorschule wäre eine gute Gelegenheit für ihn, mit Gleichaltrigen zusammenzukommen. Und du könntest dir wieder einen Job suchen." Josie lächelte, schien aber unsicher zu sein. Sie war nicht annähernd so gut darin, im Leben anderer herumzupfuschen, wie Opal es war.

Sophia nahm ihre Sonnenbrille ab und taxierte die beiden Frauen mit großen Augen. Sie fragte sich, worauf sie hinauswollten. „Ich kriege Unterhalt und Kindergeld und habe eine schöne Abfindung. Ich brauche keinen Job."

Tys PR-Team hatte den größten Teil seines Schmutzes schnell unter den Teppich gekehrt, und die Anwälte waren noch schneller dabei gewesen, alle Formalitäten zu erledigen und die Scheidung durchzukriegen. Sophia hatte lediglich eine Verschwiegenheitserklärung über die Missbrauchsvorwürfe unterschreiben müssen, die ihr untersagte, jemals öffentlich darüber zu sprechen, und das war für sie in Ordnung. Sie hatte zugestimmt, nachdem eine Klausel hinzugefügt worden war, wonach Ty sich einer Therapie unterziehen musste, um seinen Jähzorn in den Griff zu kriegen, und er Collin nur unter Aufsicht besuchen durfte.

„Das ist Blödsinn. Dein starkes Rückgrat hat noch nie zugelassen, dass sich mal jemand anders um dich kümmert und …"

Bevor Opal ihre Tirade fortsetzen konnte, fiel Josie ihr ins Wort. „Aber ein Job wäre ein guter Grund, um aus dem Haus zu kommen und unter Erwachsenen zu sein. Außerdem bist du zu talentiert, um zu Hause zu versauern. Du solltest was aus deinen Gaben machen."

Sophia hatte vor Kurzem nicht nur das Scheitern ihrer Ehe, sondern auch das Scheitern ihrer Karriere erleben müssen. Als *Southeastern Public Relations* zwischen einer ersetzbaren Referentin und ihrem Starathleten wählen musste, war die Entscheidung für Sophias Entlassung nicht schwergefallen.

„Ach, wirklich? Bei *Southeastern* denkt man ja anscheinend, ich bin nicht mehr als eine billige Arbeitskraft, der es irgendwie recht geschieht, wenn sie von ihrem berühmten Mann fertiggemacht wird, weil sie ihn mit einer anderen Frau im Bett erwischt hat", schnappte Sophia und knallte ihr Glas auf den Tisch, sodass eine Fontäne aus blassgelber Flüssigkeit auf die Tischplatte schwappte. Das reichte als Ventil für ihre aufgestaute Wut nicht, sodass sie mit den Füßen auf den sandigen Terrassenboden stampfte.

Sophia hatte immer eine treffsichere Intuition besessen. Sie war ein Ass, wenn es darum ging, diese Fähigkeit zum Wohle anderer einzusetzen und die Kunden der Firma aus gefährlichen Fahrwassern herauszumanövrieren. Bei ihr selbst klappte das allerdings weniger. Ihr Gespür hatte ihr nicht im Geringsten genutzt, wenn es um den Schönling mit dem rotbraunen Haar, dem schimmernden Teint und dem unwiderstehlichen Lächeln ging. Ty Prescotts umwerfende Fassade hatte sie genauso getäuscht wie die Massen seiner Fans. Es waren inzwischen

Monate vergangen, seit Ty seine Maske abgelegt und damit auch einen Teil ihrer Seele geraubt hatte, und immer noch hatte sie mit den Trümmern zu kämpfen. Sie war so wütend auf sich selbst, weil sie zugelassen hatte, dass es überhaupt passiert war. Das Schlimmste daran war, dass sie nicht nur sich selbst, sondern auch ihren Sohn im Stich gelassen hatte.

„Warum gibst du so viel darauf, was die denken, wenn du dir sicher bist, dass es nicht wahr ist?“, fragte Opal, die genau wusste, welchen Knopf sie drücken musste. „Du benimmst dich seitdem, als hätten sie recht.“

Monatelang hatte Sophia zugelassen, dass die Umstände ihr diktierten, was sie von sich selbst hielt. Die einzigen Tage, an denen sie Hoffnung hatte, dass die Dinge sich zum Besseren wenden würden, waren die Tage, an denen sie ihr Baby zum Lächeln bringen konnte, und das geschah nicht annähernd so oft, wie es sollte. Ein Satz, den ihre Großmutter einmal gesagt hatte, flimmerte durch ihre Gedanken, während sie mit den Fäusten gegen die Lehne ihres Liegestuhls hämmerte und damit ihren Sonnenhut zum Wackeln brachte. „*Unterschätze niemals die Macht eines guten alten Wutanfalls.*“

Der Nebel der Niedergeschlagenheit lichtete sich kurz und Sophia leistete sich einen glorreichen Ausraster. „Ich bin kein Nobody! Ich habe genauso viel Talent wie dieser Superbekloppte, der nichts kann, als mit einem Ball über ein bescheuertes Spielfeld zu rennen! Am liebsten würde ich ihm sein blödes Grinsen aus der Fr… hämmern! Ich werde ihm schon noch zeigen, dass er mich nicht kleingekriegt hat!“

Opal nickte überschwänglich. „Bravo, meine Liebe!“

„Hä?“, schnappte Sophia zurück, und heiße Tränen liefen über ihr gerötetes Gesicht.

„Du bist wieder lebendig!“ Opal machte ein Victoryzeichen, stand auf und hüpfte über die Terrasse. „Sie lebt! Halleluja!“ Sie drehte sich wieder zu Sophia um und schüttelte sie an den Schultern. „Eine bange Minute lang dachte ich, du hättest dich in einen Roboter verwandelt.“ Als Opal kicherte, folgte ein leises Glucksen von Josie, und das brachte Sophia zum Schnauben, bis das Ganze sich zu einem schallenden Gelächter zu dritt steigerte.

Das war Opal in ihrem Element. Sie drehte und wendete eine heikle Situation immer so lange, bis sie herausfand, wie sie die Spannung entschärfen konnte. Das war einer der Gründe, warum Sophia sie so gern hatte – und auch der Grund, warum sie Opal die Hälfte der Zeit am liebsten in ihre kleine Stupsnase kneifen wollte.

„Also, Mädels, es tut mir leid … Es fällt mir nur schwer, die Kurve zu kriegen.“ Sophia schüttelte den Kopf. „Ich hätte nie gedacht, dass ich mich von einem Mann so manipulieren lassen oder zulassen würde, dass er aus Wut Hand an mich legt.“

Josie ging zu Sophia und hockte sich vor ihren Stuhl. „Ich wünschte, du hättest uns anvertraut, was wirklich los war.“

„Es war mir peinlich. Ist es immer noch.“ Sophia sah zu, wie Opal sich zu Josie vor ihren Gartenstuhl gesellte, und angesichts der geballten Mauer an Unterstützung, die die beiden bildeten, verspürte sie eine Enge in der Brust. Sie räusperte sich und flüsterte: „Es ist nicht oft passiert, aber doch oft genug, um Spuren zu hinterlassen. Er hat es fertiggebracht, dass ich an meiner Kraft und an meinem Charakter gezweifelt habe. Ich hasse es, wenn ich schwach bin.“

„Schon ein einziges Mal ist viel zu oft.“ Opal legte Sophia die Hand aufs Knie. „Und wer sagt überhaupt, dass du schwach bist?“

Die Frage erwischte Sophia auf dem falschen Fuß, sodass sie nur mit einem halbherzigen Achselzucken antwortete.

„Du bist diejenige, die über dein Selbstwertgefühl bestimmt. Lass es dir nicht von den Umständen diktieren. Zeig Ty und der ganzen Welt, dass du immer noch die Frau mit dem superklugen Köpfchen und dem ausgeprägten Ehrgeiz bist, die sich von nichts und niemandem unterkriegen lässt."

Josie wippte zustimmend mit dem Kopf. „Opal hat recht. Du hast alles erreicht, was du dir je vorgenommen hast. Du bist die ehemalige Miss Sunset Cove, du warst Kapitänin des Cheerleader-Teams, hast bei deinem Schulabschluss die Abschiedsrede gehalten, du hast als Abschlussprojekt die Initiative für den Schutz unserer Strände gegründet, während der Rest von uns sich damit begnügt hat, ein langweiliges Referat zu schreiben ..."

„Diese Initiative hat mich begeistert!" Opals Gesicht leuchtete vor Bewunderung, Josies ebenso. „Mädel, du hast die ganze Stadt *und* meinen Daddy, den Senator, dazu gebracht, sich dafür einzusetzen, dass unser Strand abfallfrei und unbelastet bleibt."

Sie taten das, was die *Sand Queens* am besten konnten: Wenn das Leben versuchte, sie in die Knie zu zwingen, konzentrierten sie sich auf das Gute und Positive – oder halfen sich dabei, es wieder zu sehen, wenn eine von ihnen es aus dem Blick verloren hatte.

Sophias Tränen der Wut verwandelten sich in Tränen der Dankbarkeit, und sie beugte sich vor und umarmte die beiden wunderbaren Freundinnen, mit denen Gott sie schon so lange, wie sie sich erinnern konnte, beschenkt hatte. Obwohl Sophia den beiden anderen altersmäßig und in der Schule ein Jahr voraus war, waren die drei immer unzertrennlich gewesen.

Nach der herzlichen Umarmung zu dritt setzte jede sich wieder auf ihren eigenen Stuhl, und schließlich fragte Sophia, nachdem sie ihren Hut wieder zurechtgerückt hatte: „Was war das vorhin über diesen geheimnisvollen neuen Nachbarn?"

„Es gibt keinen geheimnisvollen …"

„Ich glaube, letzte Nacht ist ein Vampir eingezogen." Opal war Josie rasch ins Wort gefallen, aber Sophia tat es mit einer Handbewegung ab, als sie begriff, was die Freundin gerade von sich gegeben hatte.

„Ein Vampir?" Sie wischte sich die letzten Tränen von den Wangen und verdrehte die Augen über Opals absurde Worte.

„Ja. Möglicherweise sogar zwei." Opal lehnte sich verschwörerisch zu Sophia und Josie vor und blickte sich um. Sie wies mit dem Kinn zu dem weißen Strandhaus mit graublauen Fensterläden rechts von Opal. „Gestern spät am Abend kam ein Umzugswagen mit zwei Männern, die im Dunkeln herumschlichen. Als ich frühmorgens aufs Klo musste, waren sie immer noch beschäftigt. Dann wurde es unheimlich still da drüben."

Sophia hielt Ausschau nach einem Lebenszeichen von nebenan. Hinten auf der Terrasse waren moderne Gartenmöbel aufgestellt worden und ein Strandfahrrad war an die Hauswand gelehnt, aber nichts schien ungewöhnlich. Sie setzte die Sonnenbrille wieder auf und wollte gerade den Blick abwenden, als der Vorhang am Küchenfenster flatterte und die Andeutung einer schattenhaften Gestalt freigab. Sophia setzte sich aufrecht hin, neigte den Kopf zur Seite und flüsterte: „Jemand ist in der Küche." Sie hörte Opal nach Luft schnappen und Josie prusten.

Alle drei standen auf, gingen ans Geländer der Terrasse und lehnten sich darüber, als ob sie dadurch nahe genug herankommen würden, um mehr zu sehen. Sophia wusste, dass sie wie ein Trupp neugieriger Gaffer aussahen, aber sie lehnte sich weiter vor, bis vom Nachbarhaus ein lauter Knall ertönte. Die drei Frauen schrien vor Schreck laut auf.

„Was war das?", flüsterte Sophia, duckte sich hinter das Geländer und legte ihre Hand auf ihren Brustkorb, in dem ihr Herz laut pochte.

„Siehst du!" Opal hockte sich neben sie. „Ich hab' doch gesagt, dass mit ihm etwas nicht stimmt."

„Woher weißt du überhaupt, dass es ein *Er* ist?" Sophia kniff die Augen zusammen und schaute zu Josie hinüber, die sich wieder auf ihren Stuhl gesetzt hatte und sich nun zurücklehnte, offensichtlich die einzig Vernünftige in der Runde. Sophia stand auf und tat es ihr gleich.

„Ich habe es dir schon gesagt. Es sind zwei Männer, und ich habe gestern Abend gesehen, wie sie Sachen reingeschleppt haben. Da war auch so eine lange Kiste dabei." Opal breitete die Arme aus und riss die Augen weit auf, während sie sich wieder setzte. „Ich bin mir ziemlich sicher, dass es ein Sarg gewesen sein könnte."

Josie schnaubte erneut. „Hör auf zu spinnen, Dummchen, und vergiss das ganz schnell."

Opal wischte sich den Sand von ihren Shorts. „Ich meine es ernst. Das Haus steht leer, seit Mrs Clark letztes Jahr verschwunden ist …" Wieder riss sie die Augen auf. „Oooh! Der Nachbar war's!"

„Ja, genau, mit dem Kerzenständer aus dem Esszimmer!", warf Josie mit beißendem Sarkasmus ein. „Ich habe die seltsamsten Freundinnen der Welt", murmelte Sophia und stützte den Kopf in die Hände.

Josie ignorierte die Stichelei und wandte sich an Opal: „Du weißt doch, dass Mrs Clark zu ihrer Schwester nach Florida gezogen ist."

„Sagt man zumindest …" Opal brach ab und sie wies mit dem Finger auf das Haus nebenan. „Sie könnte die ganze Zeit im Keller versteckt worden sein."

„Dein eigener Mann hat erst letzten Monat die Renovierung des Hauses mit beaufsichtigt. Linc hätte sicher eine alte Dame bemerkt, die irgendwo gefesselt im Keller hockt." Josie verdrehte die Augen, nahm sich einen Keks vom Teller und schnupperte vorsichtig daran. „Die hast du nicht selbst gebacken, oder, Opal?"

„Du weißt, dass Linc mich nicht mal in die Nähe des Backofens lässt. Momma hat sie gemacht." Opal trommelte mit den Fingerspitzen auf den Tisch, den Blick weiter auf das Haus nebenan gerichtet. Plötzlich zuckte sie so heftig zusammen, dass Sophias allmählich schwindende Aufmerksamkeit wieder geweckt wurde. „Der Vorhang hat sich wieder bewegt!"

Sophia richtete ihren Blick nach nebenan. Alles, was sie sehen konnte, waren Schatten, die sich hinter den Fenstern bewegten. Sie schienen ziellos und ohne eine bestimmte Richtung herumzuwandern. Genau wie sie in letzter Zeit.

„Ich denke, wir sollten rübergehen und sehen, was los ist."

„Wir tun nichts dergleichen", befahl Josie, während sie noch zwei Kekse nahm, von denen sie einen an Sophia weiterreichte. „Im Ernst, Opal, das reicht jetzt. Wenn du so weitermachst, rufe ich Linc an, damit er dich aus dem Verkehr zieht."

Sophia schnupperte aus Gewohnheit an dem Keks, da er von Opal kam, und roch nur den köstlichen Duft von Vanille und Schokoladensplittern. Sie nahm einen Bissen und kaute abwesend, während ihr langsam bewusst wurde, dass ihrer benebelten Aufmerksamkeit etwas entgangen war. Warum verhielt sich Opal so sonderbar und warum reagierte Josie so heftig auf das alles? Offensichtlich kapierte sie gerade nicht, was vor sich ging. Aber es war ihr nicht wichtig genug, um einen Versuch zu machen, es herauszufinden.

2

Am Abend zuvor waren der Geruch von frischer Farbe und der Zitrusduft, den die Putzkolonne hinterlassen hatte, noch sehr einladend gewesen. Aber nachdem Weston Sawyer die ganze Nacht durchgearbeitet und Umzugskartons ausgeräumt hatte, bis die Sonne aufging, hatte er genug davon. Er sah mit müden Augen auf die Uhr und stellte fest, dass es schon nach Mittag war. Das Einzige, was er jetzt noch mit seinen Sinnen wahrnehmen wollte, war der Duft von frischem Kaffee. Sofort.

„Sieht so aus, als wäre die Nachbarschaftswache schon auf dich aufmerksam geworden“, murmelte Seth, der aus dem Küchenfenster von Wes’ neuem Zuhause schaute.

Wes durchwühlte die dritte Kiste mit der Aufschrift *Küche* in der Hoffnung, die Kaffeemaschine zu finden. Wenn seine Suche erneut ergebnislos verlief, würde er zur Tür hinausmarschieren, um irgendeine Form von Koffein zu finden. „Wieso das denn?“

„Auf der Terrasse nebenan sitzen drei Frauen und beobachten uns. Sind schon eine ganze Weile da.“

„Aha!“ Wes hielt die Kanne der Kaffeemaschine hoch, als wäre sie ein Hauptgewinn. Als Nächstes zerrte er das Maschinenteil aus dem Karton und ging damit zum Tresen, um es in Betrieb zu nehmen. Während er die Kanne mit Wasser füllte, schaute er aus dem Fenster und entdeckte sein Publikum. Eine Blondine aß Kekse, während eine andere Frau mit einem riesigen Sonnenhut und Sonnenbrille in ihrem Stuhl zu schmelzen schien, so tief war sie in sich zusammengesunken. Über die dritte, die wild mit den Händen herumfuchtelte, konnte er nur grinsen. „Die Rothaarige ist meine neue Nachbarin, Opal Cole. Ihr Mann hat das Haus und die Praxis für mich umgebaut." Wes begutachtete den Raum und war beeindruckt von den klaren Linien der Küche. Die weißen Marmorarbeitsplatten mit dezenter Maserung waren mit nichts zu vergleichen, was er je in seinem Haus gehabt hatte. Angesichts der espressobraunen Holzböden und der klaren grauen Wände kam er zu dem Schluss, dass das auch für alles andere galt. Lincoln Cole hatte perfekte Arbeit geleistet.

„Oh." Seth sah weiter aus dem Fenster. „Sie hat vorhin die Kekse vorbeigebracht, stimmt's?"

„Ja. Sie hat geschworen, sie hätte sie nicht selbst gebacken. Was auch immer das bedeutet." Wes löffelte den gemahlenen Kaffee in den Filter und atmete tief den kräftigen Duft ein. „Die werden gut zum Kaffee schmecken. Ich hoffe, mit dem Zucker und dem Koffein können wir genug Energie aufbringen, um noch ein paar Zimmer einzurichten, bevor ich dich zum Flughafen bringen muss." Er blickte seinen Bruder aus dem Augenwinkel an. Es war, als würde er in den Spiegel schauen, nur dass aus dem Anblick seines Bruders eine ungetrübte Seele sprach, was für Wes nie wieder der Fall sein würde. „Ich wünschte, du könntest länger bleiben als nur einen Tag."

Seth wandte sich vom Fenster ab und griff nach einem weiteren Karton. „Ich habe diesen lausigen Umzugswagen den ganzen Weg hierhergefahren und dir den größten Teil der Nacht beim Ausladen geholfen. Ich betrachte meine brüderlichen Pflichten als erfüllt.“ Seths spöttisches Grinsen verschwand, als er stolperte und den Karton fallen ließ, woraufhin ein explosives Klirren ertönte.

„Mann, wenn du meine Töpfe ruinierst …“ Wes ging hinüber und löste das Klebeband vom Deckel, damit er den Inhalt inspizieren konnte.

Seth stieß ein verärgertes Schnauben aus. „Du stellst dich wegen allem immer gleich so an, mein Alter. Das sind doch nur Töpfe und Pfannen.“

„Was ist falsch daran, wenn ich gern sorgsam mit dem umgehe, was mir gehört?“ Wes verstummte, als ihm klar wurde, was er gesagt hatte. Genau darin hatte er versagt – sorgsam mit dem umzugehen, was zu ihm gehörte, als es am wichtigsten gewesen wäre. Ohne den Inhalt des Kartons zu überprüfen, stand er auf und ging zurück zur Kaffeemaschine. Sein Blick haftete an dem Strahl dunkelbrauner Flüssigkeit, der plätschernd und zischend herabfloss und die Kanne füllte, und er legte beide Hände in den Nacken.

„Ich hoffe, du gibst diesem Neuanfang eine echte Chance, Wes.“ Seth trat hinter ihn und klopfte ihm auf die Schulter. „Du weißt, dass es an der Zeit ist. Du verdienst es, wieder glücklich zu sein.“

Der Verkauf des Hauses, in dem zu viele Träume zerbrochen waren, und der Abschied von der erfolgreichen Praxis, die er in Alabama von Grund auf mit aufgebaut hatte, sollten das Ende eines langen, schwierigen Kapitels sein. Und die Unterzeichnung der Papiere für den Kauf des Strandhauses und der kleinen Arztpraxis in Sunset Cove der Beginn eines neuen, ruhigeren Kapitels.

Bislang war Wes in dem Teil der Geschichte gefangen, der eine tragische Wendung genommen hatte. Er war sich nicht sicher, ob er jemals herausfinden würde, wie er einem neuen Kapitel eine echte Chance geben könnte. Das Einzige, was ihm Halt gab, war immer noch sein Glaube an Gott.

Seth drückte seine Schulter. „Hörst du mich, Mann?"

Wes löste die Hände von seinem Nacken und füllte zwei Tassen mit Kaffee. „Glücklich war ich mal." Er hob eine der Tassen und atmete den Duft ein, bevor er einen Schluck nahm. „Ich bin nicht hergekommen, um hier nach Glück zu suchen. Ich will nur etwas Frieden und Ruhe."

Seth streckte die Hand aus und griff nach der anderen Tasse. „Es ist mehr als drei Jahre her …"

„Und doch fühlt es sich so an, als wäre es erst gestern gewesen." Kopfschüttelnd ging Wes zu der geräumigen Frühstücksecke hinüber, die von Erkerfenstern umgeben war, und ließ sich in einen Stuhl mit Blick auf den Ozean plumpsen. Der massive weiße Tisch mit einer maßgefertigten Sitzbank an der Rückseite und Stühlen an den anderen drei Seiten war schlicht und doch bequem. Er war wie alle anderen Möbelstücke neu.

Seine alten Möbel hatte er in einem Lagerraum zurückgelassen, ebenso wie alle übrigen materiellen Gegenstände aus seinem letzten Lebenskapitel. Zu schade, dass er das nicht auch mit seinen Erinnerungen so machen konnte.

Zum hundertsten Mal las er das Namensschild an der Tür zu seinem Büro. *Dr. med. Weston Sawyer.* Es war sein Name, doch er war nicht sicher, ob er wirklich die neue Tür zieren sollte. Als es klopfte, war er mit wenigen Schritten bei der Eingangstür, öffnete sie und bedeutete dem älteren Herrn mit dem schlohweißen Haar und dem üppigen Schnurrbart, einzutreten.

„Sind Sie sicher, dass Sie Ihre Praxis wirklich hinter sich lassen wollen?", fragte er den älteren Arzt, während sie in sein Büro gingen. Wes hatte den Großteil der ersten drei Tage in der Carolina-Kinderambulanz damit verbracht, Fragen zu beantworten, warum Doc Nelson nicht da war. Die meisten wollten wissen, ob es möglich wäre, ihn anzurufen und um eine zweite Meinung zu bitten. „Anscheinend ist die Stadt noch nicht bereit für mich", murmelte er.

Der Doc ließ sich auf dem Stuhl vor Wes' Schreibtisch nieder und faltete die Hände über seinem Bauch, der schon leicht rundlich war. „Junge, ich stehe mit einem Fuß im Grab und mit dem anderen auf einer glitschigen Bananenschale. Ich bin noch nicht bereit, einfach in die Grube zu rutschen. Muss erst noch ein paar hübsche Angeltouren machen, und wenn ich hierbleibe, habe ich dafür keine Zeit."

Wes saß in seinem Stuhl und achtete auf eine gerade Haltung. Der Doc hatte ihn vom ersten Tag an *Junge* genannt, aber mit seinen siebenunddreißig Jahren fühlte sich nichts mehr an ihm jung an. „Aber …"

„Du weißt, wo du mich findest, wenn du mich brauchst. Nach dem, was ich von Agnes gehört habe, kommst du hier gut zurecht. Bisher gab es keine Beschwerden, das ist ein gutes Zeichen."

„Nun, wenn Sie nicht hier sind, um mich rauszuwerfen, was verschafft mir dann diese Ehre?" Wes verschränkte die Finger und versuchte, nicht den Atem anzuhalten, denn er wusste, dass etwas nicht stimmte.

„Agnes und ich haben darüber gesprochen, und wir haben beschlossen, dass es auch für sie Zeit ist, sich zur Ruhe zu setzen." Der Doc nickte wieder, wobei seine beeindruckende Mähne auf und ab wippte.

Wes setzte sich aufrechter hin. „Aber Sie haben doch gesagt, sie würde hier sein, um mir bei der Einarbeitung zu helfen." Ungläubig schüttelte er den Kopf und rieb sich das Kinn. „Ich habe keine Zeit, mich um die Patienten zu kümmern *und* die Praxis zu organisieren. Vor allem, wenn ich mich mit Ihrem veralteten Papierablagesystem herumschlagen muss. Ihre Frau hat versprochen, noch eine Weile weiterzumachen."

Gutmütig griff der Doc nach Wes' Arm über den Schreibtisch und tätschelte ihn. „Beruhige dich, Junge. Agnes ist bereits auf der Suche nach einer neuen Bürokraft. Und sie lässt dich nicht im Stich, bis sie einen Nachfolger oder eine Nachfolgerin eingearbeitet hat."

Wes stand auf und atmete tief aus, auch wenn er sich nicht wirklich besser fühlte.

„Okay. Haben Sie noch mehr Überraschungen für mich, bevor ich für heute die Türen öffne?", fragte er, während er sein Jackett auszog und es durch seinen weißen Laborkittel ersetzte. Nachdem er das Stethoskop umgehängt und seine Krawatte zurechtgerückt hatte, ging er zur Tür und wartete auf die Antwort des Docs.

„Nein." Nachdenklich strich sich der Doc den Schnurrbart glatt. „Aber ich melde mich, sobald ich etwas Neues weiß." Während er langsam aufstand, ächzten seine Knie. „Junge, mach dir keine Sorgen um Dinge, die du nicht kontrollieren kannst."

„Ich werde mein Bestes geben, aber Sie wissen ja, wie ich bin." Wes gluckste leise und nahm die väterliche Umarmung des alten

Mannes an, bevor sie das Büro verließen. Der Doc rügte ihn gern für sein zwanghaftes Bedürfnis, sich an einen genauen Plan zu halten. Auf grausame Weise hatte das Leben ihm bewiesen, dass die meisten Dinge außerhalb seiner Kontrolle lagen, also tat er sein Bestes, um alles, was er kontrollieren *konnte,* fest im Griff zu haben. Als er sich in dem frisch gestrichenen blauen Flur umsah und dann auf den Mann blickte, der neben ihm stand, begann er daran zu zweifeln, dass er in seiner momentanen Lage überhaupt irgendetwas unter Kontrolle hatte.

„Gib mehr als dein Bestes", erwiderte der Doc lächelnd und steuerte auf das Büro seiner Frau am Ende des Flurs zu.

Das erste Mal hatte Wes Dr. Wallace Nelson elf Jahre zuvor auf einer Konferenz getroffen, auf der der rüstige alte Mann der Hauptreferent gewesen war. Sobald er seinen Platz hinter dem Podium eingenommen hatte und in seinem schweren Südstaatenakzent zu sprechen begann, schienen alle Anwesenden von ihm bezaubert zu sein. Tatsache war, der Mann verstand sein Handwerk, wenn es um Kinderheilkunde ging. Er hatte genau die richtige Mischung aus alter Schule und modernster Wissenschaft, um bei einem kranken Patienten, der Hilfe brauchte, das Richtige zu tun. Wes wusste, dass er sich glücklich schätzen konnte, den brillanten Mann seinen Mentor nennen zu dürfen, auch wenn der Doc ihn immer wieder mit den schrulligsten Lebensweisheiten bedachte. Wes erinnerte sich an einige der weisen Sprüche, mit denen der Doc ihn im Laufe der Jahre beglückt hatte, und musste leise lachen. Nach einem kurzen Stoßgebet ging er nach vorn in die Praxis, um den Tag zu beginnen.

Hier hatte er mit Ohrenschmerzen, Nasennebenhöhlenentzündungen und Wellnessbesuchen zu tun, was sich anfühlte wie ein laues Lüftchen im Vergleich zu seinen zermürbenden

Tagen in der Praxis für Hämatologie und Onkologie. Das war ein medizinischer Bereich, der auch von der Seele eines Arztes einen beträchtlichen Teil einforderte, und nachdem sein Privatleben in die Brüche gegangen war, hatte Wes nicht mehr viel davon übrig gehabt, das er hätte investieren können. Der Plan war gewesen, seine medizinische Laufbahn aufzugeben und zuzulassen, dass die Dunkelheit seines Verlustes ihr Schlimmstes tat. Fast drei Jahre lang war er an diesem trostlosen Ort begraben gewesen, bis ein Anruf vom Doc Anfang letzten Jahres ihm keine andere Wahl gelassen hatte, als ein vor langer Zeit gegebenes Versprechen einzulösen.

Wes verdrängte die Gedanken, die er am liebsten in Alabama gelassen hätte, und konzentrierte sich auf die nächste Patientenkarte, die anzeigte, dass die Patientin an einem Ausschlag litt. Gerade als er sich umdrehte, um in den Untersuchungsraum zu gehen, flog die Eingangstür auf, und ein wildes Durcheinander von einer Frau mit einem Kleinkind, das sich an sie klammerte, taumelte herein.

Die neue, offene Gestaltung der Praxis ermöglichte den Besuchern im Wartezimmer einen freien Blick auf den Rezeptionsbereich und machte es Wes leicht zu beobachten, wie die verstörte Frau auf ihn zustürmte, ohne sich anzumelden. Vom Wartezimmer aus folgten ihr etliche Kommentare der wartenden Erwachsenen.

„He!“

„Sie müssen warten, bis Sie dran sind!“

„Meine Tochter ist die Nächste!“

Die Lady kümmerte sich nicht um die Zurufe. Mit einem riesigen Strohhut und einer Designersonnenbrille joggte sie an Wes vorbei, und etwas an ihr kam ihm bekannt vor, aber er schob den Gedanken beiseite und beeilte sich, sie einzuholen. „Ma'am, Sie müssen sich an der Rezeption anmelden und –"

„Es ist ein Notfall!", rief die zierliche Frau über die Schulter, steuerte ein leeres Untersuchungszimmer an und hielt den kleinen Jungen fest, als ginge es um sein Leben.

Wes betrat das Schildkrötenzimmer, in dem mehrere der grünen Kreaturen im handgemalten Meeresgemälde an der Rückwand herumschwammen. Er trat zu der Mutter und strich dem Kind über die braunen Locken, in der Hoffnung, es dazu zu bringen, ihn anzuschauen. „Was ist los, kleiner Mann?" Die einzige Antwort, die er erhielt, war ein leises Schluchzen, während das Kind sich enger an seine Mutter klammerte und das Gesicht in ihrer Halsbeuge vergrub.

„Er hat starke Bauchschmerzen. Der arme Kerl hat sich vor Schmerzen auf dem Boden gewälzt", antwortete die Mutter, deren Stimme immer noch panisch schrill war.

„Ist er schon einmal in dieser Praxis gewesen?"

Die Mutter nickte, was die große Krempe des Hutes auf und ab wippen ließ. Ein Büschel dunkler Haare war flüchtig darunter gesteckt. „Sein Name ist Collin Prescott."

Wes steckte den Kopf aus der Tür und winkte der Assistentin, die Akte des Kindes zu holen. Nachdem er sich die Hände gewaschen hatte, ging er zum Untersuchungstisch. „Könnten Sie ihn bitte hier absetzen, damit ich ihn mir ansehen kann?"

Die panische Frau tat, was er sagte, aber sie machte ihm keinen Platz. „Er ist schon seit heute Morgen so. Ich dachte … ich dachte, es würde vorbeigehen, aber es ist nur noch schlimmer geworden. Vielleicht hätte ich direkt in die Notaufnahme gehen sollen, anstatt hierherzukommen …" Sie redete weiter, während Wes versuchte, an ihr vorbei an den Jungen zu kommen.

„Ma'am, würden Sie bitte zur Seite gehen." Wes versuchte, das Kind mit seiner beruhigenden Stimme zu besänftigen, aber es hatte nicht den gewünschten Effekt. Er hatte den Verdacht, dass sich der Junge mehr über die Reaktion seiner Mutter aufregte als über die eigentlichen Bauchschmerzen. Wenn sie ihm aus dem Weg gehen würde, könnte er seine Theorie beweisen. Wes schob sie sanft beiseite, damit er etwas Zugang zu dem Jungen hatte. Er verzichtete darauf, lauter zu werden, um seine Genervtheit zu zeigen, und begann die Untersuchung, wobei er der zierlichen Frau praktisch über Kopf und Schulter griff.

Nachdem die Assistentin ihm die Akte gebracht und er die Untersuchung mit einer Runde Fragen abgeschlossen hatte, war er sich in seiner Diagnose sicher. „Ihr Sohn leidet an Verstopfung." Die Mutter war offensichtlich anderer Meinung, denn ihr Gesicht färbte sich leuchtend rosa. „Mrs Prescott, das Licht ist hier so schwach, dass Sie die Sonnenbrille abnehmen können."

Sie sog die Luft durch die Zähne. „Ich heiße Sophia. Und ich würde sie lieber auflassen, vielen Dank. Aber das hier ist ernster, als Sie denken. Mein Sohn braucht mehr Tests. Warum machen Sie kein Röntgenbild oder ein MRT?"

Wes versuchte erneut, es ihr zu erklären. „Er hat kein Fieber und …"

„Aber er hat sich die linke Seite gehalten!"

Er hob die Hand. „Und das ist ein sehr gutes Zeichen, wenn man bedenkt, dass sein Blinddarm auf der rechten Seite liegt."

„Doc Nelson würde uns nicht so behandeln!", schimpfte sie, während sie am Ausschnitt ihres schwarzen T-Shirts zerrte, als würde es sie erwürgen.

Das war genau das, was Wes in diesem Moment am liebsten mit ihr machen wollte.

Wes ballte die Fäuste und schob sie in die Taschen seines Laborkittels, kaum in der Lage, seine Manieren am Krankenbett aufrechtzuerhalten. „Mrs Prescott, ich habe Sie professionell behandelt …"

„Ich verlange eine Röntgenaufnahme!" Sie stampfte mit dem Fuß auf, was das Kleinkind zu einem weiteren Schluchzen veranlasste.

Wenn sie mich noch einmal unterbricht … „Wissen Sie was? Sie haben recht. Lassen Sie uns ein Röntgenbild machen." Kopfschüttelnd führte Wes sie in den hinteren Raum, denn er wusste genau, was das Bild zeigen würde.

Nachdem er zwei Aufnahmen gemacht hatte, geleitete er Mutter und Kind in den Wartebereich. „Ich rufe Sie wieder auf, wenn das Ergebnis vorliegt."

Er ließ sie dort zurück und entschuldigte sich bei der Patientin mit dem Ausschlag, die den größten Teil der letzten Stunde im Untersuchungsraum „Korallenriff" verbracht hatte. So viel zu seinem Plan, vergebene Termine möglichst einzuhalten …

Nachdem er drei weitere Patienten behandelt und versucht hatte, die verärgerten Mütter zu beruhigen, die ungeduldig gewartet hatten, untersuchte Wes Collins Röntgenbilder und fand genau das, wovon er wusste, dass er es finden würde. Er verließ sein Büro und schaltete den Röntgenbildbetrachter im hinteren Teil des Empfangsbereichs ein. Er musste woanders angebracht werden, da nun der Wartebereich freie Sicht darauf hatte. Irgendwie hatten sie das bei der Renovierung übersehen.

„Mrs Prescott?", rief er und winkte sie zu sich herüber.

Sie hielt den Jungen fest und eilte auf ihn zu. „Bitte nennen Sie mich Sophia. Was haben Sie gefunden?" Vielleicht war ihre Wut beim Warten verraucht, jedenfalls war ihre Stimme nicht mehr so schrill. Wes war überrascht, wie rau ihre Stimme war, ungewöhnlich für eine so kleine Frau.

Wes zeigte auf die Aufnahme. „Sehen Sie die kräftigen weißen Stellen hier?“

Die Frau schob die riesige Sonnenbrille von der Nase und schaute sich das Bild an. Sie keuchte und schob die Brille wieder hoch. „Ja! Sehen Sie? Ich hab’s doch gesagt!“

„Ma’am, die weißen Stellen sind Verdauungsprodukte. Ihr Sohn leidet unter Verstopfung.“ Wes versuchte, es so leise zu sagen, dass nur die Mutter es hören konnte, aber nach dem Gekicher im Wartebereich zu urteilen, war ihm das nicht gelungen.

„Was?“ Ihr Gesicht wurde knallrot, ein Hinweis, dass sie ihn richtig verstanden hatte.

„Collin muss den Darm entleeren.“ Er überreichte ihr eine Liste mit empfohlenen Einläufen und mehrere Broschüren über richtige Ernährung. „Darf ich vorschlagen, dass Sie sich um eine gesündere Ernährung für den Kleinen bemühen? Viel Wasser, viele Ballaststoffe und meiden Sie verarbeitete Lebensmittel. Das wird dazu beitragen, dass so etwas nicht wieder vorkommt.“

„Aber …“ Es schien, als würde sie aus ihrer Verlegenheit aufschrecken, um gleich wieder in Empörung zu verfallen. „Wollen Sie etwa sagen, ich bin eine schlechte Mutter?“

„Ma’am, bitte, Sie müssen Ihre Stimme senken. Ich werde nicht zulassen, dass Sie hier eine Szene machen.“

„Ich soll hier also ganz ungerührt bleiben, während Sie mir sagen, ich sei eine schlechte Mutter?“ Sie ging mit ausgestrecktem Zeigefinger auf ihn los, hielt kurz inne und stach ihm dann den Finger in die Brust. „Das überdenken Sie wohl besser noch mal. Sir.“

Wes konnte das Seufzen nicht länger unterdrücken. „Was ist eine typische Mahlzeit für Collin?“ Als sie nicht sofort antwortete, fuhr er fort. „Sagen Sie mir, was er gestern zu den Mahlzeiten gegessen hat.“

„Einen Donut, ein Happy Meal und … noch ein Happy Meal.“ Sophia senkte den Kopf und sah auf den Boden.

Gut, er hatte gehofft, dass sie sich verraten würde.

„Also kein Obst und Gemüse. Sondern nichts als Müll.“ Vielleicht hätte er die letzten Worte für sich behalten sollen, aber die Frau hatte seine Geduld so sehr strapaziert, dass kaum noch etwas davon übrig war. Außerdem war sie schließlich diejenige, die am Zustand ihres Sohnes schuld war.

„Er hat in letzter Zeit eine Menge durchgemacht … Ich wollte nur …“ Sie unterdrückte ein Schluchzen, aber das beeindruckte Wes nicht, nein, kein bisschen.

„Das ist keine Entschuldigung. Und um ehrlich zu sein, ist es unverantwortlich, seinem Kind beizubringen, dass es in Ordnung ist, seine Gesundheit auf diese Weise zu vernachlässigen, wenn das Leben schwierig wird.“ Er wandte sich zum Gehen, wohl wissend, dass er schon mehr als genug gesagt hatte, aber der Drang, noch einen letzten Seitenhieb über die Schulter auszuteilen, siegte. „Es wäre wahrscheinlich ein guter Zeitpunkt, es mit dem Töpfchentraining zu versuchen. Es wird jedenfalls mehr als nur eine Windel voll sein, sobald die Medizin verabreicht ist.“ Er hielt das Röntgenbild hoch, um seinen Standpunkt zu verdeutlichen.

Das Kind war fast drei Jahre alt, und die Mutter hatte bei der Untersuchung zugegeben, dass sie noch nicht einmal versuchte, es aufs Töpfchen zu setzen. Wes schüttelte den Kopf und versuchte, seine aufsteigende Wut zu zügeln. Er musste seine persönlichen Gefühle unbedingt aus der Praxis heraushalten. Aber nun versagte er bereits in der ersten Woche.

„Wie können Sie es wagen, so mit mir zu reden! Das war das letzte Mal, dass Sie meinen Sohn gesehen haben! Wir werden nicht wiederkommen!"

Nicht, dass mir das leidtäte, dachte er, schwieg aber und huschte in sein Büro, um dem ruinierten Tag zu entfliehen. Und das alles, weil eine selbstgerechte Zicke dachte, sie könne in seine Praxis stürmen, als gehöre ihr der Laden.

Er würde alles dafür geben, einen Sohn zu haben, den er richtig ernähren und aufs Töpfchen setzen und … lieben könnte.

3

Einige Lichterketten im Edison-Stil schaukelten in der Abenddämmerung leicht in der Meeresbrise, während die Zahl der Gäste auf der Terrasse von Opal und Lincoln Cole zunahm, die wieder einmal eine ihrer legendären Partys feierten. Sophia hörte dem fröhlichen Geplauder und unbeschwerten Lachen zu und fühlte sich völlig allein.

„Da bist du ja!“ Opal glitt zu ihr herüber. Mit ihrem hochgesteckten Haar und dem flotten Kleid sah sie aus wie ein Pin-up-Girl aus den Fünfzigern.

„Wow, Opal. Das Kleid ist fantastisch“, kommentierte Sophia, während sie mit der Hand über die Seite ihres geblümten Maxikleides strich und sich alles andere als gut fühlte.

Opal drehte sich im Kreis, sodass der Saum mit den leuchtend roten Kirschen auf dem dunkelblauen Stoff ihres Cocktailkleides herumschwang. „Danke. Linc sagt, ich sehe heute Abend aus wie jemand aus der Rockabilly-Szene.“ Sie reichte Sophia einen Cocktail, den sie auf fast jeder Sommerparty tranken, seit sie sich erinnern konnten: Ananassaft mit rosa Limonadensirup – das Ganze gefroren, dann mit Ginger Ale gemixt und als Slush serviert.

„Meine Liebe, dein Mann läuft die meiste Zeit in fadenscheinigen T-Shirts, löchrigen Jeans und barfuß herum. Woher weiß er überhaupt etwas über Rockabilly-Mode?“ Sophia nahm einen Schluck von dem süßen, spritzigen Drink.

„Das wüsstest du wohl gern, was?“, sagte Lincoln selbstgefällig, der sich langsam zu ihnen gesellte. Er streckte die Hand aus und zupfte an Sophias Haaransatz. „Freut mich, dass du eine Haarbürste gefunden hast.“

Sophia konnte es sich gerade noch verkneifen, die Augen zu verdrehen. „Freut mich ebenfalls für dich, dass du das Gleiche getan und deine Mähne zur Abwechslung mal nicht vor den Augen hast.“ Kein Mann sollte so schöne Haare haben, schon gar nicht ein solcher Riesen-Neandertaler wie Lincoln Cole, dachte Sophia.

„Nur kein Neid“, frotzelte Lincoln, als könne er ihre Gedanken lesen, und strich sich das dunkle Haar zurück. Es war schulterlang und fiel in glänzenden Wellen herab.

„Sei kein Idiot.“ Jetzt verdrehte sie doch die Augen. Aus irgendeinem Grund hatte Lincoln es auf sich genommen, ihr Großer-Bruder-Ersatz zu werden. Einerseits zog er sie bei jeder Gelegenheit auf, andererseits beschützte er sie leidenschaftlich. Sie war immer noch nicht darüber hinweg, dass er sich mit Ty eine ziemlich heftige Schlägerei geliefert hatte, als sie das letzte Mal mit blauen Flecken bei Opal und Linc aufgetaucht war. Lincoln hatte zwar Spaß daran, sie bis zur Weißglut zu reizen, aber er ließ nicht zu, dass jemand anderes das tat. Egal, wie nervig er war, sie hatte ihn gern auf ihrer Seite. Er war definitiv einer von den Guten, und sie konnte Gott nicht genug dafür danken, dass er ihn zu Opal geschickt hatte. Zusammen waren die beiden ein unschlagbares Team.

„Sie hat es sogar geschafft, etwas anderes als die Trauerkleidung zu tragen.“ Diese treffende Bemerkung kam von dem anderen Mann, der es liebte, ihr auf die Nerven zu gehen.

Sophia fuhr herum und funkelte August an, der von einem Ohr zum anderen grinste, ihr das halb geleerte Glas aus der Hand nahm und es austrank. „Hey!“ Sie langte zu ihm hin und kniff ihn ordentlich in den Unterarm.

August wich aus ihrer Reichweite zurück. „Zum …, Sophia! Wie oft haben wir dir schon gesagt, dass du deine Klauen bei dir behalten sollst?“ August schnalzte tadelnd mit der Zunge und war so dreist, ihr das leere Glas wieder in die Hand zu drücken.

Sie wollte sich gerade auf einen Schlagabtausch mit dem berühmtesten Künstler der Stadt einlassen, als jemand erschien, der nicht nur ihre Aufmerksamkeit erregte, sondern auch die der anderen, die um sie herumstanden.

„Wes! Schön, dass Sie es geschafft haben!“, rief Opal über die Musik und das Geschnatter hinweg, um ihn auf sich aufmerksam zu machen.

Mit selbstbewusstem Schritt schlenderte Dr. Weston Sawyer in einem hellblauen Hemd und perfekt gebügelten Kakihosen zu ihrer Gruppe herüber, und Sophia konnte nicht anders, als ihn anzustarren. Gepflegt und selbstsicher nickte er jeder Lady zu, an der er vorbeikam, während ein Lächeln um seine Lippen spielte. Einen bedeutsamen Moment lang ruhte sein Blick auf Sophia. Offensichtlich erkannte er sie jedoch nicht – oder sie interessierte ihn nicht –, denn er wandte seine Aufmerksamkeit wieder Opal zu.

„Danke für die Einladung. Leider hatte ich am Montagmorgen keine Zeit, mich vorzustellen. Aber die Kekse waren köstlich.“

Zwei Dinge fielen Sophia sofort auf. Erstens hatte der Mann eine so geschmeidige Stimme, dass sie sich am liebsten an ihn gekuschelt hätte. Und zweitens verabscheute sie sich selbst für diesen Gedanken. Daran war eindeutig die Einsamkeit ihres neu entdeckten Singlelebens schuld. Aber dann fiel ihr noch etwas Drittes ein, nachdem sie begriffen hatte, was er gesagt hatte. Sie funkelte Opal aus zusammengekniffenen Augen an, aber ihre Freundin ignorierte sie geflissentlich.

„Sie mussten auspacken. Es gibt nichts, wofür Sie sich entschuldigen müssten. Schön, dass Ihnen die Kekse geschmeckt haben." Opal lächelte ihr herzlichstes Lächeln.

„Wo hattest du die Kekse geklaut, Opal? Wenn sie essbar waren, dann müssen sie gestohlen gewesen sein", kommentierte August und legte seinen Arm um Josie, die gerade zu ihnen stieß.

Sophia lächelte Josie an, konnte aber nicht verhindern, dass ihr Blick wieder zu dem Mann wanderte, der sie beschuldigt hatte, eine schlechte Mutter zu sein. Ihre Mundwinkel verzogen sich bei diesem Gedanken nach unten. Während sie ihn studierte, hatte sie die Hoffnung, einen Makel zu finden, den sie auskosten konnte. Seine Haarfarbe war eine Mischung aus Blond und Braun, als ob die Locken sich nicht entscheiden könnten, welche Farbe sie haben sollten. Ein Paar auffällig nussbrauner Augen schien sich in der gleichen Zwickmühle zu befinden. Natürlich zeigte sein jugendliches Gesicht keine Stoppeln und jede der lockigen Strähnen seines Haars war perfekt platziert. Nicht eine einzige kleine Unregelmäßigkeit auf seiner Nase oder das kleinste Anzeichen von Krähenfüßen um seine Augen. Nein, es war kein einziger körperlicher Makel zu finden. Fehlanzeige.

Sie würde sich einfach damit begnügen müssen zu wissen, dass seine Einstellung genug Schwächen aufwies, um seine Attraktivität verblassen zu lassen.

Ohne ein Zeichen des Erkennens von sich zu geben, blickte Wes sie noch einmal an, bevor er seine Aufmerksamkeit August zuwandte und ihm die Hand ausstreckte. „Schön, Sie endlich kennenzulernen." Er schüttelte Augusts Hand und danach die von Josie. „Sie beide haben bei den Wandbildern in den Sprechzimmern gute Arbeit geleistet. Die Kinder mögen sie sehr."

Wie immer errötete Josie, woraufhin August sie auf die gerötete Wange küsste. Sie waren wirklich eines dieser bezaubernden Paare, die einen in Ehrfurcht versetzten und andere vor Neid erblassen ließen. Sophia verstand das, denn sie hatte schon beide Seiten dieser Gefühle erlebt.

Als sie bemerkte, wie Opal sich davonschlich, folgte sie ihr. „Ich sollte dich auch kneifen."

„Warum in aller Welt solltest du das tun?", fragte Opal und drehte sich zu ihr, nachdem sie ein paar Gästen zugewinkt hatte.

„Du wusstest die ganze Zeit über, wer Weston Sawyer ist, als wir hier auf der Terrasse saßen und dein albernes Spiel ‚Ich sehe einen Vampir' gespielt haben."

Opal wischte den Vorwurf beiseite und steuerte den Tisch mit Erfrischungen auf der anderen Seite der Terrasse an. „Wir haben uns nur ein bisschen amüsiert. Es lohnt sich nicht, sich deswegen aufzuregen."

„Nicht deswegen. Nur weil du dich für so clever hältst, Mrs Ich-spiel-so-gern-Schicksal."

Nachdem Opal Sophias Glas und ihr eigenes gefüllt hatte, nahm sie einen Schluck und sagte schulterzuckend: „Ich habe keine Ahnung, wovon du sprichst."

„Du hattest gehofft, Wes würde rüberkommen, während ich neulich hier war. Warum?"

Opal sah sich um, vielleicht auf der Suche nach einer Antwort, die ihre Haut retten würde. „Nun, ich habe Agnes Nelson im *Growler's* getroffen und die Arme steckt in der Klemme."

„Aarrrgghh. Bitte, Opal. Ich habe jetzt keine Geduld für dein ausuferndes Gerede. Sag es einfach geradeheraus." Sophias Blick wanderte zu dem anmaßenden Mann neben August und Lincoln.

Seine gepflegte Erscheinung wirkte zu fein und korrekt, um sich mit diesen beiden raubeinigen Jungs vom Lande abzugeben. Sie ließ ihren Blick über die Männer gleiten, die beide auf eine bodenständige Weise attraktiv waren. Der eine hatte langes Haar und einen vollen Bart, der andere war tätowiert und trug einen Dreitagebart. Wie sehr Weston Sawyer doch das genaue Gegenteil von den beiden war.

„Du bist aber heute schlecht drauf", blaffte Opal und zeigte auf ihren Drink. „Du brauchst noch ein paar Portionen von dieser Zuckerbombe." Sie wartete, bis Sophia einen großen Schluck getrunken hatte, und fuhr dann fort. „Agnes möchte sich mit dem Doc zur Ruhe setzen, damit sie mehr Zeit miteinander verbringen können, aber das kann sie nicht, solange sie keinen Ersatz für sich gefunden hat. Die Arme."

„Ja. Die Arme …", plapperte Sophia nach und fragte sich, was das mit dem Thema zu tun hatte. Doch sie hatte heute keine Kraft zu diskutieren. Wenn Opal ihr nichts über den Grund für ihre Spielchen sagen wollte, würde sie das akzeptieren.

Sie wollte sich gerade entfernen, als Opal ihr Glas auf einen Tisch stellte und sie an beiden Armen packte, bevor sie einen Schritt machen konnte.

„Ich denke, die Stelle als Praxismanagerin würde gut zu dir passen."

Sophia blickte ihr erstaunt ins Gesicht. „Wie bitte? Das würde ungefähr so gut passen wie ein Paar Schuhe, das zwei Nummern zu klein ist. Quälend und peinlich."

„Komm schon, Sophia. Ich glaube, das ist genau das, was du brauchst."

„Nein, das ist es ganz bestimmt nicht." Sophia musterte die Gäste, doch ihr Blick blieb auf August haften, der gerade auf sie wies, während sowohl Weston als auch Lincoln in ihre Richtung schauten. „Was macht dieser Idiot da?", fragte sie, als Weston ihr einen flüchtigen Blick zuwarf. Dann legte er den Kopf zur Seite, als die Erkenntnis in seinen Augen aufblitzte.

Bevor Sophia ihren Arm aus Opals Griff befreien konnte, stand Weston vor ihr. Der süße Cocktail wurde ihr auf der Zunge bitter bei dem herausfordernden Blick, den er ihr zuwarf.

„Es tut mir leid, dass ich Sie ohne den monumentalen Sonnenhut nicht erkannt habe, Mrs Prescott." Wes ließ seine Hände in die Hosentaschen gleiten und wippte auf seinen Fersen.

„Ich bin Ms Prescott, wenn Sie es wissen müssen, aber nennen Sie mich einfach Sophia." Entschlossen stellte sie das Glas ab, denn sie hatte genug von der Party. Sie erhaschte einen Blick auf Opal, die sich gerade aus dem Staub machte, und beschloss, ihr später die Meinung zu sagen.

„Ich hoffe, Sie haben Ihrem Sohn etwas Obst und Gemüse gegeben. Wie geht es ihm?"

Er machte ihr also einen Vorwurf und zeigte danach Anteilnahme. Am liebsten hätte Sophia ihm eine Ohrfeige verpasst, statt zu antworten, aber irgendwie kramte sie ihre Manieren hervor und trug sie mit der Anmut zur Schau, die ihre Mutter ihr beigebracht hatte. „Viel besser. Danke der Nachfrage."

„Regelmäßige Verdauung? Hat er noch Bauchschmerzen?"

„Es geht ihm gut." Sie beschränkte sich auf eine kurze Antwort, um sich nicht aufzuregen, und wies mit dem Arm in die Runde. „Es ist eine Party. Sie sollten nicht im Arztmodus sein."

Wes sog die Luft ein und blickte über ihre Schulter. „Das ist der einzige Modus, in dem ich richtig funktioniere." Er senkte das Kinn und ließ sie stehen.

„Nun, das nenne ich ein spannendes Gespräch." Sophia verdrehte die Augen und beschloss, dass sie für heute genug von Geselligkeit hatte. Während sie sich umschaute, entdeckte sie das Grüppchen ihrer intriganten Freunde, die zu ihr herübersahen. Mit einem gestreckten Zeigefinger in ihre Richtung und einem finsteren Blick ließ Sophia sie wissen, dass sie später mit ihnen ein Hühnchen rupfen würde, drehte sich um und stapfte von der Terrasse.

Begleitet von den fröhlichen Klängen der Party hinter ihr, ging Sophia um das Strandhaus herum zur Vorderseite. Ein langer Seufzer von nebenan riss sie aus ihren Gedanken. Auf den Stufen der Veranda saß Weston Sawyer und studierte seine Hände.

„Ich bin keine schlechte Mutter, Dr. Sawyer", platzte Sophia heraus.

„Ich dachte, Sie wollten keinen Arztmodus", seufzte er. „Sagen Sie einfach Wes."

Sophia fielen noch ein paar andere Dinge ein, die sie zu ihm sagen konnte, entschied aber, die für sich zu behalten. Damit niemand anders ihren Wortwechsel mitbekam, ging sie näher an seine Veranda heran. „Sie haben mich in Ihrer Praxis in Verlegenheit gebracht. Das mag ich nicht besonders."

„Und ich war nicht erfreut darüber, wie Sie mich in meiner Praxis vor anderen Patienten infrage gestellt haben." Das Gesicht vor sich auf die sandigen Stufen gerichtet, hob sich sein Blick jetzt, um sie anzuschauen. „Lassen Sie uns klarstellen, dass zuallererst Ihr nachlässiges Verhalten die Ursache für das Problem Ihres Sohnes war."

Offenbar konnte er sich die abfällige Bemerkung nicht verkneifen, aber seine Stimme war kaum mehr als ein Flüstern. Sophia fragte sich, ob er diese eindrucksvolle Stimme nicht doch deutlich erheben konnte, oder war das unter seiner Würde?

„Haben Sie Kinder, Dr. Sawyer?“ Kaum hatte sie die Frage gestellt, richtete er sich auf, während sein Blick sich veränderte.

„Nein.“

„Dann haben Sie kein Recht, über uns zu urteilen, die wir versuchen, unsere Kinder so gut zu erziehen, wie es nur geht. Ihr Job ist es, Patienten zu behandeln. In dieser Stadt sollten Sie sich das immer vor Augen halten.“

Mit diesen Worten ließ sie den Doktor auf der Treppe sitzen und machte sich auf den Weg nach Hause. Sie hatte gesagt, was sie zu sagen hatte. Hoffentlich konnte sie sich noch eine Weile im Dunkeln verkriechen, bevor sie Collin von ihren Eltern abholen musste. Sicher, sie war sich bewusst, dass sie an ihrem Sohn versagt hatte, aber sie brauchte keinen Snob wie Dr. Weston Sawyer, der sie darauf hinwies.

Egal wie schwierig das Leben werden konnte, ein Besuch im *Driftwood Diner* machte es immer erträglicher. Nun, das war normalerweise der Fall, aber heute Morgen war eine aufgebrachte Elementargewalt dabei, das zu ruinieren. Sophia schob Collin einen Bissen von ihrem süßen Brötchen in den Mund, während sie verfolgte, wie Opal ihr eine Standpauke hielt.

„Wer gibt dir das Recht, dieser jungen Mutter zu sagen, sie solle zum Kinderarzt in der nächsten Stadt gehen? Mit der Praxis hier in Sunset Cove ist alles in Ordnung und das weißt du auch", schnaubte Opal, während sie sich Sophia gegenüber niederließ.

Seit der Terrassenparty waren einige Tage vergangen und Sophia hatte in dieser Zeit alle Anrufe und Besuche von den *Sand Queens* und ihren lästigen Ehemännern ignoriert. Sie würde sich nicht zu einem Job überreden lassen – oder zu irgendeiner anderen Entscheidung, damit das klar war.

„Warum spionierst du auf meiner Facebook-Seite herum?", funkelte Sophia ihre Freundin an und nahm einen Schluck Kaffee.

„Weil ich nur so weiß, was mit dir los ist, denn du gehst ja weder ans Telefon noch an die Tür. Du hast das Schloss in der Wohnung ausgetauscht, stimmt's?" Jetzt war Opal an der Reihe, Sophia anzufunkeln.

„Es gibt sowieso keinen Grund, warum du einen Schlüssel zu meiner Wohnung haben solltest. Und diese Frau hat nach Empfehlungen für Kinderarztpraxen gefragt, also habe ich einfach eine genannt." Gelangweilt zuckte Sophia mit einer Schulter und wischte Collin den Sirup von den Wangen.

„Opal auch?" Collin steckte ein Stück Pfannkuchen auf seine Gabel, hielt es mit beiden Händen fest und hob es ihr entgegen. Opal, die für jeden Unsinn zu haben war, nahm freudig den Bissen.

„Lecker!", brabbelte sie und verzog dabei das Gesicht zu einer Grimasse, die den kleinen Kerl zum Juchzen brachte. Als sie wieder zu Sophia blickte, wurde sie ernst. „Ich habe gehört, wie du an seiner Veranda mit Wes gesprochen hast."

Genervt schloss Sophia kurz die Augen. „Ah, war ja klar. Neugierig bist du aber nicht, oder?"

„Du weißt nicht genug über ihn, um so zu reden, wie du es getan hast." Opal nahm einen Schluck Wasser. „Er ist verwitwet."

„Das gibt ihm nicht das Recht, abfällig über meine Erziehungsmethoden zu sprechen." Auch wenn sie versuchte, vorwurfsvoll zu klingen, spürte sie gerade ein unangenehmes Ziehen im Magen. Er sah zu jung aus, um einen Titel wie *Witwer* zu tragen. Gedankenverloren strich sie mit dem Daumen über die leere Stelle an ihrem Ringfinger.

„Vielleicht. Aber dann hast du ihn gefragt, ob er Kinder hat." Opal zischte durch die Zähne und klang ziemlich verärgert.

„Und?"

Damit die anderen Gäste sie nicht hören konnten, beugte Opal sich vor und senkte ihre Stimme zu einem Flüstern. „Wes hat nicht nur seine Frau verloren, sondern auch ein ungeborenes Kind. Sie war im achten Monat schwanger, als sie bei einem Autounfall ums Leben kam."

Einen kurzen Augenblick schnappte Sophia nach Luft, fing sich aber gleich wieder. „Woher weißt du so viel über ihn?"

„Ich habe während des Umbaus der Praxis viel Zeit mit Doc Nelson verbracht. Er kennt Wes schon seit Jahren." Während sie redete, griff Opal nach unten und hob den Kinderbecher auf, den Collin versehentlich auf den Boden geworfen hatte, richtete sich auf und stellte den Becher auf den Tisch vor ihn. Collin trank daraus. „Der Doc sagte, es ist vor fast vier Jahren passiert. Wes verließ seine Praxis in Alabama und wurde so ziemlich zum Einsiedler. Klingt ganz wie noch jemand, den ich kenne." Mit erhobenen Augenbrauen warf Opal Sophia einen vielsagenden Blick zu.

Während Sophie Collins braune Locken mit ihren Fingern durchkämmte, dachte sie, sie würde nicht wissen, wie sie weiter atmen sollte, wenn sie ihn jemals verlieren würde. Sicher, das Scheitern ihrer Ehe und ihrer Karriere war tragisch, aber einen solchen Verlust zu erleiden, wie es Dr. Sawyer geschehen war, konnte sie sich nicht vorstellen. Die Scham darüber, wie sie mit ihm gesprochen hatte, schnürte ihr die Kehle zu.

„Das ist nicht für die Öffentlichkeit bestimmt, also bleibt es unter uns", fügte Opal ihren Worten hinzu und klopfte auf den Tisch, um sicherzustellen, dass Sophia es verstanden hatte.

Sophia nickte und winkte die Bedienung heran, ohne auf ihre Freundin einzugehen. Wirklich, was gab es zu all dem zu sagen? Nichts. „Kann ich bitte die Rechnung haben?"

Warmherzig lächelte die junge Kellnerin. „Mr Jasper hat gesagt, es geht heute auf ihn." Sophia protestierte.

„Sie wissen ja, wie er ist. Es ist das Beste, wenn Sie sich einfach darauf einlassen", winkte die junge Frau Sophias Proteste ab und eilte weiter zu einem anderen Tisch. Josies Vater war für jede von den *Sand Queens* ein zweiter Vater gewesen und hatte sie öfter zum Essen eingeladen, als man zählen konnte.

„Ich gehe jetzt zur Arbeit. Wie sieht der Rest des Tages für euch beide aus?", fragte Opal und stibitzte Sophia das letzte Stück ihres Brötchens.

„Ich muss einkaufen", erwiderte Sophia, während sie Collins Becher in die Wickeltasche packte und ihm vom Stuhl herunterhalf. Auf der Liste in ihrer Hosentasche standen alle frischen Sachen, die sie brauchte, um wenigstens einen neuen Schritt zu tun: selbst zu kochen und nicht mehr so oft essen zu gehen. Sie hatte den Rat dieses großkotzigen Doktors befolgt und die Happy Meals auf einmal pro Woche reduziert.

„Es ist ein wunderschöner Tag. Ihr zwei solltet nachher zu mir fahren und den Nachmittag am Strand verbringen."

„Bitte, Mommy." Collin umarmte mit seinen klebrigen Fingern ihr Bein.

„Wir werden sehen, Baby“, bot sie ihre übliche Antwort an, wenn sie nicht wirklich eine geben wollte. „Bitte, Sophia, bring meinen kleinen Schatz mit zum Strand. Wir können Linc überreden, uns zum Abendessen was zu grillen.“ Opal zwinkerte Sophia zu, bevor sie Collin einen übertriebenen Kuss gab und ihm damit ein weiteres lautes Juchzen entlockte. Das war Opals Spezialität, und allein deswegen hatte Sophia die quirlige Frau nur zu gern um sich, auch wenn sie sich ständig in ihr Leben einmischte. Collin lachte und juchzte nicht annähernd so viel, wie ein Kind in seinem Alter es tun sollte.

Sophias Gedanken hingen im Wiederholungsmodus fest. Auf dem ganzen Weg zum Supermarkt machte sie sich Gedanken darüber, ob Collin glücklich war, und als sie den Kleinen in den Einkaufswagen setzte, kam sie wieder darauf zurück. Sie machte alberne Grimassen, während sie Obst aussuchte, tanzte um eine Auslage mit Chips herum und kitzelte Collin, während sie durch den Laden gingen. Er reagierte darauf, aber das Vergnügen hielt nicht lange an; nach wenigen Schritten war das Lachen verklungen.

Als sie in den Müsligang einbog, normalerweise der einzige Gang, in dem der Kleine beim Einkaufen Spaß hatte, machte sie sich wirklich Sorgen, als er nicht sofort anfing, nach den bunten Schachteln mit reinem Zucker zu betteln. Während sie sich hinunterbeugte, studierte Sophia die geschwollenen Lider über den blauen Augen – die Nachwirkungen einer langen, unruhigen Nacht– und suchte nach einem versteckten Zeichen dafür, dass es ihm gut ging. Verwundert sah Collin sie an und steckte einen Finger in die Nase.

Sie zog ihn lächelnd heraus und fragte: „Was willst du, Schatz? Du darfst es dir aussuchen.“ Entschlossen schob sie den

Gedanken an die Standpauke zurück, die dieser Prinzipienreiter von Arzt ihr halten würde, wenn sie Collin das Müsli seiner Wahl gönnte.

„Daddy. Ich will Daddy", sagte Collin mit leuchtenden Augen.

„Ich weiß, Schatz. Daddy arbeitet … aber bald, okay?"

Collin schien ihre Antwort nicht zu gefallen, denn seine Augen füllten sich mit Tränen, während sich die zitternden Lippen zu einem Schmollmund verzogen – beides waren deutliche Warnsignale, dass sich ein Wutanfall zusammenbraute.

Sophia richtete sich auf und tat das Einzige, was einer verzweifelten Mutter in ihrer Situation einfiel: Sie umklammerte den Griff des Einkaufswagens fest mit beiden Händen und raste mit halsbrecherischer Geschwindigkeit durch den Müsligang, während sie Rennwagengeräusche machte. Es dauerte ein paar Runden durch die nächsten Gänge, bis der kleine Kerl selbst Geräusche von sich gab. Seine Schmolllippen vibrierten, als er seinen Motor auf Touren brachte, und es war pure Musik in ihren Ohren.

Als sie einen Stapel Toilettenpapier umstieß und ein Durcheinander hinter sich ließ, regte sich ein Mitarbeiter auf, aber sie bereute es nicht. Völlig außer Atem kamen sie in der Joghurtabteilung an, und sie sah, dass ihr Kleiner schon wieder lächelte. Collin suchte sich sogar einen gesunden Joghurt aus, ohne dass er es wusste, aber immerhin. Er hatte mitgemacht. Für ein paar kurze Augenblicke fühlte sich Sophia wie eine normale Mutter, die etwas Normales mit ihrem Kleinkind unternahm. Der Schleier des Schmerzes verflog und sie konnte ein wenig leichter atmen.

Als Sophia den Kassenbereich ansteuerte, kamen einige Kinder vorbei, die um den Wagen ihrer Mutter herumhüpften. Sie bemerkte, dass Collin ihnen zusah und seltsam lächelte.

Fast drei Jahre lang hatte sie Collin dicht unter ihre Fittiche genommen, aber als sie sah, wie sehnsüchtig er den Kindern nachsah, wurde ihr klar, dass dies vielleicht nicht in seinem Interesse war. *War es denn nicht normal, sich zu wünschen, dass das eigene Baby nicht zu schnell groß wurde?*, fragte sie sich. Es war ihr immer ganz normal erschienen, dass eine Mutter so dachte, aber jetzt wurde ihr klar, dass ihre Absichten vielleicht etwas egoistisch waren.

Vielleicht ist es an der Zeit, über den Kindergarten nachzudenken, dachte sie, als sie die Einkäufe aufs Kassenband lud. Sie hatte sich schon fast überredet, noch einmal rasch zum Windelgang zurückzugehen, um eine Packung Höschenwindeln zu holen, entschied sich aber doch dagegen. Nachdem alle Waren wieder in ihrem Einkaufswagen waren, wollte Sophia bezahlen, doch der Kartenautomat gab ein unangenehmes Geräusch von sich, das sie noch nie gehört hatte. Ihre Karte war abgelehnt worden.

Schulterzuckend tippte die Kassiererin auf mehrere Tasten ihrer Kasse. „Versuchen Sie, die Karte noch einmal durchzuziehen. Manchmal hat das Kartenlesegerät eine Panne."

Sophia tat, wie ihr geheißen, aber die kleine Maschine gab wieder diesen bedrohlichen Warnton von sich. „Lassen Sie mich eine andere Karte ausprobieren." Zitternd steckte sie die Debitkarte ein und fischte stattdessen eine Kreditkarte heraus. Als sie nun diese durchzog und nach dem Stift griff, um die Transaktion zu unterschreiben, ertönte der Alarmton erneut. „Das ergibt doch keinen Sinn. Ist Ihr Gerät kaputt?"

„Ich kann es an einer anderen Kasse versuchen", meinte die Kassiererin und streckte die Hand nach der Karte aus, die Sophia ihr schnell überreichte. Zum Glück wartete niemand hinter ihr in der Schlange. Sicher, sie war schon das eine oder andere Mal dabei gewesen, als Kunden vor Scham rot anliefen, wenn ihre Karten abgelehnt worden waren, aber so etwas hatte sie noch nie selbst erlebt. „Es gibt keinen Grund, warum meine Karten nicht funktionieren. Sicherlich ist das System daran schuld."

„Es funktioniert immer noch nicht", bedauerte die Kassiererin und gab ihr die Karte zurück.

Obwohl ihre Hände schweißnass waren und ihr Herz raste, schnalzte Sophia mit der Zunge und gab sich empört. „Das ist doch lächerlich. Können Sie einen Manager holen?"

Etliche lange, beschämende Minuten später, nachdem der Manager beide Karten an zwei anderen Kassen ausprobiert und Sophia bei der Bank angerufen hatte, saß sie hinter dem Steuer ihres schicken SUVs auf dem Parkplatz und starrte ungläubig aus dem Frontfenster. Es gab immer Geld im Überfluss, das auf ihre Bedürfnisse und Wünsche wartete, wenn sie eine Karte durchzog. Bis jetzt. Fassungslos saß sie da und rieb mit dem Daumen an ihrem Ringfinger. Was für eine Demütigung es gewesen war, den vollen Einkaufswagen stehen lassen zu müssen. Netterweise hatte die Kassiererin angeboten, ihn selbst wieder auszuräumen.

Als Collin zu quengeln begann, riss sie sich zusammen und fuhr los. Da es keine Lebensmittel auszupacken gab und sie keine klare Vorstellung davon hatte, wie sie dieses Problem lösen sollte, fuhr sie eine Weile ziellos umher, bis sie schließlich neben Opals und Lincolns Strandhaus parkte. Ein Blick in den Rückspiegel bestätigte, dass der kleine Kerl eingeschlafen war, also stellte sie den Wagen auf Parken, ohne jedoch den Motor abzustellen.

Mit zitternden Händen gelang es ihr, Tys Nummer auf ihrem Handy zu finden und die Anruftaste zu drücken.

„Die gewählte Nummer existiert nicht …“

Mühsam die Tränen zurückhaltend, versuchte sie es noch drei weitere Male, bevor sie aufgab.

„Was hast du getan, Ty?“, flüsterte Sophia und starrte ungläubig auf das Handy.

Eingefrorene Konten. Einkommenssteuererhebung. FBI-Ermittlungen. Während die unbekannten Worte, die der Bankmitarbeiter am Telefon geäußert hatte, durch ihren verwirrten Verstand stolperten, lehnte Sophia die Stirn gegen das Lenkrad und ließ die Tränen fließen. Dabei versuchte sie, so leise wie möglich zu weinen.

4

Bis jetzt machte Sunset Cove dem Charme, den man mit einer kleinen Küstenstadt verband, alle Ehre. Es war ruhig und die meisten Leute kümmerten sich um ihre eigenen Angelegenheiten. Die meisten Leute, das heißt, mit Ausnahme einer kleinen Gruppe alter Damen. Wes hatte ihnen den Spitznamen „die Hühner aus dem Schönheitssalon" gegeben. Insgesamt etwa ein halbes Dutzend mit aufgebauschtem Haar und zu vielen Fragen. Seit er in der Stadt angekommen war, tauchten sie immer wieder einmal an seiner Tür auf, um abgedeckte Speisen, Backwaren und Klatsch und Tratsch zu überbringen. In der ersten Woche war es noch einfach, das Gegacker zu ignorieren, aber dann fingen sie an, das eine oder andere auszuplaudern, was bis zu einem gewissen Grad auch ihn betraf, ebenso wie eine andere Person. Sophia Grace Prescott wurde nämlich in fast jedem Gespräch erwähnt.

Innerlich schnaubend, beschleunigte Wes sein Lauftempo zu einem Sprint, wobei er den Strandbesuchern auswich. Er tat es dem Doc gleich, der mittwochs immer um 12 Uhr geschlossen hatte. Der ältere Arzt hatte erzählt, dass die meisten Leute an diesem Tag keine Erkältungen und dergleichen zu haben schienen, da an dem Abend die Veranstaltungen der Kirchengemeinde stattfanden. Wes behielt den bisherigen Zeitplan zwar bei, aber der dadurch entstandene Leerlauf gefiel ihm nicht, also verlegte er seinen Morgenlauf mittwochs auf die Mittagszeit. Zu dumm, dass er nicht auch vor seinen Gedanken davonlaufen konnte.

„Sophia Grace ist die Ex-Frau des prominenten Football-Stars Ty Prescott."

„Sophia war PR-Beraterin in North Carolina und trug die Nase ziemlich hoch, bis man sie gefeuert hat."

„Ihre Trennung ging durch die Presse."

„Er hat sie betrogen."

„Eine hässliche Scheidung."

„Sie wurde Anfang des Jahres mit zahlreichen blauen Flecken und einer aufgeplatzten Lippe fotografiert."

Jeder Schnipsel, den die Hühner aus dem Schönheitssalon fallen ließen, wurde entweder mit einem „Tss, tss" oder einem „die Ärmste" beendet. Seit Jahren hatte Wes keinen Fernseher mehr angeschaltet und besaß weder die Zeit noch die Toleranz für soziale Medien, also hatte er keine Ahnung, wer Ty Prescott war. Es interessierte ihn auch nicht wirklich.

Und es war ihm auch völlig egal, wer Sophia Prescott war, bis die Gerüchteküche ihn Anfang dieser Woche über ihre Schmutzkampagne in den sozialen Medien informiert hatte. Die Hühner behaupteten, sie erzähle allen, er sei ein schlechter Arzt, und ermutige die Eltern, mit ihren Kindern in die Kinderarztpraxis in der nächsten Stadt zu gehen.

Seine Zustimmung, nach Sunset Cove zu kommen, war an die Bedingung geknüpft gewesen, hier Ruhe und Frieden zu finden. Doch nun machte diese Brünette mit dem großen Mundwerk dieses Ziel unerreichbar. Wenn er nicht herausfand, wie er die Hühner in Schach halten und Sophia zum Schweigen bringen konnte, war er bereit, seine Sachen zu packen und das Weite zu suchen. Das Problem war nur, es gab keinen Ort, an den er fliehen konnte. *Gott, was soll ich tun?*, betete er im Stillen.

Seine Sportuhr meldete ihm, dass er eine weitere Meile zurückgelegt hatte, also drehte er, um zurück zum Strandhaus zu gelangen. Sobald das Haus in Sichtweite war, verlangsamte er sein Tempo zu einem gemächlichen Trab, um sich abzukühlen, und dann weiter bis zu einem Gehtempo, als er sein Haus erreicht hatte und an der Seite entlang zum Eingang ging. Wes wischte sich mit dem Unterarm den Schweiß von der Stirn und kam beim Anblick eines wuchtigen SUVs zum Stehen, der halb in der Einfahrt der Coles und halb in seiner geparkt war. Durch das getönte Fenster konnte er eine Frau erkennen, die ihren Kopf auf das Lenkrad gelegt hatte. Er ging näher heran und bemerkte ein Kleinkind, das in seinem Kindersitz auf dem Rücksitz schlief.

Wes hatte eine recht präzise Vorstellung davon, wer die Frau war, und eine noch genauere Vorstellung, dass es in seinem besten Interesse war, schnellstens umzudrehen. Sie hatte ihn nicht gesehen, es war also nichts passiert. Aber sein Verstand konnte die Botschaft nicht schnell genug an seine Hand weitergeben, und bevor er es merkte, klopfte er schon mit den Fingerknöcheln gegen das Fenster der Fahrertür.

Sophia zuckte zusammen, hob den Kopf und sah ihn an, aber nur, um sich sofort wieder abzuwenden. Hastig kramte sie in ihrer Tasche, bis sie diese riesige Sonnenbrille gefunden hatte, die er langsam als ihren Schutzschild erkannte. Sie setzte sie auf und öffnete dann zögernd das Fenster.

„Hallo, Sophia“, grüßte er leise, um Collin nicht aufzuwecken oder sie erneut in Rage zu versetzen.

„Hi“, murmelte sie und klang dabei mehr als nur ein wenig verwirrt.

Wes betrachtete sie und die Situation und wusste nicht, was er tun sollte. Tränen liefen ihr über die Wangen und ihre Unterlippe zitterte. Offensichtlich war sie wegen irgendetwas völlig aus der Fassung. Was sollte er tun? Er warf einen Blick in Richtung seines Hauses. Nein, er würde sie nicht hereinbitten. Jede Faser seines Wesens schrie ihm zu, auf der Stelle kehrtzumachen und sich aus den Angelegenheiten dieser Frau herauszuhalten. Aber er blieb wie angewurzelt neben ihrer Autotür stehen.

„Hat Collin schon lange geschlafen?“

„Nein …“ Schniefend wischte sie sich die Tränen von den Wangen.

„Er würde sich im Liegen wohler fühlen als in diesem engen Sitz.“ Wes sah noch einmal zu seinem Haus hinüber und warf dann einen Blick auf Collin. Der kleine Kerl hatte den Kopf in einem unbequemen Winkel zur Seite geneigt. „Warum bringen Sie ihn nicht rein, damit er dort sein Nickerchen beenden kann?“

„Opal …“, begann Sophia. Sie klang verwirrt, aber nüchtern.

Obwohl er bereits wusste, dass sie leer war, suchte Wes die Einfahrt der Nachbarn ab. „Es ist niemand zu Hause.“

„Oh …“, entgegnete Sophia, während ihre Schultern weiter hinuntersackten und sie den Kopf senkte.

„Vielleicht kommt Opal bald nach Hause. Sie können gern mit reinkommen und dort auf sie warten.“ In der Hoffnung, sie zum Aussteigen zu bewegen, öffnete er Sophias Tür.

„Okay.“ Sie stieg aus und schlurfte langsam nach hinten, um die Wickeltasche und dann das Kind zu holen. Mit dem schlafenden Collin auf dem Arm ging sie, ohne etwas zu sagen, auf seine Veranda und wartete an der Tür.

Wes griff hinter das Lenkrad, um den Motor auszuschalten, und schloss dann die beiden Türen, die Sophia angelehnt hatte, bevor er ihr folgte. Als sie im Haus waren, führte er sie in das Gästezimmer im ersten Stock.

„Ich lasse Sie mit ihm allein, bis Sie es ihm bequem gemacht haben", flüsterte er und nahm zwei Stufen auf einmal, um die Treppe zu seinem Zimmer hinaufzugehen. Schnell tauschte er das verschwitzte T-Shirt gegen ein frisches und wusch sich im Bad Gesicht und Hände. Da er wusste, dass er sich nicht vor dem verstecken konnte, was immer vor sich ging, ging er wieder nach unten und fand Sophia am Tisch in der Frühstücksecke sitzen.

Die riesige Sonnenbrille verdeckte immer noch den größten Teil ihres Gesichts, und Wes bemerkte, dass sie ganz in schlabberige schwarze Klamotten gehüllt war. Er erinnerte sich, wie strahlend sie auf der Party in dem eleganten Kleid mit Blumenmuster und den langen dunklen Haaren gewesen war. Zweifellos war die Frau umwerfend, und er könnte wetten, dass sie ein Profi darin war, einen Raum mit einem Blick dieser strahlend blauen Augen zum Leuchten zu bringen. Zu schade, dass irgendetwas dieses Strahlen getrübt hatte. Sie sah so niedergeschlagen aus, dass er das Gefühl hatte, die Missbrauchsgerüchte könnten tatsächlich der Wahrheit entsprungen sein. Ein Anflug von Mitgefühl zog seine Brust zusammen.

Wes räusperte sich, um zu signalisieren, dass er zurück war, ging zum Kühlschrank und nahm einen Krug mit Wasser und Zitronenscheiben heraus. „Möchten Sie ein Glas?", fragte er, während er den Krug hochhielt.

„Okay", antwortete Sophia, ohne den Blick von den Erkerfenstern abzuwenden. Hoffentlich fand sie in dem Anblick auf den Ozean etwas Trost.

Ruhig stellte Wes ein Glas vor Sophia auf den Tisch und setzte sich ihr gegenüber. Sie nippten schweigend an ihrem Wasser, bis sein Glas leer war und ihres zur Hälfte. Sein Blick glitt zur Uhr über dem Kaminsims. Dreißig Minuten waren vergangen und noch immer befand sie sich in diesem Zombiezustand.

Seufzend flüsterte er: „Ist es wichtig, darüber zu reden?"

„Nein", kam es kaum hörbar zurück.

An den Fenstern flog ein Drachen vorbei, und er überlegte, was er sagen sollte. Aber da er schon immer das Schweigen dem Gerede vorgezogen hatte, blieben seine Lippen geschlossen.

Während er dem gedämpften Rauschen des Meeres lauschte, bemerkte Wes, wie Sophia mit ihrem Daumen an der Unterseite ihres Ringfingers entlangstrich. Es war dieselbe geistesabwesende Geste, die er sich selbst abzugewöhnen versuchte. Erst letztes Jahr hatte er endlich seinen Ehering abgenommen, der so viel symbolisiert hatte. Sie mochten unterschiedliche Geschichten haben, aber offensichtlich waren sie sich in einigen Dingen ähnlich.

„Das ganze Haus sieht brandneu aus", sagte Sophia aus heiterem Himmel, brach die Stille und riss Wes aus seinen Gedanken.

„Genau darum hatte ich Lincoln gebeten." Wes ließ seinen Blick durch den Raum schweifen. Die veralteten Holzvertäfelungen waren durch glatte Rigipsplatten ersetzt worden, die in einem geschmackvollen Grau gestrichen und mit raffinierten Stuckleisten versehen waren. Die Böden waren von der honigfarbenen Beize befreit und deutlich abgedunkelt worden. „Ich hatte um zeitgemäßen Komfort gebeten, und ich glaube, er hat meinen Wunsch erfüllt."

„Das hat er. Es gefällt mir", flüsterte sie, und Wes registrierte wieder, dass ihre volle, sinnliche Stimme nicht so recht zu ihrer zierlichen Gestalt passte.

„Danke", murmelte er und starrte auf sein Glas.

„Wie haben Sie es genannt?"

Als Wes in ihre Richtung blickte, sah er nur sein Spiegelbild in der riesigen Sonnenbrille und bemerkte, dass sein Haar durch den Lauf und den hastigen Kleiderwechsel in alle Richtungen abstand. Er unterdrückte den Drang, es zu glätten, und konzentrierte sich stattdessen auf ihre vollen Lippen. Vielleicht war das keine gute Idee, aber er löste den Blick trotzdem nicht davon. „Wie bitte?"

„Das Strandhaus. Wie haben Sie es genannt?" Sie machte eine ausladende Geste, die das Haus einbezog.

„Ach so, ja. Bis ich hierhergezogen bin, wusste ich gar nicht, dass es so etwas gibt. Ich habe den ursprünglichen Namen behalten."

„Villa Meerglas", antwortete Sophia.

„Ja." Er blickte auf den Kaminsims und wies darauf. „Sehen Sie das Meerglas in dieser Vase?"

„Wunderschön", kommentierte Sophia.

„Lincoln Cole und sein Team haben jedes Stück davon im ganzen Haus eingesammelt, als sie hier renovierten. Ich dachte daher, es sei richtig, den ursprünglichen Namen beizubehalten."

„Wie schön! Ich wollte schon immer ein Strandhaus haben, dem ich einen Namen geben könnte. Aber ich nehme an, das wird jetzt wohl nie passieren …" Sophia beendete den Satz nicht und schwieg.

Unbehaglich beschrieb die Situation nicht einmal annähernd, und Wes konnte sich nicht recht erklären, warum er eine praktisch Fremde in sein Haus gelassen hatte. Lautstarke Blähungen, die aus dem Gästezimmer ertönten, erinnerten ihn an den Grund. Er hatte das Kind in Sicherheit wissen wollen.

Angesichts des Geräuschs biss Sophia sich auf die Lippen und stand vom Tisch auf. Endlich legte sie auch ihre Sonnenbrille ab. „Der kleine Mann ist wach." Sie eilte ins Zimmer und war innerhalb weniger Minuten mit dem verschlafenen Kleinkind zurück.

„Hallo, Collin." Wes winkte dem Jungen zu.

„Hallo, Pupsie-Mann." Der Kleine rieb sich die Augen und sah sich um. „Hab Kacka gemacht."

Wes zog eine Augenbraue hoch, sodass Sophia sich erneut auf die Lippen biss. Diesmal konnte sie den Anflug eines Lächelns nicht ganz verbergen. „Wo kann ich ihn wickeln?", fragte sie. Wes zeigte auf das Gästezimmer, wo der Junge zuvor geschlafen hatte.

Als die beiden wieder zurückkamen, stellte Sophia ihren Sohn auf den Boden und fragte ihn: „Möchtest du etwas Wasser?"

Collin nickte, und Sophia begann, in der Wickeltasche zu kramen. „Ich hole seinen Becher."

Während Wes sie beobachtete, wackelte Collin heran und kletterte ihm auf den Schoß. Das überraschte ihn zunächst, doch dann entspannte er sich und genoss insgeheim das Vertrauen, das der kleine Kerl ihm entgegenbrachte. Collin zappelte und ächzte und stieß ihn mit den Ellbogen, bis er sich in eine seitliche Position gebracht hatte, in der er seinen Kopf an Wes' Brust legen konnte. Sanft strich er das Haar des Jungen glatt und atmete den Duft von Ahornsirup und Babylotion ein. Als er bemerkte, dass Sophia den Becher hielt und ihn aufmerksam beobachtete, ließ er sofort seine Hand sinken.

Sophia räusperte sich. „Ich werde ihm etwas Wasser einschenken, wenn das in Ordnung ist."

„Sicher. Macht es Ihnen etwas aus, auch mein Glas aufzufüllen?" Wes hielt sein Glas hoch. Sophia wollte nachschenken, aber er bemerkte, dass sie mit dem Krug in ihrer Hand leicht zitterte. „Darf ich mal?“, fragte er, nahm ihr den Krug ab und füllte alle drei Gefäße.

Niemand schien in der Stimmung zu sein, Worte zu wechseln, also tranken sie schweigend ihr Wasser. Die einzigen Geräusche waren die Wellen, die draußen anrollten, und Collins Schmatzen, wenn er einen Schluck aus seinem Becher nahm.

Er stellte den Becher auf den Tisch und verkündete: „Hab' Hunger. Gibs' du mir Essen, Pupsie-Mann?“ Trotz dieses albernen Namens wirkte Collin so ernst, dass Wes sofort nickte und in Gedanken den Inhalt seines Kühlschranks durchging.

„Wir müssen nach Hause“, sagte Sophia und stand auf, um ihre Sachen einzusammeln.

Genau das wollte Wes von ihr, aber aus seinem Mund kamen Worte, für die er sich hätte ohrfeigen können: „Ich habe einen Krabben- und Nudelsalat da. Und ich kann mich nicht daran erinnern, dass in seiner Akte irgendwelche Allergien gegen Meeresfrüchte aufgeführt sind.“

„Keine Allergien, aber ich bin mir nicht sicher, ob er das essen wird.“ Sophia verzog das Gesicht und strich sich eine dicke braune Haarsträhne hinters Ohr. Die Farbe erinnerte Wes an seinen Holzboden.

„Es gibt nur einen Weg, das herauszufinden.“ Als Wes aufstand und versuchte, den Jungen abzusetzen, haftete Collin an ihm wie ein Klettverschluss, sodass er ihn sich auf die Hüfte setzte und zum Kühlschrank ging.

Nachdem der Salat mit Tellern und Gabeln auf dem Tisch stand, sprach Wes ein Gebet, das Collin mit einem lauten „Amen“ abschloss. Bei seinem ersten Bissen wurde Wes bewusst, dass dies die erste Mahlzeit in seinem Haus war, die er nicht allein einnahm, abgesehen von den ersten Tagen mit seinem Bruder. Seine Kehle wurde bei dem Gedanken eng, aber er schaffte es, den Bissen hinunterzuschlucken und einen weiteren zu nehmen.

„Dieses Kind ist eine wahre Gemüse-Vertilgungs-Maschine", sagte er gerade in dem Moment, in dem der Kleine wie aufs Stichwort ein Stück Sellerie ausspuckte, bevor er das Gesicht verzog. Wes und Sophia lachten. Immerhin hatte Collin alle Kirschtomaten aufgegessen.

Im Gegensatz zu ihrem Sohn schob Sophia das Essen auf ihrem Teller hin und her, ohne etwas davon zu essen. Sie sah Collin an und setzte ein halbherziges Lächeln auf.

„Will mehr, Pupsie." Collin hielt eine zerquetschte Tomate hoch.

„Wir wissen beide, dass es Ihre Schuld ist, dass er mir einen so … unangemessenen Namen gibt." Wes deutete mit seiner Gabel auf Sophia, bevor er damit mehrere Tomaten aufspießte und sie auf Collins Teller legte. „Das müssen Sie wieder in Ordnung bringen."

In ihren hellblauen Augen blitzte ein wenig Leben auf, und sie blickte ihn herausfordernd an, während er fortfuhr:

„Das ist geschmacklos und, wie bereits gesagt, unangemessen. Sie sollten Ihr Kind nicht dazu ermutigen, andere mit derartigen Namen zu belegen." Was eigentlich ein Scherz sein sollte, wurde irgendwie zu einer Arztvorlesung und beendete das gemeinsame Essen abrupt.

Verärgert rappelte sich Sophia von ihrem Stuhl auf und nahm Collin hoch, der gerade nach einer Handvoll Tomaten griff. „Ich bin keine schlechte Mutter, Dr. Sawyer." Bevor Wes seinen Fauxpas begreifen konnte, hatte sie sich die Wickeltasche über die Schulter geworfen und war mit Collin aus der Tür.

Schnell eilte Wes nach draußen und konterte: „Und ich bin kein schlechter Arzt."

Sie ignorierte ihn, lud den Jungen ins Auto und war blitzschnell weg.

Frustriert setzte Wes sich auf die Treppe und starrte die Straße hinunter, lange nachdem sich der Staub, den sie aufgewirbelt hatte, gelegt hatte.

Schließlich verflüchtigte sich seine schlechte Stimmung und ein schwaches Lächeln legte sich um seine Lippen. Zumindest hatte Sophia viel lebendiger gewirkt im Vergleich zu ihrem Zustand, als er sie im Auto vorgefunden hatte. Die schattenhafte, niedergeschlagene Version war etwas, womit er nicht gut umgehen konnte, aber die zierliche, streitlustige Frau in voller Fahrt – das war eine andere Geschichte.

In Anbetracht der Tatsache, dass er seine gute Tat für heute getan hatte, ging Wes zurück ins Haus, blieb aber an der Tür stehen und schaute sich um. Es war wirklich ein wunderschönes Haus, und in der letzten Stunde war ein Hauch von Leben eingezogen, der es mehr zu einem Heim gemacht hatte. Jetzt, wo Sophia und Collin nicht mehr da waren, lastete die Stille noch schwerer auf ihm als zuvor.

Im Wohnzimmer blieb sein Blick an den beiden cremefarbenen dicken Polstersofas mit grauen und blassgrünen Nadelstreifen hängen. Auf keinem davon hatte je ein Gast gesessen – nicht einmal Wes selbst –, und so unterstrichen sie nur die Einsamkeit, die in den grauen Wänden gefangen war.

Wes schüttelte die trostlose Vorstellung ab und ging zum Tisch, um das Geschirr abzuräumen. Dann machte er sich auf den Weg ins Gästezimmer, um es aufzuräumen. Als er die Decke ausschüttelte, fiel ein Spielzeugauto auf den Boden.

Es hatte weit mehr als ein Jahr gedauert, bis Wes gelernt hatte, seinen Kummer zu überwinden, aber etwas so Unscheinbares wie ein Spielzeugauto konnte diese Bemühungen immer noch zunichtemachen und ihn so weit zurückwerfen, dass er sich sicher war zu ersticken. Plötzlich befand er sich wieder in der Vergangenheit vor drei Jahren und wurde von seinen Erinnerungen in die Knie gezwungen.

Das Spielzeug an seine brennende Brust gepresst, schnappte Wes nach Luft. Luft, die er nicht verdiente. Luft, die seine Frau und seinen eigenen Sohn mit Leben hätte erfüllen sollen. Er flehte Gott an, ihm diese Luft zu nehmen, damit er nicht ohne die beiden zurückbleiben musste.

5

Sophia betrachtete die Bücherregale, die wuchtigen Schreibtischstühle und Beistelltische und konzentrierte sich schließlich auf den Schreibtisch, der vor ihr stand. Alles war in demselben glänzenden Mahagonifarbton gehalten.

„Ms Prescott", begrüßte Mr Billingsley sie, als er bewaffnet mit einem dicken Ordner und mit grimmiger Miene eilig ins Büro trat. „Es tut mir leid, dass wir uns nicht früher mit Ihnen treffen konnten, aber Mr Prescotts Anwalt war nicht sehr kooperativ."

Sophia stand auf, richtete die marineblaue, maßgeschneiderte Jacke, die zu ihrer Hose passte, und schüttelte die Hand des korpulenten Mannes fest genug, um Zuversicht auszustrahlen. Ihr Vater hatte es ihr vor langer Zeit beigebracht, nachdem sie den ersten Platz im Aufsatzwettbewerb der Mittelschule gewonnen hatte und deshalb den Gouverneur treffen sollte, der den Wettbewerb ausgeschrieben hatte. Das war ein aufregender Tag für sie gewesen. Schade, dass ihr heutiger Tag nicht von positiver Aufregung, sondern nur von Nervosität geprägt war. Wenn es nach Mr Billingsleys Miene ging, dürfte nichts Aufregendes dabei herauskommen.

„Ich verstehe", sagte Sophia, obwohl sie es nicht verstand. Sie verstand gar nichts. Sie verstand nicht, warum sie in Tys finanzielles Fiasko hineingezogen wurde, da sie ja geschieden waren. Und sie verstand definitiv nicht, warum Weston Sawyer an jenem unglücklichen Tag letzte Woche, als sie diese Entdeckung gemacht hatte, so gastfreundlich gewesen war. Aber in den Tagen danach hatte sie sich darauf konzentriert, eine Liste mit Schuldscheinen für die Lebensmittel und andere notwendige Dinge zu erstellen, die ihre Eltern besorgt hatten, anstatt zu versuchen, Westons Freundlichkeit zu verstehen, der mitten in einem schrecklichen Moment aufgetaucht war, um ihr zu helfen. Es war nur ein Mittagessen und ein Platz zum Ausruhen und war doch so viel mehr gewesen.

„Wir haben es geschafft, Ihre Abfindung von *Southeastern* freizugeben, und ich rate Ihnen, einen Teil davon in bar bei sich zu behalten und für den Rest ein neues Konto zu eröffnen." Ihr Anwalt gab ein grunzendes Geräusch von sich, als er sich hinter den Schreibtisch setzte und begann, die Akte durchzublättern, um ihre Aufmerksamkeit wieder auf ihn und die absurde Situation zu lenken. „Was die Alimente und den Kindesunterhalt angeht, so gibt es leider keinen klaren Anhaltspunkt dafür, wann Sie Zugriff auf diese Gelder haben werden. Es hängt alles davon ab, wie die Anwälte der Gegenpartei vorgehen."

„Das ist besser als nichts, nehme ich an." Sophia schenkte ihm ihr bestes Lächeln und nickte, während sie den dicken Stapel von Dokumenten unterschrieb, den er ihr über den Schreibtisch zuschob.

„Ich habe Ihrer Mappe Empfehlungen für einen Steuerberater beigefügt. Sie müssen unbedingt alles nach Vorschrift machen, denn das Finanzamt wird Sie auf jeden Fall auf unbestimmte Zeit im Auge behalten. Wir haben Beweise dafür, dass Sie in den letzten zwei Jahren ihre eigenen Steuererklärungen abgegeben haben, sodass Sie nicht in das Fehlverhalten Ihres Mannes verwickelt sein sollten."

Nachdem Mr Billingsley die Dokumente durchgesehen und ihr Kopien ausgehändigt hatte, begleitete er sie zum Hinterausgang.

„Nochmals vielen Dank, dass wir uns so früh treffen konnten." Sophia hängte sich ihre Handtasche über die Schulter, nachdem sie ihre Schlüssel herausgefischt hatte.

„Ich verstehe Ihr Bedürfnis nach Diskretion in dieser Situation. Sie haben meine Karte. Zögern Sie nicht, mich anzurufen, wenn weitere Reporter auftauchen."

„Das werde ich. Vielen Dank." Ihr vorsichtiges Lächeln verwandelte sich in ein Stirnrunzeln, als sie nach draußen in die dichte Nebeldecke trat. Ein flüchtiger Blick zeigte, dass keine Reporter oder Fotografen auf sie lauerten, also beeilte sie sich und stieg in ihren Wagen. Zum Glück war der in bar bezahlt worden.

Zumindest der wird sich nicht in Luft auflösen wie meine Ehe, meine Karriere, mein Geld und meine Würde … Danke, Gott, dass ich wenigstens meinen Wagen noch habe.

In der Hoffnung, so den Druck loszuwerden, ließ Sophia ihren Kopf leicht im Nacken kreisen und startete den Motor. Als sie jedoch zurücksetzen wollte, versperrte der Lieferwagen von *Bless This Mess* ihr den Weg.

„Arrgh! Heute nicht, Opal", murmelte sie und verzichtete darauf, ihren Kopf auf das Lenkrad zu schlagen.

Opal riss die Beifahrertür auf. „Hey, Mädel!"

Ausdruckslos starrte Sophia sie an, ihr war nicht nach Höflichkeiten zumute. „Verfolgst du mich etwa?"

„Nein, Dummchen. Ich wusste, dass du einen Termin hast", antwortete Opal heiter und beugte sich in den Wagen.

„Nun, den hatte ich, und er ist jetzt vorbei, also …"

„Ich habe auch einen Termin. Du und Jo, ihr müsst mich begleiten. Sie sitzt schon im Wagen, also beeil dich." Opal schnippte mit den Fingern.

Der einzige Termin, an dem Sophia teilnehmen wollte, sollte in ihrem Bett hinter zugezogenen Vorhängen stattfinden. Immerhin war es Montag und Collin somit bei ihren Eltern. Doch es sah so aus, als würde sie ihren Wunsch nicht erfüllt bekommen. „Ich kann hinter dir herfahren."

„Nein, nein, nein. Steig einfach bei uns ein. So haben die *Sand Queens* etwas Zeit miteinander."

Resigniert stieß Sophia einen Seufzer aus, denn sie wusste, dass ihre Freundin nicht nachgeben würde. „Solange du mich innerhalb einer Stunde wieder hier ablieferst, können wir das so machen."

„Das sollten wir hinbekommen", antwortete Opal, schloss die Beifahrertür und sprang zurück zu ihrem Van.

Sophia nahm ihre Handtasche und warf einen Blick zum Himmel. „Bitte, Gott, gib mir Kraft." Doch zehn Minuten später dachte Sophia, dass Gott wohl nicht in der Stimmung war, ihr Kraft zu geben, denn sie standen vor der Kinderambulanz.

„Nein", sagte sie entschieden, womit das Thema eigentlich erledigt sein sollte, aber Opal stand geduldig an der geöffneten Wagentür und versuchte, sie herauszulocken.

„Aber es geht um lauter gute Dinge. Versprochen", versicherte sie, während sie an Sophias Arm zerrte.

Standhaft riss Sophia ihren Arm los und blieb sitzen. „Opal Cole, du führst etwas im Schilde."

„Komm erst mal rein", gestikulierte Opal in Richtung des Seiteneingangs der Carolina-Kinderambulanz.

„Aber Weston Sawyer wird da drin sein." Allein den Namen auszusprechen, ließ eine Welle der Demütigung über Sophias ohnehin schon empfindliche Nerven rollen.

„Ja, natürlich. Er ist der *Arzt*", erwiderte Opal kopfschüttelnd, verschränkte ihre Finger mit denen von Sophia und brachte sie schließlich aus dem Wagen und zum Eingang des Gebäudes.

Als hätte sie auf die Frauen gewartet, ließ Agnes Nelson sie herein und schloss dann die Tür hinter ihnen ab. Das war der Moment, in dem Sophia bemerkte, dass die Praxis noch nicht geöffnet hatte. Bevor sie ihre Bedenken äußern konnte, sagte Agnes: „Wenn das nicht die reizenden *Sand Queens* sind." Warmherzig umarmte die ältere Dame jede von ihnen und führte sie dann in ihr Büro. „Lincoln und August sind bereits drinnen. Geht schon mal vor, ich bin gleich wieder da."

Irritiert warf Sophia Josie einen Blick zu und fragte: „Was wird das hier?"

Josie zuckte mit den Schultern und sah genauso verwirrt aus, wie sie sich fühlte. „Vielleicht gibt es noch etwas zu renovieren und sie brauchen unsere Hilfe. Das ist das Einzige, was mir dazu einfällt."

„Vielleicht", wiederholte Sophia, als sie den Raum betraten.

„Hallo, Ladys", begrüßte August sie mit einem Gähnen. Er hatte es sich hinter Agnes' Schreibtisch bequem gemacht, die Füße auf eine Ecke hochgelegt und die Hände hinter dem Kopf verschränkt.

Für den Besucherstuhl vor dem Schreibtisch sah Lincoln zu groß aus. Er streckte die Hand aus und zog Opal auf seinen Schoß, die kicherte, als er seine Arme um sie legte.

Wäre Sophia besser gelaunt gewesen, hätte sie die romantische Geste wahrscheinlich mit einem Augenverdrehen quittiert.

Stattdessen kniff sie die Lippen zusammen und blieb an der Wand stehen.

Mit einer Akte unter den Arm geklemmt und einem freundlichen Lächeln auf dem Gesicht, trat Wes ein. In seinem maßgeschneiderten grauen Anzug und der marineblauen Krawatte sah der Mann aus wie ein Model. Als er bemerkte, wie Sophia ihn anstarrte, verzog er seinen Mund zu einem schiefen Lächeln, bevor er seine Aufmerksamkeit auf Lincoln und Opal richtete. „Soll ich?“, sagte er mit diesem geschmeidigen Bariton.

„Bitte“, antwortete Lincoln. Sein Strahlen war für Sophia noch verwirrender, da er sich sonst eher grüblerisch zeigte. Was führten ihre Freunde bloß im Schilde?

Mit Blick auf Opal und Lincoln begann Wes nun feierlich: „Es ist mir wirklich eine Ehre, dass Sie mich zum Kinderarzt Ihres Babys ernannt haben. Ich freue mich darauf, ihn oder sie Anfang nächsten Jahres kennenzulernen.“ Gespannt ließ Wes seinen Blick durch den Raum gleiten und beobachtete, wie seine Worte ankamen.

Mit aufgerissenen Augen schnappte Sophia nach Luft, Josie brach in Tränen aus und Opal gluckste vor Vergnügen.

Als Augusts Füße mit einem dumpfen Aufprall auf dem Boden aufschlugen, stieß er dabei eine Schachtel Taschentücher vom Schreibtisch. Er gab einen Juchzer von sich, bevor er über den Schreibtisch sprang, Lincoln auf die Schulter klopfte und Opal einen Kuss auf die Wange gab.

Sophia verdrehte die Augen, denn sie fand, dass August Bradford einfach eine Portion zu entzückend war. „Wir sind im zweiten Monat“, ergänzte Opal, während Lincoln ihren noch flachen Bauch streichelte.

Wes schüttelte erst Opal und dann Lincoln die Hand, bevor er die Gruppe der Freunde allein ließ, damit sie die Nachricht feiern konnten.

Langsam flaute der Schock ab und wurde von purer Freude abgelöst, die Sophia die Tränen in die Augen trieb. „Das ist großartig! Die beste Nachricht überhaupt! Ich werde endlich Tante!" Voller Freude schlang sie ihre Arme um Josie und hüpfte mit ihr auf und ab. Dabei kreischten die beiden wie Schulmädchen. Nachdem sie ihren Freudentanz beendet hatten, umarmten die Frauen Opal und Lincoln zur Gratulation.

Die Feier zog sich in die Länge, als die beiden den Geburtstermin und andere Details mitteilten. Sie hatten es ihrer Familie am Wochenende zuvor bei einem Grillfest mitgeteilt, wollten aber die Neuigkeiten mit den Freunden auf ihre eigene Weise teilen.

Sophia war bereits dabei, die Babyparty zu planen, als Agnes das Büro betrat und sich räusperte. „Sophia, kann ich kurz mit dir sprechen?"

„Ähm …" Sophia warf Opal einen Blick zu, weil sie wusste, dass ihre rothaarige Freundin wohl wieder etwas ausgeheckt hatte. „Ja, natürlich, Ma'am."

Bevor alle den Raum verließen, ließen sie Sophia eine Reihe von stummen Botschaften zukommen. Josie schenkte ihr ein mitfühlendes Lächeln und ein halbherziges Achselzucken, Opal zwinkerte ihr aufmunternd zu und hielt ihr gedrückte Daumen hoch, und Lincoln warf ihr einen unmissverständlichen Blick zu, der ihr sagte, sie solle besser tun, was auch immer man von ihr verlangte, und es nicht vermasseln. August gab ihr einfach einen unterstützenden Faustsstoß. Während sie die anderen drei anfunkelte, die anscheinend genau Bescheid wussten, was Opal im Schilde führte, schlug Sophia ihre Faust auf seine mit Farbe verschmierte Riesenpranke.

Sobald die Tür geschlossen war, nahm Agnes neben Sophia Platz und kam gleich zur Sache. „Meine Liebe, es ist so. Ich muss mich zur Ruhe setzen. Und nach dem, was Opal mir im Vertrauen gesagt hat, brauchst du einen Job." Um der Antwort zuvorzukommen, die Sophia gerade ausspucken wollte, hob sie die Hand. „Jetzt hör mir erst mal zu. Dieser Job ist mit vernünftigen Arbeitszeiten, Sozialleistungen und einem wirklich guten Gehalt verbunden. Es ist genau das, was eine alleinerziehende Mutter wie du braucht. Ich kann Wes nicht hier allein lassen, ohne meine Stelle richtig zu besetzen. Und dafür kommt nicht jeder x-Beliebige infrage. Ich brauche *dich*."

Sophia wusste, dass sie keine andere Wahl hatte, als sich einen Job zu suchen, nachdem Ty die Dinge für sie so ruiniert hatte. Die Abfindung würde sie bestenfalls noch zwei Monate über Wasser halten. Aber als sie sich in Agnes' bizarrem Büro umsah, war sie sich nicht sicher, ob das die beste Wahl für sie war.

„Wes … und ich … wir kommen nicht miteinander aus." Ihr Daumen strich über ihren Ringfinger, während sie über das Angebot nachdachte.

Agnes grinste. „Schätzchen, glaubst du etwa, der Doc und ich haben uns in den letzten vierzig Jahren bei der Arbeit immer gut verstanden?" Sie beugte sich vor und flüsterte: „Erst letzte Woche hatte ich sogar einen kleinen Streit mit Wes. Er dachte, seine Art, etwas zu regeln, sei besser als meine, aber wir hatten dann ein Treffen, bei dem wir die Sache ins Gebet genommen haben, und am Ende sah er es wie ich." Die ältere Dame zwinkerte ihr mit einer gehörigen Portion Temperament zu.

„Ich brauche tatsächlich einen Job", erwiderte Sophia ernst.

„Dann ist es abgemacht", sagte Agnes unbekümmert und warf einen Blick auf ihre Uhr. „Wir haben noch Zeit, mit ihm zu sprechen, bevor die Praxis geöffnet wird."

Fünfzehn Minuten später saßen Sophia und Agnes Wes in seinem Büro gegenüber. Mit verschränkten Fingern hörte er schweigend zu, bis die Praxismanagerin ihren Vortrag darüber beendet hatte, warum Sophias PR-Hintergrund und ihr MBA sie für diese Stelle mehr als qualifizierten.

Ruhig sah Wes von Agnes zu Sophia und dann wieder zu Agnes. „Nein", sagte er bestimmt und beide Frauen zuckten zusammen.

Sophia spürte, wie ihr augenblicklich heiß wurde, als sie von seiner Ablehnung getroffen wurde.

„Warum in aller Welt sagst du Nein?", fragte Agnes verärgert und schnalzte mit der Zunge. Sie sah aus, als wolle sie ihn am Ohr packen und in die Ecke stellen, bis er die richtige Antwort gab.

Während Sophia mit den Tränen kämpfte, fragte sie sich, wie viele Schläge sie noch ertragen konnte, bevor sie ganz aufgab. Sie wollte ihn anflehen, ihr eine Pause zu gönnen, darüber hinwegzusehen, was für eine chaotische Erscheinung sie in letzter Zeit abgegeben hatte. Sie wollte Wes versichern, dass die Frau, die er bisher getroffen hatte, nicht sie war, aber sie konnte kaum atmen, geschweige denn sprechen. Ein weiteres Indiz dafür, dass sie nicht mehr sie selbst war.

„Ms Prescott hat eine Szene gemacht und mich vor mehreren Patienten nicht respektiert. Sie hat auch in den sozialen Medien versucht, mich als Arzt zu diskreditieren. Soweit ich weiß, hat sie eine große Fangemeinde, und Sie wissen so gut wie ich, Agnes, dass wir deswegen mehr als eine Handvoll Anrufe erhalten haben. Ich bin in meiner gesamten Laufbahn noch nie so oft in meiner Kompetenz als Arzt hinterfragt worden wie seit meiner Ankunft hier."

Bei diesen Worten erschauderte Sophia und fragte sich, woher er überhaupt von dem Vorfall in den sozialen Medien wusste und wieso diese Sache so aus dem Ruder gelaufen war. „Ich habe nur einen anderen Kinderarzt empfohlen, als eine junge Mutter auf Facebook nach Empfehlungen fragte. Ihr Name wurde nie erwähnt." Niedergeschlagen sah sie zu, wie er mit einem Kopfschütteln reagierte.

„Ich glaube einfach nicht, dass diese Praxis der richtige Ort für Sie ist, Ms Prescott. Viel Glück bei der Suche nach einer neuen Stelle", sagte Wes, bevor er Sophia knapp zunickte, sich seinem Computerbildschirm zuwandte und sie damit entließ.

Agnes biss die Zähne zusammen und warf ihm einen vernichtenden Blick zu. „Ich hätte gute Lust, dir den ganzen Kram hier auf der Stelle hinzuwerfen, egal wie du klarkommst. Warte nur, bis der Doc davon Wind bekommt." Sie drohte ihm mit dem Finger, während sie Sophia aus dem Büro führte.

Wie eine Gewitterwolke brauten sich Demütigung und Empörung über Sophia zusammen. Sie ließ sich auf den Rücksitz von Opals Wagen fallen und starrte aus dem Fenster.

„Wann fängst du an?", fragte Opal, als sie vom Parkplatz fuhr.

„Ich fange nicht an."

Josie drehte sich auf dem Beifahrersitz um und starrte sie ungläubig an. „Warum nicht?"

„Weil dieser aufgeblasene Herr Doktor sich geweigert hat, mich einzustellen."

„Das ist absolut lächerlich. Mit welcher Begründung?", fragte Opal und schaltete den Blinker ein. „Er behauptet, als ich mit

Collin in seiner ersten Woche hier war, hätte ich eine Szene gemacht, und er hatte irgendwie Wind bekommen von der verdrehten Version dieses Facebook-Posts." Stöhnend strich sich Sophia mit den Händen übers Gesicht. „Klingt so, als hätten die Klatschbasen der Stadt noch ein gutes Stück dazu beigetragen, und deshalb kann ich es ihm wirklich nicht verübeln, dass er nicht mit mir arbeiten will."

„Ich habe dich gewarnt", murmelte Opal und warf Sophia im Rückspiegel einen vielsagenden Blick zu.

Während Opal weiterfuhr, herrschte Schweigen, aber Sophia konnte erkennen, dass die Gedankenmaschine ihrer Freundin bereits auf Hochtouren arbeitete. Nach einer weiteren Meile auf der Straße bestätigte sich dies, als ein wissendes Lächeln über Opals Gesicht glitt.

„Das lässt sich leicht aus der Welt schaffen. Du musst nur einen fluffigen Beitrag darüber schreiben, wie toll die Carolina-Pädiatrie ist und wie sehr du Dr. Sawyer bei der Betreuung deines Sohnes vertraust. Dann müssen die Klatschtanten das nur noch ein bisschen aufblasen und am Ende der Woche sitzt du in Agnes' Büro. Das kann sich auf keinen Fall ins Negative wenden."

Trotz ihrer miserablen Laune dachte Sophia über den Vorschlag nach und fand, dass es wirklich keine schlechte Idee war. „Das kann ich wahrscheinlich machen", murmelte sie und arbeitete gedanklich bereits an einem Aufhänger für den Beitrag.

„Sophia, mein Wagen steht beim Diner. Kannst du mich dorthin fahren?", fragte Josie, als Opal wieder am Büro des Anwalts hielt.

„Sicher." Die Sonne brachte den Nebel jetzt rasch zum Verschwinden und verbesserte den Helligkeitsfaktor um ein

Vielfaches. Blinzelnd kramte Sophia in ihrer Tasche nach ihren Schlüsseln und der Sonnenbrille.

„Ich habe noch ein paar Projekte zu bearbeiten, also gehe ich besser in den Laden. Wir sehen uns später", sagte Opal und ihr immerwährendes Lächeln war noch strahlender als sonst.

Bevor sie sich trennten, gratulierten sie Opal noch einmal von Herzen und umarmten sie.

Als Sophia in Richtung *Driftwood Diner* startete, warf sie Josie einen kurzen Blick zu, bevor sie sich wieder der Straße zuwandte. „Also, ähm… unsere Opal wird eine Mami. *Wahnsinn.*"

„Ich kann es kaum glauben", gluckste Josie.

„Ich weiß, nicht wahr?" Sophia schüttelte den Kopf und grinste. „Das Einzige, was mir Sorgen macht, ist, was sie dem armen Baby anziehen wird."

Lachend antwortete Josie: „Wir werden sie bei der Wahl der Garderobe wohl bremsen müssen."

An einer roten Ampel warf sie Josie einen Blick zu und schließlich siegte ihre Neugierde: „Du und August, ihr seid noch nicht so weit, eine Familie zu gründen?"

„Irgendwann sicher, aber im Moment sind das Camp und die Kunstprojekte unsere Babys. Das Camp kommt so gut an, dass August und Carter daran arbeiten, im nächsten Jahr einen Frühlings- und einen Herbstkurs anzubieten." Josie streckte die Hand aus und drückte Sophias Arm. „Ich weiß, worauf du hinauswillst, und das ist lieb von dir. Wir haben es noch nicht einmal versucht. Und ich bin überglücklich für Opal."

Lächelnd fuhr Sophia weiter. Josie war keine neidische Person, doch sie wollte sich trotzdem vergewissern, dass es ihrer Freundin nichts ausmachte. „Ich kann es kaum erwarten, ihr

Baby zu verwöhnen, so wie sie es mit Collin macht. Ha, jetzt kann ich es ihr zurückzahlen."

Als sie am *Diner* ankamen, wollte Sophia Josie absetzen und sich aus dem Staub machen, doch ihre Freundin überredete sie, noch mit ihr zu frühstücken. Obwohl sie im letzten Jahr neben allem anderen auch ihren Appetit verloren hatte, schaffte Sophia es, in einem Teller Hafergrütze mit Eiern herumzustochern, bis Josie mit ihrem fertig war und gehen musste.

Die Fahrt zurück zur Wohnung verlief ruhig. Ihre Gedanken kreisten um Opals großartige Neuigkeiten und Wes' Ablehnung. Als sie es geschafft hatte, in ihr Zimmer zu kommen und die Vorhänge zu schließen, riss das Klingeln ihres Telefons sie aus ihren Gedanken. Eine unbekannte Nummer blinkte auf dem Display.

„Hallo?", antwortete sie zögernd, während sie die inzwischen spürbaren High Heels von den Füßen zog.

„Babe." Ein einziges Wort genügte, um ihr Herz einen Schlag aussetzen und ihren Magen in die Kniekehlen rutschen zu lassen.

Langsam setzte sie sich auf die Bettkante und presste die freie Hand auf den Magen – wie sie es hasste, dass er immer noch eine so erschütternde Wirkung auf sie hatte. „Ty?"

„Ja, Babe." Das tiefe Timbre seiner Stimme hallte durch das Telefon. „Das ist meine neue Nummer. Speichere sie unbedingt, okay?"

Sie schluckte und brachte ein schwaches „Okay" heraus.

„Hör zu, du hast bereits von dem Sch… ähm, von dem Mist gehört, der gerade passiert ist. Das Einzige, was du jetzt wissen musst, ist, dass mein idiotischer Manager und der Buchhalter an dem Schlamassel schuld sind. Nicht ich. Aber ich arbeite daran, alles in Ordnung zu bringen." Im Hintergrund war ein Rauschen zu hören, das sich anhörte, als sei er wie immer mit etwas beschäftigt. „Bleib also ruhig und lass deine Eltern in der Zwischenzeit für dich und Collin sorgen."

Das sollte doch deine Aufgabe sein, wie du es bei der Hochzeit versprochen hast, dachte sie, und ihre Augen begannen zu brennen.

„Ich werde ihnen alle Auslagen zurückzahlen."

Sie räusperte sich und flüsterte: „Ty, du bist nicht mehr für mich verantwortlich."

„Das ändert nichts daran, dass ich dich ... Ich war bei diesen Aggressionsbewältigungskursen und Beratungsgesprächen. Alles für dich", seufzte er schwer ins Telefon und murmelte ein paar wohlüberlegte Worte. „Babe, ich liebe dich. Daran hat sich auch nichts geändert."

Wenn Ty sie liebte, hätte sie sich keinen besseren Ehemann wünschen können. Er betete sie praktisch an. Aber wenn er seinen Dämonen freien Lauf ließ, war er der Schlimmste.

Unbedingt musste Sophia ihre Gedanken in eine andere Richtung lenken, bevor er sie mit seiner falschen Süßholzraspelei einwickelte. Es wäre zu einfach, ihm nachzugeben und dadurch die unerträgliche Einsamkeit zu beenden. Vor ihren inneren Augen erschien ihr kleiner Junge mit der Traurigkeit in den Augen. „Collin vermisst dich."

Ty seufzte erneut. „Ich vermisse euch beide. Ich komme bald mal zu euch raus. Versprochen."

„Okay", murmelte sie, wohl wissend, dass es ein weiteres leeres Versprechen war.

Als im Hintergrund Stimmen zu hören waren, rief Ty: „Ich bin gleich da." Dann fuhr er sanft fort: „Hör zu, Babe, ich muss jetzt zum Training. Gib dem kleinen Mann einen Kuss von mir."

Als er auflegte, brach Sophia in Tränen und heftiges Schluchzen aus. Jedes Mal, wenn Ty sich meldete, war es, als würde ihr erneut jemand ein Messer ins Herz stoßen.

Ty durfte sie zwar körperlich nicht mehr verletzen, aber Sophia spürte den Schmerz, den er ihr zugefügt hatte, noch immer, als hätte er sie erst gestern geschlagen. Mit zitternden Händen schaffte sie es, sich von Jacke und Hose zu befreien, bevor sie ins Bett kroch. Eingekuschelt unter der Decke, verdunkelte sich ihre Welt und trug die Stärke, an die sie sich geklammert hatte, mit sich fort. Ty hätte ihre Stärke sein sollen, der Partner an ihrer Seite. Er hätte da sein sollen, damit sie sich anlehnen konnte, er hätte da sein sollen, um sie zu trösten. Doch sie verkroch sich hier in einem Bett, das nicht ihr Ehebett war, und versuchte immer noch, sich von dem Schmerz zu erholen, den er ihr achtlos zugefügt hatte. Sie fühlte sich allein und verängstigt, mit nichts als gebrochenen Versprechen.

Mühsam drängte sie die Tränen zurück, als die Erinnerung an den Abend der Team-Party im letzten Jahr ihrer Ehe in ihr Bewusstsein drang …

Sophia fühlte sich wie eine Außenseiterin, die nur eingeladen worden war, weil man sich dazu verpflichtet gefühlt hatte. Sie gab sich besondere Mühe mit ihrem Vorzeigefrauen-Outfit, einem figurbetonten Cocktailkleid und meilenhohen Stilettos mit genug funkelnden Diamanten, um jemanden zu blenden. Sie ging sogar so weit, sich Haare und Make-up professionell machen zu lassen. Eigentlich hätte sie gut in den glamourösen Abend passen sollen, aber als sie sich durch die dichte, ziemlich ausgelassen feiernde Menge bewegte, konnte sie kaum den Drang unterdrücken, sich die Schuhe von den Füßen zu reißen und davonzulaufen. Das Leben war ihr zu laut geworden und ihr Herz hatte Heimweh nach dem ruhigeren Leben zu Hause in Sunset Cove in South Carolina.

„Liebling, du siehst heute Abend umwerfend aus. Einfach *fabelhaft*. Dieses Indigoblau ist wirklich deine Farbe“, schmeichelte Tys Mutter und musterte Sophia von Kopf bis Fuß. „Es betont das Türkis in deinen Augen.“

„Danke, Helen. Es ist die Teamfarbe“, antwortete Sophia, während sie am Saum des knappen Kleides zupfte und sich alles andere als fabelhaft fühlte. Als sie sich in der Menge umsah, erblickte sie eine große Blondine, die einen offensichtlich kooperativen Ty aus dem Raum zog. „Entschuldige mich.“

Obwohl Mrs Prescott versuchte, Sophia abzulenken, gelang es ihr, sich von der anhänglichen Frau loszureißen und sich durch die Menge zu schlängeln. Sie hatte schon viel zu lange weggeschaut. Mit klopfendem Herzen schob sie sich durch die Tür und weiter den Flur entlang. Kichern und Stöhnen drangen aus einem Seitengang zu ihr herüber, und angesichts dieser eindeutigen Geräusche beschwor ihr Herz sie, umzukehren und die Sache auf sich beruhen zu lassen. Doch Sophia wusste, dass es an der Zeit war, sich der Untreue ihres Mannes zu stellen.

Zitternd schluckte sie den Kloß in ihrem Hals hinunter, holte tief Luft und forderte: „Nimm deine Lippen von meinem Mann.“

Die Blondine sprang auf und taumelte seitwärts, aber Ty fing sie auf, während er Sophia einen warnenden Blick zuwarf. „Kümmere dich um deinen eigenen Kram, Sophia.“

„Ich bin mir ziemlich sicher, das hier ist *mein Kram.*" Erstaunt bemerkte sie, dass ihre Stimme viel ruhiger klang, als sie sich fühlte. Mit fester Stimme sagte sie: „Es ist ein bisschen zu spät, sich dafür zu schämen, mit einem verheirateten Mann herumzumachen, Schätzchen", als sie sah, wie die Frau den Kopf senkte und versuchte, an ihr vorbeizuhuschen. Bei ihrem Sprint stolperte sie ein paarmal fast über ihre Absätze.

„Es war nur ein freundschaftlicher Kuss …", versuchte Ty die unschuldige Fassade aufrechtzuhalten, bis die Blondine verschwunden war. Sofort bröckelte sie, als die Frau weg war, und wich der dunkleren Version ihres Mannes, die direkt unter der Oberfläche lauerte. Die goldenen Flecken in seinen braunen Augen flackerten und wuchsen zu einem wütenden Feuer an. Seine Nasenflügel weiteten sich. „Es ist mein Abend und du ruinierst ihn mit dieser verbitterten Ehefrau-Nummer." Ty presste die Worte durch zusammengebissene Zähne, während seine schwere Hand Sophias Oberarm packte und seine Finger sich in ihr Fleisch gruben.

„Du tust mir weh, Ty … Du hast gesagt … du hast gesagt, du würdest es nicht wieder tun." Mit aller Kraft blinzelte Sophia die Tränen zurück und weigerte sich, ihm diese Genugtuung zu geben.

Als hätte ihre Haut ihn versengt, ließ er seine Hand plötzlich fallen, stolzierte aus dem Gang und war verschwunden.

6

Stille umgab Wes, als er am Mittwochnachmittag auf den Berg von Papierkram auf seinem Schreibtisch starrte. Sicher, es war Agnes' Aufgabe, die Akten zu bearbeiten, aber im Moment hatte er bei ihr schlechte Karten. Er hatte deshalb beschlossen, seine Bemerkungen für sich zu behalten, und ihr einfach gesagt, dass er sich gerne darum kümmern würde. Sie hatte den Raum daraufhin mit einem skeptischen Lachen verlassen. Offensichtlich dachte sie, dass er damit nicht zurechtkommen würde.

Entschlossen riss Wes sich die Krawatte vom Hals und öffnete den obersten Knopf seines Hemdes, setzte seine Lesebrille auf und kauerte sich in seinen Stuhl. Er würde nun tun, was getan werden musste.

„Ich werde Agnes schon zeigen, wer der Boss ist." Nachdem er sich so für die bevorstehende Aufgabe motiviert hatte, nahm Wes die oberste Akte und machte sich ans Werk.

Ein paar Stunden später war der Berg zu einem überschaubaren Hügel geschrumpft und Wes verschwamm die Schrift vor den Augen. Er setzte den Stift ab, zog seine Lesebrille von der Nase und massierte sich die Schläfen. Sein Magen gab ein niederträchtiges Knurren von sich, eine Erinnerung daran, dass er das Mittagessen ausgelassen hatte und auch das Abendessen ausfallen lassen würde, wenn er seiner sturen Praxismanagerin etwas beweisen wollte.

Als sein Magen jedoch keine Ruhe geben wollte, beschloss Wes, Agnes' Snackschublade zu plündern. Sie hatte sie ihm am ersten Tag gezeigt und gesagt, er könne sich bedienen. Wahrscheinlich war dieses Angebot am Montag zurückgezogen worden, aber er wollte sich trotzdem etwas daraus nehmen. Als er aufstand, um seinen schmerzenden Rücken zu strecken, flog die Tür auf und schlug mit solcher Wucht gegen die Wand, dass Wes am ganzen Körper zusammenzuckte.

„Bist du jetzt völlig verrückt geworden?", brüllte der Doc, der mit funkelnden Augen in der Tür stand.

„Das glaube ich nicht, Sir", entgegnete Wes ruhig. Er hatte diesen wilden Blick schon einmal gesehen und bereitete sich auf die Predigt vor, die gleich beginnen würde.

„Einem geschenkten Gaul schaut man nicht ins Maul", wütete der ältere Mann, während er ins Zimmer stapfte und Wes aus dem Weg scheuchte, damit er seinen Stuhl nehmen konnte.

„Ich habe kein Pferd mehr gesehen, seit ich in Sunset Cove angekommen bin", erwiderte Wes provozierend, ging auf die andere Seite des Schreibtischs und blieb dort stehen.

Während der Doc das oberste Blatt der geöffneten Akte nahm, machte er ein abfälliges Geräusch und ließ es wieder auf den Stapel fallen. „Werd' nicht frech, Junge", zischte er, verschränkte die Arme und stieß ein Knurren aus. „Diese junge Lady wäre eine Bereicherung für das Büro, aber du hast sie schneller abgewiesen als einen Versicherungsvertreter an der Haustür."

„Ich glaube nicht, dass Ms Prescott geeignet ist …"

„Komm mir nicht so, Junge", richtete der Doc den Blick auf ihn. „Meine Frau sagt, ich darf erst wieder in mein eigenes Bett, wenn ich dich zur Vernunft gebracht habe.“ Mit Abscheu wies er auf die Akten und fuhr fort: „Aber ich habe allmählich den Eindruck, du bist ein hoffnungsloser Fall.“

Wes tat es dem Doc gleich, verschränkte die Arme und blickte finster drein. „Ich will mich nicht herausreden. Und es gäbe ja auch überhaupt kein Problem, wenn Sie schon vor Jahren auf digitale Aktenverwaltung umgestiegen wären wie der Rest der Welt.“

„Wenn du diese absolut fähige Frau einstellen würdest, würde sie die Akten im Handumdrehen in diesen digitalen Computerschwachsinn umwandeln.“

„Dass Ms Prescott mich nicht respektiert und meine Glaubwürdigkeit öffentlich infrage stellt, sind zwei triftige Gründe, sie nicht einzustellen.“

„Du willst schon wieder schießen, bevor du gezielt hast. Wie oft habe ich dir schon gesagt, du sollst nicht so dumm sein?“

„Aber …“

„Junge, ich habe gehört, was hier in der Praxis passiert ist“, stimmte der Doc einen versöhnlicheren Ton an und lehnte sich in seinem Stuhl zurück. „Für Sophia ist im letzten Jahr die Welt zusammengebrochen. Ich weiß, das ist kein Argument, aber sie kam als verzweifelte Mutter hierher, und was sie brauchte, war ein Arzt, der ihr versicherte, dass es ihrem Kind gut geht. Was sie nicht brauchte, waren abfällige Urteile über ihre Erziehungskünste. Sie brauchte es, dass du deinen Job machst, und sonst nichts.“ Als Wes keinen Kommentar abgab, fuhr der Doc fort.

„Ich weiß, dass du dich nicht in den sozialen Medien rumtreibst; ich ja auch nicht. Aber ich hatte genug Verstand, um meine Tochter zu bitten, Sophias Seite aufzurufen, damit ich ihren Beitrag selbst sehen konnte. Die Frau hat nur die Kinderarztpraxis auf der anderen Seite des Flüsschens empfohlen. Gute Ärzte übrigens, wenn du mich fragst."

So wie der Doc die Dinge präsentierte, kam Wes sich idiotisch vor, weil er sich so darüber aufgeregt hatte. „Sie wissen, dass ich hierhergekommen bin, weil ich es versprochen habe … aber noch nie in meinem Leben war ich so sehr versucht, ein Versprechen zu brechen." Wes steckte die Hände in die Taschen und ging zum Fenster, wo er erst jetzt bemerkte, wie heftig es regnete. Als er über die Schulter zurücksah, begegnete er den dunklen Augen des Doc. „Und im Gegenzug haben Sie versprochen, mich in Ruhe zu lassen. Sie haben geschworen, dass ich hier in Ruhe und Frieden leben könnte."

„Wes, mein Junge …" Langsam schüttelte der ältere Arzt den Kopf. „Du musst endlich mit dem Leben weitermachen und das kann manchmal ein bisschen unruhig und unfriedlich sein."

„Ich soll sie also einstellen und mir ihre unerwünschte Aufsässigkeit einhandeln?"

„Das wird nicht so sein, solange du es nicht zulässt."

„Seit meiner Ankunft hier habe ich die Dinge nicht mehr unter Kontrolle." Wes stieß ein Schnauben aus und lehnte sich gegen die Fensterbank. „Kann ich meine Einlage zurückbekommen?"

„Das willst du nicht", meinte der Doc, als Wes' Magen ein weiteres Knurren von sich gab. „Aber ich kann dich zum Abendessen einladen, und anschließend kannst du heute Abend mit mir in der Bibelstunde sitzen, da ich bei meiner Frau in Ungnade gefallen bin."

Eigentlich wollte Wes dem Doc diesen Gefallen nicht tun, aber er war zu hungrig, um zu protestieren. Seufzend ging er zum Schreibtisch und sammelte den Stapel Akten und seine

Aktentasche ein, fest entschlossen, den Papierkram zu erledigen, bevor Agnes am nächsten Morgen eintraf. Er würde die restlichen Sachen einfach mit nach Hause nehmen. Vielleicht würde er die Papiere noch mit einem hübschen Schleifchen verschnüren …

Nachdem sich die Männer im *Sunset Seafood House* mit Flundersandwiches und frittierten Maisbällchen gestärkt hatten, machten sie sich auf den Weg zur Baptistengemeinde von Sunset Cove. Als sie den freundlichen Gottesdienstraum betraten, wurden sie mit herzlichen Begrüßungen und Small Talk empfangen.

„Komm, setzen wir uns hier drüben hin." Doc ging ihm voran auf die linke Seite des Mittelgangs.

Als Wes sich kurz umsah, entdeckte er Agnes, die auf der rechten Seite saß. Und neben ihr befand sich niemand anderes als Sophia Prescott. Die Fronten waren also klar abgesteckt.

Nach dem Eröffnungsgebet führte eine kleine rundliche Frau ein Dutzend vielleicht zwei- bis dreijähriger Kinder auf die Bühne. „Guten Abend. Die Kinder würden euch gern ein Lied vorsingen, bevor wir in die Gruppen gehen."

Ein Kopf voller widerspenstiger brauner Locken zog Wes' Aufmerksamkeit auf sich und zauberte ihm ein Lächeln ins Gesicht. Zur gleichen Zeit entdeckte Collin ihn und winkte ihm zu.

„Pupsie-Mann!", rief der Kleine ihm zu und unterbrach damit die Ausführungen der Leiterin über die Kindergruppe.

Gelächter schallte durch die Versammlung und ließ Wes' Ohren flammend rot werden. Wenigstens hatte der Junge es auf eine erträgliche Lautstärke reduziert … Collin winkte weiter und schien nicht damit aufhören zu wollen, also winkte er ebenfalls kurz.

„Nach der Begrüßung singen wir jetzt ‚Dies kleine Licht von mir'. Die Kinder haben …", plapperte die Leiterin weiter, aber Wes blendete sie aus, als sein durch den Raum schweifender Blick auf den einer zierlichen brünetten Frau traf, deren Wangen gerötet waren.

„Tut mir leid", formte Sophia mit den Lippen.

Wes zuckte mit den Schultern und wandte seine Aufmerksamkeit wieder den Kindern zu. Ein bestimmtes Kind schickte sich gerade an, sich von seiner Gruppe zu entfernen, und steuerte zielstrebig auf Wes zu.

„Collin", rief die Leiterin dem kleinen Jungen nach.

„Das is mein Freund!", brüllte Collin zurück. Er drängte sich am Doc vorbei und kletterte auf Wes' Schoß. „Mein Freund!"

„Hallo, Kumpel", flüsterte Wes. „Ich hatte gehofft, dich singen zu hören."

„Du solls' mitsingen." Es war keine Bitte, sondern ein Befehl. Collin rutschte von Wes' Schoß und begann, ihn an der Hand zu zerren.

Da der Junge ihm wirklich keine Wahl ließ, stand Wes auf und erlaubte Collin, ihn nach vorne zu ziehen. Wohl wissend, dass alle Augen im Raum auf ihn gerichtet waren, setzte er sich an den Rand der Bühne.

„Na, wenigstens kenne ich das Lied", kommentierte Wes mit einem selbstironischen Lächeln, worauf Gemurmel und Gekicher folgten. Aus den ersten beiden Kirchenbänken, die für die Gruppe der alten Damen reserviert zu sein schienen, zog ihre Wortführerin, Bertie Matthews, Wes' Aufmerksamkeit auf sich, indem sie Pfefferminzbonbons an die Umstehenden verteilte. Sie lächelte, wie sie es immer zu tun schien, und zwinkerte ihm über ihre Brille hinweg zu, als hätten sie ein Geheimnis miteinander.

Als der Pianist zu spielen begann, tat Wes so, als hätte er das Zwinkern nicht bemerkt, und warf einen kurzen Blick auf Sophia. Ihre Wangen waren immer noch gerötet und sie wiederholte: „Tut mir leid."

Collin stand stolz neben Wes und entstellte die Strophen des Liedes, wie es nur ein Kleinkind tun kann, während Wes leise mitsang. Gutmütig spielte er mit und machte sogar die Handbewegungen mit, die im Wesentlichen darin bestanden, mit dem Zeigefinger zu wackeln, was, wie er annahm, eine Kerze darstellen sollte.

Nachdem das Lied zu Ende war und die Leiterin die Kinder in ihre Gruppen geführt hatte, begab sich Wes aus einem Anflug von Kühnheit und vielleicht auch einer Prise Bosheit auf die rechte Seite des Raums. Als er an Bertie vorbeikam, hielt die kleine Dame ihm ein Pfefferminzbonbon hin. Er bedankte sich bei ihr, steckte es in den Mund und setzte seinen Weg zu einer bestimmten Kirchenbank fort.

„Hallo, Ladys", grüßte Wes leise und zwängte sich zwischen Agnes und Sophia in die Bank.

„Ich bin überrascht, dich heute Abend hier zu sehen. Ich dachte, du arbeitest noch", flüsterte Agnes, während der Pastor vorn einige Ankündigungen vortrug.

Wes legte einen Arm auf die Lehne der Kirchenbank. „Der Papierkram wird fertig und liegt morgen früh auf Ihrem Schreibtisch, Ma'am." Nur um sie zu ärgern, lehnte er sich ein wenig näher heran. „War mir ein Vergnügen."

Mit der Zunge schnalzend, zuckte Agnes zurück. Für eine Dreiundsiebzigjährige hatte sie ganz schön viel Feuer im Blut.

„Ich möchte heute von einem besonderen Geschenk Gottes erzählen", sagte der Pastor gerade. „Einem, das wir als Christen nutzen und in unserem Herzen bewahren sollten. Es ist das Geschenk der Hoffnung.“ Er blätterte in seiner Bibel. „In Römer 12,12 lesen wir: ‚Freut euch in der Hoffnung, haltet durch in schweren Zeiten, bleibt beständig im Gebet.‘ Ein Satz, den ich direkt zweimal lesen musste.“ Der ältere Mann ging beim Reden auf der Bühne hin und her und sah in die versammelte Menge. „In demselben Vers, in dem es um Hoffnung geht, wird auch das Leid erwähnt. Es ist eine Erinnerung daran, dass es zwar schwere Zeiten geben wird, aber nein, wir sind nicht besiegt. Wir haben eine Hoffnung in unserem Erlöser. Lasst euch die Freude daran durch nichts nehmen.“

Während Wes dem Pastor zuhörte, der ermutigende Worte über die Überwindung von Kummer und die Freude an der Hoffnung sprach, sah er aus dem Augenwinkel, wie Sophia sichtlich berührt war, was plötzlich sein Mitgefühl für sie erregte. Als sie sich verstohlen eine Träne aus dem Augenwinkel wischte, stellte er erstaunt fest, dass sein Ärger ihr gegenüber verflogen war.

„Wir wollen beten“, sagte der Pfarrer, woraufhin alle den Kopf neigten und die Augen schlossen.

Wes spürte eine Bewegung zu seiner Linken, und als der Pastor Amen sagte und er die Augen öffnete, war der Platz neben ihm leer.

„Ich *hoffe*, das bedeutet, dass du deine überstürzte Entscheidung vom Montag noch einmal überdenkst“, sagte Agnes und lenkte Wes’ Aufmerksamkeit von dem leeren Platz ab.

„Es freut mich zu hören, dass Sie Hoffnung haben, Agnes. Das ist eine gute Sache.“ Er deutete mit dem Daumen in die Richtung seines Mentors. „Und ich *hoffe*, Sie lassen den Doc heute Abend wieder in sein Bett.“

7

Die Festivitäten am Hauptstrand von Sunset Cove zogen immer eine große Anzahl von Besuchern an. Touristen wie Einheimische ließen sich von regionalen Speisen, der Unterhaltung, den Wettbewerben, Spielen und Preisen sowie den Kunsthandwerkerständen anlocken. Auch an diesem lauen Sommerabend waren der Strand und die Strandpromenade von einer Vielzahl an unterschiedlichen Verkaufsständen gesäumt und mit Schaulustigen gefüllt.

Opal legte ihren Arm um Sophia, die Collin an der Hand hielt, und manövrierte die beiden zu einem Popcornstand. „Ich liebe diese großen Kupferkessel, in denen es gemacht wird. Meinst du, ich kann Linc überreden, mir eins zu kaufen?"

Sophia grinste. „Meine Liebe, wenn du dein Riesenbaby bitten würdest, dir den Mond zu kaufen, würde er mit der NASA telefonieren, um herauszufinden, wie man das machen kann."

Opal gluckste. „Oh, sieh nur, was für eine Auswahl!"

Der Verkäufer bot dem temperamentvollen Rotschopf von jeder Geschmacksrichtung eine Probe an – süßsalzig, weißer Cheddar, Kakao, Chili und Karamell. Sophia, der das Probierangebot ebenfalls galt, lehnte höflich ab.

Der verlockende Duft von verbranntem Zucker und Popcorn lag in der Luft, aber ihr war nicht nach Essen zumute.

Seit dem Vorfall im Supermarkt lag ihr ein Stein im Magen. Tys Anruf und Wes' Weigerung, sie einzustellen, hatten es nur noch schlimmer gemacht.

Stattdessen gab sie nun Collins Wünschen nach und kaufte ihm eine kleine Tüte klassisches Popcorn, über das er sich sofort mümmelnd hermachte.

Dann war Opal dran. „Okay, ich brauche eine Tüte mit den Sorten ‚weißer Cheddar' und ‚Karamell' … Nein, warten Sie. Können Sie mir auch eine Tüte mit allen Sorten machen?"

Sophia richtete ihre Aufmerksamkeit wieder auf Opal und zog die Nase kraus. „Alles zusammen?"

„Klar. Klingt doch lecker, oder?", lächelte Opal den Verkäufer mit hoffnungsvollem Blick an.

„Wundern Sie sich nicht, sie ist schwanger", warf Sophia ein, obwohl Opal schon von Natur aus seltsame Geschmacksknospen hatte, die nichts mit Hormonschwankungen zu tun hatten.

Das erweichte den Mann und innerhalb weniger Minuten reichte er ihr eine Tüte gemischtes Popcorn. Opal kramte in der Tasche ihres langen Faltenrocks, holte einen Fünfdollarschein heraus und bezahlte, bevor sie zu einer Reihe von Schmuckständen weitergingen.

Sophia suchte die Menge ab und erhaschte mindestens ihren fünften Blick auf Wes an diesem Tag. Vorhin war er im Zelt der Handelskammer engagiert gewesen und hatte Luftballons verteilt. Später am Tag hatte er am Infostand über Kindergesundheit Wellnessbroschüren und Stifte unters Volk gebracht. Danach hatte sie gesehen, wie er am Stand der Kirchengemeinde Kindern beim Ausmalen von Bildern half. Sie hatte Collin nur mit Mühe von Wes wegziehen können. Und jedes Mal, wenn sie Wes sah, war der Mann von einer anderen Gruppe von Frauen umgeben.

„Ach, du meine Güte. Zu was hat Agnes den armen Wes heute Abend denn noch alles verpflichtet?", kicherte Opal und wies in die Richtung, die Sophias Aufmerksamkeit bereits gefesselt hatte. Sie sahen zu, wie Wes am Stand von Feuerwehr und Rettungsdienst Bratfisch und Maisgrütze auf Styroportellern ausgab.

„Wieso Agnes?", fragte Sophia und beobachtete, wie er einen weiteren Teller servierte. Er trug jetzt eine Baseballkappe der Rettungsmannschaft, und wenn man sich seine sonnenverbrannten Wangen und seine Nase ansah, hätte er schon früher eine tragen sollen. Sie passte zu dem dunkelblauen T-Shirt, das sie ihm gegeben haben mussten. Schmunzelnd erinnerte sie sich an die Abfolge verschiedener Shirts, die er den Tag über zu seinen perfekt gebügelten Kakishorts getragen hatte.

„Seit er sich am Montag geweigert hat, dich einzustellen, hat sie dem armen Kerl die Hölle heißgemacht. Er hat ihren Papierkram erledigt und noch alles Mögliche andere, was sie für nötig hält, um ihm eine Lektion zu erteilen. Sie sagte, er sei ihr wegen des Papierkrams dumm gekommen, und jetzt schüttet sie die ganze Wucht ihres Zorns über ihm aus. Es ist wohl ihr Werk, dass er heute so viele Verpflichtungen hat."

„Diese Frau ist schon eine Marke für sich … Woher weißt du das alles? Warst du etwa mit den Damen vom Strickklub Kaffee trinken? Ich habe dich vor diesen Klatschtanten gewarnt." Sophia sah zu, wie Wes einen weiteren Teller füllte, als er den Kopf hob und sie ertappte. Der Blick, mit dem er sie durchbohrte, sah nicht so aus, als würde er seine Meinung bezüglich ihrer Einstellung ändern. Sie wandte sich ab und zog Opal aus seinem Blickfeld.

„Nein, du Schaf. Ich habe es aus erster Hand. Agnes und ich sind nämlich *so* dicke." Opal legte zwei Finger aneinander und hielt sie hoch.

„Seit wann das denn?“, fragte Sophia skeptisch.

„Schon lange.“ Opal schüttelte ihr Handgelenk. „Wenn du mich fragst, macht sie das, damit er sieht, wie viel einfacher das Leben wäre, wenn er ihr ermöglichen würde, sich in Frieden zur Ruhe zu setzen.“ Sie schaufelte eine Handvoll Popcorn in sich hinein und bot Collin auch von ihren Sorten etwas an, bevor sie hinzufügte: „Wenn sie so weitermacht, wird er auf den Knien vor deiner Tür liegen und dich *anflehen*, für ihn zu arbeiten.“

Sophia konnte sich nicht beherrschen und warf einen Blick über ihre Schulter. Wes hatte alle Hände voll zu tun. Teller um Teller füllte und verteilte er. Sie drehte sich wieder um. „Geh du schon mal vor zu Josie und Augusts Zelt. Ich treffe dich später dort.“

„Wo willst du hin?“, fragte Opal.

„Ich fühle mich dafür verantwortlich, dass Agnes Wes so behandelt. Das Mindeste, was ich tun kann, ist, ihm zu helfen.“

„Oh, gute Idee. Ich komme später nach. Willst du dann Collin bei mir lassen? Wir schauen uns zusammen die Stände an, ja, Kumpel?“ Opal beugte sich lächelnd zu dem kleinen Jungen hinunter, der immer noch mit seiner Tüte Popcorn beschäftigt war und dabei nicht wenig auf den Boden fallen ließ. Sein Mund war zuckerverschmiert. Ohne die Zustimmung Sophias richtig abzuwarten, nahm Opal seine klebrige Hand und bahnte sich einen Weg durch die Menge. Sophia sollte das recht sein: Sie war auf einer Mission und musste sich darauf konzentrieren.

Offenbar reichten die Facebook-Posts, die sie in dieser Woche verfasst hatte, nicht aus, um seine Meinung über sie zu ändern. In mehreren Beiträgen hatte sie die Carolina-Pädiatrie in den höchsten Tönen gelobt und ging sogar so weit, einen

Profilbeitrag zu verfassen, um Dr. Weston Sawyer in Sunset Cove willkommen zu heißen. Sie fügte eine kleine, aber beeindruckende Biografie und ein Bild hinzu, das sie aus einer medizinischen Zeitschrift kopiert hatte, in der er vorgestellt worden war. Das Bild war vier Jahre alt, aber der Mann sah darauf genauso blendend aus wie heute.

Während Sophia die salzige Luft einatmete, machte sie sich auf den Weg zum Chef der Feuerwehr. „Hey, Billy. Kann ich euch helfen?"

Billy übergab die Aufgabe des Geldeinsammelns an einen anderen Feuerwehrmann und schenkte Sophia seine volle Aufmerksamkeit. „Aber sicher doch, meine Beste. Du wirst nie hören, dass wir die Hilfe einer schönen Lady ablehnen." Er zwinkerte und deutete auf ein kleines tragbares Waschbecken, das im hinteren Teil des Zeltes aufgestellt war.

Schnell wusch sie sich dort die Hände und stellte sich direkt neben Wes an die Essenausgabe. Sie übernahm es, die goldbraunen Fischfilets auf den Klacks Grütze zu legen, den er auf dem Teller anrichtete. Ohne sie zu beachten, arbeitete er weiter, aber jedes Mal, wenn sich ihre Ellbogen berührten, sah sie, wie sich der Muskel in seinem Kiefer anspannte.

Als der Ansturm auf das Abendessen nachließ, zog Wes seine Schürze aus und ergriff zum ersten Mal in der letzten Stunde das Wort. „Billy, es sieht so aus, als ob ihr Jungs es jetzt allein schaffen könnt." Nachdem er Billy die Hand geschüttelt hatte, kehrte er zu Sophia zurück und flüsterte: „Wir müssen uns unterhalten. Jetzt."

Als würde sie wegen etwas, das sie nicht getan hatte, ins Büro des Direktors gerufen, schlug ihr Magen einen Purzelbaum. So wie damals, als Opal dachte, es wäre lustig, das Zimmer ihrer

Jugendgruppe umzugestalten, und Sophia dafür verantwortlich gemacht wurde.

„Ähm … Ich dachte, ich bleibe und helfe noch ein bisschen." Kaum hatte sie den nächsten Teller genommen, riss er ihn ihr aus der Hand und ignorierte ihren Versuch, ihm auszuweichen.

Entschlossen ergriff er dann ihre Hand und zog sie mit sich an den Dünen entlang. Erst als sie weit genug von der Promenade entfernt waren und die Musik und die Lichter des Festes verblassten, wurde er langsamer, ließ ihre Hand los und drehte sich um, um sie anzusehen.

„Was muss ich tun, damit Sie mich in Ruhe lassen?" Wes warf die Hände in die Luft.

„Ich habe Sie nicht belästigt." Sophia wich einen Schritt zurück. Sie hatte auf die harte Tour gelernt, nicht in Reichweite eines zornigen Mannes zu bleiben.

„Ach nein?" Wes riss sich die Kappe vom Kopf, nur um sie sich gleich wieder aufzusetzen und sie unter der Krempe hervor anzufunkeln. Er hätte lausbubenhaft und geradezu schnuckelig ausgesehen, wäre da nicht der scharfe Blick gewesen, den er auf Sophia abfeuerte. „Die letzte Woche war ein Albtraum!"

„Ich hatte nichts damit zu tun, wie Agnes Sie diese Woche behandelt hat."

„Nein, aber Sie haben genug getan mit diesen lächerlichen Medienbeiträgen. Bitte, um alles in der Welt veröffentlichen Sie nichts mehr über mich." Er runzelte die Stirn und lehnte sich drohend vor.

„Aber ich habe nur Positives über Sie geschrieben!" Als der Wind ihr Haar peitschte, schob sie es sich aus dem Gesicht und beschloss, ein wenig mehr Abstand zwischen ihn und sich zu bringen.

„Diese ‚Biografie' liest sich wie eine Kontaktanzeige für eine Dating-Website. Sie können wirklich gut mit Worten umgehen, Ms Prescott. Das Einzige, was es gebracht hat, war eine Fülle von alleinstehenden Müttern in der Praxis, die mich wahnsinnig gemacht haben. Mein Papierkorb ist voll mit Telefonnummern." Wes lief ein paar Schritte im Kreis und rieb sich den sonnenverbrannten Nasenrücken. Zuckend ließ er die Hand fallen und blieb kurz stehen. „Ich bin Arzt, und zwar ein guter. Und Sie haben mich und meine Praxis zum Gespött gemacht."

Unwillkürlich holte Sophia Luft und legte eine Hand auf ihr Herz. „Das war nicht meine Absicht. Sie müssen mir glauben, dass ich nur versucht habe, meine Fehler wiedergutzumachen." Plötzlich brach sie in Tränen aus. „Ich versuche nur mein Bestes, aber ich scheitere immer!" Schluchzend ließ sie sich in den Sand plumpsen.

Angesichts ihrer Tränen klang er ein wenig versöhnlicher, als er sagte: „Warum löschen Sie nicht diese Posts und lassen mich einfach in Ruhe, dann können wir diesen ganzen Schlamassel vergessen."

In dem Versuch, ihre Tränen zu unterdrücken, sagte Sophia: „Warum ich das nicht tue? Weil ich einen Job brauche, darum."

Schnaubend fragte Wes: „Warum? Weil Ihnen langweilig ist?"

Gedankenverloren wischte sie sich mit dem Handrücken die Nase und murmelte: „Nein. Ich brauche einen Job, weil ich pleite bin und ein Kind habe, das ich allein ernähren muss."

Empört stemmte Wes die Hände in die schmalen Hüften. „Aber was ist mit Ihrem Ex?"

„Nichts." Sie wusste, worauf das hinauslaufen würde. „Sehen Sie keine Nachrichten? Oder lesen Ihre Pushbenachrichtigungen?"

„Ich halte nicht viel von Medien."

„Oh, natürlich nicht, Dr. Perfect. Denn wenn Sie das täten, wüssten Sie nämlich, dass gegen meinen Ex wegen Steuerbetrugs ermittelt wird. Unsere Konten sind gesperrt worden." Sie schniefte und wischte sich erneut die Nase. „Langeweile ist also mein geringstes Problem. Ich habe einen MBA-Abschluss und einen glänzenden Lebenslauf, aber dennoch bin ich praktisch völlig pleite."

Seufzend ließ Wes sich neben ihr im Sand nieder. „Es scheint, als gäbe es da ein paar Probleme, die gelöst werden müssen."

„Meinen Sie?" Sophia richtete ihren Blick auf die mondbeschienenen Wellen. Was für ein herrlicher Abend für so eine miserable Unterhaltung.

Wes zog seine Knie an und schlang die Arme darum. „Denken wir also mal nach."

Schweigend sahen sie den Wellen zu, bis sie sagte: „Es tut mir leid. Ich habe keine Ahnung, wie ich das Chaos mit den Frauen, die Ihnen nachstellen, beheben kann, aber … Sie könnten doch das Beste daraus machen und vielleicht eine Frau finden, mit der Sie Ihre Freizeit verbringen können." Aus dem Augenwinkel sah sie, wie er den Kopf schüttelte.

„Ich liebe meine Frau immer noch. Dass sie tot ist, ändert nichts an meinen Gefühlen für sie. Ich habe kein Verlangen danach, jemand anderem mein Herz zu schenken, denn es gehört immer noch Claire."

Vor Sophias innerem Auge blitzte Tys attraktives Gesicht mit seinem verschmitzten Grinsen auf und ihre Brust zog sich schmerzhaft zusammen. „Bis zu einem gewissen Grad kann ich das verstehen. Ich meine, dass Sie Ihr Herz nicht an jemand anderen verschenken wollen." Sie nahm eine Handvoll Sand und ließ ihn durch ihre Finger rieseln. „Anscheinend hat mein Herz die Botschaft der Scheidungspapiere noch nicht verstanden. Ich weiß, dass ich meinen Ex nicht lieben sollte. Nun, ich liebe aber den Mann, in den ich mich verliebt habe, immer noch. Sicherlich nicht den Mann, zu dem er geworden ist."

Der endgültige Bruch zwischen ihnen drängte sich in den Vordergrund ihrer Gedanken, eine schrille Erinnerung daran, wie sehr sie sich in Ty getäuscht hatte. Sophia war nach Kalifornien geflogen, wo Ty an einem Werbespot für Sportbekleidung gearbeitet hatte, um ihre Beziehung wiederzubeleben. Damals schien es eine perfekte Idee zu sein.

Rückblickend wusste Sophia, dass sie niemals in das Flugzeug hätte steigen dürfen, um ihn zu überraschen. Sie hätte nie durch die Hotelsuite gehen sollen, um sich dem Verrat zu stellen, den sie aus dem Schlafzimmer gehört hatte. Sie hätte nie mit mehr blauen Flecken in den Flieger zurücksteigen sollen, als sie verdecken konnte. Sie hätte nie hoffen dürfen, dass sich die Risse in ihrer zerrütteten Ehe irgendwie von selbst flicken würden.

Wieder herrschte Schweigen zwischen ihnen, während die Liste der Dinge, die sie *nie hätte tun sollen,* Sophia weiter verfolgte. Während sie die Lichter eines Schiffes in der Ferne betrachtete, fragte sie sich, wie es sich wohl anfühlen würde, auf einem solchen Schiff zu sein und all ihre Probleme hinter sich zu lassen.

Schließlich, als sie es leid war, sich mit ihren eigenen Problemen zu beschäftigen, richtete sie ihre Aufmerksamkeit auf den schweigsamen Mann, der neben ihr saß und genauso verloren in der Welt zu sein schien wie sie. „Wes, das mit Ihrer Frau und Ihrem Kind tut mir wirklich leid. Opal sagte …"

„Sparen Sie sich Ihre Plattitüden. Ich habe schon genug davon gehört, um meinen Lebensunterhalt mit dem Schreiben von Beileidskarten zu verdienen", schnauzte er und schnitt damit jedes Mitgefühl ab, das sie ihm entgegenbringen wollte.

„Tut mir leid", schnappte sie zurück und fügte zu sich selbst gewandt leise hinzu: „Idiot."

Beide wurden wieder still, anscheinend die einzige Geste, die sie sich gegenseitig zugestehen konnten.

Plötzlich verstummte die Musik auf dem Fest hinter ihnen, und eine Durchsage schallte aus den Lautsprechern am Festplatz: „Letzte Fahrt für heute mit dem Riesenrad."

Früher war Sophia mit Collin am Tag mindestens viermal Riesenrad gefahren. Auch wenn der Nervenkitzel der Fahrt schon lange vorbei war – jetzt säße sie lieber darin als hier im Sand mit ihrer arroganten Begleitung.

„Vielleicht können wir eine Art von Deal machen." Wes ließ die Arme fallen und drehte sich zu ihr um. „Ich bin einverstanden, Sie einzustellen – unter einer, nein, unter zwei Bedingungen."

„Wie lauten die Bedingungen?", fragte Sophia zögernd.

Mit einem kurzen prüfenden Blick auf sie fuhr Wes fort: „Zum einen: Sie müssen mit mir ausgehen. Und Sie müssen versprechen, dass Sie wieder anfangen zu essen."

In ihrem Kopf wiederholte sie das, was er gerade gesagt hatte, und versuchte, die Worte so umzustellen, dass sie einen Sinn ergaben, aber wie sie die Worte auch drehte und wendete, es klang absurd. „Wie noch mal?"

„Also, ich will kein richtiges Date. Nur ein Pseudo-Date. Es würde mir diese heiratswütigen Frauen vom Hals schaffen."

„Ich verstehe nicht ganz …"

„Es ist Ihre Schuld, dass mir all diese Frauen nachstellen. Ich denke, es liegt also in Ihrer Verantwortung, dem ein Ende zu setzen." Wes tippte ihr mit dem Finger aufs Knie. „Was wäre besser, als mich vom Markt zu nehmen?"

Sophia sah ihn scharf an, versuchte, in seinem Gesichtsausdruck einen Scherz zu erkennen, fand aber nur eine ernste, in Titan gemeißelte Miene. „Ich will keine Dates. Mit niemandem!"

„Das ist genau mein Punkt. Ich nämlich auch nicht … aber wir können das beide zu unserem Vorteil nutzen. Sie sind eine schöne, ungebundene Frau, und dieses Arrangement wird Ihnen sicher helfen, die unerwünschte Aufmerksamkeit anderer Männer fernzuhalten."

Sophia schüttelte den Kopf, völlig verdattert von dem seltsamen Gespräch. Um ehrlich zu sein, ein paar Männer hatten sich für sie interessiert, seit sie wieder hergezogen war, aber sie hatte keine Lust, sich in nächster Zeit auf ein Date einzulassen. Nachdenklich fragte sie: „Und wie soll das gehen – Pseudo-Dating?"

„Ich weiß nicht. Ich hab' das auch noch nie gemacht." Wes rieb sich das Kinn und suchte mit den Blicken den Strand ab, als ob er dort eine Antwort finden würde. „Wir müssen uns das nach und nach ausdenken. Ich schätze, wir sollten einmal in der Woche zusammen essen gehen oder so etwas und in der Kirche zusammensitzen, damit wir in der Öffentlichkeit zusammen gesehen werden können."

„Na ja … das klingt gar nicht so schlecht. Aber was ist mit Collin?"

„Was ist denn mit ihm?"

„Aus irgendeinem Grund mag er Sie schon und ich will ihn nicht durcheinanderbringen. Er hat schon genug durchgemacht. Wenn … wenn er sich daran gewöhnt, Sie öfter zu sehen, dann fürchte ich, dass er untröstlich sein wird, sobald wir dieses Pseudo-Dating beenden."

„Wir müssen es gut durchdenken", sagte Wes seufzend. „Ehrlich gesagt, der kleine Kerl fängt an, mir auch ans Herz zu wachsen. Ich habe mich der Gemeinde angeschlossen und wir leben im selben Ort, also sehe ich keinen Grund, warum wir nicht Freunde bleiben könnten, egal, was passiert." Er stieß ein trockenes Lachen aus. „Außerdem wurde ich bereits dazu überredet, nächste Woche wieder mit ihm zu singen."

Der Vorfall mit dem Singen war entzückend gewesen, aber Sophia wollte sich nicht eingestehen, was sie empfunden hatte, als Wes das für ihren Sohn getan hatte. Sie wollte sich davon auch nicht von den Dingen ablenken lassen, die im Moment wichtig waren. „Wenn Sie versprechen, dass mein Junge nicht darunter leiden wird – denn falls doch, werden liebestolle Frauen, die hinter Ihnen her sind, Ihre geringste Sorge sein – also … ja, dann können wir es ja mal versuchen. Für eine Weile."

„Versprochen. August und Lincoln haben mich schon auf der Party neulich gewarnt, mich nicht mit Ihnen anzulegen. Sie sagten, Sie kneifen gern." Er warf ihr einen spitzen Blick zu. „Aber Sie müssen auch mehr essen."

„Woher wissen Sie etwas über meine Essgewohnheiten?"

„Agnes. Die Frau hat mich in dieser Woche mit allem, was Sophia Grace Prescott betrifft, bombardiert, rauf und runter sozusagen. Sie erwähnte, dass Sie aufgehört haben zu essen, aber das wusste ich schon, als ich Sie ansah. Wie lange geht das schon so?"

Sophia versuchte, ein glaubhaftes Lachen hervorzuzaubern, aber es knarrte wie ein rostiges Tor. „Nun, öffentlichkeitswirksame Skandale sind erwiesenermaßen das effektivste

Diätprogramm, das es gibt. Vor allem, wenn man Ehebruch und häusliche Gewalt hinzufügt. Das ist im Moment der letzte Schrei." Mit einem gezwungenen Lächeln sah sie ihn an, weil sie dachte, sie würde ein Grinsen auf seinem Gesicht entdecken, aber er blieb ernst.

Völlig unvorbereitet traf es sie, dass Wes seine warme Hand auf ihren kalten Arm legte. „Sophia ..."

Als die Tränen wieder aufstiegen, senkte sie den Blick und starrte in den Sand. „Ich ... mein Magen tut mir ständig weh, seit ... Essen ist gerade nicht sehr verlockend."

„Beschreiben Sie den Schmerz", sagte Wes, der mühelos in den Arztmodus wechselte.

Mit ihrer freien Hand drückte sie auf eine Stelle unter der Brust. „Es ist ein Schmerz, der genau hier sitzt." Ihre Hand glitt auf die leichte Wölbung ihres Bauchs. „Und hier wird er ganz intensiv."

Mitgefühl sprach aus seinem Gesicht, als Wes langsam nickte. „Mit Schmerzen dieser Art kenne ich mich aus. Und ich kenne ein paar Mittelchen dagegen. Wir werden daran arbeiten."

„Wes, ich will Ihr Mitleid genauso wenig, wie Sie meines wollen."

Seufzend antwortete er: „Wir werden auch daran arbeiten, uns nicht gegenseitig zu bemitleiden, okay?"

Zögernd stimmte Sophia ihm zu, obwohl sie nicht viel Hoffnung hatte, einen Weg zu finden, um den Schmerz zu lindern. Wie schön wäre es, wenn es einen Knopf gäbe, der sie in die Zeit zurückversetzen könnte, als ihre Ehe noch glorreich, ihre Karriere erfolgreich und ihr kleiner Junge glücklich war.

8

Weston Sawyer war schon immer stolz darauf gewesen, vernünftige, nüchterne und logische Entscheidungen zu treffen. Aber mittlerweile beschlich ihn der Verdacht, dass Sunset Cove sein geistiges Niveau irgendwie beeinträchtigte. Waren zu viele Kohlenhydrate schuld? Frittierte Meeresfrüchte? War sein Trinkwasser etwa mit Salzwasser verseucht?

Nein, so realitätsfern war er denn doch nicht. Er wusste, was – oder besser wer – die Schuld daran trug. Sophia Prescott. Ihre Vereinbarung am Strand über ihr „Pseudo-Dating“ war ihm im ersten Moment wie ein Volltreffer vorgekommen, ein Gewinn für beide Seiten. Aber als er dann in seinem leeren Zuhause saß, traf ihn die Aussicht, zukünftig einen erheblichen Teil seiner Zeit mit ihr zu verbringen, wie ein Steinschlag. Er hatte einfach nicht bedacht, dass sich aus den Pseudo-Dates vielleicht mehr entwickeln könnte, denn als sie in der Gemeinde neben ihm gesessen und mit den Tränen gekämpft hatte, war er sich gar nicht mehr so sicher gewesen, dass er sie so gar nicht mochte. Und *dazu* war er absolut nicht bereit. Er wollte keine neue Beziehung und dadurch wieder nur neue Probleme. Er wollte einfach seine Ruhe.

Vielleicht hatte der Doc recht, wenn er meinte, Wes wolle schießen, ohne zu zielen. Denn er hatte dessen Angebot ganz sicher nicht gründlich genug bedacht. In diesen paar Minuten auf dem Weg zur Arbeit konnte sein Verstand natürlich keine Lösung für seine Idiotie fabrizieren. Die einzige Idee, die überhaupt vernünftig erschien, war die, Sophia auf eine Teilzeitstelle herunterzuhandeln. Sicher, er würde einen Teil des Papierkrams selbst erledigen müssen, aber Agnes sorgte ja jetzt bereits schon dafür, dass er das tat.

„Womit habe ich das verdient? Gott, was soll ich nur tun?", murmelte er, als er auf den Parkplatz fuhr und Sophias silbernen SUV auf seinem Platz vorfand. Die einzige extravagante Bitte, die er gehabt hatte, als er zustimmte, die Praxis zu übernehmen, war die, dass er einen reservierten Parkplatz bekäme, und zwar irgendwo abseits, wo sein BMW-Sportcoupé absolut sicher vor Dellen und Beulen durch blindwütige sonstige Fahrzeugführer wäre.

Agnes hatte nur die Augen verdreht und die Forderung übertrieben genannt, aber der Doc hatte ihr das Wort abgeschnitten. Danach hatte sie sich für Wes' Anliegen eingesetzt und sogar Schilder anfertigen lassen, die darauf hinwiesen, dass die Parkplätze vor der Praxis Privatparkplätze seien. Und vor Wes' Parkplatz wurde ein Schild mit seinem Namen aufgestellt.

Offensichtlich hatte der Doc Agnes darüber aufgeklärt, warum das Auto ihm so viel bedeutete. Claire hatte es ihm an dem Tag geschenkt, an dem er und sein Forschungsteam einen Durchbruch bei einer experimentellen Behandlung erzielt hatten. Darin steckten Hunderte Stunden an Arbeit. Sein Team hatte unermüdlich daran gearbeitet, seine Patienten am Leben zu erhalten, und so war es ein Tag zum Feiern, als der Scan eines vierjährigen Kindes nach Abschluss der letzten Behandlung ein negatives Ergebnis zeigte.

Es sollte das letzte Geschenk sein, das Claire ihm machen würde.

Als hinter ihm jemand hupte, blinzelte Wes, um sich in die Gegenwart zurückzuholen, die ihm keineswegs attraktiv erschien. Er bemerkte, dass er mitten in der Zufahrt stand und seine Assistentin darauf wartete, einparken zu können. Er winkte entschuldigend und parkte direkt hinter dem SUV, der seinen Parkplatz besetzt hatte, um der Fahrerin die Ausfahrt zu versperren und ein Zeichen zu setzen.

Wes betrat die Praxis durch den Seiteneingang und hörte aus Agnes' Büro Stimmen, die in den Flur drangen. „Ich weiß wirklich zu schätzen, was Sie für mich tun wollten, aber das war keine Art, Dr. Sawyer so zu behandeln."

Wes stutzte. Sophia war in diesem Büro, und es hatte den Anschein, dass sie sich für ihn einsetzte. Er stützte eine Hand an die Wand, um seine Fassung zu bewahren. Seit dreieinhalb Jahren kämpfte er diesen Kampf mit dem Leben nun schon allein, mit dem einzigen Ziel, einfach zu überleben. Seine Familie hatte immer wieder angeboten, ihn dabei zu unterstützen und ihm in den schweren Zeiten der Trauer beizustehen, aber Wes hatte abgelehnt. Der Ort, an den er sich zurückgezogen hatte, nachdem er Claire und Luke – so hätte ihr Sohn heißen sollen – verloren hatte, war so trostlos, dass er ihn niemandem, den er liebte, zumuten wollte.

Die Frau auf der anderen Seite der Bürotür hatte auch ihre Erfahrung mit Trostlosigkeit. Aber er war sich nicht sicher, ob er sie in seinem Team haben wollte.

„Ich habe es nicht böse gemeint, meine Liebe. Ich dachte nur, dieser halsstarrige Mann könnte ein bisschen Liebe von der harten Tour gebrauchen, um ihn zur Einsicht zu bringen."

„Ich glaube, Wes hat genug Hartes für ein ganzes Leben erlebt. Ich weiß, Agnes, Sie haben das Herz am rechten Fleck. Aber wir haben dem armen Kerl schon genug zugesetzt. Wie wäre es jetzt mit etwas Wohlwollen?"

Agnes gluckste. „Jetzt klingst du wie der Doc!"

Positiv überrascht, aber auch irritiert, stieß Wes sich von der Wand ab, an die er sich gelehnt hatte. Agnes' Tür war nur angelehnt, und er klopfte zaghaft, bevor er den Kopf hineinsteckte. „Guten Morgen, meine Damen", grüßte er leise und blickte erst Agnes an, die hinter ihrem Schreibtisch saß, und dann Sophia, die einen Stuhl für sich neben den der älteren Frau geschoben hatte. „Sophia, könnte ich Sie kurz in meinem Büro sprechen?"

„Okay", sagte sie verunsichert, stand aber auf und folgte ihm.

Wes wies auf den Stuhl neben dem kleinen Tisch in der Ecke des Raumes. „Setzen Sie sich." Er stellte seine Aktentasche neben dem Schreibtisch ab, griff dann nach einer kleinen Kühltasche und reichte sie ihr.

Sophia spähte hinein. „Was ist das?" Mit zusammengezogenen Augenbrauen sah sie zu Wes auf.

Wes ließ sich auf dem Stuhl ihr gegenüber nieder. „Frühstück für Sie."

Zögernd zog sie eine blaue Flasche aus der Tasche und las das Etikett laut vor. „Proteindrink für Kinder?"

„Es schmeckt besser als die Erwachsenenversion", sagte Wes, aber Sophia machte keine Anstalten, einen Schluck zu nehmen. Er nahm eine weitere Flasche aus der Tasche, öffnete den Deckel und nahm einen großen Schluck. „An Tagen, an denen ich keinen Appetit habe, aber weiß, dass ich Energiereserven brauche, trinke ich die Erwachsenenversion davon."

Ein leises Lächeln umspielte ihre Lippen. „Spielen Sie jetzt Arzt für mich?"

„Nun, ich wüsste nicht, wie sonst. Sie müssen mir schon den Gefallen tun." Wes deutete auf die Flasche in ihrer Hand und war erleichtert, als sie trank. „Sie sehen nett aus", kommentierte er und überraschte sie beide damit.

Sophia richtete den Kragen ihres Blazers und murmelte: „Danke. Ich wollte einfach businessmäßig, aber doch leger gekleidet sein. Wäre das passend?"

Wes warf einen anerkennenden Blick auf den grauen Hosenanzug, den sie mit einer korallenroten Bluse kombiniert hatte. Er war maßgeschneidert und schick, aber etwas zu groß für ihre zierliche Figur. Doch daran würden sie arbeiten.

„Agnes trägt meistens Trainingsanzüge. Machen Sie sich also keine Gedanken über die Kleiderordnung. Ich ziehe Ihren Stil dem von Agnes bei Weitem vor. Er ist klassisch und sehr angemessen … aber sagen Sie ihr nicht, dass ich das gesagt habe."

Sophia lächelte, als ihr die Röte ins Gesicht stieg. „Okay. Ich werde kein Wort sagen."

„Gut. Jetzt sollten wir über Ihre Arbeitszeiten sprechen, bevor ich Sie wieder Agnes überlasse …"

Zehn Minuten später war Sophias Gesicht immer noch gerötet – aber aus ganz anderen Gründen. Sie stand an der Tür und hatte die Hand auf die Klinke gelegt. „Das lehne ich ab."

„Ich bin der Chef oder haben Sie das schon vergessen?" Wes richtete seine Krawatte und hob das Kinn, aber das trug nichts dazu bei, die Spannung aufzulösen.

„Ich bin nicht Superwoman. Ich kann auf keinen Fall alle Aufgaben einer Büromanagerin an nur drei Tagen in der Woche erledigen. Ich arbeite fünf Tage und damit basta!"

„Nun, unser erstes Date ist am Donnerstagabend. Sie sollten um sechs Uhr fertig sein und ansonsten will ich kein Wort darüber hören." Er richtete den ausgestreckten Zeigefinger auf seine empörte neue Mitarbeiterin. *Also, verstanden?!!*

„Na super!" Sophia schlug die Tür hinter sich zu, sodass der Wandkalender seinen Halt am Haken verlor und auf den Boden fiel.

Kontrolle. Alles, was er wollte, war etwas Kontrolle.

Wes zog sein Jackett aus, tauschte es gegen seinen Arztkittel und fand sich damit ab, dass es in diesem Fall nicht so laufen würde, wie er gedacht hatte. Sicher, er konnte so etwas vortäuschen wie ein Pseudo-Date, an dem sie sich garantiert kein bisschen näherkommen würden …

Wes lachte verächtlich über seine eigene Naivität und ging zur Eingangstür, um die ersten Patienten hereinzulassen.

Die Woche verlief praktisch schmerzfrei, denn sehr zu Wes' Erleichterung blieben Agnes und Sophia meist außer Sichtweite. Sophia sah er nur morgens, wenn er sie in sein Büro rief und ihr eine Kühltasche mit einem Eiweißriegel oder frischem Obst als Ergänzung zum Proteindrink überreichte. Überraschenderweise brachte sie die Tasche jeden Tag leer zurück mit der Bemerkung, sie könne sich selbst ernähren, aber das hielt ihn nicht davon ab, ihr jeden Tag eine neue Tasche zu packen, was er als lohnende Herausforderung empfand. Die Aufgabe allerdings, mit der er im Moment konfrontiert war, schnürte ihm die Kehle zu.

Wes stand vor Sophias Wohnung und atmete tief durch. In der Luft lag der Geruch von frisch gemähtem Gras und irgendwelchen Blumen, sodass er noch ein paarmal ein- und ausatmete und gerade klopfen wollte, als die Tür aufflog, bevor er es schaffte.

„Oh, gut! Sie sind pünktlich", sagte Sophia bei seinem Anblick, trat an ihm vorbei und schloss hinter ihnen die Tür. „Bringen wir es hinter uns."

Während er ihr mit den Augen folgte, bemerkte er ihr langes fließendes Kleid, das dem ähnelte, das sie vor ein paar Wochen auf der Party getragen hatte. Mit seinen vielen Blautönen erinnerte es ihn an einen tropischen Wasserfall. In Gedanken betete er: *Bitte lass sie gut gelaunt sein.*

Auf dem Hof öffnete Wes rasch die Beifahrertür für Sophia, damit sie einsteigen konnte, stieg dann selbst ein und startete den Motor. Ein kurzer Blick auf sie zeigte ihm, dass sie steif und wie erstarrt dasaß. Wenn die Frau nicht lockerer wurde, würde ihnen niemand die Dating-Nummer abkaufen.

„Sie sehen wunderschön aus, Sophia", sagte Wes leise, bevor er langsam losfuhr.

Sophia warf ihm einen abschätzigen Blick zu, mit dem er nicht gerechnet hatte. „Sie müssen mir keine Komplimente machen. Deal ist Deal."

„Ich versuche nicht, Ihnen Komplimente zu machen. Ich habe einfach nur die Wahrheit gesagt."

Während sie mit ihren Fingern spielte, ging sie nicht darauf ein, was er sagte. „Ich muss in zwei Stunden zu Hause sein, um Collin ins Bett zu bringen."

Kommentarlos fuhr Wes zum *Sunset Seafood House,* das eines der beliebtesten Restaurants in Sunset Cove war, was wiederum bedeutete, dass ihr Date von vielen Augen beobachtet werden würde. Sophia hatte am Morgen noch Bedenken geäußert, dass sie nicht gerne log, aber er hatte versprochen, dass sie nichts dergleichen tun würden. Sie würden nur gemeinsam in der Öffentlichkeit auftreten und es den lieben Mitbürgern überlassen, sich ihre eigene, fehlgeleitete Meinung zu bilden.

Nachdem sie Platz genommen und ihre Bestellung aufgegeben hatten, bemühte sich Wes, ein Gespräch in Gang zu bringen. Small Talk war nicht seine Stärke, aber er hatte die ganze Woche über in der Praxis erlebt, wie Sophia das Gespräch auf dieser Ebene mit einer anmutigen Leichtigkeit meisterte. *Das könnte sie doch jetzt auch tun …*

Er rutschte auf seinem Stuhl hin und her und rückte seine Krawatte zurecht, während Sophia sich damit beschäftigte, Salz- und Pfefferstreuer umzustellen. Als sie mit der Platzierung zufrieden schien, widmete sie sich der Positionierung von Cocktailsoße und Remoulade.

„Wie haben Sie sich diese Woche in Ihre Aufgaben eingefunden?", fragte Wes, als sie endlich aufhörte, an den Gewürzen herumzufummeln.

„Gut", antwortete Sophia knapp und winkte jemandem im Restaurant zu.

Als Wes in die Richtung ihres Winkens blickte, entdeckte er eine junge Mutter mit vier Kindern und erinnerte sich, dass sie ihm am Dienstag ihre Nummer zugesteckt hatte. Nickend begrüßte er sie und wandte sich wieder Sophia zu. Er hoffte sehr, dass nach diesen öffentlichen Auftritten mit ihr die Flut unerwünschter Annäherungsversuche ein Ende haben würde.

Tief durchatmend, beschloss er, etwas zu tun, was er fast nie mehr tat. Nachdem er die Botschaft ein paarmal in Gedanken geübt hatte, beugte er sich vor und flüsterte: „Der Doc sagt, diese Frau da drüben ist so leicht zu haben, dass sie keiner mehr will."

Als Sophia erstaunt Mund und Augen aufriss, gratulierte sich Wes innerlich dazu, dass es ihm gelungen war, sie zu verblüffen, denn er konnte sich gut vorstellen, dass das nicht so einfach zu bewerkstelligen war. Während sie den Kopf zurückwarf, lachte sie - nicht nur mit dem Mund, sondern mit ihrem ganzen Körper. Wes hatte den Eindruck, dass allein der exquisite Klang ihres Lachens den ganzen Raum zum Vibrieren brachte.

„Du meine Güte! Ich kann nicht glauben, dass so etwas von Ihren doch ach so korrekten Lippen kommen kann", sagte Sophia, nachdem sie sich etwas beruhigt hatte, und grinste. Sie tupfte sich mit ihrer Serviette die Augenwinkel ab und ertappte ihn dabei, wie er sie anstarrte. „Was?"

Überrascht von ihrer herzlichen Reaktion murmelte Wes: „Sophia Grace, Sie sollten überhaupt nichts anderes mit Ihrer Zeit tun, als lachen." Er schüttelte den Kopf und beugte sich zu ihr vor, während sie dasselbe tat. „Dieses wunderbare Geräusch könnte man in Flaschen abfüllen und als Heilmittel für jedes Leiden verkaufen."

Von seinen Worten schockiert, zuckten beide zurück und ließen ihre Blicke durch den Raum wandern, um sich nicht in die Augen sehen zu müssen.

Na super, Wes. Tolle Methode, um eine verkrampfte Frau ein bisschen lockerer zu machen. Er hatte völlig umsonst einen von Docs eigenwilligen Sprüchen zum Besten gegeben.

Während der restlichen Zeit ihres ersten Pseudo-Dates verspeiste Wes seine gebratenen Jakobsmuscheln und sah zu, wie Sophia auf ihrem Teller herumstocherte, ohne viel zu essen. Sie unterhielten sich höflich – meist über Collin –, und als er Sophia später vor ihrer Wohnung absetzte, ertappte Wes sich bei einer Bitte, die ihm nicht zustand. Bevor sie ihm entwischen konnte, legte er ihr die Hand auf die Schulter und fragte: „Dürfte ich Collin Gute Nacht sagen?“

Als würde sie nach einem Ausweg suchen, legte sich Sophias Stirn in Falten, und ihr Blick schweifte umher. „Ähm … ja, okay.“ Beim Hineingehen bemerkte er, dass das Haus gemütlich war, aber nicht so aussah, als hätte sie den Stil gewählt – Landhaus rustikal. Nach ihren maßgeschneiderten Anzügen und ihrem schicken Geländewagen zu urteilen, schien Sophias Geschmack doch eher trendig zu sein.

Während sie noch im Flur standen, kam eine Frau mit italienischen Gesichtszügen, wie Sophia sie auch hatte, ihnen entgegen. „Oh, Schatz, du bist schon so früh zurück?“

„Ja, Ma'am. Momma, das ist Dr. Sawyer.“

Wes streckte ihr die Hand entgegen. „Weston, aber nennen Sie mich bitte Wes. Freut mich, Sie kennenzulernen.“

„Luciana, aber bitte sagen Sie Lucy“, erwiderte sie augenzwinkernd.

„Schläft Collin schon?“, fragte Sophia deutlich hoffnungsvoller, als Wes es hören wollte.

„Nein, ich habe ihn gerade gebadet und jetzt spielt er in seinem Zimmer“, antwortete Lucy und ließ ihre Blicke zwischen Wes und Sophia hin und her wandern.

„Darf ich?“ Wes wies den Flur entlang.

„Ähm, sicher. Erste Tür links“, antwortete Sophia knapp und schenkte ihm ein halbherziges Lächeln.

Nach ein paar Schritten in die gewiesene Richtung spähte Wes in den Raum und sah Collin vor einem Kleiderschrank stehen. Mit einem resignierten Seufzer schloss der Kleine die Schranktür, drehte sich um und suchte die gegenüberliegende Seite des Zimmers ab. Seine winzige Gestalt steckte in einem

Schlafanzug mit Rennwagenmuster, wobei das Oberteil hochgerutscht war und die Sicht auf seinen Bauchnabel freigab. Ohne Wes zu bemerken, der an der Tür stand, zog Collin den Saum herunter und ging zu seinem Kinderbett, das mit einer Decke mit Fußballmotiv bezogen war. Er ließ sich auf Hände und Knie fallen, krabbelte um die Bettecke und blickte unters Bett.

„Wonach suchst du, Sportsfreund?", fragte Wes, der vorsichtig den Raum betrat und den Spielzeugautos und bunten Bauklötzen auswich, die überall verstreut lagen.

Collin drehte sich um und setzte sich mit einem tiefen Seufzen hin, das wie das eines alten Mannes klang. Er lehnte sich mit dem Rücken an die Bettkante und schaute Wes mit denkbar traurigen Augen an. „Daddys Football. Hab' ich verlor'n. Daddy is' auch weg – weg."

Wes konnte kaum schlucken, setzte sich neben den kleinen Kerl und starrte auf das Bücherregal an der Wand gegenüber.

Traurig lehnte Collin seinen Kopf an Wes' Arm. „Ich will mein' Daddy."

Und ich will meinen Sohn, durchzuckte es Wes.

Nachdem sie eine Weile schweigend dasaßen, fuhr Wes mit den Fingern durch Collins leicht feuchte Locken, wobei ihm der milde Duft von Babyshampoo in die Nase stieg.

„Soll ich dir ein Buch vorlesen?", fragte Wes und wünschte sich, Collins Schmerz zumindest für eine kurze Zeit zu lindern. Er wusste jedoch, dass es keine dauerhafte Lösung gab, wenn man jemanden vermisste.

Collin seufzte. „Ich will Autos spielen. Mit dir."

Wes zerzauste ihm ein letztes Mal das Haar und schmunzelte darüber, wie düster das Kind mit seiner Bitte klang. „Okay. Wir können eine Weile mit Autos spielen."

Während sie die Motoren auf Touren brachten und über den Boden krochen, musste Wes den Schmerz unterdrücken, der ihm die Kehle zuschnürte. Es hätte ihm vergönnt sein sollen, dies mit seinem eigenen Sohn zu tun. Stattdessen lag sein kleiner Junge mit seiner Mutter in einem Sarg.

Nach einer Weile wurden Collin die Autos langweilig und er holte ein Buch aus dem Regal und reichte es Wes. „Vorlesen."

Unfähig, dem Kind die Bitte abzuschlagen, ließ Wes sich wieder auf dem Boden neben dem Bett nieder und las Collin die Geschichte von Jona und dem Wal vor. Als er am Ende angelangt war, als Jona schließlich versteht, dass jeder Mensch auf dieser Welt Gottes Mitgefühl wert ist, wurde der süße Geruch von Babyshampoo von einem anderen Geruch überlagert.

„Kacka. Hab' Kacka gemacht." Collin sah auf und rümpfte seine kleine Nase.

„Freundchen, wenn du alt genug bist, um mir das zu sagen, dann bist du auch alt genug, um dieses Geschäft auf der Toilette zu machen."

„Machs' du meine Windel neu?" Collin sah ihn mit vollem Ernst an.

„Nein, Sir", sagte Wes entschieden, während er aufstand und nach Sophia rief.

Nicht einmal eine Minute später befanden sie sich in einem Wortgefecht.

„Sie haben das Malheur entdeckt. Die Regel lautet: Wer es entdeckt, beseitigt es auch." Wes sah das amüsierte Funkeln in ihren leuchtend blauen Augen.

„Das ist nicht ganz fair, denn von dieser Regel hatte ich keine Kenntnis", erwiderte Wes, während er den Kleinen unter den Armen packte und ihn so weit wie möglich von sich weghielt.

Der Versuch, Sophia zu überreden, ihn zu nehmen, scheiterte kläglich, denn mit jedem Schritt, den er auf sie zu machte, wich sie einen Schritt zurück. „Ich gebe zu, ich habe einen Geruch bemerkt. Ich werde ihn mit Raumspray beseitigen. Hier." Er hielt Sophia, die herzhaft lachend neben ihrer ebenfalls glucksenden Mutter stand, das zappelnde Kind hin und registrierte, wie warm Sophias Lachen klang.

„Windel! Biiittteee!!", wimmerte Collin, der zwischen ihnen baumelte, und brachte die Erwachsenen zum Lachen.

Nachdem Sophia Wes noch ein wenig aufgezogen hatte, nahm sie ihm das „duftende" Kind schließlich ab. Lächelnd wünschte Wes ihnen eine gute Nacht. Auch wenn der Geruch nicht der angenehmste war – der Abend hatte doch besser geendet, als er erwartet hatte.

In der folgenden Woche war es in der Praxis relativ ruhig, und Wes hatte immer noch Mühe, sich an den lässigeren Zeitplan zu gewöhnen. In der Welt der Hämatologie und Onkologie hatte es so etwas wie einen ruhigen Tag nicht gegeben. Dort war kein Tag vergangen, ohne dass es eine adrenalingeladene Krise oder eine bahnbrechende Entdeckung gegeben hätte.

Während er in einer Akte auf seinem Schreibtisch blätterte, fielen ihm langsam die Augen zu. Er blinzelte ein paarmal und versuchte, sich wieder auf die Seite zu konzentrieren, als sie ihm aus den Fingern glitt und sein Kopf auf die Brust sank.

Gerade als ihm die Augen zugefallen waren, wurde er durch ein Klopfen an der Tür geweckt. Räuspernd richtete er sich auf und rief: „Ja, bitte."

Seine Assistentin Krista erschien mit einer weiteren dieser überholten Papierakten in der Hand. „Wir haben einen kleinen Notfall." Sie warf ihm einen mitleidigen Blick zu und überreichte ihm den dicken Ordner.

Wie klein das Problem war, war Wes egal; er freute sich einfach auf eine Herausforderung, egal, welcher Art. Schnell warf er einen Blick auf das oberste Blatt und bemerkte die Zahl neun in der Spalte mit den Altersangaben, bevor er in den Untersuchungsraum eilte. Dort angekommen, hatte er Mühe, sich nicht verwundert die Augen zu reiben. Er sagte sich, dass er wohl vor Langeweile noch ein wenig groggy sei, und warf einen Blick auf seine Patientin. Sie saß auf der Untersuchungsliege und hatte einen Angelhaken im Daumen stecken.

Besagte Patientin trug ein geblümtes Hemd, eine Latzhose in Tarnfarben und knallrosa Ballerinas. Ein Trucker-Hut hing auf ihrem Rücken, und dieser schien den Kampf darum, die langen weißen Haare zurückzuhalten, verloren zu haben. Verwirrt, aber auch leicht amüsiert, warf Wes erneut einen Blick auf die Akte, wo er diesmal eine Null bemerkte, die auf die Neun folgte.

Er gab es auf, sich einen Reim auf die Angaben in der Akte zu machen, und räusperte sich. „Ähm … guten Morgen, Miss Dalma."

„Kein guter Morgen", brummte Dalma und hob die Hand.

Immer noch verwundert darüber, warum eine Dame in diesem fortgeschrittenen Alter in einer Kinderarztpraxis erschienen war, nahm Wes ein Paar Handschuhe aus der Schachtel und zog sie an. Die kleine Lady gehörte zu der Schar der gackernden Hennen, die ständig mit Backwaren und Tratsch auftauchten, aber sie war weniger redselig und trug nur ab und zu einmal eine schräge Anekdote zum Gesamtklatschfundus bei.

„Hat jemand Sie hergebracht?“, fragte Wes, während er den Haken untersuchte. Es war ein einfacher Köderhaken mit einem winzigen Widerhaken, und er war nur durch die obere Hautschicht gedrungen, sodass Wes ziemlich sicher war, dass er sich leicht entfernen lassen würde.

„Ach ja. August Bradford sitzt im Wartezimmer. So ein netter Junge.“

„Waren Sie zusammen angeln?“

„Nein. Diesmal nicht. Ich hab' in meinem Schmuckkästchen nach einem Ring gesucht, den ich August für seine Josie schenken wollte, aber dann hat mich dieser Haken erwischt.“ Sie zuckte mit einer knochigen Schulter und sah angesichts dieser Erklärung genauso verwirrt aus wie Wes. „Dieses Mistding.“

Mit einem entschuldigenden Lächeln sagte Wes zu ihr: „Ich glaube, August hat Sie in die falsche Praxis gebracht.“

„Oh nein, Schätzchen. Der Doc behandelt mich schon seit Jahren. Wissen Sie, hier ist es nämlich viel unterhaltsamer als in der anderen Praxis, wo nur alte Knacker rumsitzen, die über ihre Arthritis und eingewachsenen Hühneraugen jammern.“

Prüfend blickte Wes Dalma an und fand in ihren himmelblauen Augen eine überraschende Klarheit. Um sein Lachen zu unterdrücken, das ihm im Halse steckte, biss er sich in die Wange.

„Na, dann wollen wir mal“, sagte Wes. „Sie sind doch nicht zimperlich und fürchten sich?“

„*Zimperlich* und *fürchten sich* – netter Reim, was? Verstehen Sie? Ist doch hier viel lustiger. In der Alte-Knacker-Praxis sagen die nie was Lustiges oder Dummes.“ Dalma grinste, warf aber doch einen besorgten Blick auf ihren Daumen und den Haken.

„Können Sie einen Moment ruhig hier sitzen bleiben?“, fragte Wes und zog seine Handschuhe aus. Als sie nickte, ging er zur

Tür. „Ich werde besser doch Schwester Krista bitten, Ihren Daumen zu betäuben. Ich bin dann gleich wieder da und entferne den Haken."

Dalma nickte grinsend, ließ die Beine baumeln und sah in keiner Weise aus wie eine Neunzigjährige.

Wes erwiderte ihr Grinsen und dachte, dass dies der witzigste Spaß war, den er seit dem Windel-Vorfall bei seinem Date letzte Woche gehabt hatte. Nachdem er Krista entsprechende Anweisungen gegeben hatte, verspürte er das Bedürfnis, die Komik der Situation mit Sophia zu teilen. Wie schön es war, zum ersten Mal seit langer Zeit wieder jemanden zu haben, mit dem er solche Momente teilen konnte, und Sophia war immer eine bereitwillige Zuhörerin.

Bevor er eintrat, klopfte er kurz an die angelehnte Tür ihres Büros.

„Ja?", fragte Sophia und beendete das Dokument, an dem sie gerade arbeitete, bevor sie aufblickte. Sie war modisch gekleidet – diesmal hatte sie einen schwarzen Hosenanzug und eine blaugrüne Bluse an. Ihr dunkles Haar war im Nacken zu einem kunstvollen Knoten verschlungen. Kein Zweifel, die Frau war hinreißend.

Zwischen der skurrilen Episode mit Dalma und der Tatsache, dass er Sophia im Moment ganz offensichtlich geradezu mit Blicken taxierte, beschlich Wes der Gedanke, dass er noch nicht ganz wach war. Um seine Benommenheit zu vertreiben, kniff er die Augen zusammen und versuchte sich zu erinnern, warum er überhaupt in ihr Büro gekommen war. *Eine neunzigjährige Patientin!*

„Ich behandle gerade meine allererste Patientin, die Sozialhilfe bezieht."

Sophias blaue Augen blitzten auf und ihr amüsiertes Lächeln entsprach dem seinen. „Lassen Sie mich raten. Dalma Burgess."

„Ja", sagte Wes glucksend.

„Und – wie geht es ihr?"

„Gut, hoffe ich, wenn ich den Angelhaken aus ihrem Daumen entfernt habe. Ich warte nur, bis die Betäubung wirkt, die Krista gerade setzt."

Sophia rümpfte die Nase. „Autsch. Um die goldige alte Dame sollten Sie sich besser gut kümmern. Oh, und Agnes sagt, der Doc hat ihr immer einen Extra-Lolli gegeben, das sollten Sie nicht vergessen." Sophia holte zwei rote herzförmige Lutscher aus ihrer Schublade und stand auf, um sie Wes zu reichen. „Die mag sie am liebsten."

Wes steckte die Süßigkeiten in seine Kitteltasche. „Ein Extra-Lolli für die alte Lady. Verstanden."

Bevor er den Raum verließ, umfasste Sophia seinen Arm und der hauchzarte Duft von Pfingstrosen und Zitrusfrüchten umwehte ihn. „Und sagen Sie mir hinterher unbedingt Bescheid, wie es gelaufen ist", sagte sie zwinkernd.

„Klar doch." Mit einem immer breiter werdenden Lächeln ging Wes in den Untersuchungsraum, um sich um den Haken zu kümmern.

Im Handumdrehen hatte Wes Dalma versorgt und war zurück in Sophias Büro, um ihr zu berichten, dass Dalma den Haken selbst herausgezogen hatte, sobald die Betäubung gewirkt hatte. Die kleine alte Lady habe ihn angewiesen, er müsse den Finger nur noch säubern und fest verbinden – und er habe gehorsam ausgeführt, was seine neunzigjährige Patientin verlangte. Sophia lachte über seinen Bericht, bis Tränen in ihren leuchtend blauen Augen standen.

Wes fühlte sich wie Herkules, dass er ihr diesen Moment der Freiheit von all dem Schweren, das sie ständig mit sich herumtrug, geschenkt hatte, und das spornte ihn nur umso mehr an, so etwas öfter zu tun. Dieses Lachen hatte etwas in Wes geweckt, das er schon lange für verloren geglaubt hatte. Jedes Mal, wenn sie seither in seiner Gegenwart gelacht hatte, hatte ihm dieses Lachen ein wenig mehr Leben eingehaucht – Leben in den verdorrten Teil seiner Seele, der eigentlich Hoffnung beherbergen sollte.

Und zum ersten Mal seit dem Tag, an dem sein Leben erstarrt war, begann Wes der Vorstellung, er könne vielleicht doch wieder ins Leben zurückkehren, ernsthaft Beachtung zu schenken.

9

Die Anforderungen des Alltags zwangen Sophia, immer einen Schritt nach dem anderen zu tun, und sie tat es, ohne zu jammern. Wie ferngesteuert durchlebte sie das Auf und Ab jedes Tages, setzte ein sorgfältig einstudiertes Lächeln auf und sprach höfliche Worte. Hinter diesem Erscheinungsbild stand eine angstgeplagte, verzweifelte Frau, die aus tiefstem Herzen stumm darum bat, aus ihrer hoffnungslosen Situation befreit zu werden. Sie fühlte sich verloren und wusste nicht mehr, wer sie eigentlich sein sollte.

Die Sophia, die sie einmal gewesen war, hätte sich niemals auf so einen albernen Deal wie ein Pseudodate-Arrangement eingelassen. Sie hatte den Job gebraucht, also hatte sie sich entschieden, Wes' Vorschlag anzunehmen. Aber diese Entscheidung glich langsam einem Becher saurer Milch. Das Problem war kaum merkbar – bis der Becher überlief.

Sie befürchtete, dass bereits die ganze Stadt davon wusste. Die Gerüchteküche griff ihre erste Verabredung auf, ebenso wie die Tatsache, dass sie in der Kirche nebeneinandersaßen, und verbreitete diese Dinge genau so, wie Wes es vorausgesagt hatte. Die Leute sprachen sogar darüber, wie anrührend es doch war, dass Collin darauf bestand, dass Wes ihn während des Gottesdienstes zum Kinderprogramm begleitete.

Weil bereits so viele Gerüchte im Umlauf waren, betrachtete Sophia die Sache mit den Pseudo-Dates als erledigt, sodass sie immer wieder Ausreden erfand, als Wes in der nächsten Woche versuchte, eine weitere Verabredung zu vereinbaren.

Doch wenn Sophia gedacht hatte, Wes würde verärgert auf der Einhaltung ihrer Vereinbarung bestehen, hatte sie sich getäuscht, und das überraschte sie. Aus irgendeinem Grund ließ er sie damit durchkommen. Wahrscheinlich, weil es unter seiner Würde war, um ein Date zu betteln. Anstatt offen zu streiten, schmollte er leise vor sich hin, und sie hatte nicht die leiseste Ahnung, wie sie darauf reagieren sollte. Sie war daran gewöhnt, eine drohend erhobene Stimme zu hören und geschubst zu werden. Nicht an Schweigen und die Kalte-Schulter-Methode.

Wes war zwar verärgert, aber das hielt ihn nicht davon ab, ihr jeden Morgen eine kleine Kühlbox zu überreichen. Und jeden Morgen, wenn Sophia versuchte, das Angebot abzulehnen, antwortete Wes mit sorgfältig formulierten Kommentaren, die zwar ruhig ausgesprochen wurden, aber dennoch einen spürbaren Stich hinterließen.

„Eine gute Mutter sorgt für ihr Kind, indem sie gut für sich selbst sorgt."

„Sie müssen Collin ein gutes Vorbild sein."

„Ihre Gesundheit zu vernachlässigen, ist Ihrem Sohn gegenüber nicht fair."

Und mehr brauchte es nicht, damit Sophia ihm die Tasche aus der Hand riss und davonmarschierte. Die meiste Zeit gingen sie einander aus dem Weg, und als der nächste Freitagnachmittag nahte, hatte Sophia die feste Absicht, dies auch weiterhin zu tun.

Der Plan war, kurz in seinem Büro vorbeizuschauen, bevor sie nach Hause ging, und ihm nur rasch den Terminplan für die nächste Woche auf den Schreibtisch zu legen, aber ein Blick auf Wes brachte sie von diesem Vorhaben ab. Sie bemerkte, dass er Kittel und Krawatte abgelegt hatte und seine hellbraunen Locken ein wenig zerzaust aussahen. Es war eine Angewohnheit von ihm, sich am Ende des Tages mit der Hand durch die Haare zu fahren, das war ihr schon aufgefallen. Es erinnerte sie an Collin, der sich eine Locke um den Finger wickelte, wenn er müde war. Aber heute bot Wes einen Anblick, der gar nicht zu ihm passte. Er sah nicht nur müde aus wie nach einem langen Arbeitstag, er wirkte irgendwie mitgenommen.

„Hey", sagte Sophia leise.

Wes blickte von der Akte auf, in die er gerade geschrieben hatte. Hinter seiner Designerbrille konnte sie deutlich den Schmerz in seinen braunen Augen sehen. „Hi. Kann ich Ihnen helfen?" Seine Stimme war höflich, aber er klang auch todmüde.

„Ich glaube, die bessere Frage ist: Kann *ich Ihnen* helfen?", sagte Sophia, während sie an seinen Schreibtisch trat.

Mit müdem Blick ließ Wes den Stift fallen und lehnte sich in seinem Stuhl zurück, während er ihre Bewegungen verfolgte. „Ist das der Terminplan?", fragte er, ohne auf ihre Frage einzugehen.

Sie reichte ihm das Papier. „Ich habe Ihnen eine Mail mit ein paar Möglichkeiten geschickt, wie man das Ablagesystem umstellen kann. Das letzte auf der Liste ist dasselbe System, das Ihre Praxis in Alabama verwendet. Ich habe es mit aufgenommen, falls Sie bei etwas Vertrautem bleiben wollen. Bis nächste Woche könnte ich dann das System einrichten, für das Sie sich entscheiden, und damit beginnen, die Daten einzupflegen." Sie hoffte, dass ihm das in irgendeiner Weise helfen würde.

„Großartig. Ich sehe es mir heute Abend an und gebe Ihnen Bescheid. Es wird eine große Erleichterung sein, diese Ablage auf den neuesten Stand zu bringen.“ Er nahm eine Akte aus dem Papierwirrwarr auf seinem Schreibtisch, der ähnlich aussah wie der ihre, und hielt sie hoch, bevor er sie wieder ablegte. „Mit so etwas habe ich nichts mehr zu tun gehabt, seit ich Assistenzarzt war.“

Kurz entschlossen stellte Sophia ihre Tasche auf einen freien Stuhl und schickte ihrer Mutter eine kurze SMS, um sie wissen zu lassen, dass sie sich verspäten würde. Dann schnappte sie sich einen Stuhl und schob ihn an seinen Schreibtisch.

„Was tun Sie da?“, fragte Wes verwundert.

„Wir werden sehen, ob wir die Arbeit zu Ende bringen können, damit Sie zu einer anständigen Zeit nach Hause kommen.“ Sophia nahm einen Stift in die Hand und schlug eine der Akten auf. „Ich bin nicht blind, Dr. Sawyer, und ich weiß, dass Sie jeden Abend viel zu lange hier arbeiten.“

„Nun, zu Hause wartet nichts auf mich, also …“ Sein Blick glitt über den Schreibtisch.

Zu sehen, wie er sich hastig in eine neue Akte vertiefte, um zu überspielen, was er gerade eingestanden hatte, schnürte Sophia die Kehle zu. War das ein Hinweis darauf, was ihn bedrückte?

Sie gingen einige Akten durch, bevor Sophia den Mut aufbrachte, etwas zu sagen. Zwar wusste sie nicht, ob es ihn noch mehr verletzen würde, aber die einzige Ablenkung, die ihr einfiel, war die, von Collin zu reden.

„Gestern Abend habe ich es mit Brokkoli für Collin probiert.“

Wes sah nicht auf, aber sein Stift kam zum Stillstand. „Und wie ist es gelaufen?“

„Der Kleine hat ihn verschwinden lassen."

Nun hob er den Kopf und begegnete schließlich ihrem Blick. „Na, sehen Sie, ich habe doch gesagt, dass er ihn mögen würde."

„Dass er ihn gemocht hat, habe ich nicht gesagt", meinte sie und verdrehte vielsagend die Augen. „Nach dem Abendessen haben wir noch ein bisschen mit LEGO gespielt und da stieg mir ein gewisser Duft in die Nase. Dreimal dürfen Sie raten, was ich in seiner Windel gefunden habe."

Endlich ließ die Spannung um Wes' Augen nach und er lächelte. „Er ist so pfiffig, dass es ihm selbst nicht gut bekommt."

Prustend antwortete Sophia: „Wem sagen Sie das. Auf den ersten Blick dachte ich, dass etwas mit ihm nicht stimmte, aber das Einzige, was nicht stimmte, war, dass der kleine Gauner den Brokkoli in seine Windel gepackt hatte, ohne dass ich es gemerkt habe." Als sich die Spannung gelöst hatte, war Sophia ein wenig beruhigt. Sie verbrachten die nächste Stunde mit weiteren Gesprächen über Collin, während sie arbeiteten, bis der Schreibtisch abgeräumt war.

Dann griff Sophia zu ihrer Tasche und hängte sie sich über die Schulter. „Wenn es sonst nichts mehr gibt, sehen wir uns am Montag."

„Sonntag. Wir sitzen doch in der Kirche zusammen, schon vergessen? Oder wollen Sie auch von diesem Teil unserer Vereinbarung zurücktreten?", sagte er neckend.

„Dann Sonntag", erwiderte sie mit verschränkten Armen, konnte aber nicht verhindern, dass sich ein Lächeln auf ihre Lippen stahl. „Für jemanden, der so viel Wert auf Regeln und Etikette legt, finden Sie überraschend wenig dabei, die Leute darüber zu täuschen, warum wir uns sehen und in der Öffentlichkeit zeigen."

Wes wischte den Vorwurf weg und griff zu Mantel und Aktentasche. „Wir waren zusammen essen und sitzen zusammen in der Kirche. Es gab keine Täuschung. Wenn die Leute in unserer gemeinsam verbrachten Zeit unbedingt eine Beziehung sehen wollen, nun, dann sollen sie doch."

„Sie sehen die Dinge auf Ihre recht eigene Art, Dr. Sawyer." Sophia hob eine Augenbraue.

Er winkte ihr, ihm nach draußen zu folgen. „Das macht die Dinge weniger dramatisch."

Lachend sagte sie: „Ja, weil Pseudo-Dates natürlich frei von jeder Dramatik sind." Statt einer spitzen Bemerkung, die sie erwartet hatte, starrte Wes sie an, während er die Seitentür hinter ihnen abschloss. „Was ist?", fragte sie.

Wes schüttelte den Kopf und ging Sophia voraus zu ihrem Wagen. „Dieses Lachen, das Sie haben … Es ist ein Erlebnis." Er öffnete die Fahrertür, ließ sie einsteigen und beugte sich vor.

„Danke, dass Sie es mit mir geteilt haben", sagte er leise, während er den Blick senkte. „Ich habe es heute gebraucht."

„Alles okay mit Ihnen?", fragte Sophia, während sie den Sicherheitsgurt anlegte.

Das bemühte Lächeln, das er aufgesetzt hatte, zitterte, bevor es ganz aus seinem attraktiven Gesicht verschwand. Wes hatte den Arm auf das Autodach gelegt, lehnte nun seine Stirn daran und atmete tief durch. „An manchen Tagen trifft es mich einfach wie aus dem Nichts … Heute war so ein Tag."

Als Sophia den Sicherheitsgurt lösen wollte, legte Wes ihr die Hand auf die Schulter.

„Es ist schon spät. Sie müssen nach Hause. Collin wartet." Abrupt schloss er die Tür und machte sich auf den Weg zu seinem Auto.

Aus der Zeit, die sie mit Wes verbracht hatte, wusste Sophia mit Sicherheit, dass er wirklich ein anständiger Mann war. Aber er war auch ein einsamer Mann, der verlässliche Unterstützung gebrauchen konnte. Leider war das, was sie an Unterstützung bieten konnte, mit deutlichen Schwachstellen behaftet. Das bisschen Kraft, das sie hatte, war im Moment ganz für Collin reserviert.

Ein leises Hupen schreckte sie aus ihren Gedanken auf, und beim Blick in den Rückspiegel sah Sophia, dass Wes darauf wartete, dass sie zuerst losfuhr. Sie winkte ihm zu, obwohl ihr Instinkt ihr sagte, sie solle den Motor abstellen und ihm die Möglichkeit geben, sich ihr anzuvertrauen. Aber wenn sie nicht ebenfalls bereit war, sich zu öffnen, dann konnte sie auch nicht erwarten, dass er es tat.

Der Samstag war hell und sonnig. Zum Glück hielt eine Brise die Mücken in Schach und verhinderte, dass sich die Luftfeuchtigkeit zu sehr im Park am Strand festsetzte, wo ein Dutzend Kleinkinder auf den Spielgeräten herumtollten, während ihre Eltern zusahen.

„Du hättest mich anrufen können, meine Liebe. Ich hätte mit angepackt, um den Tag zu einem besonderen Ereignis für unseren Collin zu machen", kommentierte Tys Mutter, während sie angesichts der Maisflipstüten und Saftpäckchen die Nase rümpfte.

Sophia drückte die Kerze mit der Nummer *3* mit etwas zu viel Kraft in die Traktortorte, sodass sie fast in der Buttercreme versank. Verstohlen versuchte sie, sie herauszuziehen, aber die

Sache war nicht zu reparieren. Jedes Mal, wenn sie es versuchte, neigte sich die Kerze mehr nach links und wurde mit noch mehr grüner Glasur verschmiert. „Es ist schon in Ordnung, Helen. Collin hat sich das so gewünscht.“ Seit sie hierher zurückgezogen waren und Collin immer wieder einmal auf der kleinen Farm ihrer Familie zu Besuch war, war der kleine Kerl von Traktoren besessen.

„Er ist drei, meine Liebe. Er weiß nicht, was er will.“ Tys Mutter schnippte den Gedanken beiseite wie eine lästige Fliege. Sie war am Abend zuvor aus Atlanta eingeflogen und hatte sich entschieden, in einem Hotel zu übernachten, anstatt das angebotene Gästezimmer bei Sophia zu nehmen. Ty würde es nicht schaffen, hatte sie erklärt, aber sie hatte seine Geschenke für Collin mitgebracht. Als Sophia am Morgen versucht hatte, Collin das zu erklären, war der Kleine ganz aufgelöst gewesen.

„Will kein Spielzeug. Daddy soll kommen. Biiitteee, Mommy.“ Collin weinte und bettelte, aber Sophia konnte die Situation auch nicht ändern.

Unnötig zu sagen, dass Collin einen der heftigsten Weinkrämpfe seit Langem hatte. Es brauchte ausgerechnet Lincoln Cole, der den kleinen Kerl wiederaufbaute, indem er mit dem Schäferhund seines Vaters auftauchte, nachdem Sophia in Panik Opal angerufen hatte. Lincoln erklärte, dass er auf den Hund seiner Eltern aufpasste, die auf einer Kreuzfahrt waren, und dass er Collin brauchte, um mit dem Hund Gassi zu gehen. Und schon waren die Tränen durch einen stämmigen Mann und einen zotteligen Hund besänftigt. Sophia hatte sich im Stillen geschworen, Lincoln Cole nie wieder zu kneifen.

„Hast du mich gehört, Sophia?“ Mrs Prescotts Tonfall war schneidend.

Sophia blinzelte die Erinnerung an den schrecklichen Morgen weg und wandte sich der Frau zu, für die sich die Welt um ihren Football-Star-Sohn drehte. „Es tut mir leid, Helen. Was hast du gesagt?"

„Kannst du jetzt bitte zu den Geschenken kommen? Ich muss schließlich heute Nachmittag ein Flugzeug erwischen", erklärte Mrs Prescott, während sie sich mit der Hand Luft zufächelte und sich mit einer Serviette den Hals abtupfte. Sie trug einen weißen Hosenanzug und besaß die Frechheit, Sophias Shorts und ärmellose Bluse mit einem Blick zu mustern, der signalisierte, dass Sophia diejenige war, die nicht wusste, wie man sich in den Hundstagen des Sommers richtig kleidete.

„Ja, Ma'am. Sobald wir gesungen haben und er die Kerze ausgeblasen hat", sagte Sophia lächelnd und eilte dann los, um die Kinder zu holen.

Als das Lied zu Ende war und die Kerze ausgeblasen wurde, überreichte Sophia Collin als Erste ihr Geschenk.

Der kleine Kerl strahlte, als er das Papier zerriss und den grünen Plastiktraktor darin entdeckte.

„Juhu!" Collin war schon dabei, unter vernehmlichen Tok-tok-tok-Traktorengeräuschen davonzukrabbeln, aber Sophia schaffte es, ihn zu dem Berg von Geschenken zurückzuholen.

„Du musst erst noch mehr auspacken, mein Kleiner."

Collin war kein Spielverderber und öffnete die Geschenke seiner kleinen Freunde. Dann packte er die diversen Kartons mit Kleidung aus, die Großmutter Prescott mitgebracht hatte, und schob sie unter dem Gelächter der Eltern rasch beiseite, nachdem er einen flüchtigen und desinteressierten Blick hineingeworfen hatte.

Alle hatten ihren Spaß, bis Collin anfing, die Geschenke von seinem Vater auszupacken. Das erste Geschenk ärgerte Sophia, aber als der Kleine das letzte öffnete, war sie außer sich.

„Welcher Dreijährige kann denn bitte schön etwas mit einem Handy anfangen?", schnaubte Sophia später am Tag, als sie am Rande des Golfplatzes auf dem Rasen lag und Opal und Josie sich unter dem schattigen Baum neben ihr niedergelassen hatten. Sie waren gekommen, um ihr beim Ausladen der absurden Menge an Geschenken in der Wohnung zu helfen, und waren jetzt noch geblieben, damit Sophia ihrem Ärger Luft machen konnte – ein Angebot, das sie gern annahm.

„Offenbar das Kind eines Football-Superstars", antwortete Opal nicht gerade hilfreich.

Sophia zupfte an ein paar Grashalmen. Sie beobachtete August, der hinter dem Jungen herlief, der eines von Tys übertriebenen Geschenken, einen batteriebetriebenen Traktor, über den Rasen fuhr und dabei fast eine Fahne umfuhr. „Er ist noch nicht groß genug, um das Ding zu fahren."

„Auf der Verpackung stand ‚Ab drei Jahren'", sagte Josie achselzuckend, und Sophia musste sich sehr beherrschen, um ihr keinen Schubs zu geben.

„Und meinst du, er ist alt genug für ein eigenes iPad?"

Josie zuckte wieder mit den Schultern. „Wenigstens hat Ty eine Schutzhülle mitgeschickt."

„Ich fasse es nicht – ihr verteidigt ihn auch noch?!" Sophia warf eine Handvoll Grashalme nach ihren Freundinnen, die wie Konfetti auf die beiden herabregneten.

„Was ärgert dich eigentlich wirklich?", fragte Opal und bürstete das Gras von ihrer dünnen Hemdbluse, wobei ihre Sammlung von Armbändern aneinanderklirrte.

„Der Mann versucht sich freizukaufen. Es ist, als würde er sagen: ‚Tut mir leid, mein Sohn, ich schaffe es nicht, aber bitte nimm diese lächerlich übertriebenen Geschenke und meine Mutter als Trostpreis an.' Es macht mich krank." Sophia strich sich die Haare hinters Ohr. „Collin braucht keine materiellen Dinge. Er braucht seinen Daddy."

Mitfühlend streckte Josie die Hand aus und klopfte Sophia aufs Knie. „Es tut mir wirklich leid."

Sophia lehnte sich gegen den Baum und streckte die Beine aus. „Das hat mich schon wütend genug gemacht. Aber dann hat mir Mrs Prescott noch einen Umschlag von Ty gegeben, bevor sie ging. Er hatte einen Brief dazugelegt, in dem er schrieb, dass er uns liebt und sich um uns kümmern will. Und es lag eine obszöne Summe Bargeld bei mit dem Hinweis, ich solle das Geld nicht auf irgendein Konto tun." Sie schüttelte den Kopf und ärgerte sich. „Der Mann wirft eindeutig mit Geld um sich, das er nicht haben sollte. Die Geschenke, die er Collin gemacht hat, gehen in die Tausende. Ich will einfach nicht in sein einschmeichelndes Gerede und sein finanzielles Chaos verwickelt werden."

„Was hast du gemacht?", fragte Josie.

„Ich habe seiner Mutter den Umschlag zurückgegeben und ihr gesagt, sie solle ihn Ty zurückgeben. Sie war nicht sehr erfreut darüber, aber sie wollte keine Szene machen, also hat sie ihn genommen und ist gegangen. Gott sei Dank." Sophia blickte zum Himmel und sah zu, wie sich die Sonnenstrahlen des späten Nachmittags durch die Äste der Bäume stahlen.

„Da hast du dir nichts vorzuwerfen", meinte Opal, rutschte neben sie und lehnte sich an den Baum, während sie mit einer Hand über ihren Bauch strich. Sophia konnte es kaum erwarten, dass Baby Cole sich deutlicher zeigte als in der Andeutung eines kleinen Bäuchleins.

Schweigend richteten die Frauen ihre Aufmerksamkeit auf den kleinen Mann auf seinem Traktor, dem ein mit Farbspritzern garnierter Künstler dicht auf den Fersen war.

Sophia hatte es satt, immer diejenige in der Gruppe zu sein, die Trübsal blies, also lenkte sie das Gespräch auf eine leichtere Ebene. „Josie, du und August, ihr versteht es wirklich, Farbe zu tragen." Die beiden kamen gerade von einem Kunstkurs im *Palmetto Kunstcamp* und trugen wie üblich T-Shirts und Jeans, die mit Farbe besprenkelt waren – eine Eigenart, die Sophia ausgesprochen liebenswert fand.

Kichernd antwortete Josie: „Na, August auf jeden Fall. Ist er nicht ein echter Hingucker?" Ganz offen bewunderte die Blondine ihren Mann.

„Du klingst wie eine liebeskranke Teenagerin, die von ihrem Freund schwärmt. Echt süß", erwiderte Sophia amüsiert.

„Ja, wirklich", stimmte Opal zu. „Apropos Freunde ... Ich war enttäuscht zu hören, dass dein Freund gar nicht auf der Party heute war, Sophia." Opal konnte wirklich jedem Gespräch seine heitere Note nehmen.

„Alles Schwindel", fauchte Sophia. „Es ist alles nur vorgetäuscht und das weißt du auch."

Opal schoss sofort zurück. „Nun, wie auch immer du ihn nennen willst, ich verstehe nicht, warum Wes nicht eingeladen wurde."

„Hör auf, dich einzumischen", mahnte Sophia, stand auf und strich ihre Shorts glatt. Sie verließ ihre Freundinnen und wünschte sich, sie könnte aus den beschwerlichen Situationen, in denen sie sich gerade befand, ebenso einfach verschwinden.

Später am Abend rief Ty an. Er redete nur kurz mit Collin, bevor er ihm sagte, er solle Sophia das Handy geben. Dann versuchte er, sie zu überreden, sie solle einen Flug buchen und zu ihm kommen. Natürlich lehnte sie ab, aber er inszenierte einen mächtigen Kampf darum. Der Mann war genauso gut im Manipulieren wie auf dem Football-Feld im Rennen. Leider hatte sie zu lange gebraucht herauszufinden, wie sie seine hinterlistigen Taktiken durchschauen konnte.

Nach einer langen Nacht, in der sie sich hin und her gewälzt hatte, hätte der Gottesdienst am nächsten Tag eine Erholung von all dem Stress sein sollen. Stattdessen konnte Sophia kaum das Gefühl beherrschen, dass sie gleich die Fassung verlieren würde, als sie neben Wes auf der Kirchenbank saß.

Als sie aufstanden, um das Lied zum Einsammeln der Kollekte zu singen, beugte Wes sich zu ihr hinüber und flüsterte: „Alles in Ordnung mit Ihnen?" Sophia starrte auf das Gesangbuch in ihren Händen und tat so, als hätte sie ihn nicht gehört. Ihn in diesem sanften, aufrichtigen Ton diese Frage stellen zu hören, brachte sie an den Rand ihrer Selbstbeherrschung. Sie wollte am liebsten schreien und eine Litanei von Beschwerden darüber loslassen, wie ungerecht das Leben sie behandelte. Sie wollte um sich schlagen, bis jemand anders ebenfalls den Stachel ihrer Verzweiflung zu spüren bekam.

Nachdem der Kollektensammler vorbeigegangen war, fiel Sophias Blick auf den Gang, und sie gab sich dem Gedanken hin, wie befreiend es wäre, einfach aus der Kirchenbank zu fallen und alles in einem einzigen großen Anfall herauszulassen. Sie sah bildhaft vor sich, wie sie mit zuckenden Gliedern und vor Wut schäumend daliegen würde, bis jemand mit einer Zwangsjacke auftauchen würde.

Nur mit Mühe gelang es Sophia, den Wahnsinn dieses Gedankens zu verdrängen und ihn zusammen mit dem Kummer, der ihn hervorgerufen hatte, beiseitezuschieben. Als das Lied zu Ende war, stellte sie ihre Handtasche zwischen sich und Wes und benutzte sie als Abgrenzung.

Nachdenklich blickte Wes zuerst auf die Tasche und dann auf sie, sagte aber nichts. Danach galt seine Aufmerksamkeit für den Rest des Gottesdienstes dem Pfarrer.

Als sie den Gottesdienstraum verließen, stürzte sich Sophias Mutter schnell auf Wes, bevor er entwischen konnte.

„Wes, mein Lieber, möchten Sie nicht zum Essen mit zu uns kommen? Es ist noch ein Geburtstagsessen für den kleinen Collin. Ich habe alle seine Lieblingsgerichte gekocht", plapperte Lucy lächelnd, während sie ihren Arm um Sophia legte, um sie in die Einladung einzubeziehen.

„Oh, ich dachte, die große Feier war gestern", richtete Wes seine Bemerkung an Sophia und schürte ihre Schuldgefühle, weil sie ihn nicht eingeladen hatte.

„Das war das Fest für seine kleinen Freunde. Außerdem ist heute sein eigentlicher Geburtstag. Wir würden uns freuen, wenn Sie mit uns feiern würden", erklärte Lucy, unterstrich ihre Worte mit einem entschiedenen Kopfnicken und stupste Sophia an, die das aber nicht dazu brachte, die Einladung zu bestätigen. Sie hatte ohnehin schon Mühe, ihre erschütterte Fassung zu bewahren. „Opal und Josie mit Gefolge werden auch da sein."

Sophia schluckte den Kloß in ihrem Hals hinunter und flüsterte: „Wes, möchten Sie nicht auch kommen?"

„Das würde ich gerne, aber ich habe Collins Geschenk zu Hause vergessen." Wes rieb sich den Nacken und sah zu seinem schicken Sportwagen hinüber.

„Das können Sie doch auch später noch vorbeibringen." Lucy entließ ihre Tochter aus ihrer Umklammerung und befahl: „Sophia, sag Wes, wie er zur Farm kommt", und entfernte sich dann rasch.

„Sind Sie sicher, dass ich zu diesem Essen kommen sollte?", fragte Wes leise, als sie allein waren.

„Collin wird sich freuen, dass Sie dabei sind. Ich muss ihn aus seiner Gruppe abholen", sagte Sophia knapp und machte auf dem Absatz kehrt.

„Wegbeschreibung?", rief er, bevor sie fort war.

Sie machte eine wegwischende Handbewegung. „Schicke ich gleich per SMS." Einen kurzen Augenblick war Sophia versucht, ihm eine falsche Adresse zu geben, entschied sich aber dagegen.

Sophias Mutter hatte eine Fülle italienischer Gerichte gezaubert, deren Rezepte ihre eigene Großmutter aus Sizilien mitgebracht hatte. Die Bratensoße der Frau, auch rote Soße genannt, ließ einem das Wasser im Mund zusammenlaufen. Nach Wes' überschwänglichem Appetit zu urteilen, schien er das auch zu finden. Der Mann lieferte sich ein Kopf-an-Kopf-Rennen mit Neandertaler Lincoln und Big Boy August, indem er die Soße in sich hineinschaufelte, und Sophia war beeindruckt, dass er mithalten konnte.

Auf Drängen ihrer Mutter schaffte es Sophia, ein paar Fleischbällchen und ein Stück frische Focaccia zu essen, bis Wes seinen dritten Teller leer gegessen hatte. Collin folgte seinem Beispiel und aß ebenfalls mit großem Appetit.

„Wes, ich möchte Ihnen danken, dass Sie unsere Tochter eingestellt haben", sagte Sophias Vater, als das Dessert serviert wurde. Mitcham Gaines war durch und durch ein Junge vom Lande, der es geschafft hatte, sich eine italienische Schönheit – so seine

Worte – zu angeln, als er damals in den Siebzigerjahren auf dem Jahrmarkt gewesen war. Im Laufe der Jahre hatte er Sophia immer wieder die Geschichte erzählt, wie er Lucy von Stand zu Stand gefolgt war, bis sie schließlich einem Date zustimmte. Es war eine nette Geschichte, aber Sophia hatte den Glauben an Liebesgeschichten verloren.

Lincoln prustete fast vor Lachen. „Armer Kerl. Wir wissen, was es kostet, es mit Sophia auszuhalten."

Empört schlug Opal ihrem Mann auf den Arm und Sophia streckte ihm die Zunge heraus. „Sei still und iss deinen Nachtisch."

Zwischen zwei Bissen Käsekuchen machte Wes eine Pause. „Sophia ist eine echte Bereicherung für unsere Praxis. Es war eine kluge Entscheidung, sie einzustellen."

Verblüfft starrte Sophia ihn an und spürte, wie eine Wärme sich in ihrer Brust ausbreitete, aber Wes konzentrierte sich weiter auf den Nachtisch. Ob er es nun ernst gemeint hatte oder nicht, sie war dankbar, dass er vor ihren Eltern gut über sie sprach.

„Collin, bist du so weit, ein paar Geschenke zu bekommen?", fragte Sophias Mutter, woraufhin der kleine Kerl aufgeregt auf der Sitzerhöhung, die den Hochstuhl ersetzt hatte, hin und her zappelte.

Lincoln und Opal schenkten ihm eine riesige Sammlung Sandspielzeug und versprachen ihm für die folgende Woche einen Tag am Strand. Und Sophia war nicht überrascht, als August und Josie ihm eine Staffelei und Malzubehör für Kinder schenkten. Ihre Freundinnen interessierten sich mehr für ihren Sohn als sein eigener Vater und diese Tatsache tröstete und verletzte Sophia zugleich.

Opa und Oma schenkten Collin ein ferngesteuertes Auto, und den Rest des Nachmittags verbrachten sie auf der Veranda und sahen zu, wie der kleine Kerl es in alle Bäume und Büsche im Vorgarten krachen ließ. Irgendwann fing er an, mit den Fingern in seinen Haaren zu spielen, also nahm Sophias Papa ihn hoch und erklärte, dass es Zeit sei, das Autorennen im Fernsehen anzuschauen, was bedeutete, dass er sich in seinem Lehnstuhl zurücklehnte und vor dem ersten Boxenstopp einschlief.

Die Verandaschaukel, in der Sophia schweigend neben Wes saß, schwang leise knarrend hin und her. Ihre Mutter hatte sich auf der Couch ausgestreckt, sodass die Schaukel ihre einzige Möglichkeit war. Eigentlich hätte Wes wie ihre Freundinnen nach Hause gehen können, aber er war geblieben.

Nun saß er neben ihr, während sie dem dumpfen Brummen des Autorennens lauschte, das durch die offenen Fenster drang. Sie blickte in den Garten und betrachtete die Gardenienbüsche, die überall im Garten und darüber hinaus gepflanzt waren. Zu jedem Hochzeitstag hatten ihre Eltern einen neuen Strauch gepflanzt. Insgesamt waren es bisher siebenunddreißig Sträucher, und der Duft, den der Garten zu bestimmten Zeiten des Jahres verströmte, war einfach verführerisch. Es war ein so schönes Zeugnis ihrer Liebe und eines, das Sophia sowohl bewunderte als auch beneidete.

„Ist es wichtig, darüber zu reden?“, fragte Wes nach einer Weile leise.

Als er diese Frage zum ersten Mal gestellt hatte, hatte Sophia verstanden, dass er seine Zeit lieber nicht damit verschwenden wollte, wenn ein Gespräch nicht unbedingt notwendig war. Aber in den letzten Wochen hatte sie ihn ein wenig besser kennengelernt und erkannte jetzt die Aufrichtigkeit der Frage. Er drückte damit aus zu bemerken, dass irgendetwas Wichtiges sie beschäftigte. Ein Gespräch darüber könnte ein Bedürfnis sein, wenn es auch kein Wunsch war.

Seufzend spielte sie mit dem Spitzensaum ihres weißen Sommerkleids und fragte: „Haben Sie manchmal das Gefühl, Sie könnten gleich aus der Haut fahren?“ Aus den Augenwinkeln sah sie ihn an und befürchtete, er würde sie für verrückt halten, weil sie das fragte, stellte aber erleichtert fest, dass er nickte.

„Eigentlich ständig. Deshalb habe ich mit dem Laufen angefangen.“ Um sie ansehen zu können, rutschte Wes ein wenig herum, was die Schaukel aus dem trägen Rhythmus brachte, in den sie nur langsam wieder zurückfand. „Ich dachte, ich könnte der Ursache davonlaufen. Es hat Jahre gedauert zu verstehen, dass das Training die Angst nur auf ein erträglicheres Maß reduziert.“

„Sie diagnostizieren also bei mir Angstzustände und verschreiben mir Bewegung, um die Symptome zu behandeln?“ Spielerisch stupste sie ihn am Arm und konnte sich nicht zurückhalten hinzuzufügen: „Immer ganz der Herr Doktor, was?“

Wes lehnte sich näher an sie heran und sagte leise: „Jetzt, wo Sie es erwähnen … es gibt andere, fantasievollere Techniken, die nachweislich Ängste abbauen, aber ich bin zu sehr Gentleman, als dass ich Ihnen die verraten würde.“ Es folgte ein Augenzwinkern.

Überrascht von seiner Retourkutsche sprang Sophia auf und stieß dabei mit dem Ellbogen gegen die Armlehne der Schaukel. „Au!“, rief sie, während sie herumhüpfte und sich den Ellbogen in der Hoffnung rieb, dass die Bewegung den stechenden Schmerz lindern würde, der ihr bis zur Schulter hinauffuhr.

„Zielsicher die richtige Stelle getroffen, was?", fragte Wes, stand auf und rieb ihren Arm an einem bestimmten Punkt, was die Schmerzen sofort auf ein erträglicheres Maß milderte.

Bei seiner Berührung geriet ihr Herz ins Stolpern.

Doch dass Wes gerade aussah wie der charmante Junge von nebenan, machte sie sofort misstrauisch. Genau dieselbe harmlose Fassade konnte Ty aufsetzen, wenn die Situation es erforderte. Während ihr Blick überallhin schweifte, nur nicht in sein Gesicht, murmelte sie: „Ich muss Collin nach Hause bringen."

Mit einer Hand fuhr sich Wes übers Gesicht. „Ich entschuldige mich, Sophia. Ich habe nur herumgealbert, und was ich gesagt habe, war geschmacklos." Einen Moment lang starrte er auf seine Füße, bevor er sich umdrehte und die Verandastufen hinunterstieg. „Bitte danken Sie Ihren Eltern von mir für das Essen", rief er ihr über die Schulter zu, während er zu seinem Auto eilte.

Nachdenklich stand Sophia da und sah dem glänzenden schwarzen Auto nach, das die lange Einfahrt hinunterfuhr und kaum Staub aufwirbelte. Sie verstand nicht, warum zwischen ihnen ein elastisches Band zu bestehen schien, das sie einander immer wieder ein Stückchen näherbrachte, nur um dann zurückzuschnappen und den Fortschritt zunichtezumachen. Kopfschüttelnd ging sie ins Haus, um ihren Sohn zu holen und hoffentlich auch ihre Würde wiederzufinden, bevor sie sich auf den Heimweg machte.

Später, als sie Collin gerade gebadet hatte, hörte Sophia, dass eine neue Nachricht auf ihrem Handy eingegangen war. Der Gedanke, sie zu ignorieren, erübrigte sich, als ihr Sohn danach griff und es ihr brachte. Sie schielte auf den Namen auf dem Display.

Sie hätte nicht mit einer Nachricht von Wes gerechnet, und dass er sie bat, vorbeikommen zu dürfen, um Collins Geburtstagsgeschenk zu überbringen, war ebenfalls eine Überraschung. Nach einem flüchtigen Blick auf ihr Outfit aus feuchtem Tanktop und Yogahose, die Opfer von Collins ausgiebiger Planscherei geworden waren, schickte sie ihm eine knappe Antwort: „*Okay*" und beeilte sich, sich umzuziehen. Doch noch bevor sie in ihrem Zimmer war, klingelte es bereits. Grummelnd machte Sophia kehrt und ging zur Tür, um sie zu öffnen.

„Guten Abend, Sophia." Wes trug legere Kleidung – Jogginghose und T-Shirt – und hatte drei große Einkaufstüten in den Händen. Im Grunde war sie ebenso gekleidet, doch sie fühlte sich schäbig, wohingegen er fast schon elegant aussah.

„Vielleicht bist du ja doch ein Vampir", murmelte sie leise und fragte sich, wie lange er schon draußen gewartet hatte.

„Was war das?", fragte Wes stirnrunzelnd und neigte sein Ohr in ihre Richtung.

„Nichts", winkte Sophia ab und trat zurück, um ihn hereinzulassen. „Collin, du hast Besuch."

Mit strahlendem Gesicht rannte Collin den Flur entlang und schrie: „Hey, Wes!"

Beeindruckt zog Wes eine Augenbraue hoch. „Hallo, Collin. Ich habe deine Geburtstagsgeschenke mitgebracht." Mit seinen Einkaufstüten setzte er sich mitten ins Wohnzimmer und wartete darauf, dass Collin sich zu ihm gesellte.

„Jaa! Noch mehr Geschenke!", rief der Kleine und nahm die Tüte, die Wes ihm hinhielt. Doch als er hineinschaute, runzelte er die Stirn und zog eine Packung Unterwäsche nach der anderen heraus. „Das will ich nich'." Der kleine Kerl sah aufrichtig enttäuscht aus.

Theatralisch verdrehte Sophia die Augen, denn sie wusste, was dieses Geschenk bedeutete. Mit verschränkten Armen stand sie an die Seitenlehne der Couch gelehnt, während Wes eine Packung aufriss.

Ermunternd wandte sich Wes an Collin: „Das ist eine ganz besondere Unterhose. Eine für Superhelden! Nur mutige Jungs können die tragen. Und du bist doch mutig, oder?"

Collin zuckte mit den Schultern, nahm aber das Exemplar, das Wes ihm hinhielt, und begutachtete es. „Has' du auch Superhelden-Unterhosen?"

„Ich habe Unterhosen für große Jungs", antwortete Wes ein wenig verlegen. „Willst du sie nicht anprobieren?"

Collin war blitzschnell aus der Windel heraus und schob seine Füße in die Unterwäsche für große Jungs. Nachdem er sie angezogen hatte, rannte er zu Sophia, führte einen kleinen Tanz auf und wackelte mit seinem kleinen Po. „Siehs' du mich, Mami?"

Sophia kicherte. „Ich sehe dich, Schatz." Mit Blick auf Wes fragte sie: „Wo ist die kleine Toilette, die er brauchen wird?"

„Ich glaube nicht an diese Methode" antwortete Wes bestimmt und holte einen Toilettensitzaufsatz hervor. „Legen Sie den einfach drauf und stellen Sie seinen Tritthocker vor die Toilette."

Grinsend blickte Sophia ihn an. „Sie hatten schon öfter mit dem Töpfchen-Training zu tun, was?"

„Wenn Eltern zu mir kommen und mich um Rat fragen, gebe ich ihnen bewährte Techniken an die Hand." Er hielt den Sitz hoch. „Meine Nachforschungen haben ergeben, dass dies der einfachere Weg ist. Es sei denn, Sie glauben, dass es Ihnen Spaß machen könnte, die kleine Toilette zu reinigen, anstatt einfach die große zu spülen."

Nun, wenn er es so darstellte … „Wir können es zuerst auf diese Weise versuchen. Haben Sie sonst noch einen Rat, Dr. Sawyer?"

„In der Tat …", sagte er, während er eine große Kiste mit Spielzeugautos herausholte. „Collin, an jedem Tag, an dem du deine Superhelden-Unterhose nicht nass machst, schenkt Mami dir ein Auto."

Collins Augen wurden beim Anblick der riesigen Kiste rund. „Die will ich!"

„Sie gehören alle dir. Aber mach die Superhelden-Hose nicht nass. Und auch kein Kacka hineinsetzen, ja?"

Wes ging so weit, dass er den Sitz auf die Toilette legte und mit Collin besprach, wie man ihn benutzte. Der kleine Kerl saß eine Weile da und stellte sich dann wie ein „großer" Junge davor, aber es passierte nichts. Schließlich war er es leid, es zu versuchen, und ging zum Spielen in sein Zimmer. Sophia dachte, Wes würde sich auf den Weg machen, aber als er sich auf die Couch setzte und neben sich auf das Polster schlug, war sie nicht sicher, ob sie sich freute oder enttäuscht war.

„Können wir uns noch kurz unterhalten, bevor ich gehe?"

Zögernd ging Sophia zum Sofa und setzte sich neben ihn.

„Sie sind oft traurig", bemerkte Wes und sah ihr direkt in die Augen. „Das gefällt mir nicht, und deshalb habe ich mir vorhin gedacht, dass es Ihre Stimmung aufhellen würde, wenn ich Sie ein bisschen aufziehe." Er rutschte ein wenig herum und legte seinen Arm hinter ihr auf die Couch. „Darin bin ich offensichtlich nicht gut. Ich wollte nur … Ich wollte Sie wieder zum Lachen bringen. Stattdessen habe ich Sie gekränkt. Sie sollen aber wissen, dass das nicht meine Absicht war."

Sprachlos angesichts seiner Aufrichtigkeit konnte Sophia nur dasitzen und wie ein Wackeldackel nicken.

„Wenn meine Frau traurig war oder sich über etwas aufregte“, begann er im Flüsterton, „brauchte ich sie nur ein bisschen aufzuziehen, und es ging ihr gleich besser. Ich hätte das nicht bei Ihnen versuchen dürfen.“

Sein Eingeständnis traf Sophia irgendwo tief im Inneren. Sie war gerührt, dass das Glück seiner Frau in seinem Leben so einen hohen Stellenwert gehabt hatte. Und dann versuchte er, für sie dasselbe zu tun, und sie ruinierte es, indem sie ihm die kalte Schulter zeigte.

Angesichts dieser Erkenntnis räusperte Sophia sich und sagte: „Nein, mir tut es leid. Sie haben nichts falsch gemacht. Es liegt an mir und meinen persönlichen Problemen. Es könnte noch eine Weile dauern, bis Gott mein Herz wieder vollständig geheilt hat.“ Im selben Moment fragte sie sich, ob sie je wieder in der Lage sein würde, eine gesunde Beziehung zu führen, oder ob die toxische Beziehung mit Ty jede Hoffnung darauf vergiftet hatte.

„Okay“, lenkte Wes nickend ein und sah sich dann im Raum um. Er schien bereit zu sein, zu einem anderen Thema überzugehen, aber Sophia wusste, dass sie ihm versichern musste, dass es ganz sicher eine dieser „Es liegt nicht an dir, sondern an mir“-Situationen war.

Sie legte kurz ihre Hand auf die seine. „Danke, dass Sie versucht haben, mich aufzumuntern. Das war sehr rücksichtsvoll, und es hat sogar funktioniert, bis ich es verdorben habe.“

Als Wes einen Mundwinkel hochzog, erzeugte er dabei wieder dieses verflixte Grübchen. „Wirklich?“

Schmunzelnd erwiderte Sophia: „Ja, das haben Sie mit Ihrem losen Mundwerk geschafft.“ Sie senkte die Stimme und sagte: „Das gehört sich nicht für Sie, Herr Doktor.“

„Wenn Ihre Stimme heiser ist, hat sie einen ganz besonderen Reiz“, gestand er völlig unvorhergesehen, und es verschlug ihr abermals die Sprache. Sie wusste nicht mehr, was sie von seinen Lippen zu erwarten hatte.

„Ich höre mich eher an, als hätte ich einen Dauerschnupfen.“

„Das gefällt mir“, platzte es aus ihm heraus. Augenblicklich schoss ihm die Röte in die Wangen, und er nahm seinen Arm von der Couch hinter ihr und stand auf, offensichtlich um eine zweite Runde peinlicher Momente für diesen Tag zu vermeiden. Sein Blick richtete sich auf die Tür, als wolle er den Rückzug antreten. Aber bevor er einen Schritt tun konnte, ertönte ein Quietschen aus Collins Zimmer.

Der kleine Kerl kam durch den Flur ins Wohnzimmer gerannt und schwenkte seine Unterhose wie eine Fahne in der Luft. „Nich' nass gemacht!“

„Das ist toll!“ Wes hockte sich hin und half Collin, die Unterhose wieder anzuziehen. „Krieg' ich jetz' ein Auto?“

Wes gluckste und zerzauste die Locken des aufgeregten Kindes. „Sicher … Warte, hast du Pipi gemacht?“

Collin wippte übermütig mit dem Kopf.

„Wo?“, fragte Wes langsam.

Collin machte sich auf den Weg zu seinem Zimmer, Sophia und Wes auf den Fersen. Er zeigte auf den kleinen Mülleimer in der Ecke.

Wes ging hin und warf einen Blick hinein, bevor er Sophia einen Seitenblick zuwarf. „Wenigstens nicht auf den Fußboden.“

Die Heiterkeit des Augenblicks traf sie und versetzte Sophia in einen Lachanfall. Sie lachte, bis ihr die Seiten wehtaten und ihr Gesicht feucht von Tränen war. Wes sah ihr ein paar Takte lang zu und stimmte dann in ihr Lachen ein. Collin verstand nicht so recht, was so witzig war, lachte aber mit – einfach aus Freude, dass er mit der neuen Unterhose Erfolg gehabt hatte.

Als sie ihre Fassung wiedererlangt hatte, wies sie auf das Corpus Delicti. „Sie haben es entdeckt, Sie räumen es weg."

Überraschenderweise schnappte sich Wes den Mülleimer und verließ ohne Protest den Raum. Als er an ihr vorbeiging, stichelte er: „Das ist ein Fortschritt, Miss, ob Sie es zugeben wollen oder nicht. Er hat sie nicht *nass gemacht.*" Den letzten Teil ahmte er mit der Stimme eines Kleinkindes nach und löste damit bei Sophia den nächsten Lachanfall aus.

Nachdem der Eimer ausgewaschen war und Wes noch einmal erklärt hatte, wie man das große Klo richtig benutzt, öffnete er den riesigen Behälter und reichte Collin ein Auto. Dann holte er ein Buch aus seiner Tasche, in dem es um ein Superkind ging, das lernt, aufs Töpfchen zu gehen, und las Collin daraus vor, während sie alle auf der Couch saßen. Es war ein albernes Buch mit Reimen, und Wes brach immer wieder in jungenhaftes Gekicher aus, während er versuchte, es mit ernstem Gesicht zu lesen.

Mitten in einer Kicherattacke packte Collin Wes' Gesicht mit beiden Händen und knetete es, bis Wes Fischlippen hatte. „Nich' lachen, Wes. Ich weiß nich', was du sags'."

Unnötig zu sagen, dass es lange dauerte, bis Collin und Sophia sich beruhigt hatten, nachdem Wes gegangen war. Der Schmerz in ihrem Kiefer, der vom Grinsen herrührte, verschaffte ihr eine Atempause vom Schmerz in ihrem Herzen, und dafür war sie dankbar – dankbar für den albernsten Abend, den sie und ihr Sohn seit Langem erlebt hatten.

Ohne es zu ahnen, hatte Weston Sawyer Collin das beste Geburtstagsgeschenk gemacht, und das hatte nichts mit dem Inhalt dieser drei Einkaufstüten zu tun.

Nein, es hatte alles mit der Zeit zu tun, in der sie Erinnerungen geschaffen hatten, die voller Lachen und Gekicher waren. Die Tränen und den Schmerz hatten sie an diesem Abend einfach vergessen.

10

Wes sah die beiden Ladys des Strickklubs an und musste sich wirklich anstrengen, seine guten Manieren nicht über Bord zu werfen. Die Frauen waren vor einigen Minuten unter dem Vorwand, etwas Selbstgebackenes vorbeizubringen, einfach bei ihm zu Hause aufgetaucht. Wes' Blick fiel auf Dalma, die in einem blauen Anzug und olivgrünen Gummistiefeln vor ihm stand. Er blinzelte mehrmals und konzentrierte sich wieder darauf, was Bertie ihm gerade vorgejammert hatte.

„Also die Leute sagen ja …", begann Bertie mit zusammengezogenen Augen.

„Und wer, bitte, sind *die Leute*?", unterbrach er sie.

Bertie überhörte seine sarkastische Frage und drückte ihm den Teller mit den Keksen in die Hand. „Das Mädchen braucht Hilfe. Die Leute sagen, sie habe sich die Magersucht eingefangen", fügte sie hinzu, während sie ihre hochtoupierte graue Haarpracht zurechtrückte, die frisch frisiert war und violett schimmerte. Bei ihrem letzten Besuch hatte sie diesen violetten Schimmer noch nicht gehabt, als sie hier gewesen war, um Brownies zu verteilen und über irgendeine andere Person zu tratschen, von der er noch nie gehört hatte.

„Miss Bertie, ich kann Ihnen versichern, dass Magersucht nichts ist, was man sich ‚einfängt'. Ich kann Ihnen auch versichern, dass Sophia nicht magersüchtig ist. Sie haben zwar immer wieder *betont,* was für schwere Zeiten sie kürzlich durchgemacht hat, aber wissen Sie was? Das geht weder Sie noch mich etwas an und wir sollten nicht über Sophias Privatleben sprechen." Wes hoffte, dass seine Mischung aus Distanziertheit und Professionalität ausreichte, um die klatschsüchtigen Ladys von seiner Veranda zu vertreiben.

Als hätte Dalma ihnen gar nicht zugehört, streckte sie ihren Arm aus und stibitzte einen Keks vom Teller, was ihr einen nicht zu übertreffenden missbilligenden Blick von Bertie einbrachte. „Dalma Jean, die sind für Dr. Sawyer", rief sie tadelnd.

Wenig beeindruckt legte Dalma den Kopf zur Seite und musterte Wes offen, während sie kaute. „Der Doktor ist fit wie ein Turnschuh. Die wird er auf keinen Fall essen. Außerdem ist er so vernarrt in unsere süße Sophia Grace, dass ich wette, noch mehr Süßes kann er nicht verkraften." Wissend zwinkerte sie ihm zu.

Einen kurzen Augenblick wollte Wes ihrer Bemerkung widersprechen, doch dann erinnerte er sich daran, dass Sunset Cove sich in der Illusion befand, er wäre an Sophia interessiert. Und irgendwo tief in seinem Innern wusste er auch, dass es nicht mehr nur eine Illusion war.

„Ich habe gehört, Sie haben sie vor ein paar Wochen zum Essen ausgeführt?" Bertie blickte zu ihm auf, während sie Dalmas Hand abfing, die nach einem weiteren Keks greifen wollte.

„Jawohl, Ma'am. Da haben Sie richtig gehört. Und ich kann die Tatsache bestätigen, dass Sophia gegessen hat." Es war zwar nicht viel gewesen, aber das brauchte Bertie nicht zu wissen. Er erinnerte sich an einen Werbeflyer, der in der heutigen Zeitung gelegen hatte, und sagte, ohne nachzudenken: „Wir machen am Freitagabend zusammen einen Kochkurs im Freizeitzentrum."

„Dann sind Sie beide also ein Paar?“, schlussfolgerte Bertie grinsend.

„Ein Paar ist Singular. Aber wir sind zwei Personen.“ Wes gab diesen Unsinn mit einem Augenzwinkern von sich, während er Dalma einen weiteren Keks zusteckte und einen Schritt zurück ins Haus machte. „Danke für die Kekse. Ich werde sie auf jeden Fall mit Sophia teilen.“

Verschmitzt blickte die alte Henne ihn an und sagte voller Zufriedenheit: „Machen Sie das, mein Guter. Wir sehen uns *bald* wieder.“

„Ja, Ma'am“, sagte er schnell, und bevor sie wieder anfangen konnte, schloss er die Tür, ging in die Küche, stellte die Kekse auf den Tresen und starrte Löcher in die Luft. Wie konnte er Sophia bloß zu einem weiteren Date mit ihm überreden? Seit sie hartnäckig dabei geblieben war, dass es mit den Pseudodates ein Ende haben sollte, häuften sich bei ihm wieder die Telefonnummern. Egal wie deutlich er jeweils zu der sich anbietenden Lady gewesen war, es schien nur als Herausforderung aufgefasst zu werden.

Sophia dachte natürlich, das sei doch sehr lustig. War es aber nicht.

„Womit soll ich sie rumkriegen?“, murmelte Wes vor sich hin und sah sich in der Küche um.

„Nichts. Ich habe nichts.“ Plötzlich kam ihm der gestrige Vorfall in den Sinn, und er zog das Ladekabel von seinem Handy, das neben der Kaffeemaschine lag.

Nach zweimal Klingeln meldete sich ihre klangvolle Stimme mit einem knappen „Bitte?“

„Dir auch einen guten Tag, Sophia. Ich brauche deine Hilfe.“

„Wobei?“

Wes fischte den Flyer aus dem Papierkorb. „Ich habe gerade an gestern gedacht, als du mit Collin vorbeigekommen bist.“ Sie waren nebenan bei den Coles gewesen, aber Collin hatte Wes auf der Terrasse entdeckt und fast einen Anfall bekommen, bis Sophia ihn zu Wes rüberbrachte.

„Ja, und?“, antwortete sie zögernd.

„Und nach unserem Strandspaziergang habe ich Collin mit dem Schlauch abgespritzt und ihn geruchlich wieder erträglich gemacht. Das weißt du ja wohl noch, oder?“

„Ja, natürlich weiß ich das, Wes. Komm endlich zum Punkt. Meine Güte, das ist ja schlimmer als ein Gespräch mit Opal.“ Ihr Unmut zauberte ihm ein Grinsen ins Gesicht. Er würde es ihr gegenüber nicht eingestehen, aber ihre Art, keinem Konflikt aus dem Weg zu gehen, war durchaus attraktiv.

„Du hast gesagt, wenn ich ihn sauber mache, schuldest du mir einen großen Gefallen. Und diesen Gefallen würde ich gern am Freitagabend einlösen. Ich hole dich ab, sagen wir um …“ – er überflog den Flyer – „… sieben.“

Sie brummte etwas vor sich hin, bevor sie einwilligte. „Gut. Was soll ich anziehen?“

Das war ja fast *zu* einfach. Aber dann erinnerte er sich daran, wie sehr Collin sich eingedreckt hatte und dass sein Geruch alles andere als angenehm gewesen war, also war ihr vielleicht klar, dass sie ausnahmsweise einmal nicht herumdiskutieren sollte.

„Irgendein nettes Kleid. So was, wie du bei unserem ersten und einzigen Date getragen hast, das wäre passend“, antwortete Wes mit einem Hauch von Herablassung, um seine Sache zu unterstützen. Jeans und Bluse waren wahrscheinlich auch in Ordnung, aber er mochte diese fließenden Kleider an ihr. Er wollte sich gerade bei ihr bedanken, aber die hitzköpfige kleine

Frau hatte schon aufgelegt. Grinsend legte er das Handy auf den Tresen und machte sich auf den Weg, um seinen Abendlauf zu absolvieren.

Wenigstens hatte Sophia endlich einem weiteren Date zugestimmt. Er wusste nicht, warum sie in dieser Sache so stur war. Seit Collins Geburtstag hatten sie ein paarmal zu dritt zusammen gegessen oder einfach nur Zeit miteinander verbracht. Bei irgendeinem dieser Treffen waren sie dann auch zum Du übergegangen. Aber wenn er ein weiteres Date vorgeschlagen hatte, hatte sie jedes Mal abgelehnt. Er sah darin keinen Sinn. Und es war ganz sicher nicht hilfreich bei der Aufgabe, ungewollte Annäherungsversuche von einer Schar anderer Frauen abzuwehren.

„Frauen", murmelte Wes, während er die Verandastufen hinunterstieg. Der Himmel zeigte sich in sattem Pink und Orange, also konzentrierte er sich darauf, über die Wunder Gottes zu staunen und das triviale Chaos von Sunset Cove für eine Weile hinter sich zu lassen.

Als der Freitag kam, ließ Wes seiner Wut freien Lauf, als er mit Sophia im Auto saß. Er schnaubte laut, doch seine Beifahrerin brach nur erneut in Gekicher aus.

„Das ist nicht lustig", sagte er kopfschüttelnd und starrte auf die Straße.

Kichernd besaß Sophia die Frechheit, ihn leicht in die Seite zu boxen und zu sagen: „Du wirst es lustig finden, wenn du darüber hinweg bist."

„He, ich fahre ein Auto", schnauzte Wes.

„Du stehst an einer roten Ampel, schon gemerkt?" Sophia atmete aus und versuchte offensichtlich, ihr Gelächter zu unterdrücken. „Du musst wirklich lockerer werden, sonst wird das heute unser letztes Date."

„Na, du hast ja auch nicht erlebt, dass irgendeine wildfremde Person in dein Haus einsteigt."

„Also, du musst schon fair bleiben. Immerhin hat sie dich mit einem Essen überrascht." Sophias Giggeln klang wie der Versuch, sich zu beherrschen, aber dann prustete sie doch los.

„Wie hätte es dir denn gefallen, plötzlich eine Unbekannte in deiner eigenen Küche herumhantieren zu finden?", presste er hervor und umklammerte das Lenkrad dabei so fest, dass seine Knöchel weiß wurden. Mit dem Druck aufs Gaspedal hielt er sich aber zurück, als die Ampel grün wurde. „Ich kam gerade aus der Dusche und hatte nur ein Handtuch umgeschlungen."

Sophia schniefte und tupfte sich die Augenwinkel ab. „Es tut mir leid, Wes. Es tut mir *wirklich* leid, dass ich nicht rechtzeitig da war, um ein Video zu machen." Kaum war die flapsige Bemerkung heraus, als sie der nächste Lachanfall überkam.

Kopfschüttelnd konzentrierte sich Wes darauf, tief durchzuatmen. Wenn Sophia nicht Lincoln zu seiner Unterstützung geholt hätte, hätte Wes die Polizei rufen müssen, um die gestörte Frau zum Gehen zu bewegen. „Ich hätte einfach die Tür abschließen und mich nicht darum kümmern sollen, dass du auf der Veranda sitzen musst, bis ich fertig bin. Na, das war das letzte Mal, dass ich so rücksichtsvoll gewesen bin."

„Wenigstens war ich da, bevor sie ihren knappen Bademantel ausgezogen hat", sagte Sophia grinsend. Da Opal sich bereit erklärt hatte, auf Collin aufzupassen, war es zu diesem Zeitpunkt naheliegend gewesen, sich bei Wes zu treffen.

Er war nur froh, dass Sophia den Jungen abgesetzt hatte, bevor sie zu ihm gekommen war. Auf keinen Fall hätte er gewollt, dass sich das Bild dieser leicht bekleideten Frau in Collins Gedächtnis einbrannte.

„Ich werde wohl meine Sachen packen und bei Nacht und Nebel von hier verschwinden müssen“, murmelte Wes, als er vor dem Freizeitzentrum vorfuhr. Er bemerkte, dass Miss Giggles endlich verstummt war. „Was ist?“

Sie zog eine Grimasse. „Wage das ja nicht, dich heimlich aus dem Staub zu machen. Das würde meinem Sohn das Herz brechen, und davon hat er schon genug.“

„Natürlich tue ich nichts dergleichen …“, sagte er versöhnlich und ärgerte sich über sich selbst, dass seine ironische Bemerkung ihre Stimmung getrübt hatte. „Dann verstehst du also doch, warum es wichtig ist, dass du deinen Teil der Abmachung mit diesen Dates einhältst?“

„Vermutlich tue ich das“, lenkte sie ein, während ein Lächeln über ihre Lippen huschte. „Aber es ist nicht meine Schuld, dass du so teuflisch gut aussiehst und obendrein noch Arzt bist.“

„Zu spät für Schmeicheleien, Ma'am.“ Als er seinen Blick über die brünette Schönheit neben ihm gleiten ließ und den warmen Schimmer bewunderte, den das korallenrote Kleid ihrer samtigen Haut verlieh, fragte er sich, ob sie nicht wusste, was für eine Schönheit *sie* war. Wenn sie an anderen Männern vorbeiging, drehten sie sich nach ihr um, doch sie selbst nahm das offensichtlich nicht wahr.

Sophia zielte übertrieben mit dem Zeigefinger auf ihn. „So ein Herzensbrechertyp ist hier nicht mehr vorbeigekommen, seit Channing Tatum vor ein paar Jahren bei einem Filmdreh hier war.“

Widerstrebend riss Wes seinen Blick von ihr los und blickte an seinem Outfit hinunter – dunkle Jeans, ein gebügeltes weißes Hemd und ein hellgraues Sakko. Da er nichts sah, was die ganze Aufmerksamkeit rechtfertigte, die ihm zuteilwurde, wandte er sich wieder seiner kichernden Mitfahrerin zu. „Bringen wir es hinter uns."

„Ich verspreche, dies wird das beste Pseudo-Date aller Zeiten", schmachtete sie ihn übertrieben an und klimperte mit ihren langen Wimpern. Die Frau war manchmal einfach zu hinreißend – ein Charakterzug, den sie eindeutig an ihren Sohn weitergegeben hatte.

„Sieh zu, dass das wahr wird." Wes zog den Kopf ein und stieg aus dem Auto. Nachdem er Sophia die Tür geöffnet und ihr hinausgeholfen hatte, wagte er es, ihren Arm zu nehmen, während sie ins Haus gingen.

Beide erstarrten fast an der Tür, als sie die Gruppe von Frauen entdeckten, die drei der sechs Kochplätze belegten.

Sophia sog die Luft durch die Zähne und flüsterte: „Was macht der ganze Strickklub bei einem Date-Night-Kochkurs?"

„Ich schätze, der ist für alle offen", murmelte Wes und riss sich von der Stelle los, an der er wie angewurzelt gestanden hatte. Er führte Sophia zu einem freien Platz, der zufällig direkt vor ihnen lag. Jeder Kochplatz bestand aus einem Arbeitstisch aus rostfreiem Stahl, zwei Stühlen und einer vierflammigen Herdplatte. Die Zutaten und Kochutensilien lagen bereits geordnet auf den Tischen.

„Ich habe den Flyer dafür in der Zeitung gesehen", sagte Sophia leise, „und da stand ausdrücklich *für Paare* und etwas von einem romantischen Menü." Sie stöhnte. „Das dürfte ein langer Abend werden."

Wes warf einen Blick über seine rechte Schulter und erblickte Bertie, die ihn herausfordernd anschaute. Die durchtriebene alte Dame zwinkerte ihm zu, aber er tat so, als sähe er sie nicht, und wandte sich wieder Sophia zu. Mit zwei Fingern bedeutete er ihr, sie solle sich umdrehen, damit er ihr beim Binden der Schürze helfen konnte, beugte sich vor und flüsterte ihr ins Ohr: „Ich habe vielleicht unbedachterweise vor Bertie damit geprahlt, dass wir hier sein würden." Sophia erstarrte. „Ich hätte natürlich nie vermutet, dass sie auftauchen würden."

Empört drehte sie sich zu ihm um und stemmte die Hände in die Hüften. „Nun, wir werden sicher für die nächsten ein oder zwei Wochen *das* Stadtgespräch sein. Dann können wir nach heute Abend unseren Dates ganz beruhigt eine Pause gönnen."

„Dies ist gerade erst unser zweites. Offensichtlich hat es zu nicht mehr gereicht als dazu, ein paar hartnäckige Ladys herauszufordern. Du solltest also damit rechnen, dass wir den Einsatz für eine Weile erhöhen müssen." Wes zog seine Brille aus der Brusttasche seines Jacketts, bevor er es achselzuckend auszog und auf den Stuhl an ihrem Platz legte.

„Es war nur eine einzige überdrehte Frau. Ich denke, du bist jetzt außer Gefahr", antwortete Sophia, während sie die Augen verdrehte – noch etwas, das Collin von ihr geerbt hatte.

„Ach ja?" Er setzte die Brille auf und nahm die Karte mit den Anweisungen für das Menü zur Hand. „Die Dame, die ständig die Milch umsonst verteilt, war so dreist, mir gestern eine Probe anzubieten. Ja, Sophia, ich bin absolut außer Gefahr." Er las sich die Anweisungen durch, blickte aber auf, als sie keinen Kommentar abgab. „Was ist?"

Sophia blinzelte und sah ein wenig benommen aus. „Diese Brille ist einfach zu viel." Kopfschüttelnd nahm sie ihm die

Karte aus der Hand und schien sich in die Auswahl zu vertiefen, sodass er die Gelegenheit nutzte, um sich die Schürze umzubinden und sich im Raum umzusehen.

Etliche Seufzer und Ahs und Ohs kamen von den Tischen rechts von ihnen. Sein Blick schweifte hinüber und traf auf die alten Damen, die sich mehrheitlich Luft zufächelten und ihn angrinsten. Oh Mann, das würde in der Tat ein langer Abend werden.

Prustend lachte Sophia: „Sie bringen die geriatrische Abteilung zum Schwärmen, Dr. Sawyer." Kopfschüttelnd richtete er seinen Blick auf seine Pseudo-Date-Partnerin. „Bitte … Hast du sie vorhin nicht den Strickklub genannt?"

„Ja, aber das ist nur ein Deckname. In Wirklichkeit betreiben sie ein Klatsch- und Tratsch-Kartell."

Er grinste und fuhr sich mit der Hand durchs Haar, während er einen kurzen Blick auf eine der Frauen warf. „Was hat es mit der auf sich, die uns so besonders intensiv anstarrt? Sie kommt mir bekannt vor."

Sophia spähte über seine Schulter. „Ooohh. Das ist Berties Schwester Ethel. Sie betreibt das Postamt."

„Oh, jetzt erinnere ich mich. Das wird mein letzter Besuch bei der Post sein, das kann ich dir versprechen", sagte er schmunzelnd, während er eine Knoblauchpresse in die Hand nahm und sie untersuchte. „Und wer ist die mit dem orange gefärbten Haar?"

Ein weiterer verstohlener Blick in die Richtung der alten Ladys offenbarte, dass diese inzwischen die Köpfe zusammensteckten, als ob sie einen Plan ausheckten.

„Das ist Trudy."

„Letzte Woche hat sie einen Fischschmortopf in der Praxis vorbeigebracht. Der beste, den ich je gegessen habe." Als Wes ein Lächeln in Trudys Richtung riskierte, erwiderte sie es mit einem breiten Grinsen und Winken. Ihr grell orangefarbenes Haar bildete einen leuchtenden Kontrast zu ihrer dunkelbraunen Haut. Kurz grüßend hob er die Hand und drehte sich dann wieder zu ihrem Tisch um. Er hatte schnell gelernt, nicht zu viel Aufmerksamkeit zu verschenken, sonst würde es als Einladung missverstanden werden.

„Oh ja. Dieser Schmortopf hat mehrere Kochwettbewerbe gewonnen. Aber er ist auch wieder nicht so gut, dass sie dafür herumschnüffeln dürfte. Sie ist so etwas wie der Spürhund des Klatsch-Kartells."

Offenbar gab es in dieser Stadt keine Omis, vor denen man sicher war, dachte Wes.

Zum Glück trat jetzt der Küchenchef hinter dem Tresen hervor und ging nach vorn. „Guten Abend, meine Damen und Herren. Ich begrüße Sie zu unserem kleinen Date-Night-Kochkurs heute Abend. Mein Name ist Jake und ich bin heute Abend Ihr Küchenchef. Das heutige Menü beginnt mit einer Vorspeise aus Blätterteighäppchen, gefüllt mit Brie."

Der Mann machte einen energischen Eindruck und schien zu wissen, was er wollte. Das war gut. Hoffentlich würde er dadurch die Gruppe im Zaum halten.

„Zum Hauptgang bereiten wir gebratene Entenbrust in einer Rotweinsoße zu. Dazu wird ein Medley aus kurz gebratenem Gemüse serviert. Und zum Abschluss gibt es noch Obsttörtchen als Dessert." Jake verschwendete keine Zeit und machte sich daran, der Gruppe zu zeigen, wie man die Brie-Häppchen zusammensetzte.

Nach der Vorspeise fing Wes an, das Kochen mit Sophia zu genießen. Bald genoss er es sogar so sehr, dass er das Getuschel von den billigen Plätzen völlig ausblendete. Während er beobachtete, wie Sophia das Gemüse mit Präzision anbriet, sodass es knackig blieb, sagte er anerkennend: „Das machst du wirklich gut, Sophia."

Routiniert streute sie frischen Thymian über die brutzelnden grünen Bohnen und Tomaten. „Meine Mutter ist in einer Küche groß geworden und ich praktisch auch. Ich habe so viele schöne Erinnerungen an sie, wie sie entweder bis zum Ellbogen in irgendeinem Teig steckte oder ihren Gemüsegarten bearbeitete. Und ich war immer dabei." Während sie davon erzählte, hatte das Lächeln um ihre Lippen einen Zug von Zärtlichkeit angenommen.

„Klingt, als hätten wir eine ähnliche Kindheit gehabt", kommentierte Wes und griff dabei über ihre Schulter, um eine Bohne aus der Pfanne zu stibitzen. Er biss davon ab und steckte Sophia die andere Hälfte in den Mund. „Mein Bruder ist immer meinem Vater auf Schritt und Tritt gefolgt und ich meiner Mutter. Während sie die meiste Zeit damit verbrachten, sich um die Plantage meines Vaters zu kümmern, wo sie Jagdgesellschaften veranstalteten, half ich Mama mit ihrem Blumengarten und beim Kochen."

„Ah, wie reizend. Ein Muttersöhnchen", rief sie augenzwinkernd aus und stieß ihn mit der Hüfte.

„Ja, mach dich nur lustig!", schimpfte Wes ebenfalls zwinkernd, nahm die Besteckzange und richtete das inzwischen fertige Gemüse an.

Leise erwiderte sie: „Nein, ich mache mich nicht lustig. Ich tue ja selbst mein Bestes, um aus Collin ein Muttersöhnchen zu machen. Allerdings hat er angefangen, mich bei jeder Gelegenheit, bei der du in der Nähe bist, links liegen zu lassen." Damit gab sie ihm noch einen Hüftstoß und machte sich dann daran, die Zutaten für die Törtchen zusammenzustellen.

Wes war so in sein Gespräch und die Zeit mit Sophia vertieft, dass er beinahe nicht bemerkte, dass Jake die nächsten Anweisungen gab. Nun konzentrierte er sich auf den Küchenchef und begann mit der Zubereitung der Entenbrust. Währenddessen gestand er sich ein, dass er ihr Pseudo-Date weit mehr genoss, als er sollte.

Im weiteren Verlauf des Abends spielte Sophia mit, zog ihn auf und erlaubte ihm sogar, ihr etliche Happen von den Speisen zu servieren, was Wes dankbar registrierte. Hoffentlich würde es helfen, die Gerüchte über ihre Magersucht zu stoppen. Sophia wusste es nicht, aber das heutige Date war mehr zu ihrem Vorteil als zu seinem … Na ja, nach dem Überraschungsangriff in seinem Haus war es für ihn wohl auch ein wenig von Nutzen.

Als sie den Hauptgang beendeten, fiel Wes auf, dass der Strickklub ein wenig unruhig geworden war. Die Ladys kicherten und pfiffen, als er zum Waschbecken ging, um sich die Hände zu waschen. Und sobald er und Sophia sich ein wenig näher kamen, gab es anzügliche Kommentare und Kusslaute.

Dalma ging sogar so weit, dass sie an ihren Tisch kam und eine der Mini-Rotweinflaschen entwendete, weil sie meinte, sie bräuchten noch mehr für die Soße. „Sie sind ja wirklich ein Augenschmaus, mein Junge“, kommentierte sie, während sie die Flasche an ihre Brust drückte und ihn mit glasigen Augen anschaute.

„Ähm … danke.“

„Oh nein, mein Lieber. Ich danke Ihnen“, säuselte Dalma, während sie die Flasche schwenkte. Sie hatte wohl schon ein wenig zu tief ins Glas geschaut und schwankte daher ein wenig. Wes griff nach ihr, um sie zu stützen.

Nachdem sie Wes und Sophia ein paar peinliche Augenblicke lang offen angestarrt hatte, schlurfte sie schließlich zu ihrem Tisch zurück.

Schließlich wurde der Nachtisch serviert und mittlerweile waren die alten Damen völlig außer Rand und Band. Als Wes einen Klecks Schlagsahne aus Sophias Mundwinkel wischte, ertönte von der anderen Seite des Raumes ein Chor von Pfiffen und Rufen.

„Mädels, jetzt wir!", rief Bertie, begleitet von weiteren Rufen und Pfiffen.

„Ich glaube, ich habe auch etwas Sahne auf der Lippe", trällerte die, die sie Madge nannten, und schob ihre faltigen Lippen vor.

Jake warf der Gruppe der gackernden Hühner einen finsteren Blick zu. Alle Ladys hatten rosige Gesichter und grinsten breit, sodass Jake kopfschüttelnd murmelte: „Meine Damen, Sie sollten mit dem Wein kochen und ihn nicht trinken."

Mit ihren glasigen Augen starrten sie jetzt einander an und taten so, als hätten sie gar nicht bemerkt, dass der Wein zum Kochen gewesen war. „Ups", sagte Trudy und löste damit einen Kicheranfall bei den alten Mädels aus.

Nachdem sie alles aufgeräumt und die Küche wieder sauber hinterlassen hatten, schenkte Wes den beiden anderen Paaren, die unschuldige Zuschauer dieses abendlichen Treibens geworden waren, seufzend ein flehendes Lächeln. „Würde es Ihnen etwas ausmachen, uns zu helfen, diese Ladys sicher nach Hause zu bringen? Ich kann zwei oder drei in mein Auto packen."

So teilten sie die beschwipsten Frauen unter sich auf und verließen das Gebäude. Wes und Sophia bekamen Dalma, Bertie und Ethel ab. Im Auto war Bertie noch gesprächiger als sonst und Ethel wollte zu jedermanns Überraschung nicht aufhören zu singen. Die kleine Dalma hingegen schlief sofort ein, sodass ihr einziger Beitrag zu dem Chaos auf der Heimfahrt ein leises Schnarchen war, das von den anderen beiden übertönt wurde.

„Schicke Kutsche haben Sie da, Doktorchen", kommentierte Bertie, aber Ethel beschwerte sich brummend: „Diese Ledersitze sind verdammt rutschig. Was haben Sie damit gemacht? Eingefettet?" Dann wechselte sie das Thema. „Oooh, schau dir bloß die Sterne durch dieses Schiebedach an." Worauf sie eine bluesähnliche Version von „Funkel, funkel, kleiner Stern" anstimmte.

„Sophia, Kindchen, du schnappst dir gerne die reichen Jungs, nicht wahr?", lallte Bertie, und als klar wurde, dass Sophia nicht antworten würde, fuhr sie mit ihrem Geschwafel fort. „Hast du dich gut amüsiert, Liebes?"

„Hab' ich." Sophia strich sich über den Bauch. „Aber ich habe zu viel gegessen. Wes ist ein erstaunlicher Koch …" Sie kicherte. „Oh Himmel, der Mann ist einfach in allem erstaunlich."

Als Sophias Hand auf seiner landete, die auf der Mittelkonsole ruhte, warf Wes ihr einen Blick zu. „Hast du auch was von dem Wein abgezweigt?", flüsterte er.

„Nein, Holzkopf", antwortete sie augenzwinkernd, bevor sie sich zu den schwankenden Köpfen umdrehte. „Wissen Sie eigentlich, wie viele Frauen in dieser Stadt versuchen, mir diesen Burschen wegzuschnappen?"

Bertie beugte sich vor und sagte: „Sophia Grace, du kannst nicht zulassen, dass irgendeine beliebige Frau, die hier herumscharwenzelt, deinen Mann abkriegt, so wie beim letzten Mal. Das ist nicht würdevoll. Und es ist eine Schande für eine Südstaaten-Lady, sich so zu verhalten."

Wes beschloss, dass es nun an der Zeit war, sie zu stoppen. „Meine Damen …"

„Erstens", unterbrach Ethel ihn ungerührt, „musst du etwas Fleisch auf die Rippen kriegen. Du bist zu dünn, um für dich selbst einzustehen. Lass dir ein Rückgrat wachsen und zeig diesen Flittchen, dass Weston dir gehört!" Ethel war die schrillste Frau, der Wes je begegnet war, aber wie sie den letzten Teil formulierte, gefiel ihm.

„Ich sag dir was ... wir Mädels werden die Ladys des Ortes wissen lassen, dass sie gefälligst das Feld räumen sollen." Bertie schnalzte mit der Zunge und sank nach hinten.

Hörbar atmete Wes aus. „Jetzt klingt das Klatsch-Kartell eher wie eine Tarnung für die Mafia." Als er sich die Mafia-Omis mit ihren grauen und, ja, orangefarbenen Haaren vorstellte, konnte er sich ein Lachen nicht verkneifen.

„Was war das gerade, mein Bester?", hakte Bertie sofort nach und ächzte, um sich im Sitz aufzurichten.

„Wir sind zu Hause", unterbrach Sophia. Sie drückte Wes ein letztes Mal die Hand, bevor sie ausstieg, um die Schwestern und Dalma vom Rücksitz zu hieven.

Bertie und Ethel hatten erwähnt, dass sie sich um Dalma kümmerten, solange ihre Mitbewohnerin nicht in der Stadt war. Wes war zwar nicht überzeugt, dass Dalma in guten Händen war, aber er hatte das Gefühl, dass die kleine alte Dame recht gut auf sich selbst aufpassen konnte, auch wenn sie weniger konventionell war als die meisten. Er beschloss, gleich am nächsten Tag vorbeizukommen, um nach allen dreien dieser verrückten Hühner zu sehen.

Als sie sich wieder auf der Straße befanden und ziemlich erschöpft waren von der Anstrengung, die Frauen sicher ins Haus zu bringen, begann Sophia leise zu kichern, bis sie schließlich lauthals lachte. Es war ein anstrengender Abend gewesen, aber

Wes würde ihn gerne noch einmal erleben, nur um sie so lachen zu sehen.

„Du bist schon ein interessanter Typ, das muss ich dir lassen", bemerkte Sophia kopfschüttelnd.

„Ich glaube, wir sind ein gutes Team", meinte Wes und bog in die Strandstraße ein.

„Wobei? Beim Kochen oder im Ringkampf mit beschwipsten alten Ladys?"

Wes gluckste. „Beides und mehr. Bei der Arbeit ebenfalls. Ich muss zugeben, du hast die Dinge wirklich im Griff. Das gefällt mir."

In nur wenigen Minuten erreichten sie das Strandhaus, was Wes an Sunset Cove mochte. Alles war in weniger als zehn Minuten mit dem Auto oder sogar zu Fuß erreichbar. Da er noch nicht ganz bereit war, den Abend zu beenden, stellte er den Wagen ab und lehnte den Kopf an die Kopfstütze. Das Meer war hinter den leuchtenden Sanddünen gerade noch zu sehen. Es erstaunte ihn immer noch, wie der Strand nachts leuchtete, selbst nachdem er es nun schon ein paar Monate lang hatte beobachten können.

„Es gefällt mir nicht, wie die Stadt über dich spricht", gestand Wes mit einem Seufzer.

Sophia antwortete nicht sofort. Aber als sie es tat, berührte es ihn so sehr, dass er sie in Schutz nehmen und jedem die Stirn bieten wollte, der es wagen würde, sie jemals wieder schlecht zu behandeln.

„Ich bin nicht der Fußabtreter, für den mich alle halten. Niemand weiß, wie ich gekämpft habe, um meine Ehe zu retten. Vieles spielte sich hinter verschlossenen Türen ab und dort wird es auch bleiben. Ich musste auf die harte Tour lernen, dass manche Dinge einfach nicht zu reparieren sind." Sophia schniefte und flüsterte dann: „Trotzdem fühle ich mich wie eine Versagerin, die niemand respektiert."

„Du bist *keine* Versagerin und ich respektiere dich außerordentlich."

Sophia schien nicht überzeugt und führte ihre Hand an den Türgriff, aber er hielt sie auf.

„Dein Ex und seine Frauen und die Frauen hier im Ort mit ihrer lockeren Moral, das sind diejenigen, die versagt haben und keinen Respekt verdienen. Du darfst nicht zulassen, dass sie dir dein Selbstvertrauen rauben." Sanft griff er nach ihrem Kinn und drehte ihr Gesicht zu sich. „Du weißt schon, dass es ihr Versagen ist und nicht deins?"

Sophia wandte den Blick ab, aber Wes beugte sich so weit hinüber, dass er ihr Gesicht sehen konnte. Ihre schönen blauen Augen glänzten und enthielten zu viel Traurigkeit. Es stand ihm nicht zu, den Schmerz aus ihrem und aus Collins Leben zu verbannen, aber er spürte das Verlangen geradezu in den Knochen, genau das zu tun.

„Wichtiger als das, was andere denken, ist, dass du dich selbst respektierst. Collin zuliebe."

Aufgebracht zischte Sophia: „Fängst du jetzt wieder damit an, meine Erziehungsmethoden zu kritisieren?"

„Das meinst du ja wohl nicht ernst, Sophia Grace?", schoss Wes zurück. Seinen Ärger unterdrückend, fuhr er fort: „Wir wissen beide, dass du eine wunderbare Mutter bist. Du hast gezeigt, dass du bereit bist, alles zu tun, was für das Wohlergehen deines Sohnes nötig ist. Meine Güte, du hast deinen Stolz heruntergeschluckt und mich um einen Job gebeten, damit er es besser hat." Während er tief Luft holte, machte er noch ein Geständnis: „Ich fühle mich geehrt, dich meine Freundin nennen zu dürfen."

Rasch warf Sophia ihm einen Blick zu. „Du siehst in mir eine Freundin?“

„Auf jeden Fall. Und ich hoffe, du empfindest das genauso.“

Sie nickte. „Ich hätte es nicht gedacht, aber du bist ein guter Freund geworden, Weston Sawyer. Ich weiß es zu schätzen, dass du mir zugehört hast und wie nett du zu Collin warst.“

„Ihr zwei seid die ersten neuen Freunde, die ich seit langer Zeit gefunden habe …“ Mit der Fingerspitze fuhr Wes die Naht am Lenkrad nach und wartete darauf, dass Sophia ihre Tür öffnete, um den Abend zu beenden, aber sie machte keine Anstalten, dies zu tun. Normalerweise flüchtete sie schneller aus heiklen Gesprächen als er, aber jetzt schien sie über etwas nachzudenken, also blieb er ruhig und wartete ab.

Während sie konzentriert auf ihre Hände schaute, die sie im Schoß verschränkt hatte, fragte sie leise: „Wes, darf ich dich etwas Persönliches fragen?“

Kurz dachte er über ihre Bitte nach und überlegte, ob es klug war zuzustimmen oder ob er besser das Weite suchen sollte. Sie hatte den Mumm zu bleiben, also würde er es auch probieren. Während sein Blick auf dem Türgriff haften blieb, formten seine Lippen die Antwort: „Ja.“

„Wes … also … wie verkraftest du den Verlust deiner Frau und eures Kindes? Ich habe es gerade so geschafft, das Ende meiner Ehe und meiner Karriere irgendwie zu bewältigen, aber eine Tragödie, wie du sie durchgemacht hast … das kann ich mir nicht einmal vorstellen.“

Die Frage schmerzte wie ein empfindlicher Bluterguss, der einen weiteren Schlag abbekommen hatte. Um eine Antwort zu geben, ohne zu viele Details preiszugeben, blinzelte er und räusperte sich. „Ich hatte keine andere Wahl, nehme ich an.“

„Das ist nicht fair.“

„Nein, das ist es nicht. Aber ich entnehme zum Beispiel der Bibel die Botschaft, dass das Leben alles andere als fair ist. Nimm nur mal Hiob.“

„Wie kannst du so verständig sein?“, fragte Sophia im Flüsterton, bevor ihr die Stimme versagte.

„Anfangs war ich es nicht …“ Als er den Hals drehte, knackten seine Wirbel. „Während meiner Tätigkeit in Alabama war ich Zeuge der grausamsten Ungerechtigkeit, die die Welt kennt. Ein krankes Kind, das in den Armen seiner Eltern stirbt. Ich wusste, so etwas kann jederzeit jeden treffen. Ungerechtigkeit hat keine bestimmte Präferenz für Opfer. Aber auf das, was ich dann erleben musste, hatte mich nichts vorbereitet.“ Er holte scharf Luft und hatte das Gefühl, brennende Glasscherben einzuatmen.

„Ich …“ Sophia brach ab, offensichtlich wissend, dass es keine Möglichkeit gab, seinen Schmerz zu lindern.

Als sich seine Hand auf den Türgriff legte, drehte sich Sophia zu ihm, um ihn zu umarmen, bevor er die Autotür öffnen konnte. Eine viel zu lange Zeit unsicheren Zögerns verstrich, bevor Wes nachgab und die Umarmung erwiderte. Der schwache Duft von Pfingstrosen und Zitrusfrüchten umhüllte ihn, und bevor er sich zurückhalten konnte, strich er mit der Nase über ihren Nacken, um mehr von dem verlockenden Duft zu erhaschen, der ihn schon von Weitem angelockt hatte, seit sie in sein Leben hereingeplatzt war.

Je länger die Umarmung andauerte, desto mehr wurde sich Wes dessen bewusst, dass er sie nicht enden lassen wollte. Das Gefühl der tröstenden Umarmung einer Frau war ihm so fremd geworden, dass es ihm fast die Fassung raubte, dieses Geschenk jetzt plötzlich zu bekommen.

Während seiner Zeit in der Hämatologie und Onkologie hatte Wes intensiv über den Zusammenhang zwischen menschlicher Berührung und Heilung geforscht. Das Thema war in der Wissenschaft recht umstritten, aber in seinem Büro arbeiteten Männer und Frauen, die einen starken Glauben an Gott hatten, sodass sie alle verstanden, dass das Leben weit mehr war als das, was man kontrollieren konnte.

Außerdem hatte er aus erster Hand erfahren, was menschliche Berührung einem Krebspatienten geben kann. Diejenigen Patienten, die ständigen Kontakt zu ihren Angehörigen hatten, z. B. in Form von Umarmungen und Händehalten, schöpften Hoffnung und lächelten selbst an den dunklen Tagen. Im Gegensatz dazu überlebten diejenigen Patienten oft nur mit Mühe, die so behandelt wurden, als sei ihr Krebs ansteckend oder als seien sie zu zerbrechlich, um auch nur die kleinste Berührung zu verkraften. Es gab bei ihnen kein Lächeln und nicht den kleinsten Anflug einer glücklichen Empfindung.

Nachdem Wes jahrelang Patienten beobachtet hatte, war er zu dem Schluss gekommen, dass Isolation zu einer eigenen Form von Krebs werden konnte. Sie drang in jede gesunde Zelle der Hoffnung ein und tötete jeden Glauben daran, dass das Leben besser werden könnte. In diesem Moment war ihm klar geworden, dass es ihm keine Linderung vom Verlust seiner Familie verschaffte, wenn er sich selbst zurückzog. Die Isolation trug nur dazu bei, dass sich die Trauer und der Schmerz weiter ausbreiteten. Bevor er nach Sunset Cove gezogen war, war er sich ziemlich sicher gewesen, dass er sich im letzten Stadium dieser Krankheit befand. Jetzt fragte er sich, ob die Berührung dieser zierlichen Frau ihm helfen würde, die Krankheit zu überwinden. Ob Gott ihm Sophia geschickt hatte, um ihn zu heilen.

Fast vier Jahre waren seit der letzten Berührung von Claire vergangen. Es war ein intimer Akt, an den er sich so gewöhnt hatte, dass er ihn leicht als selbstverständlich angesehen hatte. Eine Liebkosung, eine verweilende Hand auf seinem Rücken, eine Berührung ihrer Lippen auf seiner Wange, seinen Lippen …

Während diese Gedanken durch seinen Kopf jagten, verspannte sich sein Körper, und das Atmen wurde zu einem mühsamen Unterfangen, während ein Zittern über seine Schultern lief. Sophia musste es gespürt haben, denn sie zog sich sofort zurück und sah genauso verwirrt aus wie er.

Keiner von beiden war zu etwas anderem in der Lage, als verlegen dazusitzen und in die Luft zu starren, bis sie sich beide wieder gefangen hatten.

„Wes …" Sie räusperte sich und sah zu seinem Haus hinüber, dann wieder zu ihm. „Brauchst du … soll ich reingehen und das Haus nach liebestollen Frauen absuchen?" Ihr frecher Spruch löste den Druck in seiner Brust und machte das Atmen und das Leben ein wenig erträglicher.

„Würdest du das tun?", sagte er scherzhaft und erntete dafür ein schelmisches Grinsen.

„Es ist wahrscheinlich klug. Wer weiß, ob nicht irgendeine schamlose Tussi es geschafft hat, die Hauswand zu erklimmen und durch dein Schlafzimmerfenster einzusteigen, während wir weg waren." In gespielter Entrüstung weiteten sich ihre Augen.

Es war für ihn in Ordnung, dass sie sich entschieden hatten, über die unangenehme Spannung zu lachen, die durch die Umarmung und Wes' drohenden Zusammenbruch entstanden war. Er begann, das Lachen als geeignetere Alternative zum Weinen zu schätzen.

Den größten Teil der letzten vier Jahre hatte Wes damit verbracht, sich durch seine Trauer zu weinen, doch der Schmerz über seinen Verlust war dadurch nicht beseitigt worden. Die Trauer ließ ihn nicht so leicht los und haftete an seiner Seele wie ein hartnäckiger Fleck, der sich weigerte, wenigstens so lange zu verblassen, bis er weniger auffällig war. In all dieser Zeit hatte er nie daran gedacht, auf einen Weg zu hoffen, der ihn aus dem Schatten der Tragödie heraus und in das Licht eines gesunden Lebens führen würde.

Die geflüsterten Worte seines Bruders gingen ihm durch den Kopf. *„Ich hoffe, du gibst diesem Neuanfang eine echte Chance, Wes. Du weißt, dass es an der Zeit ist. Du verdienst es, wieder glücklich zu sein.“*

In den letzten Wochen war das Glück in Form einer lebhaften brünetten Frau und eines goldigen kleinen Jungen immer wieder einmal aufgetaucht und lockte ihn, sich darauf einzulassen.

Er müsste nur den Mut aufbringen zu akzeptieren, dass es Zeit war, nach vorn zu schauen.

11

Es war schon ein paar Wochen her, dass Agnes die Praxis zum letzten Mal mit ihrer Anwesenheit beehrt hatte, aber die offizielle und gebührende Verabschiedung war erst für den heutigen Tag geplant. Sophia war ziemlich beeindruckt, dass Wes es übernommen hatte, höchstpersönlich die gesamte Party zu planen und sogar ein Catering zu organisieren. Er war vielleicht kein Mann, mit dem man rasch ins Gespräch kam, aber wenn es darum ging, etwas für andere zu tun, übertraf ihn so schnell keiner.

In der Praxis drängten sich nun die Gäste und verbreiteten eine feierliche Stimmung, doch Sophias Telefon und ihre Gedanken lenkten sie vom Geschehen ab. Sie drückte ständig auf „Anruf abweisen" und hätte das Handy auch ganz ausgeschaltet, aber für den Fall, dass ihre Mutter wegen Collin anrief, wollte sie erreichbar sein. Doch egal, wie oft sie die Anrufe abwies, Ty gab nicht auf.

Irgendwie hatten die Medien Wind von dem Debakel um den Football-Star Ty Prescott bekommen, und Ty und sein Manager dachten, Sophia würde gern zu ein paar gemeinsamen öffentlichen Auftritten bereit sein, um die Aufmerksamkeit umzulenken und vielleicht Spekulationen über eine Versöhnung zu schüren. Er hatte deswegen bereits angerufen und versucht, sie zu überreden, aber sie hatte abgelehnt. Seine Antwort war zuckersüß und liebevoll gewesen, aber sie hätte wissen müssen, dass er nicht so schnell das Feld räumen würde.

Agnes hatte ihre Geschenke in Empfang genommen, verschiedene nette Worte waren gesagt worden und dann hatte Agnes sich irgendwann endgültig verabschiedet. Sophia schickte den Rest der Belegschaft in Agnes' Gefolge zur Tür hinaus und versicherte ihnen, sie werde sich ums Aufräumen kümmern. Sie war gerade auf dem Weg zurück in die Küche, als das Handy in ihrer Tasche erneut zu summen begann. Da sie wusste, dass Wes noch nicht gegangen war, warf sie einen Blick über die Schulter, um sich zu vergewissern, dass sie allein auf dem Flur war, bevor sie abnahm.

„Was willst du, Ty?", fragte Sophia, und im nächsten Moment entlud sich eine Flut von undeutlichen Beschimpfungen und üblen Beschuldigungen aus dem Hörer über sie.

„Du hast versprochen, an meiner Seite zu sein. In guten wie in schlechten Zeiten. Ich dachte, du wärst stärker als das, du kleiner Feigling!" Ty spuckte die Worte aus und beschimpfte sie anschließend mit einem noch schillernderen Namen. Zuckersüße Worte und Liebe? Vergiss es. Was sie hier hörte, war tiefer Hass.

„Und *du* hast geschworen, mich zu ehren. Mich nicht zu misshandeln oder mich zu betrügen …" Ihre Stimme wurde laut, und sie versuchte, sie mit einem Hustenanfall zu dämpfen, bevor sie fortfuhr. „Du hast das Gelübde zuerst gebrochen."

„*Du* hast mich doch erst dazu gebracht, diese Dinge zu tun!"

Mit einem bitteren Lachen entgegnete Sophia: „Oh, wow. Wer ist jetzt der Feigling? Du willst nicht mal die Verantwortung für das übernehmen, was du falsch gemacht hast." Um den Schmerz zu vertreiben, blinzelte sie und schluckte die Tränen hinunter, die gern ihren freien Lauf gehabt hätten. „Und nur damit das klar ist: Du warst es, der die Kontrolle über unsere Finanzen verlangt hat. Und nachdem das der Fall war, ist dieser Schlamassel passiert, also wage es nicht, mir die Schuld dafür zu geben!"

„Wie kannst du dich so gegen mich stellen, nach allem, was ich für dich getan habe?", knurrte Ty.

In dem Versuch, die aufsteigende Wut zu zügeln, die sich schnell wie ein Tornado zusammenbraute, rieb sie sich die Stirn und sagte leise: „Ich schulde dir gar nichts, Ty. Wir sind nicht mehr verheiratet, falls du es vergessen haben solltest!"

Anstatt ihr zu antworten, setzte Ty seine Litanei aus Beleidigungen und Vorwürfen fort, um ihr Schuldgefühle einzureden, bis sie auflegte und auf „Abweisen" drückte, sobald das Telefon wieder klingelte.

Kopfschüttelnd drehte sich Sophia um, um das Handy in ihr Büro zu bringen, stieß aber mit Wes zusammen, der ihr im Weg stand. Seine Hände legten sich sanft, aber bestimmt auf ihre Schultern, um sie zu beruhigen. Er ließ sie dort und neigte leicht den Kopf, um mit aufmerksamem Blick in ihren Augen zu lesen, und in diesen Sekunden schien ein Gespräch zwischen ihnen abzulaufen.

Alles in Ordnung mit dir?

Nein.

Wird es wieder?

Hoffentlich.

„Ist es wichtig, darüber zu reden?", fragte Wes schließlich, nachdem sie einige endlose Momente lang schweigend dagestanden hatten.

Sophia presste die Lippen zusammen, um sich selbst daran zu hindern, die drückende Last ihrer Sorgen auf ihn abzuladen.

Auch wenn sich zwischen ihnen eine Freundschaft entwickelte, die auf einer gemeinsamen Erfahrung von tiefem Schmerz beruhte, wollte sie ihm nicht mehr aufladen, als er bereits zu tragen hatte.

„Ich werde zuhören", fügte Wes hinzu und beugte sich leicht vor, um ihren Blick wieder einzufangen, aber sie ließ es nicht zu. „Alles mal loszuwerden, kann eine gute Medizin sein."

Um die Wahrheit zu sagen: Sophia war ihr eigenes Problem peinlich, denn im Vergleich zu dem, was Wes durchgemacht hatte, erschienen ihre eigenen Sorgen ihr alltäglich und oberflächlich. Ihr Schmerz mochte sich in ähnlichen Symptomen äußern wie der seine, aber die Ursache hätte nicht unterschiedlicher sein können.

„Eine gute Medizin wäre es gewesen, meinen gesunden Menschenverstand zu benutzen, um es gar nicht erst so weit kommen zu lassen." Ihre gemurmelten Worte führten schließlich dazu, dass Wes seine Hände von ihren Schultern nahm und Sophia flüchtete, wobei vieles unausgesprochen im Flur zurückblieb.

Zwei Wochen später stand eine weitere Feier an und diesmal konnte Sophia sie tatsächlich genießen. Der Wirbel um Ty hatte sich schließlich gelegt, weil irgendeine andere Mediengröße bei etwas erwischt worden war, das noch skandalöser war als Steuerbetrug.

Der Tag der Arbeit galt in den Strandgemeinden als das letzte Aufbäumen des Sommers und die meisten Touristen machten sich nach dem langen Wochenende auf den Heimweg und ließen Sunset Cove für eine Weile in Ruhe. Für die *Sand Queens* war das Feiertagswochenende schon immer eine Gelegenheit zu feiern, was sie im Sommer erreicht hatten, und Vorsätze für die kommende Saison zu fassen. Diese Tradition reichte zurück bis in ihre Teenagerjahre, als die Erfolge leichter errungen und die Vorsätze schlichter gewesen waren.

Während andere grillten und am Strand faulenzten, stahlen die Mädels sich ins *Driftwood Diner* und beluden den Tresen mit trendigem Fingerfood und Sommerbowle. Für den Spaß wurde dem Punsch immer ein Spritzer lila Kool-Aid zugesetzt und ausgefallene Outfits waren Pflicht. Am Anfang wurden die Klamotten aus den Kleiderschränken der Mütter entwendet, später waren es die Kleider vom Abschlussball des letzten Schuljahres oder die festliche Wintergarderobe. Als die Erwachsenenjahre an die Tür klopften, wurde aus den schicken Outfits die Frage, wer sich am schrillsten kleiden konnte. Opal gewann in den meisten Jahren haushoch. Das Mädchen konnte schon an einem normalen Tag mit einem hammermäßigen Outfit aufwarten, und wenn sie sich ein wenig Mühe in der krassen Abteilung gab, war sie unübertrefflich.

„Das wird das beste Treffen, das wir je hatten", sinnierte Josie, während sie die Bowle zusammenmixte. „Bisher hatten wir ja noch nie die Jungs dabei. Uuuhh, ich fühle mich richtig erwachsen."

Sophia stellte eine Platte mit Gemüsesticks auf den Tresen und warf Josie einen zweifelnden Blick zu. In wild gemusterten Dreivierteljeans, die an ihren langen Beinen eher wie Shorts aussahen, und einer Seidenbluse plus einer lila Melone auf dem Kopf sah sie alles andere als erwachsen aus. „Wir sind *sehr* erwachsen geworden", sagte Sophia trocken, während sie ihr psychedelisches Sechzigerjahre-Kleid glatt strich. Sie hatte sogar

Glück gehabt und ein Paar weiße Kunstlederstiefel und eine platinblonde Afro-Perücke aufgetrieben.

„Mädels, da bin ich!“, rief Opal, als sie mit einem Tablett hereinkam. „Mama hat uns ein paar von diesen Ananas-Frischkäse-Sandwiches gemacht. Sind sie nicht einfach köstlich?“ Sie hielt ihnen das Tablett zur Inspektion hin, aber die beiden Freundinnen musterten stattdessen ihr Outfit.

Sophias Hoffnung, diesmal den Preis für das schrillste Outfit zu gewinnen – die Statuette einer Schönheitskönigin, die Opal vor Jahren in einem Trödelladen gekauft hatte –, schwand bei Opals Anblick. „Wo um alles in der Welt hast du diese Aufmachung aufgetrieben? Du siehst aus wie ein Weihnachtskobold.“ Mit ihrer Hand wedelte sie in Richtung von Opals schrillem Outfit – grünes Paillettenoberteil mit schwarzer Glitzerweste, metallic-goldene Lycra-Leggings und rote Pelzstiefel. Sogar das grün glitzernde Stirnband funkelte, das sich in das Durcheinander aus roten, an den Spitzen blond gefärbten Locken schmiegte.

Opal stellte den Teller ab und tänzelte durch den Raum. „Gefällt es euch?“

„Nein, es ist furchtbar. Du hast gewonnen“, brummte Josie. Sie richtete ihre Aufmerksamkeit wieder auf Sophia. „Wes kommt doch auch, oder?“

„Ja, aber erst nachdem ich ihm ein weiteres öffentliches Date versprochen hatte“, sagte Sophia und verzog das Gesicht.

Nachdem sich Opal auf einem Hocker niedergelassen hatte, strich sie sich über den inzwischen sichtbaren kleinen Bauch. „Ich habe noch nie zwei Menschen gesehen, die sich so sehr ähneln. Du bist so vornehm und akkurat und sturer, als die Polizei erlaubt. Was ist so schlimm an diesen Dates, dass du es ihm so schwer machen musst, wenn er dich darum bittet?“

„Mir wäre es lieber, wenn wir uns privat treffen und keine Show für die Stadt veranstalten würden. Aber er besteht darauf, dass wir zusammen ausgehen – also öffentlich werden."

„Was ist daran falsch? Als Paar könnt ihr doch beides tun", meinte Opal schulterzuckend.

„Aber wir sind kein Paar. Wir sind befreundet, ja. Ein Paar, nein", korrigierte Sophia und rückte ihre Perücke zurecht, die ihr mittlerweile genauso lästig war wie das Gespräch.

In diesem Augenblick kam August durch den Kücheneingang und hielt mehrere volle Pommestüten und eine Großpackung Dip in den Händen. „Hey, Ladys."

„Was ist das für ein Junkfood?", fragte Sophia, als er die liebevoll bestückten Teller beiseiteschob, um Platz für die Tüten zu schaffen.

„Na, eben anständige Snacks. Ich brauche mehr als ein paar erlesene Häppchen Kaninchenfutter", sagte August selbstbewusst, öffnete eine Tüte Pommes, zog den Deckel vom Dip-Behälter ab und langte zu.

Die Blicke der Mädchen verfolgten, wie er genüsslich die Pommes verknusperte, während der groß geblümte Häkel-Minirock, den er trug, Falten schlug, weil er seine Hüften im Takt des Songs bewegte, der gerade aus den Lautsprechern kam. Den knalligen Rock hatte er mit einem Baseballtrikot kombiniert und sein schwarzes Haar war unter einem großen schlappen Strohhut versteckt. Seine Füße steckten in den üblichen mit Farbspritzern garnierten Kampfstiefeln.

„Scharfer Rock", kommentierte Opal.

Um Männlichkeit zu demonstrieren, warf August das Kinn vor. „Ich dachte mir schon, dass er dir gefallen würde. Aber diese ‚goldigen' Leggings – wow, Opal, die sind der Hammer."

Nun waren schwere, schleifende Schritte von der Veranda zu hören, und wenig später erschien ein Riese in der Tür, den orangefarbenen Overall bis knapp unter die Knie hochgekrempelt und eine Wollmütze in Tarnfarbe auf dem Kopf. Dass er ein Tablett mit Hot Wings und eine Kiste Root Beer trug, unterstrich sein bizarres Aussehen nur noch.

„Linc, schön, dass du es noch geschafft hast, Schuhe anzuziehen", stichelte Sophia und betrachtete seine halbhohen geschnürten Stoffschuhe – einer blau, der andere weiß.

Abgesehen von einem spöttischen Blick auf Sophias Fußbekleidung ignorierte Lincoln sie und lenkte seine Schritte direkt zu seiner Frau. Er beugte sich hinunter, um Opal einen Kuss zu geben, bevor er sich mit August am Junkfood labte.

Die Mädels nervten die Männer mit Kommentaren und Frotzeleien, als die Tür erneut aufging. Wes trat ein, blieb stehen und musterte alle Anwesenden der Reihe nach mit verwunderten Blicken. Inzwischen war er ein fester Bestandteil des Freundeskreises geworden und so war er heute natürlich auch mit von der Partie.

„Hey, wieso durfte er ganz normal angezogen kommen?", beklagte sich Lincoln und wischte sich mit dem Handrücken die Soße aus dem Mundwinkel.

„Neandertaler", murmelte Sophia und wandte ihre Aufmerksamkeit dem adretten Mann an der Tür zu.

Während Wes seine Krawatte glatt strich, sah er Lincoln betont abschätzig an. „Ich trage eine karierte Krawatte zu meinem karierten Hemd." Dabei hob er den Saum seiner kakifarbenen Leinenhose an und zeigte die braunen Leder-Flip-Flops. „Das nenne ich nicht ‚normal angezogen'."

Kichernd blickten die Mädels die Jungs an.

Als deutlich wurde, dass die Männer die Traditionen der *Sand Queens* nicht befolgen würden, verbannten die Frauen sie mit ihrem Junkfood und ihrer Limonade auf die Terrasse und begannen, ihre Feiertagsrituale zu genießen – an den Snacks naschen, tanzen und … quatschen. Seit dem letzten Tag der Arbeit hatte sich viel ereignet, was bedacht werden wollte. Eine *Sand Queen* hatte ihren Märchenprinzen geheiratet, und die andere, die im Jahr zuvor geheiratet hatte, feierte eine Schwangerschaft. Josie und Opal blickten voraus auf goldene Zeiten in ihrem Leben, während Sophia versuchte, nicht verbittert zu sein, weil sie in eine schwierige Zeit hineingestolpert war, in der ihre Ehe und ihre Karriere auf einen Schlag beendet worden waren.

„Was ist mit dir, Queenie? Erzähl' uns von deinem Sommer", wandte Opal sich an Sophia und nahm einen Schluck lila Sommerbowle. Die drei Frauen saßen auf Hockern an der Theke, redeten und bedienten sich an den Snacks. Aber Sophia hatte nicht viel zum Gespräch beigetragen.

„Collin hat den Dreh beim Töpfchentraining raus. In letzter Zeit gab es nicht allzu viele Unfälle", sagte sie lächelnd. Sie war stolz auf ihren kleinen Jungen und dankbar dafür, dass Wes sie in dieser Angelegenheit so sehr unterstützte. „Mama bringt ihn jeden Tag kurz vor Praxisschluss vorbei, damit Wes für ihn die Welt wieder in Ordnung bringt. Ich schwöre, der Junge ist ganz vernarrt in Weston Sawyer."

„Ich glaube, Wes hat euch *beiden* gutgetan", sagte Opal, wechselte dann aber rasch das Thema, sodass Sophia keine Zeit hatte, etwas zu erwidern. „Und wie läuft's mit deinem Job?"

Erneut lächelnd antwortete Sophia: „Also, das ist eine angenehme Überraschung. Der neue Job ist das genaue Gegenteil von der hektischen Welt, in der ich anspruchsvolle Klienten beraten habe. Aber ich genieße mein schlichteres Arbeitsleben. Wir kommen gut voran bei der Umstellung des Ablagesystems auf die neue Software, und ich arbeite daran, sie so anzupassen, dass sie allen das Leben leichter macht. Das ist sehr befriedigend."

„Ich habe ja gewusst, dass du den Laden da mit links schmeißen würdest", kommentierte Josie und wischte mit ihrer Serviette einen Klecks Dip vom Tresen. „Es gab noch nie eine Herausforderung, der du nicht gewachsen warst. Ich bin so froh, dass es dir gefällt."

„Apropos Herausforderung … Ich habe läuten hören, dass die gute Miss Dalma dem Doktor neulich wieder einen Besuch abgestattet hat", sagte Opal, und sowohl Josie als auch Sophia stöhnten auf.

„Diese Frau ist wie ein Kleinkind in der Trotzphase", schnaubte Josie und schüttelte den Kopf. Sie schob ihren Teller beiseite und stützte sich auf die Ellbogen. „Ich verstehe nur nicht, wie um alles in der Welt sie es geschafft hat, mit ihrem Arm im Krabbenfangkorb stecken zu bleiben."

„Na, ich glaube langsam, es hat für Wes einen besonderen Kick, sich um Miss Dalmas seltsame Verletzungen zu kümmern. Er konnte gar nicht aufhören, davon zu reden. Es ist echt süß", meinte Sophia kichernd, als sie sich daran erinnerte, wie angeregt er darüber gesprochen hatte, als sie an dem entsprechenden Tag gemeinsam zu Mittag gegessen hatten.

„Ich dachte, Vanessa Sánchez ist bei Dalma eingezogen", kommentierte Opal.

„Ja, ist sie auch, aber sie arbeitet immer noch ein paar Stunden. Tagsüber ist immer jemand vom Strickklub bei Dalma, aber das bedeutet praktisch ein Arrangement, in dem Blinde eine Blinde führen", sagte Josie kopfschüttelnd. „August schaut fast jeden

Nachmittag bei ihr vorbei und am Ende verwickelt sie ihn meist in irgendeine Verrücktheit. Als er letzten Donnerstag zu ihr kam, hatte Dalma ihr kleines Boot unglücklich zwischen Steg und Ufer manövriert und irgendwie verkantet. Natürlich bot August an, sich darum zu kümmern. Als er schließlich nach Hause kam, hatte er den Schlamm der halben Bucht in den Kleidern und ein paar Schnittwunden von Austernschalen an den Händen."

Sophia rümpfte die Nase. „Ich wette, er hat auch bis zum Himmel gestunken. Warum haben sie nicht einfach bis zur Flut gewartet?"

„Weil die noch Stunden entfernt war, und Miss Dalma bestand darauf, dass die Sache jetzt sofort behoben werden musste. August wusste, wenn er nicht auf der Stelle half, hätte sie es selbst versucht und sich wahrscheinlich das Genick gebrochen."

„Allerdings", stimmte Sophia zu und dachte, dass der Verstand älterer Menschen in der Tat genauso funktionierte wie der von Kleinkindern. Während Sophia eine neue Runde Punsch ausschenkte, streckte sich Opal.

„Aarrrgh ... meine Oberschenkel werden von Tag zu Tag dicker." Sie schlug die Hände auf ihre Hüften. „Und schau dir diese Dinger hier an. Das ist nicht mein Körper!"

Kichernd erklärte Sophia: „Liebste, so ist das nun mal. Du musst genug Standfestigkeit haben, um diesen Ballonbauch auszugleichen, der bald in Erscheinung treten wird."

Opal hob den Kopf und starrte sie an. „War das als Aufmunterung gedacht?"

„Ich wette, Linc beschwert sich nicht über all die neuen Kurven", sagte Josie glucksend.

Als wäre er gerufen worden, hinkte Lincoln herein und hob seine Frau auf seine Arme, als wäre sie aus Luft. Nachdem er ihr einen sanften Kuss gegeben hatte, stellte er sie auf ihre Füße. „Keine Klagen meinerseits", meinte er grinsend und schwenkte Opal zum Takt der Musik hin und her. Als sie ihn anstrahlte, war es nicht schwer zu erkennen, dass sie über ihre sich runden-den Hüften hinweg war. Bei dieser Frau strahlte die Liebe aus allen Poren.

Als Wes seinen Kopf in den Raum steckte, nickte er Sophia kurz zu und forderte sie damit stumm auf, zu ihm zu kommen.

Sophia zog die verschwitzte Perücke ab und schüttelte ihr verklebtes Haar aus, während sie sich auf den Weg zur Tür machte, wo Wes stehen geblieben war. „Yes, Sir?"

„Madam, darf ich Sie nach Hause bringen?"

„Sicher." Sophia wandte sich an die *Sand Queens*. „Josie, Wes sagte, er würde mich nach Hause bringen."

Auf ihrem Barhocker drehte Josie sich um und sah die beiden unter der Krempe ihrer Melone hervor an. „Solange ihr euch benehmt und du zum abgemachten Zeitpunkt zu Hause bist", spottete sie in einem mütterlichen Tonfall, der angesichts ihres albernen Outfits seine Wirkung völlig verfehlte.

„Wir werden unser Bestes tun, um das hinzukriegen, *Mami.*"

„Okay. Gute Nacht", lenkte besagte „Mami" ein, drohte ihnen jedoch noch mit dem Finger, bevor sie sich auf ihrem Hocker in die Gegenrichtung drehte, wo August neben ihr Platz genommen hatte.

„Gute Nacht", wiederholte Sophia und folgte Wes hinaus in die Nacht. Eine erfrischende Brise schlug ihr entgegen, und sie blieb kurz stehen, um sie zu genießen. „Ihr Jungs habt ein paar fantastische Tanz-Acts verpasst", murmelte sie und schob die Hände unter ihr feuchtes Haar, damit die Brise ihren Nacken kühlen konnte.

„Ich hatte überlegt, die Jungs zu fragen, ob wir mitmachen sollen, aber Lincolns Bein ist geschwollen, also hielt ich das nicht für klug." Wes ersetzte Sophias Hände durch seine und durchkämmte ihr Haar, das er gleichzeitig aus ihrem Nacken hielt. „Es ist ein medizinisches Wunder, dass der Mann sein Bein noch hat." Nun fachsimpelte er über Lincs Beinverletzung, die er als Veteran davongetragen hatte, und benutzte dabei eine Menge medizinischer Fachausdrücke, die Sophia nicht verstand, aber das machte ihr nichts aus. Sie konzentrierte sich auf die massierenden Bewegungen seiner Fingerspitzen an ihrer Kopfhaut und ihrem Hals. Wes konnte reden, worüber er wollte, solange seine Finger weiterhin für pure Glückseligkeit sorgten.

Schließlich beendete Wes den medizinischen Kommentar und nahm die Hände aus ihrem Haar. Widerwillig wandte Sophia sich um, um zum Parkplatz zu gehen, aber er nahm ihre Hand und drehte sie zu sich um. „Ich bin zu Fuß hier."

„Du willst mich also huckepack nach Hause bringen?", fragte sie skeptisch und mit hochgezogenen Augenbrauen.

„Bis zum Haus sind es nur anderthalb Kilometer am Strand entlang. Ich nehme an, das könnte ich huckepack mit dir gut bewältigen", meinte er, drehte sich um, beugte sich vor und stützte die Hände auf die Knie, damit sie auf seine Schultern steigen konnte. Es war verlockend, ihn umzuschubsen, aber sie unterdrückte diesen Gedanken ebenso wie das Kichern, das er hervorrufen wollte.

„Lass mich nur eben diese Stiefel ausziehen, dann kann ich den Weg ganz gut auf meinen eigenen Füßen bewältigen."

„Wie du willst", sagte Wes schulterzuckend und half ihr, als sie den langen Reißverschluss an der Seite des Stiefels öffnete.

Sophia zog beide Stiefel aus, warf sie in den Kofferraum von Josies Wagen und stapfte dann neben Wes durch den Sand. Am Strand war immer noch viel los, und so mussten sie Lagerfeuer und Menschengrüppchen umgehen, bis sie Wes' Haus erreichten.

„Magst du dich noch ein Weilchen zu mir auf die Terrasse setzen?", fragte er.

Sophias Blick wanderte durch die Dunkelheit, die nur von ein paar Solarlampen erhellt wurde. „Hmm. Ich denke schon. Warum?"

Wes lockerte seine Krawatte und öffnete den obersten Knopf seines Hemdes. „Zum einen habe ich in der letzten Woche nicht viel Zeit nur mit dir verbracht. Das würde ich gerne nachholen. Außerdem habe ich etwas für dich. Gib mir eine Minute." Er hielt den Daumen hoch und verschwand im Inneren des Hauses.

Auf der Terrasse bot das Sofa den besten Blick auf das Riesenrad südlich von Wes' Haus, also setzte sich Sophia dorthin. Außerdem war das große Möbelstück ausgesprochen gemütlich. Sie beobachtete, wie sich das hell erleuchtete Rad langsam drehte, und hörte, wie sich die Hintertür öffnete und schloss. Dicht setzte sich Wes neben sie und legte eine kleine Geschenkschachtel auf ihr Bein.

Sophia nahm sie und wog sie in ihrer Hand. „Was ist das?"

„Eine Entschuldigung für meinen gescheiterten Versuch mit den Pseudo-Dates."

„Der Versuch ist nicht gescheitert", widersprach sie und wollte ihm die Schachtel zurückgeben, aber er weigerte sich, sie zu nehmen. „Natürlich ist er das. Aber dies hier ist mehr als eine Entschuldigung."

Als sie die Schachtel öffnete, sah sie, dass sie einen zarten Silberring mit einem Ankermotiv darauf enthielt.

„Oh." Schweigend betrachtete Sophia den Ring und murmelte dann: „Oh … er ist wunderschön."

Feierlich nahm Wes den Ring heraus und steckte ihn ihr an den linken Ringfinger. „Sophia, ich weiß, eine Ehe kann brüchig werden. Und gerade deswegen wollte ich dir einen Ring schenken, der dich an eine ewige Liebe erinnert." Er tippte auf die Spitze des Rings. „Der Anker ist ein christliches Symbol der Hoffnung. Jedes Mal, wenn du mit deinem Daumen über den Ring an deinem Finger fährst, wird er dich erinnern: Egal, wie viele Menschen ihre Versprechen dir gegenüber brechen – Gott wird seines niemals brechen."

Um ihn besser betrachten zu können, hielt Sophia den Ring in einen Lichtschein. Sie bewegte ihren Finger ein wenig hin und her und dachte an den Tag, an dem Ty ihr an diesen Finger einen zwei Karat schweren Diamanten gesteckt hatte. Sicher, sie war überwältigt gewesen von der Größe des Rings und von seinem Antrag. Aber der Bedeutung dieses schlichten Silberrings hier konnte das Ereignis damals nicht das Wasser reichen.

Wes griff in die Schachtel und zog eine kleine Karte heraus. „Das gehört auch noch dazu." Er las: „‚Diese Zuversicht ist wie ein starker und vertrauenswürdiger Anker für unsere Seele.' Das stammt aus Hebräer 6,19."

„Wes …" Sophia verstummte und versank in Gedanken.

„Ja?", unterbrach er ihre Gedanken vorsichtig.

Sie sah ihn an. „Danke, Wes", sagte Sophia mit einem leichten Lächeln und strich mit ihrem Daumen über den Ring an ihrem Ringfinger. Sie war überrascht, dass Wes ihre Angewohnheit aufgegriffen hatte – es sagte so viel über ihn aus, dass er das bemerkt hatte. Zweifellos war er ein guter Ehemann gewesen. „Wie lange warst du mit Claire zusammen?"

Tief seufzend wischte er seine Handflächen an seiner Hose ab. „Wir haben uns auf dem College kennengelernt. Eine Studentenliebe. In meinem ersten Semester hab' ich mir ein Softballspiel der Frauen angesehen und war hin und weg von der Pitcherin und ihrer Beweglichkeit." Lächelnd schien er tiefer in seine Vergangenheit einzutauchen. „Ich konnte meine Augen nicht von ihr lassen. Sie war blond – eine Schönheit. Das Feld gehörte ihr. Und am Ende des Abends, als Claire zustimmte, mit mir ein Eis essen zu gehen, gehörte ihr mein Herz."

Eine Studentenliebe – Sophia kam das vor wie eine Ewigkeit, verglichen mit den vier Jahren, die sie mit Ty verbracht hatte. Wes verstand mehr von der Ehe als sie selbst, das war Sophia klar. Aber sie stellte ihre Frage trotzdem: „Wes, magst du mir sagen, was du an der Ehe am meisten vermisst?"

Um aus der Erinnerung, die ihn beschäftigt hatte, zurückzufinden, kniff Wes die Augen zusammen und blickte sie nachdenklich an, bevor er sich auf die leuchtenden Schaumkronen des Ozeans konzentrierte.

Schließlich kam seine Antwort: „Sex."

Sophia setzte sich abrupt aufrecht hin und boxte ihn ins Bein. „Wes!"

Mit einer Unschuldsmiene zuckte er mit den Schultern. „Du hast gefragt und ich bin einfach nur ehrlich. Aber es ist eher so … Also, ich vermisse die Intimität der Beziehung. Diese Nähe, die es nur zwischen Claire und mir gab. Wir waren zwei Menschen, aber es fühlte sich an, als wären wir eins, verstehst du?"

Sophia verstand. Sie und Ty hatten das für eine kurze Zeit in ihrer Ehe auch erlebt und es war das wertvollste Geschenk ihres Lebens gewesen. Neben dem Geschenk, Collin zu haben. Um seinetwillen würde sie die schlechte Zeit tausendmal in Kauf nehmen.

Wes' Räuspern lenkte ihre Aufmerksamkeit wieder auf ihn. „Es ist so einsam gewesen ohne Claire. Ich vermisse ihre Berührung immer noch. Ihren Trost. Ihre Unerschütterlichkeit." Während er sich zurücklehnte, legte er einen Arm auf die Rückenlehne der Couch, als müsse er sich stützen, weil die Einsamkeit ihn niederdrückte. „Und du? Vermisst du etwas aus deiner Ehe?"

Nach einem kurzen Nachdenken flackerte ein Hauch von Glück durch ihre schmerzhaften Erinnerungen. „Ty ist ein fantastischer Mann, ... bis er es dann auf einmal nicht mehr ist. Er kann der liebevollste Ehemann sein, wenn er in der richtigen Stimmung ist. Einmal hatte ich so sehr Heimweh nach zu Hause, dass er mir einen Schokoladenkuchen backen wollte, wie ihn meine Mama macht. Ich hatte meine Zweifel, ob er das schafft." Leise lachend fuhr sie fort: „Das hat ihn nur noch mehr angespornt. Er sagte, wenn er mit einem 140-Kilo-Schwergewicht von einem Football-Spieler fertig wird, würde er ja wohl eine solche Kleinigkeit wie einen ganz normalen Kuchen zustande bringen. Er dachte, er könnte einfach weniger Zucker nehmen und dafür mehr Kakao."

„Und?" Wes stupste sie in die Schulter und legte seinen Arm um sie.

„Der Kuchen war furchtbar. Aber Ty ist nun mal so stur, wie er ist, und er wollte ihn unbedingt essen, auch wenn ich mich geweigert habe. Nach drei Bissen sagte er: ‚Okay, das ist der schlechteste Kuchen, den ich je gegessen habe.' Wir haben darüber gelacht und am nächsten Tag erhielt ich eine Lieferung von einer schicken Bäckerei in Charlotte. Und *das* war der *beste* Kuchen, den ich je gegessen habe." Sophia schüttelte den Kopf und lehnte sich an Wes. „Wie ich schon sagte, Ty kann der Beste sein. Ich wünschte nur, er hätte das Schlimmste an sich so leicht wegwerfen können wie diesen Kuchen."

Schweigend wärmte Wes ihre Schulter, indem er sie leicht massierte. Ihr Daumen strich im gleichen Takt über den Ring an ihrem Finger.

„Erzähl mir noch etwas über Claire", flüsterte sie.

Seine Hand an ihrer Schulter kam zur Ruhe, aber ein Lächeln hob einen Mundwinkel gerade so weit an, dass das Grübchen zu sehen war. Es war dunkel, aber Sophia konnte trotzdem sehen, dass seine Augen humorvoll funkelten. „Sie konnte auch nicht backen."

Leise lachten sie beide, aber in Wes' Lachen lag ein Hauch von Traurigkeit.

„Claire war ein Freigeist. Sie ließ sich nicht vorschreiben, welche Mengen an Zutaten sie zu verwenden hatte. Leider kam ihr das beim Backen nicht zugute."

Als in der Ferne ein lauter Knall ertönte und ein Funkenregen am Himmel erschien, ließen Sophia und Wes ihre Blicke über den Himmel schweifen und sahen sich das Feuerwerk an.

„Du und deine Freundinnen – ihr habt eine seltsame Art, den Tag der Arbeit zu feiern", sinnierte Wes.

„Ja, ihr wart die Partymuffel, und deswegen habt ihr verpasst, wie wir uns erzählt haben, was wir in diesem Sommer Schönes erlebt haben, und wie wir über unsere Pläne für die Zukunft gesprochen haben."

„Das klingt eher nach einer Silvestertradition", meinte Wes mit einem fragenden Blick.

„Du hast ja sicher schon gemerkt, dass wir Mädels im Takt unserer eigenen Trommeln marschieren."

Grinsend bestätigte Wes: „Ja, das hab' ich schon lange kapiert. Was ist deine schönste Erinnerung an diesen Sommer?" Sophia hatte das Gefühl, dass er nicht richtig bemerkte, dass er sie jedes Mal näher an sich heranzog, wenn er sprach. Dafür bemerkte sie es umso mehr, und ihr Körper reagierte darauf mit einem Kribbeln, das sie von oben bis unten durchströmte. „Es muss aber eine sein, in der ich vorkomme", frotzelte er.

„Hmm … Wahrscheinlich ist es die, wie diese verrückte Frau dich durch die Küche gejagt und versucht hat, das Handtuch zu ergattern, das du umhattest."

Wes stöhnte, während sie lachte, aber er zog sie enger an sich, bis sie fast auf seinem Schoß lag, was ihrem Lachen ein abruptes Ende setzte. Im gleichen Takt atmeten sie ein und aus, während ihre Blicke ineinander versanken. Als seine Augen zu ihren Lippen huschten, befürchtete und wünschte sie zugleich, dass er versuchen würde, sie zu küssen. Doch nach einem Zögern, das sich sehr lang anfühlte, tat Wes das Einfühlsamste, was er tun konnte. Er beugte sich vor und legte seine Stirn an die ihre.

Während er sie in den Armen hielt, wurde Sophia klar, dass sie etwas teilten, das rein war und richtig. Auch wenn ihr Herz mit beachtlicher Geschwindigkeit klopfte – sie konnte nicht leugnen, dass Weston Sawyer ihr Ruhe gab. Vielleicht zeichnete sich für sie beide eine bessere Zeit am Horizont ab. Sophia wusste nicht, wie sie aussehen würde, aber sie konnte nur hoffen und beten, dass sie sich friedlicher gestalten würde als das, was sie beide in der jüngsten Vergangenheit durchgemacht hatten.

12

Der Oktober war der schlimmste Monat des Jahres und barg die schlimmsten Erinnerungen, die je geschaffen wurden. Nicht nur ein Teil des Monats, sondern der gesamte Monat. In den letzten drei Jahren hatte sich Wes in seine abgelegene Hütte in den Bergen von Tennessee abgeseilt, wo kein Handy- oder Internetsignal ihn erreichen konnte. Auch in diesem Jahr hätte er sich am liebsten irgendwo verkrochen, aber die Verantwortung in der neuen Praxis erlaubte es ihm nicht, einen ganzen Monat lang abzutauchen, also musste er mit der Situation zurechtkommen, so gut es eben ging. Er würde laufen. Und wenn das Laufen nicht mehr half, würde er noch mehr laufen.

Der 1. Oktober fiel auf einen Mittwoch, zum Glück ein halber Arbeitstag, und als er die Praxistür hinter sich abschloss, konnte Wes es kaum noch erwarten, bis er losrennen konnte. Solange er in Bewegung blieb, konnte der Kummer ihn nicht einholen.

Aber wenn er jemals stehen bliebe …

Ich muss nur schneller sein, dachte er. Mit diesem Mantra in ständiger Wiederholung ging er zielstrebig auf sein Auto zu. Jetzt schnell nach Hause, Laufklamotten an und los. Natürlich wurde sein Plan durch das Klingeln seines Handys unterbrochen. Er wischte mit einem Finger über das Display und sagte: „Hey."

„Selber hey", antwortete eine Stimme im Flüsterton. „Du, … ich brauche dich. Du musst kommen und mich abholen." Seth klang irgendwie abwesend.

Wes blieb stehen und blickte zum Himmel, aber der wolkenlose blaue Himmel trug nicht zu seiner Beruhigung bei. „Ich hoffe, du bist nicht wieder im Knast gelandet."

„Nein, Mann. Ich verspreche, das war ein Fehler, der mir nie wieder passiert. Hol' mich einfach hier raus, okay?"

Langsam setzte Wes sich wieder in Bewegung und stieg ins Auto. „Was ist los?"

„Ich habe diese Schnalle am Flughafen getroffen. Sie sagte, sie würde mir eine Mitfahrgelegenheit bis zu dir geben, aber stattdessen hat sie mich in ihre Wohnung gebracht. Hat gesagt, sie wolle ein bisschen Doktor spielen. Mann, komm bloß schnell, das hier ist heikel."

Wes wusste nicht, ob er lachen oder seinem Bruder eine Standpauke halten sollte, aber dann fiel ihm etwas ein. „Warum Doktor?"

Seth schnaubte. „Aus irgendeinem Grund hielt sie mich wohl für den guten alten Dr. Weston Sawyer. Bist du etwa inzwischen der begehrteste Junggeselle von Sunset Cove oder so was?"

„Oder so was. Nur dass ich kein Junggeselle bin, sondern Witwer." Wes startete den Wagen. Sollte sein Bruder doch ausbaden, was er sich selbst eingebrockt hatte.

„Wie auch immer. Bitte hol' mich ab, und ich werde nie wieder so tun, als wäre ich du."

Das habe ich doch schon mal gehört. „Schick mir die Adresse. Und du klärst besser mit dieser Dame, wer du bist, *bevor* ich da bin." Wes wartete nicht auf eine Antwort, beendete den Anruf und fuhr vom Parkplatz.

Eine gute Stunde später kamen die Brüder am Strandhaus an, der eine verärgert, der andere mit Unschuldsmiene, als sei nicht er der Grund für diesen Ärger.

„Wes …"

„Wir werden nie wieder davon sprechen." Um das Gespräch zu beenden, bevor es begonnen hatte, fuhr Wes mit der Hand durch die Luft. Er stellte seine Aktentasche neben der Tür ab und ging in die Küche.

„Aber …"

„Hallo!", unterbrach sie plötzlich eine vertraute raue Stimme, bevor Seth eine weitere haarsträubende Ausrede ausspucken konnte. „Die Haustür war offen, also …"

Beide Brüder drehten sich um, standen Schulter an Schulter wie angewachsen da und starrten Sophia an, die eine riesige Wassermelone in den Armen hielt. Ihre Augen huschten zwischen den beiden hin und her.

Während die Brüder auf die zierliche Brünette in lila Trainingsklamotten starrten, die ihr Haar zu einem ordentlichen Pferdeschwanz hochgesteckt hatte, blickte sie sie ebenfalls mit offenem Mund an.

Langsam blinzelte Sophia und kniff dann die Augen zusammen. „Wieso gibt es euch doppelt?"

„Der ältere und weisere von uns beiden bin ich", erklärte Wes.

„Älter nur um drei Minuten, und ob du weiser bist, steht noch nicht fest", warf Seth ein.

„Ihr seid … eineiige Zwillinge?!?"

„Ja. Und wir danken unseren Sternen, dass Ma uns keine dämlichen Zwillingsnamen gegeben hat, die sich reimen. Wie Dan und Stan oder Wayne und Shane." Seth zog einen unsichtbaren Hut. „Sehr erfreut, Ihre Bekanntschaft zu machen, Ma'am."

„Ich. Glaub'. Es. Nicht." Sophia zeigte auf Seth und die Wassermelone rutschte ihr dabei fast aus den Händen. „Er ist die Landei-Version von dir, du Großstadtpflanze." Sie gluckste hemmungslos, und wenn Wes nicht so verärgert über die Situation gewesen wäre, in die er vor Kurzem geraten war und *die nie wieder erwähnt werden durfte*, hätte er die Situation genossen. „Wie kommt es, dass ich nichts davon wusste?"

Seth winkte ihr mit beiden Händen zu. „Und wieso habe ich nichts von *dir* gewusst, Schätzchen?"

Genervt schlug Wes ihm mit dem Handrücken auf den Bauch. „Lass den Blödsinn. Das ist meine Büroleiterin, Sophia. Sophia, mein idiotischer Bruder, Seth."

„Eine Büroleiterin, die Wassermelonen in trendigen Laufshorts ausliefert?", fragte Seth, stöhnte aber verärgert, als Wes ihm einen weiteren Schlag in die Magengrube verpasste.

Schimpfend nahm Wes Sophia die Wassermelone aus den Armen: „Hör auf, uns anzustarren, Sophia. Das ist unhöflich."

Kopfschüttelnd antwortete sie: „Ach, jetzt sei mal ein bisschen lockerer, Herr Doktor."

Seth gluckste. „Ich glaube, ich bin verliebt."

Wes strafte beide mit Verachtung, ging um die Kücheninsel herum und legte die Wassermelone in die Spüle.

Sophia beantwortete seine unausgesprochenen Fragen. „Daddy hat ein paar bei mir vorbeigebracht. Ich dachte, ich bringe dir eine mit. Und wir könnten vielleicht zusammen Collin abholen."

Innerhalb eines Monats hatten Wes und Sophia den kleinen Kerl dazu gebracht, aufs Töpfchen zu gehen. Diesen Monat bestand die Herausforderung darin, ihn dazu zu bringen, den ganzen Tag in der Kita zu bleiben. Die letzte Woche war ein

Reinfall gewesen, also hatte Wes ihn mittwochs mit einer Fahrt in seinem „Rennwagen“, wie Collin den BMW gerne nannte, bestochen. Es war der einzige Tag, an dem er Collin abholen konnte, und jetzt war er kurz davor, es zu vermasseln, weil sein rücksichtsloser Bruder ihm in die Quere gekommen war und ihn davon abzuhalten schien.

Mit dem Daumen zeigte Wes auf seinen nervigen Bruder. „Mein Zeitplan ist völlig durcheinander - seinetwegen.“ Er sah auf seine Uhr. „Ich hatte gehofft, noch eine Runde joggen zu können, bevor ich losfahre, aber das kommt jetzt wohl nicht mehr infrage.“

Er brauchte sich nicht umzudrehen, um zu wissen, dass Seth wie ein Honigkuchenpferd grinste.

Während Sophias Blicke zwischen den Brüdern hin und her gingen, meinte sie: „Ich möchte dir nicht die Zeit mit deinem Bruder verderben, Wes. Ich werde Collin selbst abholen.“

„Nein. Ich habe es ihm versprochen, und ich habe vor, mein Versprechen zu halten.“ Wes lockerte seine Krawatte und knöpfte sein Hemd auf. „Ich ziehe mich nur rasch um.“ Als er die Treppe hinaufeilte, folgte sein Bruder ihm auf dem Fuß.

„Wer ist das? Und was ist hier wirklich los?“, fragte Seth, sobald Wes die Schlafzimmertür hinter ihnen geschlossen hatte.

„Hab’ ich dir doch gesagt.“ Wes trat in seinen begehbaren Kleiderschrank und schlüpfte aus seinem Anzug. „Außerdem ...“ Er ließ ein paarmal den Kopf im Nacken kreisen, bevor er zugab: „Es ist eine Scharade. Wir spielen der Welt vor, wir wären zusammen.“

„Warum das denn?“, fragte Seth verständnislos, während er die Schranktür aufstieß und die Arme über seinem zerknitterten T-Shirt verschränkte.

Sorgfältig zog Wes ein perfekt gebügeltes Hemd an, wobei er darauf achtete, eine andere Farbe zu wählen als die, die sein Zwilling trug. „Um unerwünschte Annäherungsversuche abzuwehren. Sie hat gerade eine katastrophale Ehe hinter sich, und warum ich keine Dates will, weißt du ja. Also tun wir so, als würden wir uns treffen, damit alle anderen uns hübsch in Ruhe lassen."

„Wie lange geht das schon mit diesen Dates?" Seth lehnte sich gegen den Türrahmen.

„*Pseudo-Dates*", sagte Wes mit Nachdruck. „Ein oder zwei Monate."

„Monate? Ist das nötig?"

Wes warf ihm den schärfsten Blick zu, den er zustande brachte. „*Offensichtlich* ist es das ja wohl. Der heutige Tag ist ein perfektes Beispiel dafür, warum ich nach außen hin eine Freundin brauche."

Abwehrend hob Seth beide Hände und trat einen Schritt zurück. „Mann, ich sagte doch, es tut mir leid. Woher sollte ich wissen, dass sie …?"

„Kein Wort mehr darüber", sagte Wes mit Nachdruck und stieß Seth den Zeigefinger in die Brust, bevor er nach hinten in den Schrank ging, um eine Jeans zu holen. Er zog sie an und schob seine Füße in ein Paar Chucks.

„Seit wann trägst du solche Schuhe?" Als seien sie anstößig, starrte Seth die halbhohen Stoffstiefel an, obwohl er selbst ein abgewetztes Paar dieser Sorte trug.

Wes betrachtete ihre Schuhe. Wie ähnlich sie sich waren – und doch wie verschieden. Er wollte eigentlich nicht antworten, tat es aber trotzdem. „Ich war mit Collin Schuhe kaufen, und er wollte, dass wir die gleichen Schuhe haben." Er dachte, Seth würde ihn auslachen und verspotten, aber sein Bruder tat nichts dergleichen. Stattdessen stand er einfach nur da und sein Gesichtsausdruck wandelte sich in Besorgnis.

„Collin ist Sophias Sohn?"

„Ja." Als Wes an ihm vorbeigehen wollte, packte Seth ihn am Arm und hielt ihn zurück.

Die gleichen tiefbraunen Augen der Brüder blickten sich für den Bruchteil einer Sekunde an, bevor Wes seinen Blick durch das aufgeräumte Zimmer mit den sanften Beige- und Grautönen schweifen ließ. Es sah so anders aus als das Zimmer, das er damals in Alabama mit seiner Frau geteilt hatte. Claire liebte jede Schattierung von Blau und hatte ihr gesamtes stattliches Kolonialhaus nach ihrem Geschmack eingerichtet. Es machte ihm nichts aus, solange sie glücklich war, aber hier im neuen Haus konnte Wes einfach keinen blauen Farbton ertragen, der eine Ähnlichkeit zu dem Leben aufwies, das es nicht mehr gab. Als Lincoln Cole ihn nach seinen Vorlieben gefragt hatte, hatte Wes gesagt: „Alles – nur kein Blau."

„Wie alt ist Collin?", fragte Seth, der Wes immer noch am Arm gepackt hielt, und versuchte, ihn wieder in ein Gespräch zu verwickeln, an dem Wes aber nicht teilnehmen wollte und kein Interesse zeigte.

Da er bereits wusste, was sein Bruder dachte, vermied Wes es, ihn anzusehen. „Drei."

„Weston", sagte Seth langsam und gedehnt und so leise, dass es kaum mehr war als ein Flüstern. Es lag so viel Besorgnis in der Aussprache dieses Namens. Aber Wes hielt standhaft dagegen und weigerte sich, dem emotionalen Krieg, der in ihm tobte, nachzugeben.

Schließlich befreite sich Wes aus Seths Griff. „So ist es nicht."

„Bleibst du jetzt mal ruhig, damit wir darüber reden können?" Seths Augen füllten sich mit Tränen, und das war genau das Mittel, durch das es ihm gelingen konnte, Wes' sorgfältig aufgebaute Fassade der Gelassenheit zu zerstören. So war es schon immer gewesen: Wenn es einem von ihnen schlecht ging, ging es dem anderen noch schlechter.

„Wenn ich stehen bleibe, holte es mich ein. Ich kann mich dem, was geschehen ist, immer noch nicht stellen. Noch nicht. Nicht jetzt." Wes steckte Portemonnaie und Schlüssel in seine Taschen und eilte die Treppe hinunter, bevor Seth ihm irgendwelche Vorhaltungen machen konnte.

Mit einem großen Messer in der Hand stand Sophia an der Kücheninsel und zerteilte die Wassermelone.

Sie sah zu ihm auf. „Willst du, dass ich mitfahre?"

Wes überlegte, ob er sie mit seinem Bruder allein lassen konnte. Seth kannte seine ganze Geschichte, Sophia dagegen wusste nur so viel, wie er ihr erzählt hatte. Da er kein Risiko eingehen wollte, nickte er. „Seth, wir sind bald wieder da. Fackel das Haus nicht ab, während ich weg bin."

„Ich werde mein Bestes tun", antwortete Seth, aber sein Tonfall war nicht spöttisch. Der Blick, mit dem er erst Sophia und dann Wes musterte, war zu ernst. Glücklicherweise war sie noch immer mit der Wassermelone beschäftigt und bekam es nicht mit.

Wes sah seinen Bruder an und schüttelte den Kopf, eine Warnung, das Thema fallen zu lassen. Aber Seth antwortete ebenfalls mit einem Kopfschütteln, offensichtlich war er nicht bereit dazu.

„Nicht jetzt", sagte Wes leise zu ihm, bevor er sich an Sophia wandte, deren Anblick in seiner Küche ihm viel zu willkommen war. „Ich habe Collin versprochen, früh zu kommen, also müssen wir los, Sophia."

„Ich habe Feierabend, Mr Hier-geht's-lang, und hier bist du nicht der Chef. Immer mit der Ruhe", sagte sie aufmüpfig, wusch sich aber die Hände und gehorchte trotzdem. Das war eine ihrer Eigenheiten, die er insgeheim genoss. Erst mal Kontra geben und dann fügte sie sich doch.

Wes hörte, wie Seth ein Lachen ausstieß, und murmelte: „Da wirst du mir aber noch einiges erklären müssen, Bruderherz."

Wes versuchte, die Kommentare seines Bruders abzuschütteln, und ging hinter Sophia zur Haustür hinaus, um sein Versprechen einzuhalten. Es gab nicht viel, was er im Moment kontrollieren konnte, aber diesen Jungen abholen, das konnte er. Wenn der Himmel es wollte.

Als sie Collin abgeholt hatten und zum Strandhaus zurückgekehrt waren, reagierte der Junge auf den Anblick von Seth ähnlich wie seine Mutter.

Nachdem er Seth eine Weile angestarrt hatte, nickte Collin und erklärte: „Ich mag Sef. Kanns' du auch Autos spielen?" Dann kramte der Kleine einen Haufen Spielzeugautos aus seinem Rucksack, und die drei Jungs begannen, einen Parcours durch das Wohnzimmer zu fahren.

Die ganze Zeit über redete der Junge auf Seth ein. Collin wollte wissen, ob Seth auch eine Superhelden-Unterhose hätte wie er und Wes – zumindest glaubte Collin offensichtlich, dass Wes eine mit diesem Motiv hatte. Außerdem fragte er Seth, ob er beim Pipimachen lieber sitzen oder stehen würde. Seth lachte über die unverblümten und neugierigen Fragen des Kleinen, aber Collin blieb ernst, und das brachte Seth nur umso mehr zum Lachen.

„Oh Mann, dieser Junge ist wirklich zum Verlieben." Seth hielt sich den Bauch, während er versuchte, sein Lachen zu unterdrücken, nachdem Collin ihm erzählt hatte, wie Wes ihn draußen abgespritzt hatte, als er sich aus Versehen in die Hose gemacht hatte.

„Mach ich aber nich' mehr", sagte Collin nachdrücklich, riss dabei die Augen weit auf und schüttelte bekräftigend den Kopf.

Während Collin die Brüder weiter unterhielt, zauberte Sophia einen Nudelauflauf, den sie mit großem Appetit verputzten. Nach einem anschließenden Strandspaziergang verabschiedete Sophia sich und machte sich mit Collin auf den Weg nach Hause.

Beim Aufräumen der Küche genoss Wes das Rauschen des Meeres, das durch die offenen Fenster hereindrang, während Seth duschte. Er dachte an den letzten Monat zurück und versuchte, ihn aus Seths Perspektive zu sehen, aber er empfand nichts außer einem gewissen Stolz über das, was er erreicht hatte. Sophia hatte endlich nachgegeben und war noch ein paarmal mit ihm ausgegangen, aber es fühlte sich für beide nicht mehr gezwungen an.

Es erfüllte ihn mit großem Stolz, dass Sophia wieder Appetit hatte und Collin wieder öfter lachte und nicht mehr so traurig war. Wes hatte viel für die beiden gebetet und dann seinen Gebeten Taten folgen lassen. So erlebte er, wie Mutter und Sohn vor seinen Augen zum Leben erwachten. Es war das erste Mal seit Jahren, dass er wieder Hoffnung hatte.

Denn eins musste sich Wes eingestehen: Er hatte Sophia an dem einen Abend gern in den Armen gehalten. Er mochte ihre Gesellschaft. Er mochte sie einfach, und er hatte keine Ahnung, was er mit diesem ganzen „Mögen" anfangen sollte.

Das Geräusch eines schrabbenden Barhockers schreckte ihn aus seinen Gedanken auf. „Also, bist du bereit, darüber zu reden?“

Scheinbar ungerührt spülte Wes ein Glas und stellte es in den Geschirrständer. „Keine Ahnung, wovon du sprichst.“ Um die Besorgnis nicht zu sehen, die er in Seths Augen finden würde, hielt er seinen Blick auf das schaumige Wasser gesenkt, das aus der Spüle ablief, als er den Stöpsel herausgezogen hatte.

„Sie scheinen sich hier recht wohlzufühlen. Für mich sah es jedenfalls nicht nach irgendetwas *Pseudomäßigem* aus.“

Mit einem Ruck drehte Wes sich um. Er verschränkte die Arme, lehnte sich gegen den Tresen und begegnete dem Blick seines Bruders. Seth hatte seine Wange in die Hand gestützt und sein nasses Haar fiel ihm in die Stirn.

„Die Dates, das ist *Pseudo.* Unsere Freundschaft, die ist echt. Und platonisch“, sagte er seufzend. „Ich dachte, du würdest dich darüber freuen. Du warst doch derjenige, der wollte, dass ich mir wieder ein Leben zulege.“

„Du hast recht. Ich dränge dich schon seit Längerem, genau das zu tun, aber was ich heute gesehen habe … Junge, ich will ehrlich sein, ich mache mir Sorgen. Es ist, als ob du an ihnen hängst wie an einer Scheinfamilie.“

„Nein, so ist es nicht. Ehrenwort.“

„Aber du verstehst, woher meine Bedenken kommen, oder? Du hast dich über Nacht von einem Einsiedler zu jemandem entwickelt, der hier Vater, Mutter, Kind spielt.“

„Du warst nicht hier. Das hat sich ja nicht über Nacht so ergeben. Und ich habe genug Verstand, um zu wissen, dass Sophia und Collin *nicht* meine Familie sind. *Meine* wurde mir genommen – *heute* vor vier Jahren.“

Seth richtete sich auf und schüttelte den Kopf. „Ich weiß. Ich finde es furchtbar, dass dir das passiert ist, … aber bitte, lass dich nicht noch mal verletzen."

„Ich versuch's …" Wie vorhergesagt, holte der Jahrestag des Verlusts seiner Welt ihn ein, sobald er stehen blieb. Der ganze Schmerz, den er verdrängt hatte, kam hoch und ließ einen Strom heißer Tränen über seine Wangen laufen.

Wes' Schultern begannen zu zittern und die Flut der Trauer überrollte ihn, sodass er kaum bemerkte, wie Seth aus der Küchenecke zu ihm herüberkam. Sein Bruder umarmte ihn fest und voller Mitgefühl. Es war die Kraft, die er brauchte, um nicht zusammenzubrechen. Als seine Beine nachgaben, überließ Wes sich seiner Trauer, und sie beide wurden zu Boden geworfen.

Und wieder einmal durchlebte Wes den Albtraum – einen Albtraum, der seine Seele im Klammergriff halten würde, egal, wie viele Jahre vergehen würden …

„Ich bin rund wie ein Wal und unglücklich, und mein Bauch ist fast zu dick, um hinter dieses Lenkrad zu passen", kam Claires jammernde Stimme durch die Lautsprecher von Wes' Auto. Ihre kleine Schimpftirade brachte ihn zum Lachen, aber nachdem er bereits acht Monate mit seiner schwangeren Frau hinter sich hatte, wusste er es besser.

Stattdessen grinste er sich selbst im Rückspiegel an.

Sie ist so unglaublich süß.

Ja, und du bist ein verdammter Glückspilz.

Ich weiß.

Als die Ampel auf Grün schaltete, richtete er seine Aufmerksamkeit wieder auf die Straße. „Vielleicht ist es dann an der Zeit, dass du dein schnuckeliges Hinterteil jetzt einfach mal irgendwo zur Ruhe setzt." Sein Grinsen nahm epische Ausmaße an, denn er wusste, dass sie seine Frotzelei nicht vertrug.

„Ich bin zu beschäftigt, um irgendwo still herumzusitzen, und du siehst dich besser vor, Freundchen."

Claire war eine dieser unverwüstlichen Schönheiten, die nur im Schlaf still waren. Ihr athletischer Körperbau war perfekt für ihre beiden Leidenschaften: Reiten und Softball. Die vielen Auszeichnungen und Trophäen, die sie in der Highschool und auf dem College gewonnen hatte, bewiesen, dass sie in beiden Sportarten sehr talentiert war. Inzwischen war sie Trainerin geworden, aber das hielt sie genauso auf Trab.

„Würdest du mir verzeihen, wenn ich verspreche, dein persönlicher Chauffeur zu sein und dir jederzeit zur Verfügung zu stehen?" Wes warf einen Blick über die Schulter, bevor er die Spur wechselte. Es war Rushhour und der Verkehr wurde immer dichter.

„Wie um alles in der Welt würdest du das anstellen?", fragte Claire. Er konnte hören, wie sie den Radiosender wechselte.

„Lass das Radio in Ruhe und konzentrier' dich auf die Straße, Liebes." Er lachte, als sie eine säuerliche Antwort murmelte, und teilte ihr dann seine Neuigkeiten mit. „Ab heute bin ich offiziell in Vaterschaftsurlaub." Er hielt wieder an einer Ampel und bemerkte, dass dicke Wolken aufzogen.

Claire quietschte erfreut. „Wirklich?"

Wes gluckste. „Wirklich. Es ist an der Zeit, dass wir beide einen Gang zurückschalten und uns darauf vorbereiten, dass Luke zu uns kommt."

„Ich kann es kaum erwarten", sagte Claire leise.

Wärme breitete sich in seiner Brust aus, als er sich das schöne Lächeln vorstellte, das er in ihrer Stimme hörte. In den letzten Monaten hatte sie vor Gesundheit und Glück gestrahlt. Sie freuten sich beide darauf, dass sie regelmäßig in diesem Zustand sein würde, bis ihre vier zusätzlichen Schlafzimmer mit Kindern gefüllt waren.

„Oh!" Sie klang erschrocken.

„Was?" Er spürte einen Anflug von Panik, beruhigte sich aber, als er sie kichern hörte.

„Dein Sohn hat mich gerade als Boxsack benutzt."

„Das ist mein Junge." Stolz durchflutete ihn. Er war voller Ehrfurcht, dass Claire ihnen einen so starken Jungen schenken würde. Der Arzt schätzte, dass er bei der Geburt mindestens ein Neunpfünder sein würde.

„Igitt, es fängt an zu regnen", sagte Claire. Er hörte das Geräusch von starkem Regen, gefolgt von dem Surren der Scheibenwischer, die am anderen Ende der Leitung zum Leben erwachten.

„Bist du bald zu Hause?", fragte Wes. Er wusste, dass sie den Nachmittag im Pferdestall verbracht hatte, um eine Reitstunde zu geben. Es war nur eine fünfzehnminütige Fahrt von ihrem Haus auf dem Land bis dahin.

„Ja."

„Gut. Wenn du da bist, nimmst du ein schönes, entspannendes Bad, und ich komme gleich nach Hause und massiere dir die Füße." Leider hatte er noch mindestens dreißig Minuten von seinem fünfundvierzigminütigen Arbeitsweg vor sich.

Sie stöhnte. „Hmm, ich bin so ein Glücksmädel. Beeil dich!"

Wes gluckste wieder. „Wir sollten auflegen und uns aufs Fahren konzentrieren. Ich liebe dich."

„Okay, mein süßer, sexy Ehemann." Claires Flirten machte ihn auf die allerbeste Weise verrückt, und er konnte es kaum erwarten, zu ihr nach Hause zu kommen. „Ich liebe …"

Dich hätte ihrem letzten gesprochenen Wort folgen sollen. Nicht der Schrei. Und schon gar nicht der metallische Aufprall.

13

Irgendetwas war nicht in Ordnung. Sophia spürte es, aber sie wusste nicht, was nicht stimmte. Das Gefühl hatte sie gestern Abend beschlichen, als sie die Zwillinge gesehen hatte – ach ja, die Zwillinge! Sie konnte immer noch nicht ganz fassen, dass Wes einen Zwillingsbruder hatte. Jedenfalls hatte sie bemerkt, wie zwischen den Brüdern eines dieser stillen Gespräche stattgefunden hatte. Eines, das aussah, als würde Seth es führen, während Wes versuchte, es zu beenden.

Das Unbehagen verfolgte sie am frühen Donnerstagmorgen zur Arbeit. Geistesabwesend ging sie kurz in ihr Büro, um den überarbeiteten Zeitplan für den Tag und ein paar Notizen zu holen, bevor sie die Tür zu Wes' Büro aufstieß.

Sie schrie auf und die Papiere flogen auf den Boden.

„Na, wenn das kein Anblick für müde Augen ist!", platzte Doc Nelson heraus und schlug auf den Schreibtisch, amüsiert darüber, dass er ihr fast einen Herzinfarkt verpasst hatte.

Sophia schlug die Hände vor die Brust und versuchte, ihre Atmung zu beruhigen. „Es tut mir leid, Sir. Ich dachte, Wes – Dr. Sawyer wäre hier." Als sie sich wieder gesammelt hatte, hob sie die verstreuten Papiere wieder auf.

„Ist schon gut, junge Dame. Ich hätte Agnes bitten sollen, dich anzurufen, aber als ich erfahren habe, dass ich für den

Rest der Woche hier einspringen werde, waren noch nicht mal die Hühner wach.“ Wehmütig lächelte der Doktor, bevor er auf den Computerbildschirm schielte. „Ist dieser Plan für heute korrekt?“

Sophia ging zum Schreibtisch und reichte ihm die Papiere. „Nein, Sir. Ich musste ihn gestern in letzter Minute noch mal überarbeiten.“ Zögernd wartete sie darauf, dass der Doc sie darüber aufklären würde, was mit Wes los war, aber der hatte seinen Blick wieder auf seine Zeitung gerichtet. „Ähm … ist Dr. Sawyer krank?“

Da der Doc nicht sofort antwortete, ging sie schon davon aus, dass er es gar nicht tun würde, als er einen langen Seufzer ausstieß und den Blick aufrichtete. „Wes geht es nicht gut, also habe ich ihm gesagt, er soll die nächsten zwei Tage freinehmen.“

„Oh. Tut mir leid, das zu hören … Wenn Sie etwas brauchen, ich bin in meinem Büro“, sagte sie mit einem Lächeln, das ihre Augen nicht erreichte.

Da sie keine andere Wahl hatte, verdrängte Sophia, so gut sie konnte, den Impuls, sich davonzustehlen und nach Wes zu sehen, und versuchte, sich auf ihre Arbeit zu konzentrieren. Aber ihre Gedanken drehten sich im Kreis und versuchten, irgendein Detail oder einen Hinweis zu finden, den sie übersehen hatte und der sie beruhigen würde.

Als es fünf Uhr wurde, war sie noch nicht nennenswert weitergekommen. Sie veranlasste, dass ihre Mutter Collin abholte, und fuhr direkt zum Strandhaus, um die Sache zu klären. Nachdem sie an der Tür geklingelt hatte, musste sie etliche Minuten warten, bis ihr geöffnet wurde.

Sophia hielt die Luft an. „Oh, Wes … du siehst schrecklich aus.“ Zerzaustes Haar, Haarstoppeln am Kinn, dunkle Schatten unter den Augen. Sie hatte ihn noch nie in einem solchen Zustand gesehen.

„Wirklich?", fragte er mit gerunzelter Stirn und heiserer Stimme.

„Ich glaube, du solltest wieder ins Bett", sagte Sophia besorgt und drängte ihn, wieder ins Haus zu gehen. Doch er blieb in einer zerknitterten Schlafanzughose und einem löchrigen T-Shirt auf der Schwelle stehen. „Kann ich noch etwas für dich tun?"

Er schaute sich auf der Veranda um und fuhr sich mit der Hand durchs Haar. Dann beugte er sich vor und flüsterte ihr ins Ohr: „Es würde mir gleich besser gehen, wenn du dich mit mir ins Bett kuscheln würdest."

Irritiert wich Sophia zurück und starrte ihn an. „Wes …"

„Du kannst mein Teddy sein", sagte er augenzwinkernd und streckte ihr die Hände entgegen.

In diesem Moment dämmerte es ihr und der Schock ließ nach. Empört schlug sie seine Hände so heftig weg, dass ihre davon brannten. „Seth Sawyer, du Schurke! Das war nicht nett!"

Glucksend grinste er sie an: „Tut mir leid. Du bist drauf reingefallen, meine Liebe. Ich konnte einfach nicht anders."

„Du siehst aber doch ein bisschen mitgenommen aus", stellte sie fest, während sie sein Gesicht musterte und Müdigkeit darin sah.

Seths Lächeln verblasste, und in seinen Augenwinkeln bildeten sich traurige Falten. „Es war eine lange Nacht."

„Geht es Wes gut?" Als sie versuchte, an ihm vorbeizuschauen, kam Seth vors Haus, schloss die Tür und vereitelte damit ihren Plan, einfach reinzugehen und sich selbst ein Bild zu machen.

Seinen Nacken reibend, ging er an ihr vorbei. „Der Oktober ist für ihn keine gute Zeit."

Sophia folgte ihm an den Rand der Veranda. „Was meinst du damit?"

Als Seth sich auf die Verandastufen setzte, strich Sophia ihren Rock glatt und setzte sich neben ihn.

„Gestern vor vier Jahren", begann Seth, „hat er seine Frau und sein Kind verloren. Ein Lkw fuhr über die Kreuzung und rammte ihr Auto. Sie war auf der Stelle tot. Und als ob das nicht schon schlimm genug wäre – sein Sohn Luke sollte in diesem Monat geboren werden." In Trauer saß er da und stützte sein Gesicht in die Hände.

„Oh, Wes …", murmelte Sophia, und während sie ihren Blick über den Hof schweifen ließ, dachte sie daran, wie Wes ihr hier im Auto geholfen hatte, aus einer finsteren Verfassung herauszukommen. Sie wünschte, sie wüsste, wie sie das Gleiche für ihn tun könnte. Wenn es möglich wäre, würde sie den Oktober aus dem Kalender streichen.

Langsam stieß Seth einen tiefen Seufzer aus, ließ die Hände sinken und sah sie an. „Ich weiß nicht, was für ein illusionäres Spiel ihr beide mit diesen Pseudo-Dates treibt, aber du musst verstehen, was da auf dem Spiel steht."

„Wie meinst du das?" Sicher, am Anfang hatte sie ihre Zweifel gehabt, aber die Freundschaft mit Wes hatte sich so stimmig entwickelt und war so einfach gewesen, wie sie es noch nie erlebt hatte. Er hatte sein Wort gehalten, kein Drama zu veranstalten und nicht unnötig kompliziert zu sein.

„Ist dir klar, dass dein Sohn jetzt ungefähr so alt ist, wie Luke gewesen wäre?", fragte Seth und riss sie damit aus ihren Gedanken.

Ein Schauer durchfuhr sie bei diesen Worten. „Darüber habe ich noch nie nachgedacht …"

„Ja, das solltest du aber. Was passiert, wenn diese kleine Dating-Scharade zu Ende ist und du mit deinem Jungen deinen eigenen Weg gehst?" Besorgt zog Seth die Brauen zusammen und wies mit dem Daumen über seine Schulter. „Was passiert dann mit meinem Bruder?"

„Ich will nicht ..."

„Ich sag dir, was passiert – er wird wieder am Boden zerstört sein." Seth schüttelte den Kopf. „Du warst nicht dabei, als Wes im Krankenhaus seinen toten Sohn im Arm hielt." Die Erinnerung an diese Situation war offenbar noch sehr frisch. „Nachdem ... nachdem bestätigt worden war, dass auch Luke nicht überlebt hatte, brachten sie Wes mit Claire und dem Baby in ein Einzelzimmer. Mein Bruder hielt das Baby in einem Arm und Claire in dem anderen ... Ich kann diese Bilder nicht mehr vergessen, ... also weiß ich, dass er es auch nicht kann." Bevor er Sophias Blick begegnete, wischte Seth sich ein paar Tränen weg. „Bitte ... du darfst meinem Bruder nicht wehtun."

Als sich die Details seiner Schilderungen zu einem Bild verdichteten, das sie nicht begreifen konnte, spürte Sophia, wie sich ihre Kehle zuschnürte. Sie hatte nur darüber nachgedacht, welche Auswirkungen ihr Dating-Arrangement auf Collin haben könnte. An Wes hatte sie dabei nicht gedacht. Sobald es beendet wäre, würde sie da sein und Collin helfen, die Sache zu verarbeiten und hinter sich zu lassen. Doch bei dem Gedanken, es wäre der Ruin von Wes, krampfte sich ihr Inneres zusammen. „Aber ich will ihn doch nicht verletzen."

„Du musst das mal aus meiner Sicht sehen. Ihr hängt zusammen wie eine Familie."

„Ja, das sehe ich jetzt auch. Ich versichere dir, dass ich besser aufpassen werde. Aber die Freundschaft mit Wes bedeutet mir wirklich etwas.“ Zaghaft lächelnd strich Sophia sich die Haare hinters Ohr. „Er ist ziemlich umwerfend.“

Seth erwiderte das schmale Lächeln. „Wenn mein Bruder dich in sein Leben gelassen hat, dann kann das nur bedeuten, dass du selbst ziemlich umwerfend bist. Ich will nur nicht, dass er deinen Sohn benutzt, um die Lücke zu füllen, die der Verlust seines Sohnes hinterlassen hat.“

„Glaubst du, dass Wes deshalb so gut mit Collin zurechtkommt?“, fragte Sophia und kämpfte gegen die Tränen.

Als Seth einen Arm um ihre Schulter legte, hatte die Geste etwas Brüderliches und fühlte sich tröstlich an. „Meine Liebe, dein Junge ist einfach unwiderstehlich. Der würde jedes Herz gewinnen. Also ehrlich, meins hatte er schon, als er sagte: ‚Ich hab' mir in die Hose gemacht.‘“ Seth wollte die Situation aufheitern, aber keiner von beiden lachte.

„Wes hat nicht viel darüber gesprochen, dass er Claire und Luke verloren hat. Aber jetzt, wo ich das alles weiß, verspreche ich, vorsichtiger zu sein.“

„Also, um ehrlich zu sein, habe ich befürchtet, er würde in seiner Trauer versinken. Das war das Schlimmste, was ich je miterlebt habe. Im ersten Jahr saß Wes die meiste Zeit wie angewurzelt in dem Schaukelstuhl in Lukes Kinderzimmer. Im Grunde verließ er das Zimmer nur, um die fünf Meilen durch den Wald zum Friedhof zu laufen und stundenlang an ihrem Grab zu sitzen.“ Seth rieb sich die Stirn und sah noch erschöpfter aus.

„Wenn es ein Trost ist“, sagte Sophia, „ich habe in den letzten Monaten eine große Veränderung bei ihm festgestellt. Als Wes hierherkam, sah er irgendwie leer aus. Aber jetzt ist wieder Leben in ihm. Er tut alles für seine Patienten, und mit einigen alten Damen in der Gemeinde kann er gut mithalten, was skurrile

Aktionen angeht." Sie lachte leise. „Aber er macht das so cool, dass die Leute das meistens gar nicht bemerken."

Obwohl Seth gluckste, blieb sein Gesicht unbewegt. „Ja, der Junge hat eine Art von trockenem Humor, den er zur Kunstform kultiviert."

„Er macht das schon", sagte Sophia und legte ihre Hand auf Seths geballte Faust. Der Arme war voller Sorge um seinen Bruder. Nach einem Moment fügte sie hinzu: „Ich würde ihn gerne sehen."

„Gib ihm einfach ein paar Tage Zeit, um sich zu sortieren", meinte Seth, während er sich erhob und auch ihr auf die Beine half.

„Okay", stimmte sie zögernd zu. „Aber bitte melde dich bei mir, wenn ich irgendetwas tun kann."

„Danke, Sophia." Liebevoll legte Seth ihr einen Arm um die Schultern und wartete dann, bis sie gegangen war, bevor er zurück ins Haus ging.

Sophia war entschlossen, Wes seinen Freiraum zu lassen, und sah, dass dies auch ihr Zeit geben würde, sich mit der Situation auseinanderzusetzen. Als sie auf der Farm ihrer Eltern ankam, breitete sich der Abendhimmel über dem Haus aus. Der Geruch von Hamburgern lag in der Luft, also ging sie in den Garten, wo sie ihren Vater am Grill fand. Wie immer trug er seine verblichenen Lieblingsjeans und ein rotes Flanellhemd. Seinen Strohhut hatte er tief ins Gesicht gezogen – ein Südstaatenfarmer, wie er im Buche stand.

„Hey, Dad."

Ihr Vater wendete ein paar Burger und sah sie durch eine dampfende Rauchwolke hindurch an. „Hey, Darling. Wie war dein Tag?"

„Okay. Und deiner?", fragte sie, während sie sich daranmachte, die Käsescheiben auf der Anrichte auszupacken.

„Gut. Ich habe zwei Maisfelder abgeerntet, und dann wurde der Tag noch besser, als mein Enkel auftauchte und mir geholfen hat, das Maisstroh zu bündeln."

„Oh, ich wette, das hat ihm gefallen", sagte Sophia, während sie ihm die Käsescheiben reichte. „Ist er drinnen bei Mama?"

„Ja. Ich habe ihm Burger versprochen, wenn er sich baden lassen würde." Er begann, jedes Brötchen mit Käse zu belegen. „Der kleine Stinker wollte einfach nicht in die Wanne."

„Deine Bacon-Cheeseburger würden eine Katze dazu überreden, ein Bad zu nehmen." Tief einatmend, genoss Sophia das saftige Aroma von Speck und Rinderhack. Solange sie sich erinnern konnte, hatte ihr Vater die Burger auf diese Weise zubereitet, und so beschloss sie, das Gespräch mit ihrer Mutter bis nach dem Abendessen zu verschieben. Es gab keinen Grund, irgendjemandem den Appetit zu verderben mit dem betrüblichen Gespräch, das geführt werden musste. *Es kann warten,* versicherte sie sich selbst und half ihrem Vater, die Burger auf einen Teller zu laden.

Nachdem die Burger und die frischen Pommes frites vertilgt waren, nahm Sophias Vater ein Einmachglas und zog mit Collin los, um Glühwürmchen zu sammeln, so wie er es mit ihr gemacht hatte, als sie ein kleines Mädchen war.

Sophia ging zur Spüle, nahm ein Geschirrtuch und begann, das Geschirr abzutrocknen. „Mama, kann ich mit dir über Isabella sprechen?"

Ihre Mutter antwortete nicht sofort, war aber sichtlich überrascht von dieser Bitte. Es war nicht so, dass das Thema Isabella tabu war. Es war nur so, dass sie es selten wagten, über sie zu sprechen.

„Natürlich, Schatz“, sagte Lucy lächelnd und reichte ihr einen Teller.

Langsam trocknete Sophia den Teller ab – Blue-Willow-Porzellan. Ihre Mutter bestand darauf, immer ihr feines Geschirr zu benutzen, ganz gleich, ob es Rinderbraten gab oder Burger. Sophia stapelte ihn auf die anderen Teller und stellte sie in den Schrank. Inzwischen hatte sie genug Kraft gesammelt, um das schwierige Thema anzusprechen. „Wie verkraftet man den Verlust eines Kindes?“

Einen langen Moment lang blieb es still.

„Gar nicht“, antwortete Lucy schließlich leise und winkte Sophia, ihr ins Wohnzimmer zu folgen.

„Aber …“

Behutsam legte Lucy ihre Hand auf die Hand ihrer Tochter. „Schätzchen, ein Kind zu verlieren, ist eine Wunde, die nicht heilen will. Du und Collin und dein Vater, ihr seid wie eine Salbe. Ihr macht den Schmerz erträglich, sodass ich mit dem Verlust leben kann. Und natürlich trägt Gott mich durch alles hindurch. Aber verheilt ist die Wunde noch immer nicht. Selbst nach all diesen Jahren.“

Sophia war erst drei und ihre Schwester Isabella fünf Jahre alt gewesen, als bei Isabella Leukämie diagnostiziert worden war. Sie überlebte zwei Jahre, bevor sie im Alter von sieben Jahren der Krankheit erlag.

„Warum kommst du darauf zu sprechen?“

Während Sophia die Tränen wegblinzelte, blickte sie ihre Mutter an. „Wes hat diesen Monat vor vier Jahren seine Frau und sein ungeborenes Kind bei einem Unfall verloren. Ich versuche zu verstehen, wie ich ihm helfen kann.“ Sie zuckte mit den Schultern und fühlte sich ratlos.

„Ich habe davon gehört."

„Wie kann ich ihm helfen? Was hat dir geholfen?"

Ihre Mutter schüttelte den Kopf. „Ich denke, du tust bereits, was du kannst, um ihm zu helfen. Du und Collin – ihr scheint ein Lichtblick für ihn zu sein."

„Ja, und das macht mir auch Sorgen. Ich will nicht, dass er zu viele Sympathien für Collin entwickelt."

„Was ist daran so schlimm?"

„Nun ..." Sophia betrachtete die Porträts auf dem Kaminsims. *Familienfotos.* Und sie erzählten eine Geschichte. „Wes gehört nicht zur Familie. Ich möchte nicht, dass er sich in dem falschen Glauben wähnt, es sei anders, und ich ihn am Ende verletze."

„Oh, Schatz. Das ist eine schwierige Situation", sagte Lucy seufzend. „Es läuft so gut mit dir und Wes, und ehrlich gesagt, ich glaube, es ist die gesündeste Beziehung, die du seit deiner Freundschaft mit den *Sand Queens* gehabt hast."

Mit hochgezogenen Augenbrauen starrte Sophia ihre Mutter an. „Wie kann eine falsche Beziehung gesund sein?" Sie hatte ihren Eltern von Anfang an die Scharade mit den Dates offengelegt.

„Diesen Teil meine ich nicht. Ich meine eure echte Freundschaft." Lucy setzte sich auf die Couch und schlug die Beine übereinander. Sophia setzte sich neben sie. „Was ist wirklich passiert?"

Sophia hatte ihre Eltern bereits über den Schock, dass Wes einen Zwillingsbruder hatte, aufgeklärt. Es gab nicht mehr viel, was sie ihnen verheimlichte, seit sie den Fehler begangen hatte, sie über die tatsächliche Situation in ihrer Ehe im Unklaren zu lassen.

„Seth und ich hatten ein langes Gespräch, bevor ich hierherkam. Er hat mir ziemlich den Marsch geblasen. Er sagte, ich würde Wes auf lange Sicht nur wehtun, und um ehrlich zu sein, habe ich Angst, dass es auch so kommen könnte.“ Sie rückte das Revers ihres marineblauen Blazers zurecht und wünschte sich, jetzt zu Hause zu sein und in bequeme Yogahosen schlüpfen zu können. „Ich kann nicht riskieren, dass ich Collin verletze. Oder Wes.“

Lucy reichte ihr die Hand und tätschelte ihr das Knie. „Du hast Angst, meine Liebe, das ist alles. Lass nicht zu, dass die Angst deine treibende Kraft wird. Sicher, denk darüber nach, was Seth gesagt hat, und sei vorsichtig. Vielleicht solltest du etwas Abstand zwischen Wes und Collin bringen. Du weißt, dass ich meinen Enkel gern hier habe, also nutze das bitte. Aber schließ’ nicht die Tür vor dir und Wes.“

„Ich weiß … Ich will ihm nur helfen“, flüsterte Sophia, während ihr Daumen über den Ankerring an ihrem Finger glitt.

Ihre Mutter tippte mit der Fingerspitze auf das Ornament an dem Ring und ließ sie aufschrecken. „Dieser Mann scheint in den letzten Monaten dein Anker gewesen zu sein. Sei du es einfach auch für ihn.“

Sophia betrachtete den Ring und erinnerte sich an all die Gelegenheiten, bei denen er sie daran erinnert hatte, dass Gott ihr Anker war, genau wie Wes es beabsichtigt hatte. Aber ihre Mutter hatte recht. Irgendwann war auch Wes zu einem Anker für sie geworden. Seine Aufmerksamkeit und Beharrlichkeit hatten dazu beigetragen, dass sie wieder Appetit hatte, dass Collin aufs Töpfchen gehen konnte und dass sie die Nabelschnur durchschneiden und ihn endlich in den Kindergarten schicken konnte. Ihr war nicht entgangen, dass die meisten Dates, die sie gehabt hatten, mehr zu ihrem als zu seinem Vorteil gewesen waren.

Die Verabredung von letzter Woche kam ihr in Erinnerung und ließ sie unwillkürlich lächeln.

„Was ist das für ein Lächeln?", fragte Lucy schmunzelnd und stupste sie am Knie.

Um das Lächeln zu unterdrücken, biss Sophia sich auf die Lippe. „Ich denke nur daran, dass Wes mich letzte Woche zum Erntetanz mitgenommen hat."

„Ja, ich fasse es immer noch nicht, dass ihr es auf die Titelseite der Lokalzeitung gebracht habt."

„Nun, der Mann versteht es wirklich, das Tanzbein zu schwingen." Sophia gab den Versuch, nicht zu lächeln, auf und grinste noch breiter, als sie sich daran erinnerte, wie er sie bei einem Schwenk auf die Nasenspitze geküsst hatte. Es war spielerisch gewesen, aber die Zeitung hatte ein Bild davon aufgenommen, das nach viel mehr aussah als nach einer freundschaftlichen Geste. „Er hat mich zum Tanz mitgenommen, weil das Gerücht die Runde gemacht hatte, dass ich mich mit blauen Flecken und einem verstauchten Handgelenk, verursacht von Ty, aus der Öffentlichkeit fernhalten würde."

Während der spielfreien Woche von Tys Teams hatte Sophia Collin zu seinem Vater nach Columbia gebracht. Eigentlich war es einer der unproblematischsten Besuche, die sie bisher gehabt hatten, bis auf den Moment, als es Zeit war zu gehen. Collin war in Tränen ausgebrochen, und da Sophia keine Möglichkeit hatte, den Schmerz ihres Kindes zu lindern, waren ihr ebenfalls die Tränen gekommen. Als sie die Heimreise antreten wollten, hatte Ty sich ins Auto gebeugt, um sie zu umarmen. Leider sah es auf den Paparazzi-Bildern, die am nächsten Tag auftauchten, so aus, als würde er sie schlagen und nicht umarmen.

Wes hatte vor ihrer Tür gestanden und verlangt, dass sie ihr ärmelloses Maxikleid anzog, um zu zeigen, dass ihre Arme und Schultern keine Hämatome aufwiesen, und mit ihm tanzen ging. Dieses Date hatte er nur für sie arrangiert, auch wenn er das nie zugeben würde.

„Nun, die Bilder haben dieses Gerücht definitiv entlarvt. Mädchen, du hast bei diesem Tanz gestrahlt."

„Ja, und das war Wes, der mein Anker war. Jetzt muss ich herausfinden, wie ich seiner sein kann." Sophia stand auf. „Wünsch' mir Glück."

„Du brauchst kein Glück. Du musst nur auf Gott hören. Er wird deiner Intuition zuflüstern, was du tun sollst", sagte ihre Mutter verschwörerisch zwinkernd, bevor sie Sophia in eine mütterliche, beruhigende Umarmung zog.

Sophia hörte auf ihre Intuition und gewährte Wes den Freiraum, wie Seth es ihr geraten hatte. Sie ließ sogar den Samstag verstreichen, als Wes nicht auf ihren Anruf reagierte. Hätte er sie gebraucht, hätte er den Anruf angenommen, dachte sie. Doch am Sonntagnachmittag hielt sie es nicht länger aus. Sie musste ihn einfach sehen.

Als sie, ausgestattet mit einem schlaffen Sonnenhut und einer übergroßen Sonnenbrille, mit den *Sand Queens* auf Opals Terrasse saß, überkam sie ein Déjà-vu. Sie trug sogar wieder eine schwarze Yogahose und ein schwarzes Top. „Diese Szene haben wir doch vor nicht allzu langer Zeit schon einmal erlebt."

„Ja, aber diesmal bist du diejenige, die versucht, einen Weg in die Höhle des Vampirs zu finden", meinte Opal augenzwinkernd und zog ihre leichte Strickjacke um sich, sodass sich der Stoff über ihrem Babybauch dehnte.

Sanft ließ Sophia ihre Hand über die straffe Kugel gleiten und redete leise auf sie ein. „Hallo, kleiner Cole, deine Mama ist leider absolut durchgeknallt. Ich möchte dich nur warnen."

Opal gab Sophia einen spielerischen Schubs. „Nicht mehr als du auch."

Plötzlich richtete Josie sich in dem Korbsessel auf, in dem sie saß. „Jemand ist in der Küche." Alle Augen blickten in diese Richtung.

„Wann kommen denn die Kekse?", fragte Sophia, während sie beobachtete, wie der Vorhang über dem Waschbecken sich bewegte, bevor der Schatten verschwand. Ihre Geduld war so erschöpft, dass sie sich nicht zu schade gewesen wäre, hinüberzustürmen und sich mit Seth anzulegen, um in dieses Haus zu gelangen.

„Linc ist jetzt damit auf dem Weg hierher", antwortete Opal nach einem Blick auf ihr Handy. Sie legte es auf den Tisch und hob die Füße auf einen freien Stuhl, wobei die Sonnenstrahlen ihren hellgrünen Nagellack zum Funkeln brachten.

Sophia verschränkte die Arme und sackte in ihrem Stuhl zusammen. „Na bestens. Bis dein Riesenbaby hier ist, wird nichts mehr davon übrig sein."

„Und genau aus diesem Grund hat Mama zwei Chargen gemacht. Eine für Linc und eine für *den Plan*." Opal schlenkerte mit dem Handgelenk und ließ ihre Armreifen klirren.

Der brillante Plan bestand darin, die Brüder Sawyer mit einem Anruf zu ködern, der ihnen frisch gebackene Kekse versprach. Und zwar nicht irgendwelche Kekse, sondern die preisgekrönten gefüllten Schokoladenkekse von Opals Mutter. Nachdem Linc die Ware geliefert hatte – eine volle Dose und eine, die nur noch Krümel enthielt –, verschwand er mit der Behauptung, er müsse jetzt zum Ausgleich für die Kekse etwas Herzhaftes essen. Opal tätigte den verschwörerischen Anruf und hinterließ eine Nachricht und in weniger als zehn Minuten hatten die Jungs nebenan den Köder geschluckt.

Als die Hintertür von Wes' Strandhaus aufging, erschien ein Mann auf einer Mission. Die Brise spielte in seinen braunen Locken, als er die Treppe zur Terrasse hinuntersprang.

„Es ist immer eine Freude, dein attraktives Gesicht zu sehen, Wes", sagte Opal, als er neben ihnen auf ihrer Terrasse stand. Der große Sonnenschirm über dem Tisch beschattete sein Gesicht, aber es schien ihm gut zu gehen. Sophia war erleichtert, keine Spur von dunklen Ringen unter den Augen zu sehen.

„Du kannst mich angucken, so viel du willst, solange du mir diese Kekse gibst." Er streckte die Hand aus und wedelte ungeduldig mit den Fingern, bis sie ihm die Dose in die Hand drückte.

„Moment mal", meldete sich Josie zu Wort, was sie selten tat. „Du bist nicht Wes."

Sophia hatte das bereits gemerkt, aber es amüsierte sie zu sehen, wie ihre Freunde denselben Fehler machten wie sie selbst am Donnerstag. Sie biss sich auf die Lippe, um ein Lächeln zu unterdrücken.

„Und wer bist du und woher weißt du das?" Seth hob eine buschige Augenbraue.

„Zum einen hast du eine ziemlich große Klappe. Wes ist nicht so. Außerdem hast du ein kleines Muttermal oben auf der linken Wange. Wes nicht."

Seth legte einen Finger auf den Schönheitsfleck. „Na, das nenne ich mal aufmerksam."

Opal kicherte. „Das ist dann wohl der Beweis, dass du nicht unser Wes bist." Sie deutete mit einem Daumen in Josies Richtung und stand ächzend auf. „Josie ist Künstlerin. Sie sieht jedes Detail." Vergnügt hakte sie sich bei Seth ein und zog ihn mit sich zur Tür. „Sophia hat zu den Keksen heiße Schokolade gemacht. Lass uns reingehen und etwas trinken."

Wie ein ausgehungerter Welpe folgte Seth ihr, völlig in Anspruch genommen vom verheißenen „Leckerli" – und so war auch der Plan.

Als die beiden verschwunden waren, huschte Sophia hinüber zu Wes' Haus und betrat es durch die Hintertür. Das Haus war ruhig, und obwohl sie auf Zehenspitzen ging, schien jeder Schritt widerzuhallen, als sie in die Zimmer im Erdgeschoss spähte, die alle leer waren. Leise legte sie Hut und Sonnenbrille auf die Couch und ging die Treppe hinauf. Sobald sie den ersten Stock erreicht hatte und in der offenen Sitzecke stand, weckte eine Bewegung auf dem Balkon ihre Aufmerksamkeit.

Als sie auf den Balkon trat, ließ Wes keine Anzeichen erkennen, dass er sie gehört hatte, aber er rutschte in der Hollywoodschaukel zur Seite, um ihr Platz zu machen. Sie warf einen Blick auf den Schaukelstuhl am anderen Ende des Balkons, der neben einem kleinen Tisch vor sich hin schwang. Nach kurzem Überlegen entschied sie sich, seine stumme Einladung anzunehmen, und setzte sich neben ihn auf die Hollywoodschaukel.

Aus den Augenwinkeln musterte Sophia ihn so unauffällig wie möglich und seufzte erleichtert, als sie ihn perfekt wie immer in einer knitterfreien Freizeithose und einem schlichten grauen T-Shirt vorfand. Er hatte keinen Dreitagebart, sein Haar war gekämmt. Das Einzige, was nicht stimmte, waren die schwachen Schatten unter seinen braunen Augen, die auf sie gerichtet waren, während sie ihn von oben bis unten musterte. Sie wartete darauf, dass er verlangte, sie solle aufhören, ihn anzustarren.

Er roch nach Waschmittel und Seife, und sie konnte nicht widerstehen, sich an seine Schulter zu schmiegen und die Hand auszustrecken, um ihre Finger mit seinen zu verschränken. Sie spürte, wie sein Finger über das Band ihres Rings glitt, während sie versuchte, ein paar tröstende Worte hervorzuzaubern.

Schließlich entschied sie sich für die Frage: „Können Sie die Symptome beschreiben?"

„Ach, wissen Sie ... die ganze Palette: Schmerzen in der Brust, entzündeter Hals, entzündete Augen, Schlaflosigkeit ..."

„Diese Symptome sind mir nicht unbekannt", sagte Sophia in ernstem Ton und hielt ihren Blick auf ihre Hände gerichtet. Würde sie aufblicken und die Trauer, die sie deutlich in seiner Stimme hörte, an sich heranlassen, würde sie in Tränen ausbrechen. Und sie wollte stark für ihn sein.

„Ja? Und was schlagen Sie zur Behandlung vor?"

Sophia entzog ihm ihre Hand, um ihren Arm um ihn legen zu können. Sie zog ihn näher zu sich und legte ihren Kopf auf seine Schulter.

„Ich bin vielleicht als Unterstützerin sehr erbärmlich, aber ich möchte wirklich gern besser werden."

„Sophia Grace, du verkaufst dich zu billig. Du und Collin – ihr wart ein Heilmittel für sehr viele meiner Beschwerden."

„Tatsächlich?"

„Ja. Ich weiß nicht, was Seth alles zu dir gesagt hat, aber ich kann es mir gut vorstellen. Du sollst nur wissen, dass ich die Dinge im Griff habe, okay?"

Von der Seite sah sie ihm endlich in die Augen, in denen wie vermutet Kummer lag, aber da war auch ein Hauch von Dankbarkeit und Zuneigung zu erkennen. „Okay. Ich wünschte wirklich, ich könnte mehr tun …"

Nachdenklich durchkämmte er mit den Fingern ihr Haar und fragte nach einer Weile: „Wo sind meine Kekse?"

Sein heiterer Tonfall löste die Anspannung in Sophias Brust. „Die waren nicht für dich." Sie ließ den Kopf sinken und kuschelte sich etwas näher an ihn. Seine Wärme vertrieb die zunehmende Frische der Herbstluft.

Wes stellte einen Fuß auf den Boden und gab der Hollywoodschaukel einen weiteren Schwung. „Nein?"

„Nö. Sie waren ein Köder, um Seth abzulenken, damit ich mich hierherschleichen konnte. Es hat geklappt, aber ich fürchte, die Kekse sind inzwischen längst verputzt."

„Du hast dir für mich so viel Mühe gemacht?"

„Natürlich, und das war es wert … *Du* bist es wert."

Wes' Fuß beendete die Schaukelbewegung, und er legte einen Finger unter Sophias Kinn, um ihr in die Augen schauen zu können. „Danke."

„Du hast mir gefehlt", gestand Sophia.

Als er lächelte, bildeten sich in seinen Augenwinkeln Fältchen. Es war zwar ein trauriges Lächeln, aber dennoch ein Lächeln. „Du mir auch."

Sie mochten einander nur eingestanden haben, dass sie sich gegenseitig vermissten, aber das wortlose Gespräch, das sie geführt hatten, sagte so viel mehr.

Zwischen ihnen gab es ein Band, das aus Trauer und tiefem Schmerz gewoben war. Die Fasern verdichteten sich allmählich zu etwas, das aussah wie ein Lichtblick der Hoffnung. Und

Sophia war davon zugleich fasziniert und beängstigt. Der neunte Vers aus Markus zehn ging ihr durch den Kopf, als Wes seine Stirn an ihre Schläfe legte und sie näher an sich zog. *„Niemand darf sie trennen, denn Gott hat sie zusammengebracht."*

War es das, was Gott meinte?, fragte sie sich, während die Tränen hinter ihren geschlossenen Augenlidern brannten. Doch bevor sie sich zu sehr in den Gefühlen verfangen konnte, die sie durchströmten, erinnerte sie sich daran, was Wes vor Kurzem gesagt hatte. *„Ich liebe meine Frau immer noch. Dass sie tot ist, ändert nichts an meinen Gefühlen für sie. Ich habe kein Verlangen danach, jemand anderem mein Herz zu schenken, denn es gehört immer noch Claire."*

Es war nicht zu leugnen, dass etwas Besonderes sie miteinander verband. Aber es war auch nicht zu übersehen, dass er noch immer um seine Frau und sein Kind trauerte. Nur die Zeit würde zeigen, ob es in Wes' Herzen irgendwann einen Platz für Sophia und Collin geben konnte.

14

Doc Nelson war schon ein bisschen verrückt. Wenn man dann noch Seth Sawyer hinzunahm, der Nelson darin in nichts nachstand, war abzusehen, dass diese Mischung zu einer Katastrophe epischen Ausmaßes führen würde. Seltsamerweise vertraute die Stadt den beiden Verrückten genug, um sie auf den Fluren des Polizeireviers herumlungern zu lassen, statt sie in eine Zelle zu sperren, wo sie hingehörten.

Wes fühlte sich nicht gerade zuversichtlich, als er dort stand und versuchte, die Fassung zu bewahren, während er zuhörte, wie die beiden ihre illegalen Machenschaften erklärten.

„Dieser Fischereiaufseher hatte kein Recht dazu!“, knurrte Seth, der sich erdreistete, den Beleidigten zu spielen. „Er ist der, der sich wie ein Idiot benommen hat.“

„Das sehe ich anders.“ Wes atmete tief durch und ging ein paar vorbeilaufenden Polizisten aus dem Weg. Das war definitiv nicht die Art und Weise, wie er seine Mittagspause an einem Freitag verbringen wollte.

„Der hat doch nicht alle Tassen im Schrank. Das ist mal sicher“, gab der Doc seinen Senf dazu und verschränkte mit einem vernehmlichen Knurren die Arme vor der Brust. „Der Mann hat vielleicht Nerven … mich zu verhaften, nachdem ich ihn gegen diese fiesen Ohrenentzündungen behandelt habe.“

Wes starrte die beiden durchnässten Männer an, die auf der Bank saßen und aussahen wie bockige Kinder, die auf eine Tracht Prügel warteten. Wären sie keine erwachsenen Männer, wäre Wes vielleicht versucht gewesen, genau das zu tun. Die Pfützen unter ihren Füßen deuteten darauf hin, dass sie bereits einen Preis für ihr Verbrechen bezahlt hatten.

„Ich kann es nicht fassen. Habt ihr wirklich geglaubt, ihr könntet einem Boot davonschwimmen?" Wes rieb sich die Schläfen.

„Das war sinnvoller, als leichte Beute für sie zu sein", schoss der Doc zurück, was seiner Sache nach Wes' Meinung nicht zuträglich war.

Mit hochgezogenen Augenbrauen flüsterte er bedrohlich: „Hören Sie mir zu, mein Bester: Mir ist klar, dass Sie fitter sind als die meisten Achtzehnjährigen, aber Sie müssen einsehen, dass Sie sich nicht so dämlich verhalten müssen wie ein Achtzehnjähriger."

Als Seth aufstand, quietschten seine nassen Schuhe auf dem Kachelboden. „Rede nicht so mit meinem Kollegen."

Wes warf ihm einen strengen Blick zu – etwas, das er schon öfter hatte tun müssen, als ihm lieb war – und schubste Seth zurück auf die Bank. „Es ist ja nicht so, dass ihr beide euch keine Lizenz zum Muschelfang leisten könntet. Oder zum Fischmarkt gehen und einfach ein paar Muscheln kaufen könntet."

„Es geht nicht ums Geld. Es geht ums Prinzip", rief Seth dramatisch und hob den Arm mit dem ausgestreckten Zeigefinger, wie es ein Prediger tun würde, wenn er ein Argument unterstreichen wollte. In Seths Fall ergab das allerdings keinerlei Sinn.

„Und welches Prinzip soll das sein?" Als sein Bruder nicht antwortete, weil es offensichtlich war, dass die beiden Männer nur gegen die Fischereigesetze rebellieren und Krawall machen wollten, ließ Wes sie tropfend auf der Bank zurück, um den Fischereiaufseher zu finden, der sie aus der Bucht gefischt hatte.

Fünfzehn Minuten später unterschrieb Wes die Dokumente, die ihm der Beamte übergab.

„Munition zu benutzen, um ein Loch in den Schlamm zu sprengen, anstatt nach den Muscheln zu graben, war eine ziemlich clevere Idee. Hätten sie eine Lizenz gehabt und wären nicht abgehauen, hätte ich sie wahrscheinlich mit einem blauen Auge davonkommen lassen." Der Beamte zog die Kreditkarte aus dem Kartenlesegerät und drückte ein paar Tasten am Computer, woraufhin der Drucker eine Quittung ausspuckte.

Wes schob Stift und Papiere über den Tresen. „Ich verstehe. Hoffentlich wird ihnen das eine Lehre sein." Nachdem er die Kreditkarte zurück in seine Brieftasche gesteckt hatte, holte er sein Handy heraus, um August anzurufen.

Da Sophia ihn zu den meisten Treffen mit ihren Freundinnen mitschleppte, hatte Wes inzwischen viel Zeit mit August und Lincoln verbracht. Eine Freundschaft war geradezu unvermeidlich gewesen, auch wenn die beiden Männer und er nicht gegensätzlicher sein konnten. Sie waren Naturburschen. Wes joggte gern, aber das war auch schon alles, was er im Freien unternahm. Sie waren groß und stämmig. Wes wusste, dass er nur von durchschnittlicher Statur und eher für ein bisschen Eleganz war. Gott hatte sowohl dem berühmten Künstler als auch dem vielseitigen Bauingenieur eine große Portion Kreativität mit auf den Weg gegeben. Wes dagegen interessierte sich sehr für medizinische Grundlagenforschung und aktuelle Studien. Das sorgte auf jeden Fall für interessante Unterhaltungen.

Nach dem zweiten Klingeln meldete sich August. „Hey, Mann. Was gibt's?"

„Ich habe gerade zwei Ganoven aus dem Knast geholt. Könntest du sie nach Hause fahren, damit ich zurück in meine Praxis kann?"

Wes wollte auf keinen Fall zulassen, dass sie sein Auto mit ihren nassen Klamotten versauten, und er wusste genau, dass Augusts Wagen im Moment ziemlich verdreckt war. August war am Morgen damit bei Wes vorgefahren, um einige Sponsorenunterlagen und Wes' Spende für den Geländelauf abzuholen, den sie im Kunstcamp veranstalteten. Der Lauf wurde von einer gemeinnützigen Stiftung finanziert, die verwundete Kriegsveteranen bei der Suche nach einer neuen beruflichen Perspektive unterstützte. Lincoln war selbst ein verwundeter Veteran. Er hatte Wes davon erzählt, wie sehr er gekämpft hatte, um seine Beinverletzung zu überwinden und einen neuen Weg im Leben zu finden. Lincoln hatte einen Ruf Gottes verspürt, anderen in ähnlicher Situation zu helfen, und die Organisation Anfang des Jahres gegründet. Die ganze Stadt unterstützte ihn und auch die Carolina-Kinderambulanz war mit an Bord.

„Kein Problem. Ich muss nur noch Linc von *Bless This Mess* abholen und dann bin ich da."

„Es macht dir doch keine Umstände, oder?" Wes wusste, dass sie an diesem Abend mit den Vorbereitungen für den Lauf beschäftigt waren.

„Ganz und gar nicht. Wir haben gehört, was der Doc und dein Bruder angestellt haben. Ich kann es kaum erwarten, dem guten Doc die Leviten zu lesen."

Augusts herzhaftes Lachen hallte durch das Telefon, bevor er die Verbindung beendete.

Kurz darauf kniff Wes die Augen zusammen und winkte, als der schlammverkrustete Truck auf den Platz vor dem

Polizeirevier einbog. Die drei Männer standen draußen in der Mittagssonne; zwei von ihnen versuchten, ein wenig zu trocknen. Linc und August winkten zurück, als der Wagen vor den dreien zum Stehen kam.

Eilig sprang August heraus und half dem Doc und Seth auf den Rücksitz seines King Cab. „Kennen Sie denn nicht die Gesetze für den Muschelfang, Sir?"

„Gerade so weit, um gefährlich zu sein", erwiderte der Doc, woraufhin der Künstler in schallendes Gelächter ausbrach.

Wes schüttelte August die Hand. „Danke, dass du sie übernimmst."

„Kein Problem", meinte August grinsend.

„Ich glaube, sie haben zu viel Zeit. Kannst du sie im Camp mit irgendwas beschäftigen, damit sie für den Rest des Tages keine Dummheiten mehr machen?"

„Wir können dich hören", meinte Seth und lehnte sich aus dem offenen Fenster.

Wes warf ihm einen finsteren Blick zu und stellte fest, dass der Besuch seines Bruders ihm allmählich lästig wurde. Er war jetzt seit etwas mehr als einem Monat hier, und es gab keine Anzeichen, dass er bald wieder gehen würde.

„Hat dein Bruder keine Arbeit?", fragte August und steckte die Hände in die Jeanstaschen. Wes bemerkte, dass er mit Schlamm bespritzt war statt wie sonst mit Farbe.

„Es ist einer dieser Jobs, für den man nur einen Computer und einen Internetzugang braucht. Er ist Programmierer und in der Spielebranche tätig." Wes sagte das mit einem Hauch von Distanz, aber er war zu Recht stolz auf seinen Bruder. Seth war ein Genie mit einem IQ von 133, der sich aber gern den Anschein gab, ein Hinterwäldler zu sein.

August kratzte sich im Nacken und warf einen Blick auf die beiden Männer auf dem Rücksitz des Trucks.

„Na ja, dreckig sind sie ja bereits und offensichtlich kennen sie sich mit Sprengstoff aus. Ich könnte ihre Hilfe bei der Fertigstellung des Hindernisparcours und beim Aufbau des Feuerwerks gebrauchen."

„Das klingt perfekt", sagte Wes und suchte einen halbwegs sauberen Fleck auf Augusts Overall, um ihm auf die Schulter zu klopfen. „Ruf mich an, wenn sie nicht mehr zu bändigen sind, und ich schicke Sophia rüber, um sie zur Vernunft zu bringen."

„Schick sie am besten gleich rüber. Ich mag dieses temperamentvolle Mädel", mischte Seth sich ein.

Bevor Seth weiterreden konnte, griff Linc nach rechts und ließ das Fenster hochfahren, wobei er etwas davon murmelte, dass es klug sei, die Klappe zu halten, solange er hier das Sagen habe.

Als sich ihre Wege trennten, schaffte Wes es mit nur zehn Minuten Vorsprung zurück in die Praxis, bevor sie nach der Mittagspause wieder geöffnet wurde. Er machte sich auf den Weg zu Sophias Büro und fand sie genau dort, wo er sie vor fast einer Stunde verlassen hatte. Sie saß hinter dem Schreibtisch und hatte ihre leuchtend blauen Augen auf den Monitor geheftet.

„Mein Bruder wird noch mal mein Tod sein", murmelte er und blickte sie an.

„Wie ist es gelaufen?"

Seufzend ließ Wes sich auf einen Stuhl fallen und schloss die Augen. „Sie sind jetzt auf freiem Fuß, solange sie keinen weiteren Ärger machen."

Wes wusste, dass es egoistisch war, immer wieder zu Sophia zu kommen, um sich von ihr trösten zu lassen. Aber er fühlte sich zu sehr zu der kleinen hitzköpfigen Frau hingezogen, die mehr wohlige Wärme ausstrahlte als eine dicke Bettdecke vor einem knisternden Feuer. In den letzten Wochen hatte sie es irgendwie geschafft, einen tiefen Schmerz in ihm zu lindern, und an die Stelle einiger Schatten, die in seiner Seele lauerten, war eine Art von Frieden getreten.

„Durften sie wenigstens die Muscheln behalten?"

„Ich habe sie dem Polizeibeamten als Dankeschön gegeben", murmelte Wes und fühlte sich plötzlich schläfrig.

„Du wachst besser auf", sagte sie mahnend. „Ich musste ein paar Termine vom Ende des Vormittags auf den Nachmittag verschieben."

Wes atmete tief ein und aus und richtete sich auf. „Ich tue dir leid, stimmt's? Den ganzen Vormittag arbeiten und mich dann mit diesem Fiasko befassen müssen, anstatt zu Mittag zu essen?"

„Natürlich tust du das. *Armer kleiner Wes*", antwortete Sophia in einem herablassenden Ton.

„Gut. Das bedeutet, dass du heute Abend den Lauf mit mir machst."

Ihr spöttischer Gesichtsausdruck wurde schlagartig ernst. „Nein."

„Doch, machst du."

„Ich kann nicht fünf Kilometer durch Schlamm laufen. Das ist einfach lächerlich." Sie funkelte ihn an.

„Du läufst mindestens an drei Tagen in der Woche mit mir am Strand im nassen Sand. Das ist mehr oder weniger das Gleiche. Außerdem ist es für einen guten Zweck." Er rückte seine Krawatte zurecht und zuckte dann mit den Schultern, weil er wusste, dass es Zeit war, sich auf die Nachmittagstermine vorzubereiten. Nachdem er den Mantel über den Arm gehängt hatte, schnappte sich Wes einen Proteinriegel aus der Snackschublade und steckte ihn in seine Hemdtasche. Zum Glück hatte Sophia eine gesündere Auswahl zu bieten als die, die Agnes immer vorrätig gehabt hatte.

„Ich bin nicht dumm. Schlammläufe sind Hindernisläufe, bei denen man sich im *Schlamm* wälzen muss. Lincoln Cole hat den Parcours abgesteckt, also weiß ich, dass das etwas ganz anderes sein wird als nasser Sand."

„Lauf mit mir und du hast was bei mir gut." Während Wes in sein Büro eilte, folgte Sophia ihm.

„Na, ich hab' dann mindestens zweimal was bei dir gut."

„Einverstanden", lenkte Wes ein, hängte das Jackett auf und warf sich den Kittel über. Das Geräusch einer sich öffnenden und schließenden Tür deutete darauf hin, dass die Mitarbeiter von ihrer Mittagspause zurückkamen.

Sophia zog den Eiweißriegel aus seiner Hemdtasche, wickelte ihn aus und hielt ihn ihm an den Mund. Wes beugte sich vor, nahm spielerisch einen großen Bissen und zwinkerte ihr zu. Er konnte sich ein Lächeln nicht verkneifen, als sie die Augen verdrehte.

„Grrrrr. Lass diese verflixten Grübchen verschwinden und sieh zu, dass du an die Arbeit kommst", kommandierte Sophia, reichte ihm den Rest des Riegels und verließ sein Büro mit so viel feuriger Empörung, dass es ihm ein breites Grinsen entlockte. Sie trug heute ein Paar Leggings mit einem fließenden blauen Oberteil, das Wes eher als ein Kleid bezeichnen würde. Wie immer sie es nennen mochte, er fand, dass sie darin ausgesprochen entzückend aussah.

Wes versuchte, sich auf den korrigierten Zeitplan für den Nachmittag zu konzentrieren, konnte aber seine Gedanken an

Sophia nicht unterdrücken. Seit sie sich damals im Oktober in sein Haus geschlichen hatte, hatte sie einen besonderen Platz in seinem Herzen erobert. Sie war immer wieder an seiner Seite gewesen – ob bei der Arbeit, beim Joggen, im Gottesdienst oder bei freundschaftlichen Verabredungen –, und es gefiel ihm, dass es so war. Und zwar sehr.

Das Einzige, was ihm nicht gefiel, war, dass sie Collin offensichtlich von ihm fernhielt. Der Kleine war Wes ans Herz gewachsen, und er konnte nicht anders, als ihn zu vermissen. Die sonntäglichen Besuche reichten einfach nicht aus. Sicher, er verstand ihr Zögern, nachdem ihr Seth mit seiner großen Klappe ins Gewissen geredet hatte. Aber Wes lag daran, ihnen zu beweisen, dass er sich keine Illusionen über ihren Platz in seinem oder seinen Platz in Collins Leben gemacht hatte. Natürlich war ihm klar, dass er nicht Collins Vater war. Diese Ehre gebührte einem anderen, diesem großen Idioten, der sich so viele Segnungen entgehen ließ, weil er sich selbst wichtiger nahm als seinen Sohn.

„Ihr erster Patient wartet im Korallenriffzimmer", sagte die Assistentin, als sie an seine offene Tür klopfte. „Ich bin mir ziemlich sicher, dass wir es da mit einer Nebenhöhlenentzündung zu tun haben."

„Danke, Krista. Ich bin in einer Minute da." Wes schnappte sich sein Stethoskop und machte sich auf den Weg. Die sorgenvollen Gedanken um Sophia und Collin verschob er auf später.

Als sie an diesem kühlen Novemberabend aus dem eisigen Schlamm gekrochen kamen und die Ziellinie überquert hatten, zeigte sich Sophia abweisend und spitz. Wes ließ sich davon nicht beeindrucken und nahm mit ihr zusammen ihre Teilnahmemedaillen entgegen. Hätte er sich dazu entschieden, Sophia abzuhängen, wäre er mit ziemlicher Sicherheit unter die ersten drei gekommen.

„Nie wieder", murmelte er und wischte sich mit dem Handrücken über die Wange, wohl wissend, dass das nichts half. Sie waren beide von Kopf bis Fuß mit Schlamm bedeckt. Er, weil er den Hindernisparcours so bewältigt hatte, wie es vorgesehen war. Sie, weil sie kurz vor dem Ziel auf Lincoln gestoßen waren, der dort an einem Posten stand und der sie in die letzte Schlammpfütze geschubst hatte.

„Du hast dich aber prächtig durchgemogelt, meine liebe Miss Zimperlich!", hatte Lincoln gebrüllt, bevor er Sophia einen kräftigen Schubs gab. Die „Pfütze" war eher so groß wie ein kleiner Teich.

Sophia wrang das Wasser aus ihrem Pferdeschwanz und schnaufte, was Wes' Aufmerksamkeit wieder in die Gegenwart zurückholte. „*Nie wieder* ist schon richtig", stimmte sie ihm zu, während sie durch das Waldstück schlenderten, das den Hindernisparcours vom Parkplatz trennte.

„Es hätte dir nicht geschadet, die Hindernisse zu überwinden, wie es gedacht war."

Die Hände in die Hüften gestemmt, blieb Sophia stehen. „Ich bin die ganze Strecke gelaufen. Keiner hat gesagt, dass es gegen die Regeln verstößt, die Hindernisse zu umgehen."

„Dir ist schon klar, dass du dadurch mindestens drei Kilometer weiter gelaufen bist als nötig?" Wes sah ähnlich erschöpft aus wie sie. Er war die Strecke wie vorgeschrieben gelaufen und dann immer wieder zurückgegangen, um Sophia zu finden, damit sie sich im Dunkeln nicht verlief.

„Wir haben es überlebt, nicht wahr? Na ja, fast. Ich weiß nicht, wie du überhaupt auf den Gedanken gekommen bist, dass ich mich auf so etwas einlassen sollte. Ich hätte auch einfach etwas spenden und seelenruhig am Ziel auf der Tribüne sitzen können, mit Opal und Josie und all den anderen vernünftigen Leuten. Ich bin kein Mädchen mit Affinität zu Schlamm, weißt du …"

Der Vollmond strahlte durch die hohen Bäume und warf silberne Streifen auf ihr finsteres Gesicht, während sie ihre Tirade fortsetzte. Selbst wenn sie so wütend war wie jetzt, war Sophia mit Abstand eine der schönsten Frauen, die er je gesehen hatte.

Während sie weiter vor sich hin plapperte, streckte sie die Hand aus und stieß ihm ihren Finger in die Brust. Blitzschnell packte er sie, bevor sie ihre Hand zurückziehen konnte, und zog sie in seine Arme.

Wes hatte ihr eigentlich nur sagen wollen, sie solle still sein, und hatte sie dann wieder loslassen wollen, aber als Sophia nach Luft schnappte und sich in seine Umarmung schmiegte, war dieser Plan so gut wie vergessen. Er beendete ihr Schimpfen, indem er seine Lippen auf ihre legte. Endlich konnte er sein lang aufgestautes Bedürfnis erfüllen, sie zu küssen.

In den letzten vier Monaten, in denen sie sich nähergekommen waren, hatte Wes viel über Sophia und über das Leben, das sie geführt hatte, gelernt. Es war ein Jetset-Leben gewesen, das zu aggressiv und zu anstrengend erschien. Bei vielen ihrer nächtlichen Gespräche hatte sie davon erzählt, was sie mit Ty durchgemacht hatte, und oft zum Ausdruck gebracht, wie erschöpft sie davon war. Wes war entschlossen, das Gegenteil für sie zu sein – in ihrer Freundschaft, in ihrer Arbeitsbeziehung und in diesem Kuss.

Als Sophia ihn nicht wegstieß, ließ er seinen Kuss intensiver werden, blieb dabei aber hauchzart und sehr, sehr langsam und behutsam.

Die ausgelassenen Klänge von Musik und Festfreude jenseits der Bäume schienen zu verstummen, und sein Herz begann, in seinen Ohren zu pochen. Es war beängstigend und doch belebend. Mit zitternden, sanften Händen umfasste Wes Sophias schlammverschmiertes Gesicht und intensivierte den Kuss noch um eine Winzigkeit. Ihr zarter Blumenduft, der durch den Schlamm hindurch zu ihm vordrang, erinnerte ihn daran, wie verlässlich Sophias Unterstützung geworden war.

Seine Gedanken wanderten zu dem Abend, an dem er zum ersten Mal die wunderschöne Melodie von Sophias Lachen gehört hatte und der Raum sich um ihn gedreht hatte. Doch so schön das gewesen war – es kam nicht annähernd an das heran, was er empfand, als sie ihre Lippen öffnete, um ihn näher zu sich einzuladen. Der ganze Wald kippte und drehte sich, bis sein Leben völlig auf den Kopf gestellt wurde.

Benommen trennten sie sich, als eine Stimme über die Lautsprecher des Camps etwas sagte, das Wes nicht verstand. Abwartend starrte Wes Sophia an und versuchte, ihre Reaktion auf das, was er getan hatte, abzuschätzen. Sie sah genauso überrascht aus wie er. Sicher, er hatte es sich das eine oder andere Mal vorgestellt, aber er hätte nie gedacht, dass es tatsächlich passieren würde.

Die Frage, ob er den Kuss genießen oder sich schuldig fühlen sollte, drängte und zerrte an ihm, während seine Augen sich von ihr lösten und in dem schattigen Wald umsahen. Er fuhr sich mit einer Hand durch sein feuchtes Haar und holte mehrmals tief Luft.

„Sophia, es …"

„Wage es nicht zu sagen, dass es dir leidtut, mich geküsst zu haben." Sophia tippte mit dem Finger auf sein Herz, genau auf die Stelle, die sich gerade ebenso selig wie beschämt anfühlte für das, was er gerade getan hatte.

Das Gefühl erinnerte ihn an das Hochgefühl eines Läufers – berauschend, auch wenn er dafür eine ganze Menge Schmerzen ertragen musste. Den größten Teil des letzten Monats hatte er damit verbracht, sich über seine Gefühle klar zu werden. Wes wusste, dass Sophia nicht Claire war. Nicht ein einziges Mal hatte er versucht, in der temperamentvollen Brünetten einen Ersatz für seine Frau zu finden. Aber er würde lügen, wenn er behaupten würde, dass er sich nicht manchmal dabei ertappte, wie er sich Luke ähnlich vorstellte wie Collin.

Nachdenklich betrachtete er Sophia, wie sie ihre Schimpftirade fortsetzte und dabei mit den Armen fuchtelte, und er wusste im tiefsten Inneren, dass seine Bedenken nichts mit seinem unleugbaren Bedürfnis zu tun hatten, sie beide in seinem Leben zu haben. Als er sie dieses Mal wieder in seine Arme zog, war der Kuss geplant. Die langsame, zärtliche Liebkosung sollte zeigen, wie sehr er sich mittlerweile zu ihr hingezogen fühlte.

Er wusste, dass er Sophia und Collin für das liebte, was sie waren, und nicht für das, was sie niemals sein konnten. Er war nicht mit der Hoffnung nach Sunset Cove gekommen, das zu finden, was er nun gefunden hatte. Aber da stand sie nun vor ihm, in schlammbespritzten Kleidern und mit einem Temperament, das jeden aus der Ruhe bringen würde. Wes wusste …

Ein knisterndes Zischen gefolgt von einem lauten Knall durchbrach seine Gedanken. Der Himmel erwachte in bunten Farben zum Leben.

Wes löste seine Umarmung und platzte heraus: „Ich bin nicht deswegen hierhergezogen.“ Als der Wald in Blau- und Rottönen aufleuchtete, trat er einen Schritt zurück. „Bei unserer ersten Begegnung konnte ich dich noch nicht einmal leiden“, sagte er kopfschüttelnd und wusste in dem Moment, dass seine Worte völlig falsch rüberkamen.

Verwirrt blickte Sophia ihn an. „Okay.“

„Nein, es ist nicht okay. Ich *wollte* dich nicht wollen, aber …“

„Ernsthaft?“, knurrte Sophia und stürmte davon, bevor er zu Ende sprechen konnte.

„Warte! Das kommt alles ganz falsch rüber!“ Als er ihr nacheilte, hatte Sophia bereits zum Sprint angesetzt und fuhr gerade vom Gelände, während er den Parkplatz erreichte. So schnell er konnte, lief er zu seinem Auto, um ihr zu folgen. Die Mülltüte, die er mitgebracht hatte, um seinen Sitz vor dem Schlamm zu schützen, knisterte unter ihm, als er schnaufend und knurrend einstieg und den Sicherheitsgurt anlegte.

Kollegen und Familienmitglieder hatten Wes immer dafür bewundert, wie redegewandt er war. Immer klar und auf den Punkt. Sicherlich hatte er diesen Ruf soeben mit einem Schlag zerstört. Nur mit Mühe konnte er sich davon abhalten, sich die Hand vor die Stirn zu schlagen. „Idiot!“, murmelte er und konzentrierte sich auf die Rücklichter von Sophias Wagen.

Mit quietschenden Reifen parkte sie den Wagen vor ihrer Wohnung und hastete zum Eingang, aber er konnte sie abfangen, bevor sie drinnen verschwand. Sanft legte er eine Hand um ihren Oberarm.

„Wie kannst du es wagen, mich so zu küssen und mir dann zu sagen, dass du mich nicht mögen *willst*?“, zischte sie durch ihre zusammengebissenen Zähne und riss ihren Arm aus seinem Griff.

Betont sanft legte Wes seine Hand auf ihre, als sie den Schlüssel ins Schloss steckte. „Sophia, ich …"

„Meine Mutter muss nach Hause. Was immer du sagen willst, kann warten", sagte sie kurz angebunden, schlug seine Hand weg und schob die Tür auf, aber bevor sie sie zuschlagen konnte, bahnte sich Wes seinen Weg hinein.

„Nein. Das wird nicht warten. Ich *mag* dich nicht; ich …" Bevor er ihr sagen konnte, dass er sie liebte, kamen beide im schwach beleuchteten Wohnzimmer abrupt zum Stehen.

Kein Geringerer als Ty Prescott lag auf der Couch, schaute fern, hielt seinen Sohn im Arm und sah ganz so aus, als sei er hier zu Hause. Er blitzte sie mit einem Megawatt-Lächeln an, bevor er einen Finger an die Lippen legte, um die Illusion eines perfekten Papas zu vermitteln. Der Kleine schlief und hatte seine kleinen Arme um den Hals seines Vaters geschlungen, als hätte er sogar im Schlaf Angst, dass Ty wieder verschwinden könnte.

Bei dem Anblick drehte sich Wes der Magen um, und er hoffte, dass Sophias versteifte Schultern anzeigten, dass sie über Tys Anwesenheit genauso wenig erfreut war wie er selbst.

„Was machst du denn hier? Wo ist Momma?", flüsterte Sophia.

„Hey, Babe", antwortete Ty grinsend und zwinkerte ihr zu. Noch nie in seinem ganzen Leben hatte Wes so heftig das Bedürfnis gehabt, jemanden zu schlagen. „Ich habe sie nach Hause geschickt."

„Aber was machst du denn hier?" Während Sophia näher trat, zeigte sie auf Tys Fuß. „Und was ist mit deinem Bein passiert?"

„Du hast das Spiel gestern Abend nicht gesehen?" Als sie den Kopf schüttelte, erklärte Ty, während er Collin über den Rücken streichelte: „Ich habe den entscheidenden Touchdown gemacht, aber dann wurde ich in der Endzone angegriffen. Wir haben uns verheddert und ich habe mir die Achillessehne verletzt. Ich bin für den Rest der Saison raus."

Wes wollte diesem Mr Football sagen, dass er sich woanders erholen sollte. Dass Ty in ihrem Haus nicht willkommen war. Aber er hielt sich zurück, als ihm klar wurde, dass dies weder sein Haus noch dass es seine Aufgabe war, etwas Derartiges zu sagen.

„Wer ist das?", fragte Ty und nickte mit dem Kinn in Richtung Wes, mit einer Haltung, zu der er kein Recht hatte.

„Oh, das ist mein Chef, Dr. Weston Sawyer. Ich habe dir von ihm erzählt." Sophia trat von einem Fuß auf den anderen. „Wir haben heute Abend an einem Sponsorenlauf teilgenommen."

Es störte Wes, dass sie nicht erwähnte, dass er ein Freund war oder besser *ihr* Pseudo-aber-doch-mehr-Freund, mit dem sie ziemlich regelmäßig Händchen hielt. Sie hatte auch nicht erwähnt, dass er fantastisch küsste. Aber vermutlich, so schlussfolgerte er, hatte er es nicht anders verdient, als dass sie all das ausließ, nachdem er gerade einen der wichtigsten Momente seines Lebens verpatzt hatte.

„Ja, Lucy hat mir davon erzählt." Ty setzte sich langsam auf. „Babe, willst du unseren Sohn ins Bett bringen?" Er drückte den Kleinen an sich und gab ihm einen Kuss auf die verwuschelten Locken.

Es war genau die Stelle, an der auch Wes schon zahlreiche Küsse platziert hatte. Wes packte der Abscheu, aber er wusste, dass dieser Versager von einem Vater mehr Recht dazu hatte als er selbst, und das war nicht fair.

„Ähm … lass mich erst meine verdreckten Sachen ausziehen", murmelte Sophia und eilte den Flur hinunter. Als sich ihre Zimmertür schloss, trafen sich die Blicke der Männer.

„Danke, Mann, dass Sie meiner Ehefrau einen Job geben, während meine Anwälte unseren Schlamassel ausbügeln."

Wes bemerkte, dass Ty das Wort „Ehefrau" benutzte, aber er beschloss, nicht darauf hinzuweisen, was sie beide wussten.

Solange Ty Collin in den Armen hielt, würde Wes nichts Unangemessenes sagen.

Blitzschnell war Sophia in einer schwarzen Yogahose und einem langärmeligen schwarzen Hemd zurück. „Gute Nacht, Wes", sagte sie abweisend, bevor sie sich bückte, um Collin auf den Arm zu nehmen und in Richtung seines Zimmers davonzumarschieren, ohne sich noch einmal umzusehen.

Als Ty aufstand und sich streckte, gab er Wes die Gelegenheit, ihn zu begutachten. Der Typ war mindestens zehn Zentimeter größer als Wes und hatte breitere Schultern. *Lincoln Cole könnte es mit ihm aufnehmen,* dachte Wes, *aber ich bin mir nicht so sicher, ob ich es könnte.* Der Gedanke überraschte ihn, denn er war noch nie ein gewalttätiger Mensch gewesen. Aber irgendetwas an Ty, der jetzt vor ihm stand, ließ seine Beschützerinstinkte auf Hochtouren laufen. Vielleicht mischte sich auch etwas Stolz darunter.

„Lucy hat mir erzählt, was Sie alles für *meine* Familie getan haben. Ich habe gehört, Sie haben *meinen* Jungen aufs Töpfchen gekriegt und ihn dazu gebracht, im Kindergarten zu bleiben. Ist es nicht praktisch, Sie in der Nähe zu haben?" Ty nahm die Fernbedienung vom Sofakissen und schaltete den Fernseher aus.

„Um nur einiges zu nennen", erwiderte Wes trocken, denn er wusste, dass das lockere Gespräch auf ein übles Wortgefecht hinauslaufen konnte, und das war einfach nicht sein Stil. Obwohl es in ihm brodelte, blieb er distanziert und war entschlossen, Ty nicht die Genugtuung zu geben, ihn getroffen zu haben.

„Jetzt, wo ich ein paar Monate freihabe, übernehme ich", sagte er mit Nachdruck, humpelte zur Tür und öffnete sie – eine eindeutige Aufforderung.

Wes blieb stehen und blickte den Flur hinunter, denn er wusste, dass Sophia nicht die Absicht hatte, in nächster Zeit wieder aufzutauchen. „Sophia ist Ihre *Ex*-Frau, also ist sie nicht mehr Ihre Sorge." Er warf Ty einen abwägenden Blick zu.

Als fände er das, was Wes gesagt hatte, witzig, grinste Ty. „Ich habe vor, meine Frau zurückzugewinnen", sagte er unmissverständlich und wies langsam mit der Hand in Richtung der offenen Tür.

Während Wes wieder den Flur hinuntersah, hatte er das überwältigende Verlangen, sich Sophia und Collin zu schnappen und sie so weit wie möglich von diesem erbärmlichen Mann wegzubringen.

Da Wes keine Anstalten machte zu gehen, ging Ty einen Schritt auf ihn zu und flüsterte: „Ich bin gut darin zu bekommen, was ich will. Und die beiden sind alles, was ich will. Ich bin hier, um das zu erreichen." Mit seiner überragenden Größe baute er sich vor Wes auf, offensichtlich um ihn einzuschüchtern. „Sie gehören *mir*."

Mit vorgereckter Brust erwiderte Wes: „Sie sollten sich besser hüten, ihnen auch nur noch ein einziges Mal wehzutun. Denn eins kann ich Ihnen versprechen: Diesmal kämen Sie nicht ungeschoren davon."

Augenblicklich verschwand Tys Grinsen und verwandelte sich in einen finsteren Blick. „Was glauben Sie, wer Sie sind?" Die Worte kamen in einem gedämpften Knurren und in einer Art und Weise, die die meisten Menschen in die Flucht getrieben hätte.

Wes jedoch ließ sich nicht beirren und ging sogar einen Schritt auf Ty zu. „Ich bin ein Mann, ein *echter* Mann, der weiß, dass es niemals angemessen ist, eine Frau zu schlagen. Ein *echter* Mann, der weiß, wie man seinem Ehegelübde treu bleibt, und der versteht, was für ein kostbares Geschenk seine Frau und sein Kind sind. Einer, der niemals zuerst an sich selbst denken würde anstatt an seine Familie." Fast hätte sein Temperament ihn mitgerissen; aber Wes zügelte sich und ging so gelassen zur Tür hinaus, als hätte er nicht einen vor Wut schäumenden Hohlkopf im Rücken.

Auf halbem Weg die Außentreppe hinunter drehte er sich um und blickte Ty an. „Wenn Sophia beschließt, Ihnen eine zweite Chance zu geben, werde ich dem nicht im Weg stehen. Aber Sie sollten es sich zweimal überlegen, bevor Sie ihr oder Collin in irgendeiner Weise schaden. Sie *werden nicht* noch einmal damit durchkommen", wiederholte er und ließ die Drohung nachdrücklich zwischen ihnen in der Luft hängen.

Das Einzige, was Wes im Moment tun konnte, war, es gut sein zu lassen und Gott zu bitten, Sophia und Collin zu beschützen. Aber obwohl er den ganzen Weg nach Hause gebetet hatte, gefiel ihm nichts von dem, was diesen Abend ausgemacht hatte.

Als er durch die Tür des Strandhauses stürmte, war Wes kurz davor, die Beherrschung zu verlieren. Seth kam in Trainingsklamotten aus seinem Zimmer und trocknete sich die Haare mit einem Handtuch.

„Pack deine Sachen. Zeit, nach Hause zu gehen", sagte Wes und wollte die Treppe hinaufgehen.

„Mann, ich habe dir doch gesagt, dass mir die Sache mit dem Muschelfischen und der Verhaftung leidtut. Schmeiß mich nicht raus, ja?", jammerte Seth dicht hinter ihm.

Wes schüttelte den Kopf, während seine Hand das Geländer umklammerte. Es fühlte sich eisig an im Vergleich zu seiner verschwitzten Handfläche. Er stoppte seinen Aufstieg und drehte sich zu seinem Bruder um. „Das hat nichts damit zu tun … Wir werden beide hier verschwinden. Sophias Ex ist in der Stadt. Sieht aus, als hätte er vor zu bleiben."

„Und? Willst du einfach davonlaufen? Das ist bescheuert." Seth klatschte das Handtuch gegen seinen Oberschenkel. „Wir wissen doch beide, dass du in sie verliebt bist. Du musst um das kämpfen, was dir gehört."

Seit Seth letzten Monat angekommen war, hatte Wes viel geredet, und Seth hatte viel zugehört.

„Ich bin mir nicht sicher, ob ich das Recht habe, sie für mich zu wollen", sagte er mit vor Wut bebenden Händen. „Ich brauche Zeit, um mich abzuregen. Wenn ich das nicht tue, wirst zur Abwechslung mal du *mich* aus dem Knast holen."

„Du hast recht. Du musst dich wirklich beruhigen", meinte Seth plötzlich besorgt.

Aufgebracht fuhr Wes sich mit den Händen durch sein schlammverkrustetes Haar und lief im Kreis um die Kücheninsel. „Es kostet mich all meine Willenskraft, mir nicht den Baseballschläger zu schnappen und da rüberzurennen, um diesem Teufelskerl Ty Prescott eine Kostprobe seiner eigenen Medizin zu verabreichen." Bevor Wes merkte, was er tat, bahnte er sich einen Weg zu dem Schrank, in dem der Schläger lag, aber Seth streckte die Hand aus und hielt ihn auf.

„Jetzt atme mal tief durch, Junge." Mehrere unregelmäßige Atemzüge lang blickte Seth ihm fest in die Augen. „Ich denke, ein Wochenendtrip würde dir guttun, aber wir kommen beide am Sonntag wieder hierher, um die Sache zu regeln wie Männer."

„Ich muss erst mal duschen. Stell dich schon mal drauf ein, dass du fährst.“ Wes schüttelte Seths Hand ab und nahm zwei Stufen auf einmal nach oben, in der Hoffnung, dass die sechsstündige Fahrt nach Alabama ihm genug Zeit geben würde, sich abzuregen – und Sophia genug Freiraum, um zu entscheiden, welchen Weg sie einschlagen wollte. Ohne dass er sich einmischte.

15

Sobald sie hörte, wie sich die Haustür schloss, kam Sophia aus Collins Zimmer, um sich dem zu stellen, was Ty ihr diesmal als Hindernis in den Weg stellen wollte. Sie war stärker als früher, aber er war noch genauso einschüchternd wie immer.

„Was machst du hier, Ty?“, fragte sie, während er die Haustür abschloss. Als er sich umdrehte und zurück zur Couch humpelte, bemerkte sie, dass seine Wangen gerötet und seine Gesichtszüge verzerrt waren.

Wie auf Knopfdruck wischte Ty den Ärger weg und setzte ein unbekümmertes Lächeln auf – eine Fassade, die Sophia nur allzu gut kannte. „Ich dachte mir, wo ich doch jetzt so viel Zeit habe, bis mein Bein wieder in Ordnung ist, könnten wir an uns arbeiten.“

Heftig pochend zog sich ihr Herz zusammen. „Es gibt kein *Uns* mehr.“

„Babe.“ Ty deutete auf den Platz auf dem Sofa neben sich, aber sie blieb stehen. „Bitte …“ Nun versuchte er es in einem überzeugenden Tonfall, neigte den Kopf zur Seite und zwinkerte ihr mit einer Unschuldsmiene zu, die er tadellos beherrschte. Es war nicht zu leugnen, dass der Mann es verstand, mit seinem Charme einen ganzen Saal zu bezaubern.

Sophia wusste es besser und blieb standhaft. „Du kannst heute Nacht im Gästezimmer schlafen, aber morgen musst du dir eine andere Unterkunft suchen."

„Ernsthaft?" Er sah tatsächlich verletzt aus.

„Ja. Ty …", sagte sie kopfschüttelnd und spürte, wie der Schlamm an ihrem Hals trocknete. „Ich brauche dringend eine Dusche."

Sofort stand Ty auf. „Da sagst du was, Baby. Ich werde dir den Rücken waschen", sagte er augenzwinkernd mit einem anzüglichen Grinsen.

„Das war keine Einladung." Sie schüttelte erneut den Kopf. „Ich bin müde. Ich kann das heute nicht." Eilig verschwand sie in ihrem Schlafzimmer und ging direkt in das angrenzende Badezimmer, wobei sie darauf achtete, die Tür hinter sich abzuschließen.

Wie gut, dass sie daran gedacht hatte, denn sie stand noch nicht einmal eine Minute unter der Dusche, als er am Türgriff rüttelte. In früheren Zeiten hatte Ty sich immer wieder an sie herangemacht und versucht, sie vergessen zu lassen, was für ein niederträchtiger Mensch er wirklich war. Damals war sie naiv gewesen und hatte schnell nachgegeben. Aber jetzt, nach mehreren Runden blauer Flecken und peinlicher Schlagzeilen – ganz zu schweigen von den unterschriebenen Scheidungspapieren –, würde sie sich nie wieder so um den Finger wickeln lassen.

Sie konnte sich ein befriedigtes Grinsen nicht verkneifen, als Ty es hörbar verärgert schließlich aufgab und anscheinend akzeptierte, dass sich die Tür nicht wie früher öffnete, wenn er das so wollte. *Das passiert nie wieder,* sagte sie sich, während sie sich den Schlamm aus dem Haar wusch. *Nie wieder.*

Nach der Dusche schrieb Sophia ihrer Mutter eine SMS. „Du lässt Collin bei Ty. Das ist nicht okay.“ Um die Auseinandersetzung auf morgen zu verschieben, schaltete sie das Handy ab und schlich sich in den Flur. Alle Lichter waren aus und die Tür zum Gästezimmer stand offen. Ein schwacher Lichtschein und sein Gemurmel verrieten, dass Ty dort war und telefonierte. Auf Zehenspitzen schlich sie in das Zimmer ihres Sohnes, nahm ihn auf den Arm und trug ihn in ihr Bett. Als sie das kleine schlafende Bündel abgelegt hatte, schloss sie ihre Zimmertür ab und kuschelte sich neben ihn.

In der Dunkelheit lauschte Sophia auf das beruhigende Geräusch von Collins gleichmäßigen Atemzügen. Collin seufzte im Schlaf und drehte sich um und ihre Gedanken schweiften zu dem anderen wichtigen Mann in ihrem Leben und das war sicher nicht das unwillkommene Exemplar am Ende des Flurs.

Wes’ Kuss heute Abend hatte sie mit weichen Knien zurückgelassen. Der Kuss war zärtlich und rein gewesen – ein intimes Geschenk, das keine Gegenleistung verlangte. Einen solchen Kuss hatte Sophia noch nie zuvor erlebt.

Plötzlich hörte sie, wie Ty am Türknauf rüttelte und sie damit aus der seligen Vorstellung davon riss, was sein könnte. Obwohl der Raum stockfinster war, schweiften ihre Augen herum. Während sie Collin näher an sich heranzog, hörte sie, wie Ty mit seiner Faust gegen die Tür klopfte.

„Ich liebe dich, Babe, … ich liebe dich.“ Die Tür dämpfte seine Worte, bevor sich sein humpelnder Gang entfernte und Sophia den Atem ausstoßen konnte, der in ihrer Lunge eingeschlossen gewesen war.

Ty Prescott war ein Mann der gewinnenden Worte. Aber sie hatte auf die harte Tour gelernt, dass sie letztlich nichts bedeuteten. Es gab keine Taten, die bewiesen hätten, dass er sie liebte. Das Einzige, was er bewiesen hatte, war, dass seine Fäuste zuschlagen konnten, und das hatte sie einen hohen Preis gekostet.

Sie schluckte die aufkommenden Tränen hinunter und zwang sich, die Fakten im Auge zu behalten. Ty war eben ein Blender, charmanter, als ihm guttat. Gepaart mit seinem guten Aussehen war das ein Rezept für Gefahr. Wenn er vorhatte, in ihrer Nähe zu bleiben, musste sie einen kühlen Kopf bewahren, fest in der Realität verankert sein und die Fantasien ignorieren, die er ihr auf dem Silbertablett präsentierte. Es wäre zu einfach, in die alte Gewohnheit zurückzufallen, auf seine schönen Worte zu hören und nicht darauf zu achten, was er tatsächlich tat.

Unter dem Druck der Situation fand Sophia erst Stunden später wieder in den Schlaf. Schließlich schlief sie doch irgendwann ein, während sie versuchte, sich einen Plan zu überlegen. Wie sollte sie mit Ty umgehen? Was sollte sie nach dem misslungenen Gespräch mit Wes machen? Leider wachte sie auf, ohne Antworten gefunden zu haben. Stattdessen umwehte sie der verlockende Duft von gebratenem Speck.

Nachdem sie und Collin im Bad gewesen waren und sich die Zähne geputzt hatten, nahm Sophia Collin noch im Schlafanzug an die Hand und versuchte, sich auf das vorzubereiten, was der Samstag bringen würde. Als sie in die Küche ging, fand sie Ty, der nur mit einer Trainingshose bekleidet war und am Herd Eier in einer Pfanne brutzelte. Abgesehen von der Schiene an seinem linken Fuß gab er ein perfektes Bild ab.

Zerknittert und verträumt, wie er war, warf Ty einen Blick über seine breite Schulter. Sein dichtes, braunes Haar war kunstvoll zerzaust. „Guten Morgen, meine Familie", sagte er grinsend und kniff die braunen Augen zusammen.

Das ist nicht echt. Seine Fürsorglichkeit ist nicht echt. Er ist nicht mehr mein Mann, erinnerte sich Sophia.

„Daddy!", jubelte Collin, der offensichtlich nicht erwartet hatte, dass Ty noch hier wäre. Er ließ Sophias Hand los und stürzte sich in Tys Arme.

Während sein Vater Collin ein paarmal in die Luft warf, nahm Sophia Tys Platz am Herd ein, bevor er das juchzende Kind auf einen Stuhl setzte und neben ihm Platz nahm. Sophia brachte die Pfanne mit Eiern zum Tisch und stellte sie neben einen Teller mit Speck und ein Glas mit Saft. Besorgt betrachtete sie Ty und sah, dass er gerade bester Laune war, wusste aber auch, dass es nicht lange anhalten würde. Am meisten schmerzte sie, dass es ihr jetzt selig lächelnder Junge sein würde, der wieder verletzt wurde, wenn Tys Fassade sich auflöste und die dunklere Seite an ihm zum Vorschein kam.

Ohne Appetit stocherte Sophia in den Eiern auf ihrem Teller, während sie zusah, wie Ty und Collin genüsslich ihr Frühstück verzehrten, ohne dass einer der beiden sie beachtete. Sie beobachtete, wie Collin seinem Daddy einen Happen Ei in den Mund schob und Ty es dann umgekehrt genauso machte. Es war entzückend. So sollte jedes Frühstück aussehen. Aber Sophia konnte an einer Hand abzählen, wie oft das tatsächlich vorgekommen war.

„Was ist unser Plan für heute?", fragte Ty und strich mit dem Handrücken über Sophias Wange. Collin zuliebe zuckte sie nicht vor seiner Berührung zurück, sondern entfernte sich aus seiner Reichweite, indem sie vorgab, verschütteten Saft vom Tisch aufwischen zu müssen. „Collin und ich werden meinen

Eltern einen Besuch abstatten. *Du* musst den Tag damit verbringen, dir eine Bleibe zu suchen."

Augenblicklich sackten Tys Schultern zusammen und er sah sie mit einem Hundeblick an. „Babe, ich verstehe, dass du etwas Zeit brauchst. Ich werde meinen Assistenten beauftragen, eine Wohnung für mich zu finden, aber du musst mir versprechen, dass du mir eine faire Chance gibst, mich zu beweisen." Er streckte die Hand aus und fuhr mit den Fingern durch Collins verwuschelte Locken. „Unserem Sohn zuliebe."

Das war seine bewährte Masche, ihr Schuldgefühle zu machen, und in der Vergangenheit war Sophia schnell bereit gewesen, *ihrem Sohn zuliebe* nachzugeben. Aber der Einzige, der immer wieder davon profitiert hatte, war Ty gewesen. Und genau dieser Ty schien nicht zu begreifen, dass sie sich nie wieder zu seinen Gunsten verbiegen würde.

Sophia verzichtete auf einen Kommentar, ließ ihn in dem Glauben, er habe gewonnen, und begann, das Geschirr abzuräumen. Während sie die Küche aufräumte, verschwand Ty im Gästezimmer und tauchte erst wieder auf, als sie die Spülmaschine eingeräumt hatte.

Sie spürte seine machtvolle Präsenz hinter sich, kurz bevor seine Lippen ihr Ohr berührten. „Niemand ist perfekt, Sophia. Wir machen alle mal Fehler und fallen hin. Bitte gib mir eine Chance, wieder aufzustehen."

Sophia wusste, dass sie Ty das nicht schuldig war und dass sie auch nicht wegen seiner Worte so emotional werden sollte, aber trotzdem schnürten die Tränen ihr die Kehle zu.

„Ich möchte, dass du wieder aufstehst – für Collin", flüsterte sie und trat einen Schritt zurück, um von ihm wegzukommen. Er hatte inzwischen ein T-Shirt und am gesunden Bein einen

Schuh an, also hielt sie es für das Beste, ihn aus der Tür zu schieben, solange er noch stand.

Sie blinzelte mehrmals und lächelte in Collins Richtung, der gerade einen Haufen Spielzeugautos auf dem Wohnzimmerteppich sortierte. „Okay, mein Bursche, es ist Zeit, sich anzuziehen."

Collin kam mit einem Auto in jeder Hand durch den Flur. Sophia wandte sich an Ty. „Mach schnell, bevor er hier ist."

„Warum?", fragte Ty, während er sich über die dunklen Bartstoppeln strich.

„Weil es so leichter ist." Sie hob ein paar Spielsachen auf und warf sie in den Korb.

„Für wen?"

„Für dich natürlich. Denn egal, was passiert, der Junge wird in Tränen aufgelöst sein, sobald du weg bist."

Ty schnaubte. „So muss es nicht sein."

Sophia nahm noch einen Spielzeugtraktor zu dem Haufen hinzu und wandte sich dann an Ty. „Ach nein? Du wirst ihn also nie wieder für ein Trainingslager oder eine Spielsaison verlassen? Oder für eine Werbekampagne in Kalifornien?" Der letzte Teil ihrer Bemerkung ließ ihn zusammenzucken. Gut, es war auch für sie eine schmerzhafte Erinnerung.

Ohne ein weiteres Wort holte Ty sein Gepäck aus dem Gästezimmer. Dann nahm er seine Brieftasche und seine Schlüssel vom Couchtisch und gab sich damit geschlagen. „Ich würde dich gerne heute Abend sehen. Vielleicht gehen wir essen?"

„Wir haben schon Pläne für heute Abend", antwortete sie entschlossen. Sophia und Collin verbrachten ihre Samstage normalerweise bei Opal und irgendwann am Abend ging sie dann rüber und verbrachte etwas Zeit mit Wes.

„Was für Pläne?"

„Also wirklich, Ty!“ Aus zusammengekniffenen Augen musterte sie ihn.

„Du hast recht. Entschuldige. Wir sehen uns.“ Er räumte das Feld mit so wenig Theatralik, wie sie es noch nie erlebt hatte.

Das gab Sophia einen Funken Zuversicht, dass sie es dieses Mal vielleicht schaffen könnte, stark zu bleiben. Sie wollte diesem Mann nicht nachgeben, der sie noch immer einschüchtern konnte. Um ihr Handy wieder einzuschalten, ging sie ins Schlafzimmer und erschrak, als sie mehrere verpasste Anrufe von ihrer Mutter entdeckte. Sofort tippte sie auf die Nummer, um sie anzurufen.

Nach nur einem Klingeln meldete sich ihre Mutter und entschuldigte sich eilig. „Schatz, dein Großvater ist im Pflegeheim gestürzt. Wir mussten gestern Abend rasch zu ihm. Das ist der einzige Grund, warum ich Collin bei Ty gelassen habe. Du weißt, dass ich ihn nicht allein lassen würde, wenn ich ihn nicht in Sicherheit wüsste. Es war kurz vor zehn, also wusste ich, dass du bald zu Hause sein würdest. Ich habe versucht, dich anzurufen, so schnell ich konnte …“

„Alles in Ordnung. Geht es Großvater gut?“ Mist. Jetzt fühlte sich Sophia schuldig, weil sie diese knappe SMS geschickt hatte. Der alte Mann ging auf die sechsundachtzig zu, und es hatte Sophias Eltern wehgetan, ihn vor zwei Jahren in einem Heim unterzubringen, als Alzheimer seinen Geist und seinen Körper zu beherrschen begann.

„Er hat Prellungen, aber zum Glück keine Knochenbrüche“, sagte ihre Mutter seufzend. „Bitte verzeih mir, dass ich Collin zurückgelassen habe. Ty hat immer wieder von den Beratungsgesprächen erzählt, und er klang so aufrichtig, als wolle er sich ändern …“

„Ich verstehe, Mama. Es tut mir leid, dass ich mich aufgeregt habe.“ Sophia saß auf der Bettkante, als Collin hereinkam. Er trug eine Trainingshose, die der von Ty ähnelte, und ein Trikot mit dem Teamlogo seines Vaters. Sie spürte ein Brennen in der Brust, weil sie wusste, dass er am Boden zerstört sein würde, weil Ty nicht mehr da war.

„Bist du noch im Pflegeheim?“, fragte sie ihre Mutter.

„Ja. Ich will ihn jetzt nicht allein lassen.“ Offensichtlich war ihre Mutter den Tränen nahe.

„Collin und ich bringen euch Frühstück. Sag Granddaddy, dass Donuts unterwegs sind.“

Lucy stieß ein tränenersticktes Lachen aus, während Collin herumsprang und begeistert rief: „Donuts! Ich mag Donuts!“

Am Sonntagmorgen stand ein strahlender Ty vor ihrer Tür. Er bot an, sie zur Kirche zu fahren, und als Collin begeistert zustimmte, hatte Sophia keine andere Wahl, als der Entscheidung ihres Sohnes zuzustimmen. Sie sahen aus wie aus dem Bilderbuch, als sie zusammen in die Kirche gingen, aber Sophia wusste, dass das nur Fassade war. Ihr Herz krampfte sich vor Unbehagen zusammen. Wes hätte während des Gottesdienstes neben ihr sitzen sollen und nicht Ty, der besitzergreifend seinen Arm um sie gelegt hatte.

Während der Pastor sprach, flimmerte der Sonntag von Collins Geburtstag mit Wes an ihrer Seite in derselben Kirchenbank durch Sophias Gedanken. Sie hatte sich vorgestellt, wie sie aus der Bank fiel und all ihren Kummer in einem gewaltigen Anfall einfach herausposaunte, mit den Armen fuchtelnd und vor

Wut schäumend, bis jemand mit einer Zwangsjacke auftauchte. Sophia hätte noch immer gern einen solchen Ausbruch gehabt, aber jetzt hatte sie das Bedürfnis, aus vollem Halse zu schreien, dass der Mann, der neben ihr saß, nicht der richtige war! Sondern dass es Weston Sawyer sein sollte, wo immer der auch stecken mochte!

Immer wieder schaute Sophia sich in der Erwartung um, dass Wes auf magische Weise erscheinen würde. Das geschah nicht, und am Ende des Gottesdienstes fragte sie sich, ob er überhaupt jemals dort gewesen war.

Das Sonntagsessen bei ihren Eltern bot alles, was ein Sonntagsessen ausmachte. Ein Südstaatenessen, bestehend aus gebratenem Steak und Bratensoße, Kartoffelpüree und Butterbohnen, und zum Nachtisch gab es Pfirsichkuchen. Das Einzige, was nicht stimmte, war, dass Ty an Wes' Stelle am Tisch saß. Es war der erste Sonntag seit langer Zeit, den sie ohne seine stille Stärke an ihrer Seite verbrachte, und das fühlte sich nicht richtig an. Noch weniger richtig war, dass stattdessen Ty seinen Platz einnahm.

Am Montagmorgen war Sophia erleichtert, als sie Wes' Sportwagen auf dem Parkplatz an der Praxis stehen sah. Aber ihre Erleichterung war nur von kurzer Dauer. Im Büro fand sie ihn verschlossener und unnahbarer als je zuvor.

Als sie an seinem Schreibtisch stand, versuchte sie, seine abgelenkte Aufmerksamkeit zu gewinnen. „Wir haben dich gestern in der Kirche vermisst. Mama hat sogar dein Lieblingsessen gemacht. Zum Glück habe ich für dich einen Teller für heute Mittag abgezweigt." Sie hielt den mit Frischhaltefolie bedeckten Teller hoch, aber Wes konzentrierte sich weiter auf seinen Computerbildschirm. Seine Brille blendete und machte es

Sophia unmöglich, ihm in die Augen zu schauen, um zu erkennen, was los war.

„Seth und ich waren am Wochenende in Alabama", murmelte er und weigerte sich immer noch, sie anzuschauen. Konzentriert blickte er auf den Bildschirm.

„Warum? Ist alles in Ordnung?"

„Ja. Ich hatte nur Heimweh." Seine Antwort war so knapp, dass ihre Hände feucht wurden.

Sie stellte den Teller auf den Schreibtisch und wischte sich die Hände an ihrem Bleistiftrock ab. Das Wochenende hatte ihr die Zuversicht geraubt, also hatte sie sich schick angezogen, um etwas Mut zu schöpfen.

Offensichtlich hatte es nicht funktioniert. Ohne weiteren Kommentar überließ sie Wes dem Schmollen. Worüber genau, da war sie sich nicht sicher.

Jedes Mal, wenn sie den restlichen Tag versuchte, ihn anzusprechen, unterbrach Wes sie mit „Nicht jetzt, Ms Prescott", damit sie wusste, dass es schlimm war. Er hasste ihren Nachnamen genauso sehr wie den Mann, der ihn ihr gegeben hatte, und benutzte ihn nur, wenn er mies gelaunt war.

Nach der Arbeit rief Sophia Opal an, informierte ihre Freundin über die Geschehnisse und bat sie dann um Hilfe bei einer kleinen Ausspähaktion. Nachdem sie Collin abgeholt hatte, fuhr sie direkt zum Haus der Coles, wo sie nach dem Eintreten Opal und Lincoln auf der Couch vorfanden.

Als Collin direkt zu den beiden lief, starrte er auf Opals Bauch, der allmählich ziemlich rund wurde. Sophia fand ihn auch ziemlich schön. „Opal, du bis' dick."

Bevor Sophia Collin für seine Unhöflichkeit zurechtweisen konnte, kicherte Opal und sagte: „Das ist alles Lincs Schuld."

Collin richtete seine blauen Augen auf Lincoln. Seine kleine Stirn zog sich zusammen. „Du machs' Opal dick?"

Lincoln sah ziemlich selbstgefällig aus und strich sich seinen struppigen Bart glatt. „Aber sicher doch. Ich bin auch richtig stolz darauf."

Opal gab ihm einen Klaps auf den Arm. „Genug der Schadenfreude. Warum zeigst du Collin nicht das Schaukelpferd im Kinderzimmer?"

Gehorsam stand Lincoln auf und bot Collin seine große Hand an, die der Kleine bereitwillig ergriff. Zusammen verließen sie den Raum.

Als die Jungs außer Sichtweite waren, wandte sich Opal an Sophia. „Wes ist vor etwa zehn Minuten durch die Hintertür rausgekommen."

„Hatte er Joggingklamotten an?"

„Nein. Jeans und T-Shirt. Das sollte es dir leichter machen, ihn zu finden."

„Okay. Danke." Schnell schlüpfte Sophia durch die Terrassentür hinaus und schleuderte ihre grauen Wildlederpumps von den Füßen, bevor sie die Treppe hinunterstieg. Ihre Zehen begrüßten den kalten Sand, während die Brise ihr Haar zerzauste. Sie atmete tief durch und kämpfte sich an den Sanddünen vorbei, wobei sie nach links und rechts Ausschau hielt. Ein Seufzer der Erleichterung entschlüpfte ihr, als sie Wes zwischen den beiden Sanddünen vor seiner Terrasse entdeckte. Als sie zu ihm hinüberstapfte, stellte sie sich vor ihn, doch er sah sie nicht an, sondern starrte weiter hinaus aufs Meer.

„Willst du mir erklären, warum du mich nicht magst?", fragte Sophia mit einem herausfordernden Ton. Während sie ihre Zehen tiefer in den weichen Sand grub und wartete, dass er etwas erwidern würde, blieb Wes stumm. Sie zog ihren Bleistiftrock hoch, bis sie sich bücken und neben ihn setzen konnte, nah genug, um seine Wärme zu spüren, ohne dass sie sich berührten.

„Du musst doch wissen, dass das, was ich für dich empfinde, weit über *mögen* hinausgeht", flüsterte Wes und ließ seinen Blick nicht von den Wellen ab, die ein paar Meter vor ihnen an die Küste schlugen. Eine Möwe stürzte herab und zupfte an einem Stück Seetang, das ans Ufer gespült worden war, bevor sie erfolglos wieder davonflog.

Als der Vogel weg war, fragte Sophia: „Warum bist du dann so unnahbar?"

„Ich bin nicht deine Familie, also habe ich auch keine Rechte", sagte er bitter. Dieses Geständnis entsprach fast genau dem, was sie vor einiger Zeit aus Sorge ihrer Mutter gestanden hatte, aber es jetzt aus seinem Mund zu hören, schmerzte deutlich mehr.

Hunderte von Worten wollten gesagt werden, aber jedes einzelne blieb ihr auf der Zunge kleben. Es stand ihr nicht zu, Wes mehr zu versprechen als das, was bisher gewesen war, wenn sie nicht hundertprozentig sicher war, dass sie es halten konnte. Sie griff nach seiner Hand und flüsterte: „Aber du bist mein bester Freund."

Schließlich sah er sie an und in seinen Augen glitzerten Tränen. „Ich will mehr als Freundschaft. Das wollte ich dir am Freitagabend sagen, aber irgendwie ist es mir nicht gelungen."

Insgeheim wusste Sophia das, denn der Kuss war eindeutig gewesen. „Ich weiß, aber …"

„Aber es ist kompliziert", beendete er ihren Satz, während ein schwaches Lächeln seine Lippen umspielte. Es war nicht einmal deutlich genug, um seine Grübchen hervorzuheben, als er sanft ihre Hand von seiner nahm. „Und wir müssen uns darauf konzentrieren, was das Beste für Collin ist." Seine Finger wiesen abwechselnd auf sie und auf ihn. „Er verdient es nicht, dass es kompliziert wird."

Als sie aufstanden und sich den Sand abschüttelten, konnte Sophia den Drang nicht unterdrücken, ihre Arme um ihn zu legen. Doch die Umarmung blieb einseitig und irgendwie befangen; es fühlte sich an, als wären sie wieder da, wo sie am Anfang gewesen waren. Als klar wurde, dass er die Umarmung nicht erwidern würde, ließ sie ihn los und entfernte sich langsam.

„Sophia ..." In seiner Stimme klang ein Hauch von Bedauern, doch sie ging weiter und hob die Hand. „Gute Nacht, Wes."

Er hatte recht. Es war kompliziert. Aber er hatte auch gezeigt, dass er zu stur war, um die komplizierten Dinge anzupacken und mit ihr zusammen zu sein. Sie würde nicht betteln. Und sie würde sich nicht noch einmal zum Narren halten lassen.

16

Einsamkeit war in den letzten vier Jahren zu einem festen Bestandteil von Wes' Leben geworden. Er hatte sich damit arrangiert gehabt – bis Sophia Prescott mit ihrer herausfordernden Art in sein Leben getreten war und verlangt hatte, dass er ihr Aufmerksamkeit schenkte. Jetzt, wo sie nur noch zum beruflichen Teil seines Alltags gehörte, war er einsamer denn je.

Selbst in diesem Moment, in dem er auf einem überfüllten Pier stand und umgeben von Einheimischen war, die sich um die besten Angelplätze drängten, fühlte Wes sich einsam. Vom salzigen Fischgeruch bis zum scharfen Wind – er konnte Sophias Kommentar dazu hören, als wäre sie an seiner Seite. Oh Mann, wie er diese Tiraden vermisste.

In der Praxis herrschte zwischen ihnen wieder die gleiche Zurückhaltung und Befangenheit wie zu Anfang des Sommers. Inzwischen ging es auf den Dezember zu und die Kälte in ihm kam nicht von Mutter Natur.

Wes richtete seinen Blick auf das graue Wasser unter ihm, auf dem die letzten Spuren des Tageslichts immer wieder golden aufblitzten. Er war in Begleitung hier, mit Eskorte sozusagen – Doc und Seth auf der einen Seite, August und Lincoln auf der anderen. Was die vier vorhin mit ihm gemacht hatten, könnte man als Entführung bezeichnen, aber er schob seinen Ärger darüber, dass sie ihn von der Couch gezerrt hatten, beiseite und versuchte, das Beste aus diesem unvorhergesehenen Männerabend zu machen.

„Jungs, man merkt, dass sie heute Abend gut beißen, so viele Leute, wie hier unterwegs sind. Dann hoffe ich mal, dass ihr eure besten Köder dabeihabt, wenn wir uns ein ordentliches Abendessen fangen wollen." Lincoln bestückte seinen Doppelhaken mit einem Stück Meeräsche, einer Garnele und zur Krönung noch mit einer Mückenlarve.

„Brauchst du das alles?", fragte Seth und befestigte nur einen einzigen Wurm an seinen Haken.

Lincoln deutete auf die vielen anderen Angler. „Es gibt zu viele Mahlzeiten im Angebot, also musst du die Fische an *deinen* Haken locken anstatt an die tausend anderen, die im Wasser schwimmen."

Seth und Lincoln begannen ein Geplänkel darüber, welcher Köder der beste sei, aber Wes blendete sie aus und warf seine Schnur mit einer einzelnen Garnele am Ende aus. Kaum war sie im Wasser, als auch schon ein Fisch anbiss. Ohne jegliche Theatralik holte er den Fisch aus dem Wasser und legte ihn in die Kühlbox. Das wiederholte er noch mehrere Male, bevor die vier anderen überhaupt erst ihre Köder am Haken hatten.

„Na, Doc, schon was gefangen?", fragte Wes. Er bemerkte, dass der alte Mann seinen Haken ins Wasser gesenkt hatte, ohne dass ein Köder daran war. Es sah so aus, als könnte er der Beschreibung von Doc Nelson demnächst den Zusatz *senil* hinzufügen.

„Noch nicht", sagte der Doc und schob seinen Haken zurecht und brachte damit alle daran befestigten silbernen Köder in Bewegung.

„Wäre es nicht einfacher mit einem Köder?“ Wes begann, seine Leine einzuholen, an deren Ende ein weiterer kleiner Fisch zappelte. Wenigstens würden sie bald eine üppige Mahlzeit zusammen haben, wenn die Fische weiter so anbissen. Augusts Schwiegervater Jasper hatte gesagt, wenn sie mit einem Haufen Fisch bei ihm auftauchten, würde er einen Topf mit Reis und seinen berühmten Krautsalat vorbereiten und eine gusseiserne Pfanne mit Fett und seine geheime Panade für die Fische bereithalten. Wes' Magen knurrte schon bei dem Gedanken daran.

„Mir ist heute nicht so danach, Junge. Ich dachte mir, ich setze mich einfach mal hin, damit wir uns unterhalten können.“

Wes warf einen Blick auf die anderen Jungs. Sie schienen mit ihren Angeln beschäftigt, aber er wusste es besser. Sein Magen krampfte sich zusammen und das bevorstehende Fischessen war ihm plötzlich nicht mehr so wichtig.

„Es gibt nichts zu sagen.“

„Auch gut, Junge. Dann kannst du ja umso besser zuhören.“ Der Doc lehnte sich in seinem metallenen Klappstuhl zurück und beäugte Wes. „Also, dieser Windbeutel, dieser Ty Prescott, der hat ein Loch in seinem aufgeblasenen Hirn. Und ich wüsst' auch nicht, wieso er das Recht haben sollte, so zu tun, als würde Sophia Grace ihm wieder gefallen. Es macht mich ganz kirre, dass dieser Gockel da in der Kirche an deinem Platz sitzt, während du dich in deinem Schmollwinkel vergräbst.“

„Ich vergrabe mich nicht“, schnauzte Wes und stellte die Angelrute an die Balustrade. „Aber ich werde Sophias Leben nicht kompliziert machen, indem ich mich an einer trivialen Dreiecksbeziehung beteilige. Das ist geschmacklos und nicht mein Stil. Außerdem glaube ich, dass Ty diesen Platz in der Kirche dringender braucht als ich.“

„Soso, es gibt also nichts zu sagen, ja?" Der Doc hob eine buschige weiße Augenbraue. Als Wes die Lippen zusammenpresste, fuhr er fort: „Klar, der Knabe bräuchte mal eine ordentliche Dosis Jesus. Aber da gibt es noch ein anderes Problemchen, Junge. Und um darüber zu reden, sitzen wir zwei Hübschen jetzt hier. Sophia ist nämlich schon wieder die ganze Zeit traurig. Und ich muss wohl nicht extra ausführen, wessen Schuld das ist."

Wes warf den Kopf herum, um etwas zu erwidern, aber in diesem Moment legte sich die Hand von August auf seine Schulter. „Es ist wahr. Sie ist unglücklich. Und ich kann dir aus zuverlässiger Quelle sagen, dass sie nur Collin zuliebe Frieden mit Ty hält."

„Und genau deshalb bin ich von der Bildfläche verschwunden. Egal, wie sehr ich den Kerl hasse, er wird immer der Vater des Kleinen sein."

„*Vater* vielleicht, aber zum *Daddy* hat er nicht das Zeug", warf Lincoln ein, der immer noch daran arbeitete, seinen ersten Fisch an die Angel zu kriegen. „Der hat doch nichts anderes im Kopf als seine eigene, ach so verehrungswürdige Figur."

„Ihr habt mich also heute hier rausgeschleppt, um euch gegen mich zu verbünden? Wozu? Damit ich mich wegen Collin noch schlechter fühle?" Wes fing an, seine Sachen in die kleine Kiste zu packen, die er mitgebracht hatte, und dachte, ein kleiner Marsch am Strand entlang nach Hause wäre jetzt genau das, was ihm guttäte.

„So läuft das nicht", unterbrach ihn der Doc, indem er ihn am Handgelenk packte. „Wir sind hier, um uns etwas zu überlegen. Irgendwas, das sowohl für dich als auch für Sophia und ihren Jungen von Vorteil ist. Höchste Zeit, dass dieser eingebildete

Halunke begreift, dass die Sonne nicht aufgeht, nur um ihn krähen zu hören."

August schnaubte. „Ja, was immer das bedeuten mag." Er zog einen Fisch aus dem Wasser und legte ihn in die Kühlbox, die sich jetzt schnell füllte. „Linc und ich, wir haben unser Möglichstes getan, Ty so oft wie möglich zum Schwitzen zu bringen, wenn er auftaucht. Er ist kein Typ, der viel einstecken kann. Also zieht er normalerweise den Schwanz ein, ohne dass wir uns groß anstrengen müssen."

„Was meinst du damit, ihn zum Schwitzen zu bringen?", fragte Wes, warf abwesend seine Angelschnur aus und lehnte sich wieder in seinem Stuhl zurück. Er verspürte auf einmal doch Lust, das Gespräch fortzusetzen, egal, wohin es führen mochte.

„Sagen wir einfach, dass ihm in unserer Nähe der Appetit vergeht. Für jemanden, der gerne seine Fäuste benutzt, kann er es selbst nicht allzu gut vertragen, wenn er unter Druck gesetzt wird."

„Ihr wollt ihm 'ne Abreibung verpassen? Und mich lasst ihr außen vor?", beschwerte sich Seth und befestigte einen weiteren Köder am Haken.

„Nein. Nichts so Extremes." August zuckte mit den Schultern.

„Jedenfalls nicht in letzter Zeit", fügte Lincoln hinzu.

„Es fehlt nur eins bei der Sache, Wes, und das bist du." August tippte ihm mit dem Zeigefinger auf die Brust. „Wir denken, dass du von jetzt an auch dabei sein solltest, wenn wir uns mit diesem Punk abgeben müssen. Zeit, dass du deutlich machst, dass du auch noch da bist."

„Ganz genau", stieß der Doc bekräftigend den Finger in die Luft. „Und anfangen tust du damit, dass du deinen Hintern wieder in die Kirche bewegst."

Als die Jungs genug Beute in der Kühlbox hatten, gingen sie zu den Waschbecken am Ende des Piers, um die Fische auszunehmen. Bis sie damit fertig waren, bei Jasper ankamen und dann ihr Eigengewicht an zur Perfektion goldbraun gebratenem Fisch verschlungen hatten, hatten sie einen beeindruckenden Plan ausgearbeitet. Wes war das alles nur recht. Aber das Leben hatte andere Pläne und von denen ahnten die Männer noch nichts.

17

Es gab eine beliebte Redewendung, die die meisten Einheimischen in Sunset Cove und wahrscheinlich in jedem anderen Küstenort kannten. Sie besagte, dass das Leben an der Küste anders war als das Leben im Binnenland. An der Küste lief die Zeit nicht nach Stunden und Sekunden ab; sie verlief mit den Strömungen, war von den Gezeiten bestimmt und folgte der Sonne.

Aber Ty Prescott glaubte, dass das Leben so verlief, wie *er* es sagte. Er war hartnäckig, das musste Sophia ihm lassen. Heute Abend hatte sie endlich nachgegeben und zugestimmt, mit ihm essen zu gehen. Nur sie beide, darauf hatte er bestanden und gesagt, sie bräuchten etwas Zeit zum Reden. Er fuhr sie in die nächste Stadt zu einem tollen kleinen Sushi-Hotspot, und sie beschloss, ihr Bestes zu geben.

Zugegeben, das Essen war ausgezeichnet und ihre Unterhaltung gar nicht so schlecht. Sie bemerkte, wie Ty sich bemühte, aufmerksam zu sein, und sich selbst ertappte, als er einen seiner Ich-bin-ich-Monologe begann. Es war geradezu rührend, wie er sich selbst unterbrach und die Aufmerksamkeit wieder auf sie richtete, und Sophia lächelte ihn während des Essens so oft an wie seit Jahren nicht mehr. Es gab ihr Hoffnung, dass sie eine respektvolle Freundschaft aufbauen konnten, die die kommenden Jahre der gemeinsamen Erziehung erträglicher machen würde.

„Ich denke darüber nach, mir ein Grundstück im Landesinneren zu suchen", sagte Ty und nahm einen Schluck Wasser. „Ich möchte, dass du mir hilfst, das Gelände auszusuchen."

Während Sophia kaute, überlegte sie, wie sie am besten antworten sollte. „Lincoln Cole ist Bauingenieur. Ich wette, er wäre der Richtige, um mit ihm darüber zu sprechen." Als Ty augenblicklich die Stirn runzelte, zuckte sie innerlich zusammen und fragte sich, ob es ein Abwehrreflex ihrerseits gewesen war, Lincoln zu erwähnen, um Ty zu zeigen, welche Beschützer sie an ihrer Seite hatte. Wenn es funktioniert hatte, nun, dann sollte es so sein.

„Wieso musst du diesen Typen ins Spiel bringen? Ach, weißt du, vergiss das Ganze …", sagte Ty kopfschüttelnd und stopfte sich ein weiteres Stück Sushi in den Mund, als sollte ihn das daran hindern, weitere Kommentare abzugeben. „Unglaublich frisch, diese Makrele", lenkte er dann ab, klemmte ein Stück zwischen seine Stäbchen und versuchte, es Sophia in den Mund zu stecken.

Die Geste fühlte sich zu intim an, also nahm Sophia den Bissen mit den Fingern von den Stäbchen und steckte ihn in den Mund. „Hmm … so gut", stammelte sie und versuchte, das ungute Gefühl abzuschütteln.

Ty tat irgendwie so, als hätte es die beiden kleinen Misstöne gerade nicht gegeben, und redete so unbekümmert weiter, dass er Sophia dazu brachte, daran zu zweifeln, ob sie wirklich passiert waren. Dabei konnte sie beinahe vergessen, dass dieselbe Hand, die er ausstreckte, um ihr die Sojasoße aus dem Mundwinkel zu tupfen, dieselbe war, durch die ihre Lippe aufgeplatzt war. *Beinahe.* Plötzlich wich sie zurück und brachte damit einen weiteren Missklang in den Abend.

Dieses Mal ignorierte Ty es nicht. Er zog sofort die Hand zurück, weil er wusste, was ihre Reaktion veranlasst hatte. „Wirst du mir jemals verzeihen?", flüsterte er und starrte auf seinen Teller.

Sophia sah zu, wie er mit den Essstäbchen Kreise zog und Sojasoße und Wasabi miteinander verrührte. Nach einer Weile fand sie ihre Stimme wieder und antwortete: „Ich habe dir verziehen. Aber um zu vergessen, brauche ich mehr als nur ein paar Monate."

Langsam nickte Ty, bevor er die Augen aufschlug, um ihren Blick zu erwidern. Sie glänzten, und sie las Reue darin, doch eine weitere Entschuldigung kam nicht. Stattdessen blinzelte Ty ein paarmal, räusperte sich kräftig und machte sich dann daran, sein Essen schweigend zu beenden.

In den letzten Monaten hatte Sophia das Schweigen schätzen gelernt, wenn sie mit Wes zusammen war. Er machte nicht gern überflüssige Worte. Aber mit Ty hier zu sitzen, ohne dass ein Wort fiel, nahm ihr den Atem. Das Schweigen hatte überhaupt nichts Beruhigendes, wenn es von ihrem legendären Ex-Mann ausging. Sie konnte fast hören, wie die Zahnräder in seinem Kopf ratterten, und sie machte sich Sorgen, was sie wohl ausheckten. Das einzige Mal, dass sie ihn so nachdenklich und konzentriert gesehen hatte, war auf einem Football-Feld gewesen.

Bitte plane kein Spiel, in dem ich vorkomme, flehte sie stumm.

Als sie wieder an der Wohnung ankamen, wartete Sophia immer noch auf Tys nächsten Zug. Und leider enttäuschte er sie nicht. Er half ihr aus dem Wagen, und nachdem er die Tür geschlossen hatte, drückte er sie sanft an sich.

„Ty …“

„Pssst … Gib mir nur eine Chance, Babe. Bitte“, flüsterte Ty flehend. Während er sich vorbeugte, strich er ihr eine lange Haarsträhne hinters Ohr und ließ seine Augen über jeden Zentimeter ihres Gesichts gleiten. „Es gibt niemanden wie dich …“

Als Ty den Kopf neigte und seine Lippen auf die ihren presste, schlug Sophias Herz bis zum Hals. Erinnerungen an seine Küsse schossen ihr durch den Kopf. Sie waren vertraut und selbstbewusst, energisch und gekonnt – Tys typischer Stil. Derselbe Stil, der sie früher atemlos und fast ohnmächtig gemacht hatte.

Aber nicht heute Abend.

Plötzlich war sie es leid, Sophia Prescott zu sein. Die Frau, die versuchte, alles für jeden zu sein und dabei nie ihr wahres Ich zeigte. Es war an der Zeit, nicht länger Tys Marionette zu sein.

Während Tys Lippen ihre fest verschlossenen noch anflehten, sich zu öffnen, schob Sophia ihn von sich weg. Ruckartig hob sie die Hände und drückte gegen seine Brust, bis er endlich begriff und zurücktrat.

„Mach das nicht noch einmal“, sagte Sophia betont ruhig.

Scheinbar unbeeindruckt fuhr Ty fort: „Babe, es wird Zeit, dass wir das in Ordnung bringen.“ Er spitzte die Lippen und neigte den Kopf immer noch flehend zur Seite. „Da gibt es nichts in Ordnung zu bringen“, sagte sie in einem bewusst selbstbewussten Tonfall.

„Aber was ist mit unserem Sohn?“, fragte er liebenswürdig und warf damit sein einziges Druckmittel in die Diskussion. Doch Sophia hatte es satt, dass er ihren Sohn gegen sie ausspielte.

„Ich werde dich immer bis zu einem gewissen Grad lieben, aber …“ Sie atmete tief durch. „Es ist zu viel kaputtgegangen, um unsere Beziehung so zu kitten, dass sie wird, was sie einmal war. Aber ich möchte, dass wir daran arbeiten, sie auf eine neue Basis zu stellen. *Unserem Sohn zuliebe* möchte ich, dass wir eine gesunde Freundschaft aufbauen."

„Aber schließ doch bitte nicht von vornherein aus, dass es auch mehr werden kann."

„Ty …"

„Lassen wir es einfach dabei." Mit erhobenen Händen wich er zurück und ging um den Wagen herum zur Fahrertür. „Gute Nacht."

Und so blieb Sophia auf dem Parkplatz zurück und sah den Rücklichtern nach, die auf der Straße verschwanden. Der Mann war hartnäckig bis zum Gehtnichtmehr und ging aufs Ganze, wenn er etwas wollte. Schade für ihn, dass es dieses Mal nicht so ausgehen würde, wie er es sich vorstellte.

Sophia nahm einige Augenblicke lang ihre Umgebung in sich auf, lauschte der kräftigen Brise, die in den Bäumen rauschte, und dem Plätschern der Teichfontäne auf dem nahen Wasser. Sie lächelte und war zu Recht stolz auf sich selbst, weil sie stark genug gewesen war, zu ihrem Vorsatz zu stehen. Sie machte eine Siegerfaust, drehte sich dann um und kehrte ihrer giftigen Vergangenheit den Rücken zu.

Am nächsten Morgen war Sophias Lächeln längst verschwunden. Sie knurrte ärgerlich, riss sich das dritte Kleid vom Leib und warf es auf den wachsenden Stapel unbequemer Kleidung. Nichts fühlte sich richtig an. Entweder war der Stoff zu kratzig oder der Schnitt war falsch. Überraschenderweise war das letzte

Kleid ein wenig eng – ein Beweis dafür, dass sich ihr Appetit endlich wieder normalisiert hatte.

Ein kurzer Blick auf die Uhr auf dem Weg zur Toilette ließ ihr Inneres vor Panik zusammenzucken. Das Zeitfenster, um rechtzeitig loszukommen, schloss sich schnell. Die Palazzo-Hose und eine alte Bluse – die so bequem sein sollte wie ein Schlafanzug, es aber nicht war – mussten reichen.

In dem Moment, als sie eilig ihre Handtasche schnappte und in Collins Zimmer hastete, wurde es ihr klar. Das Unbehagen hatte nichts mit den Kleidern zu tun. Es war der Tag, der vor ihr lag, der ihr nicht passte. Sie konnte nicht genau sagen, warum, außer dass sie wusste, dass Ty darin eine Rolle spielen würde.

„Gehen wir, Kleiner." Sophia nahm Collins Hand und zog ihn aus dem Spielzeugdurcheinander, in dem er saß. Dann drückte sie ihm einen Kuss auf die seidigen Locken und ging mit ihm an der Hand los, um dem Unvermeidlichen zuvorzukommen. „Mist", murmelte sie vor sich hin, als sie die Außentreppe hinuntereilten. „Zu spät."

„Meine beiden Lieblingsmenschen!", dröhnte Tys Stimme über den Parkplatz, während er seine Autotür schloss und dann auf sie zukam.

„Daddy!", rief Collin und lief ihm entgegen.

Ty ging mit nur wenigen humpelnden Schritten auf ihn zu. Die Schiene an seinem Fuß war unter der maßgeschneiderten marineblauen Hose kaum zu sehen. Er empfing Collin, hob ihn hoch und warf ihn in die Luft, was ein Gejuchze und Gekreische auslöste.

Obwohl sich eine Vorahnung in ihrem Kopf festsetzte, musste Sophia unwillkürlich lächeln, als sie sah, wie glücklich ihr kleiner Junge war, dass sein Daddy wieder in seinem Leben vorkam. Ihre Augen verrieten sie, als sie Ty musterte. Dunkles Marineblau und Silber waren die Farben seines Teams, aber er trug sie immer so, als wäre es sein eigener Stil. Die Sonne betonte den Stich Kupferrot in seinem braunen Haar und unterstrich seine bereits gebräunte Haut. Das Problem war, dass er wusste, wie attraktiv er war.

„Gefällt dir, was du siehst, Babe?", fragte Ty augenzwinkernd und setzte sein typisches Understatement-Lächeln auf, bevor er Collin zum Range Rover trug und ihn in den brandneuen Kindersitz packte, den er nach seiner Ankunft in der Stadt gekauft hatte. Das hätte ihr eigentlich zeigen müssen, wie ernst es ihm war, aber sie ignorierte all diese Anzeichen und hoffte, sie würden verschwinden.

Sophia beobachtete, wie Ty Collin anschnallte, und erinnerte sich an ein anderes Mal, als sie die Zeichen ignoriert hatte, und daran, wie verheerend das ausgegangen war. In dem Moment, als ihre ehemalige PR-Firma den talentierten Spieler unter Vertrag nahm, war Sophia hin und weg gewesen. Sie konnte – oder wollte – nichts anderes sehen als all die Aufregung und Leidenschaft, die ihre erste große Liebe mit sich brachte. Es war eine rasante Romanze gewesen, ohne Frage, und die naive junge Frau war verheiratet und schwanger, noch bevor sie Tys erste Saison hinter sich gebracht hatten. Und in den ersten zwei Jahren war alles perfekt gewesen, bevor Sophia begann, die winzigen Risse im perfekten Bild zu sehen, das Ty abgab. Die Intuition sagte ihr, dass sie auf diese Risse achten sollte, aber sie hatte in die andere Richtung geschaut und gehofft, dass sie sich täuschte. Es hatte zwei weitere Jahre gebraucht, bis das gläserne Schloss der Prescotts vollkommen zerstört war.

„Ich fahre hinter euch her."

„Warum, Babe? Es ist doch völlig unnötig, mit zwei Autos zu fahren", fragte Ty verständnislos, während er ihr über die Schulter einen Blick zuwarf; anscheinend hatte er Schwierigkeiten damit, Collin anzuschnallen.

Entschlossen schob Sophia ihn zur Seite und installierte den Kindersitz ordnungsgemäß, bevor sie den Gurt schloss. Sie gab Collin einen Kuss auf die Wange, drehte sich dann um und schloss die Tür. „Collin hat nach der Kirche eine Verabredung zum Spielen. Es ist einfacher, wenn wir getrennt fahren", verteidigte sie sich, auch wenn diese Verabredung erst später am Tag war. Um jeden Versuch einer Annäherung zu verhindern, den Ty vielleicht unternehmen wollte, ging sie rasch um den Wagen herum.

Ein paar Minuten später fuhr sie hinter ihm her und versuchte, die Anspannung der dunklen Vorahnungen von den Schultern abzuschütteln. Leider wurden sie nur stärker. Bis sie und Ty Collin in der Kindergruppe abgegeben hatten und auf dem Weg in den Gottesdienstraum waren, waren sie beinahe unerträglich geworden.

Die beiden Reihen hinter der Bank, in der sie normalerweise saß, waren mit bekannten Gesichtern gefüllt. Opal und Lincoln saßen bei Seth. Hinter ihnen saßen Josie und August mit seinen beiden Brüdern. Und in ihrer Bank, in der nur ein weiterer Platz war, saßen Jasper, der Doc, Agnes und Wes. Natürlich war der freie Platz der neben ihm.

Sicher, sie besuchten alle fast jeden Sonntag diese Kirche, aber sie waren normalerweise über den ganzen Raum verstreut, anstatt sich zusammenzudrängen. Heute bildeten sie eindeutig eine Art Einheitsfront.

„Guten Morgen, junge Lady“, sagte Agnes und gab Sophia ein Zeichen, neben Wes Platz zu nehmen, der seine Bibel nahm, die auf dem freien Platz lag, und sie in seinen Schoß legte, als ob er ihr einen Platz frei gehalten hätte. Nach einem höflichen Lächeln in ihre Richtung setzte er seine Brille auf und sah nach vorn.

Als das Orgelvorspiel sich dem Ende zuneigte und der Pastor sich auf den Weg zur Kanzel machte, wusste Sophia, dass keine Zeit blieb, einen anderen Platz zu finden. Sie setzte sich und ließ etwas Abstand zu Wes, doch Ty drängte sich noch näher an sie und quetschte sich auch noch in die Bank. Alle in der ganzen Bank mussten nach links rücken, um Platz zu schaffen. Trotzdem saßen sie am Ende dicht gedrängt wie die Sardinen.

Ja, genau. Es ist der Tag, der nicht richtig passt. Nicht meine ausgebeulte Hose oder meine kratzende Bluse …, dachte Sophia grimmig.

Nach dem Gottesdienst täuschte sie Kopfschmerzen vor und lehnte die Einladung ihrer Eltern zum Essen ab. Ty schien zu sehr mit seinem Telefon beschäftigt zu sein, als dass es ihn wirklich interessiert hätte.

Als er aufgelegt hatte, verkündete Ty: „Ich habe heute Nachmittag eine Besprechung.“

Sophia unterdrückte einen Seufzer der Erleichterung. „Das ist okay. Ich glaube, ich werde mit Collin vor seiner Verabredung ein Nickerchen machen.“

Ty warf einen Blick auf sein Handy und nickte abwesend. „Ich werde versuchen, später vorbeizukommen und nach dir zu sehen.“

Sophia wollte gerade einsteigen, als Ty sie in seine Arme zog und küsste. Sie stieß ihn von sich und hob beide Hände. „Du wirst dir nie wieder ohne meine Erlaubnis etwas von mir nehmen.“

„Babe …“

„Ich meine es ernst, Ty. Du darfst mich nicht küssen. Das ist völlig daneben.“ Knapp glitt ihr Blick an Tys Schulter vorbei und blieb an Wes hängen, dessen Gesicht sich stark verfärbt hatte. Seine Hände waren zu Fäusten geballt. Mit dem Kinn nickte Wes in Tys Richtung, aber Sophia schüttelte leicht den Kopf, um ihn zurückzuhalten.

„Aber du bist meine…“

„Ich bin *nicht* mehr deine Frau. Wir haben beide die Papiere unterschrieben, die das beweisen“, sagte sie mit einem leichten Zittern in ihrer Stimme und deutete auf seinen Wagen. „Du solltest zu deinem Treffen gehen.“

„Ja. Du hast recht“, sagte er äußerlich höflich, doch sein scharfer Ton sagte etwas anderes.

Zum Glück ging er ohne weiteren Kommentar.

Sophia stieß einen nachdenklichen Seufzer aus, als sie zu der Stelle blickte, an der Wes immer noch stand. Zu viele Augen beobachteten sie, also winkte sie ihm nur kurz zu, bevor sie in ihren Wagen stieg. Auf der Heimfahrt verdrängte sie alles, was mit Ty Prescott zu tun hatte, während sie versuchte zu analysieren, was in der Kirche mit Wes und den anderen, die sich um ihn geschart hatten, los gewesen war. Es war merkwürdig. Aber noch seltsamer war ihr überwältigender Wunsch gewesen, während des Gottesdienstes seine Hand zu halten, selbst wenn Ty auf der anderen Seite neben ihr saß.

Zu Hause wärmte Sophia für Collin eine Schüssel mit Hühnerfleisch und Nudeln auf, die noch übrig waren. Sobald er gegessen hatte, legten sie sich für ein Nickerchen hin. Nachdem der Kleine zur Ruhe gekommen war, kuschelte sich Sophia einfach an ihn und genoss den friedlichen Moment mit ihrem Kind.

Es gelang ihr, für eine Weile einzuschlafen, aber das unangenehme Gefühl war immer noch da, als sie aufwachte, und folgte ihr und Collin sogar bis in den Park, wo sie Collins Kindergartenfreund Dawson und dessen Mutter Laney trafen.

„Was für ein schöner Nachmittag", sagte Laney und räkelte sich neben Sophia auf der Parkbank.

„Kaum zu glauben, dass wir nur noch wenige Wochen bis Weihnachten haben und es noch über zwanzig Grad warm ist", meinte Sophia und beobachtete Collin und Dawson, die auf das Karussell stiegen. Sie wollte gerade hinübergehen und eine Runde drehen, als Dawsons älterer Bruder anbot, das zu übernehmen. Sophia glaubte sich zu erinnern, dass Laney gesagt hatte, er sei elf, aber sie konnte sich nicht an den Namen des Jungen erinnern.

„Ich habe gehört, dein Mann ist in der Stadt", sagte Laney unverhofft und stupste Sophia am Arm. Sophia konnte nicht anders, als die Frau auf Anhieb unsympathisch zu finden.

„*Ex-Mann*", korrigierte sie, ohne weiter auf die Bemerkung einzugehen. Sie sah wieder zu Collin und zuckte zusammen. „Dein Sohn dreht das Karussell viel zu schnell."

„Eric, langsam", rief Laney, aber der Junge machte weiter, als hätte er sie nicht gehört. „Ich habe gehört, dass ihr zusammen essen wart. Mädel, was für ein heißer Typ." Die Frau hatte die Frechheit zu kichern; auf ihre Kinder achtete sie dagegen nicht.

Sophia hatte keine Geduld für die alberne Schwärmerei der Frau, ihr Augenmerk lag auf ihrem Sohn. „Bitte sag deinem Sohn, er soll langsamer machen."

„Ach, das ist schon in Ordnung. Es macht ihnen Spaß …"

Als Sophia sah, dass die Kinder sich immer schneller drehten, sprang sie auf und rannte los, um die rasante Drehung des

Karussells zu stoppen. Doch sie war nicht schnell genug. Zu ihrem Entsetzen beobachtete sie, wie Collin angstvoll die Augen aufriss, als seine Hände den Halt am Griff des Karussells verloren. Bevor sie es erreichte, wurde ihr Junge herausgeschleudert und landete mit einem dumpfen Aufprall auf dem Boden.

„Collin!", schrie sie und kniete sich neben ihn. Der Kleine lag zu einem Ball zusammengerollt da und stöhnte. Sophia bewegte ihn nicht, weil sie befürchtete, dass etwas gebrochen war. Da bemerkte sie eine dicke Wurzel, die aus dem Boden ragte. „Baby, wo tut es weh?", fragte sie ihn, während sie ihn sanft streichelte.

„Überall", presste er mühsam hervor, drückte die kleinen Hände auf den Bauch und begann, unnatürlich zu weinen, was Sophia einen beängstigenden Hinweis darauf gab, dass ihm das Atmen schwerfiel.

Sie holte ihr Handy heraus, rief den Notruf an und wählte dann Tys Nummer. Er ging nicht dran, also sprach sie eine Nachricht auf, bevor sie auflegte.

„Der arme Kleine. Wir können ihn in meinem Wagen mitnehmen", bot Laney an, die zu ihnen geeilt war.

„Nein, wir sollten ihn besser nicht bewegen", sagte Sophia entschlossen, während sie den nächsten Kontakt wählte, den sie brauchte. Wes antwortete schon beim ersten Klingeln. Als sie seine Stimme hörte, brach das mühsam zurückgehaltene Schluchzen aus ihr heraus.

„Wir sind im Park … Collin ist schwer gestürzt … Ich glaube, er ist auf eine große Wurzel gefallen … Er presst die Hände auf den Bauch … Der Notarzt ist unterwegs", brachte sie zwischen Schluchzern heraus, während sie Collin beruhigend über den Körper strich. Als sie hörte, wie ein Auto anfuhr und der Motor aufheulte, wusste sie, dass Wes unterwegs war. Sie legte auf und konzentrierte sich darauf, Collin zu beruhigen, damit er sich nicht bewegte.

Die nächste Stunde verging wie im Flug. Der Notarzt kam, nahm sie auf und brachte sie in die Notaufnahme. Wes wartete dort bereits und ließ Collin ohne Verzögerung zu den Untersuchungen nach hinten bringen.

Während Sophia in einem Warteraum saß, erschienen Opal und Josie, kurz danach auch Sophias Eltern. Zweifellos und glücklicherweise hatte Wes genug Verstand gehabt, um ihnen Bescheid zu geben. Opal übernahm den Versuch, Ty zu erreichen. Nach mehreren Fehlversuchen erinnerte sich Sophia. „Ty ist in einer Besprechung. Er wird die Nachrichten schon bekommen."

Nach einer gefühlt stundenlangen Wartezeit betrat Wes den Raum und trat zu Sophia. Er sprach leise, zog aber sofort die ungeteilte Aufmerksamkeit aller auf sich. „Wir haben Collin untersucht und einen Ultraschall des Bauchraums gemacht, bei dem ein Riss in der Milz festgestellt wurde. Ich habe ein CT angeordnet, um die Diagnose zu bestätigen, und das wurde auch gemacht."

Sophia keuchte und wollte aufstehen, doch Wes ergriff ihre Hände und trat noch näher zu ihr. Mit seiner festen Berührung und einem strengen Blick befahl er ihr, sich auf ihn zu konzentrieren. Sie richtete ihren Blick auf seine Augen, die hinter seiner Brille größer wirkten. „Was soll das heißen?"

„Ein Kinderchirurg ist unterwegs."

Ihre Unterlippe zitterte und eine Gänsehaut überzog ihre Haut. „Operation?" Das Wort kam kaum heraus.

„Es kann laparoskopisch gemacht werden, es wird also kein Schnitt nötig sein", sagte Wes langsam und behutsam. „Collin … wird … wieder … gesund. Ich bringe dich zu ihm und du kannst ihm einen Kuss geben, und dann musst du die Papiere für die Operation unterschreiben, damit wir ihn vorbereiten können."

Sophia stotterte und verschluckte sich. „Ich kann das nicht …"

Wes drückte ihr sanft die Hand und zog sie auf die Beine. „Doch, du kannst. Du wirst dich zusammenreißen. Collin braucht es jetzt, dass du das für ihn tust. Du musst ihm versichern, dass er okay ist und du auch."

Da sie ein wenig schwankte, legte Wes den Arm um sie und führte sie durch die Doppeltüren. Ein wogender Schleier hatte ihre Sicht vernebelt und sie lehnte sich an ihn und ließ sich von ihm durchs Krankenhaus führen. Ihr Herz krampfte sich zusammen, als sie ihren kleinen Jungen in einem Krankenhausbett liegen sah, aber sie schaffte es, sich ihre Reaktion nicht anmerken zu lassen.

„Mama", murmelte Collin. Er sah sehr müde aus, aber offensichtlich erkannte er sie und freute sich.

Die Schwester, die an seinem Bett saß, rückte zur Seite. „Danke", flüsterte Sophia im Vorbeigehen.

Bevor sie zur Tür hinaushuschte, schenkte die Schwester ihr ein freundliches Lächeln.

Zielstrebig ging Sophia ans Bett und nahm Collins Hand. „Hey, mein Kleiner, Mama ist bei dir."

Collin schob seine Unterlippe vor. „Ich muss schlafen, sagt Wes. Dann können sie es heile machen."

Ihr Herz war schwer von einer Mischung aus Sorge und Stolz. Collin klang so ruhig, wenn auch ein wenig verstört, und sie wusste, dass Wes gute Arbeit geleistet hatte, ihn zu beruhigen. „Ja. Er hat es mir erzählt."

„Ich bleibe bei ihm, bis er einschläft", beruhigte Wes sie beide. Dafür war Sophia sehr dankbar. „Zuerst muss Mami ein Papier unterschreiben, das mir und meinem Freund Abram erlaubt, das Wehwehchen zu reparieren, aber ich bin bald zurück. Kann Mindy dir ein Buch vorlesen, bis ich zurück bin?"

„Okay. Aber du komms' schnell, ja?"

Wes zog ein kleines Buch mit einem Rennauto auf dem Einband aus seiner Kitteltasche und reichte es der Schwester, die wieder hereingekommen war. „Mach ich. Gib Mami einen Kuss."

Sophia nahm das als ihr Stichwort, beugte sich vor und drückte ihre zitternden Lippen auf seinen kleinen Mund. „Ich hab' dich lieb, mein Junge."

„Ich dich auch, Mami", erwiderte er, wobei seine Augen bereits das kleine Buch in der Hand der Schwester untersuchten. „Wes hat ein Rennauto."

Mindy riss die Augen auf. „Wirklich?"

Collin nickte und rümpfte die Nase. „Aber es is' nich' schnell."

„Na so was! Ich wette, das in diesem Buch ist schnell." Die Schwester schlug das Buch auf und lenkte Collin ab, während Wes Sophia aus dem kleinen OP-Vorbereitungsraum führte.

Es folgte eine Zeit, in der Sophia den Papierkram erledigte und dann zurück in den Wartebereich der Chirurgie geführt wurde. Josie und Opal waren gute Freundinnen und boten Sophia an, ihr etwas zu essen oder zu trinken zu bringen. Obwohl sie alle Angebote ablehnte, landete eine Wasserflasche in ihren Händen, die bereits halb leer war, bis sie merkte, dass sie sie getrunken hatte.

Als Wes in einem blauen Kittel wieder auftauchte, nahm er neben ihr Platz. Bevor er Sophias Hand nahm und seine Finger mit ihren verschränkte, zog er die OP-Haube vom Kopf und steckte sie in die Kitteltasche. „Sie haben schon angefangen. Es ist eine einfache Prozedur …" Während er leise sprach und jeden Schritt der Operation erklärte, fuhr sein Daumen in einer beruhigenden Kreisbewegung über ihr Handgelenk. Nachdem er ihr den Eingriff erklärt hatte, informierte er sie über die Nachsorge, zu der auch ein oder zwei Nächte zur Überwachung im Krankenhaus gehörten.

Sophia zitterte vor Aufregung, doch Wes zog sie in eine warme Umarmung, die ihr Halt und Kraft gab. Das war der Moment, als die Tür aufflog.

„Wo ist er? Wo ist mein Sohn?", rief Ty und richtete den ausgestreckten Zeigefinger auf Wes. „Und warum helfen Sie ihm nicht?"

Wes löste seine Arme nicht von Sophia und hob nur den Kopf in Tys Richtung. „Ich bin kein Chirurg, aber ich habe einen der besten Kinderchirurgen geholt, um den Eingriff durchzuführen." Er hob eine Hand, schaute auf die Uhr und legte den Arm dann wieder um Sophia. „Collin wird bald wieder gesund sein."

Sophia wusste nicht, was der Grund dafür war, aber plötzlich schien Wes zu erstarren. Als sie aufsah, bemerkte sie, wie er Ty anfunkelte.

Dann stand er auf und setzte Sophia sanft auf einen Stuhl. Mit zusammengebissenen Zähnen sagte er zu Ty: „Ich muss mit Ihnen reden. Draußen. Sofort." Seine Worte waren kaum mehr als ein Flüstern, aber sie enthielten genug Biss, damit Ty ihm tatsächlich aus dem Raum folgte.

Nachdem einige Minuten vergangen waren, wollte Sophia nach ihnen sehen, aber Ty kam zurück, bevor sie das tun konnte.

„Sie haben Wes angepiepst und ihm gesagt, dass Collin wach geworden ist. Er ist losgezogen, um herauszufinden, wann wir nach Hause können." Ty rieb sich den Nacken und setzte sich auf einen Stuhl auf der anderen Seite des Raumes.

„Was ist?“, fragte sie.

Ty schüttelte den Kopf und wischte sich mit einer Hand über den Mund. „Nichts, nur … wenn das hier vorbei ist und Collin zu Hause ist, halte ich es für das Beste, wenn du deinen Job kündigst und dich wieder ganz um ihn kümmerst.“

„Was?“

Alle anderen Anwesenden verließen plötzlich den Raum, um ihnen etwas Privatsphäre zu geben. Nun, alle außer Lincoln. Der hünenhafte Mann stand mit verschränkten Armen über der breiten Brust an der Tür Wache, während sein Blick starr auf Ty gerichtet blieb. Sophia nickte Lincoln verstohlen zu und signalisierte Dankbarkeit, bevor sie ihre Aufmerksamkeit Ty zuwandte, der auf seinem Stuhl hin und her rutschte. Sie erwartete, dass er aufstehen und sich zu ihr setzen würde, aber er blieb auf der anderen Seite des Raumes stehen. „Ich traue deinem Freund, diesem Arzt, nicht über den Weg. Und ich würde es begrüßen, wenn du dich auf unseren Sohn konzentrieren würdest. Unsere Konten sind jetzt frei. Das war es, was mich heute Nachmittag aufgehalten hat.“

„Oh.“ Sophia war das im Moment völlig egal. Sie war zu aufgeregt, weil sie unbedingt zu Collin wollte.

„Ja. Ich muss nur eine unsinnige Strafe zahlen, aber alles ist gut. Du brauchst nicht mehr zu arbeiten.“ Die Tür öffnete sich und Mindy, die Krankenschwester, trat ein und lächelte. „Wes sagte, ich solle Sie holen, Sophia, um Sie zu Collin zu bringen.“

Ty stand auf. „Ich bin sein Vater. Was ist mit mir?“

Mindy schenkte ihm ein sehr bewusstes Lächeln. „Es tut mir leid, Sir. Ich kann nur eine Person in den Aufwachraum lassen und Collin fragt nach Sophia. Aber wir sollten ihn in spätestens einer Stunde in einem Patientenzimmer haben.“

Sophia eilte an Ty vorbei und war überrascht, als er ihr aus dem Weg ging, anstatt ihn ihr zu versperren. Aus irgendeinem Grund hielt er Abstand zu ihr. Vielleicht hatte die Tatsache, dass er sie in Wes' Armen gefunden hatte, ihn verärgert. Wenn das so war, dann sollte es so sein. Ihre erste Sorge galt jetzt Collin.

Die Schwester hielt ihr Wort und innerhalb einer Stunde waren sie in einem Krankenhauszimmer. Es herrschte eine peinliche Anspannung – Ty saß in einer Ecke, während Wes sich um Collin kümmerte. Sophias Familie und Freunde blieben auf Anraten von Wes nur kurz und versprachen, am nächsten Tag wiederzukommen.

„Meine Superhelden-Unterhose," jammerte Collin, als er bemerkte, dass sein Popo nackt war.

„Du hattest einen Unfall in den Sachen, die du anhattest, aber Onkel Seth bringt dir was", versicherte Wes ihm.

Sophia wusste nicht, ob ihm überhaupt bewusst war, dass er seinen Bruder Collins Onkel genannt hatte, aber Mannomann – das klang wirklich richtig.

„Ich muss Pipi", jammerte Collin nach ein paar weiteren Minuten.

„Okay." Sophia stand neben dem Bett und überlegte, wie sie Collin heben konnte, ohne ihm wehzutun oder die Infusion umzustoßen.

„Daddy soll mich nehmen. Oder Wes. Ich bin ein Mann, Mommy", lallte Collin, der noch immer von der Narkose benommen war.

Sophia drehte sich zu Ty um, aber der warf ratlos die Hände hoch und wirkte verstört. „Whoa. Ich könnte ihn verletzen."

Wes ging, ohne zu zögern, zu Collin und zog den Krankenhauskittel fester um das Kind. „Collin ist nicht zerbrechlich. Er ist ein *Mann.*" Er zwinkerte Sophia beruhigend zu, während er Collin langsam auf den Arm nahm und begann, den Infusionsständer hinter sich her ins Bad zu ziehen.

Sobald sich die Tür schloss, stieß sich Ty von der Wand ab. „Mein Bein bringt mich um. Ich werde rausgehen."

„Sie haben Feldbetten, wir können hier übernachten", deutete sie auf die beiden Betten, die an der hinteren Wand gestapelt waren. Mehrere Plüschtiere, an die Heliumballons gebunden waren, nahmen den restlichen Platz an der Wand ein.

„Babe." Ty klopfte sich auf die Brust. „Mein Gestell passt nicht auf ein Feldbett. Ich bin gleich morgen früh wieder da. Gib dem kleinen Mann einen Kuss von mir und sag ihm, dass ich ihn liebe", sagte er entschlossen und verschwand.

Worte … leere Worte, dachte sie. Ty war ein Profi darin, sie auszuspucken, aber er ließ ihnen fast nie Taten folgen. Als sie das Geräusch der Toilettenspülung und des fließenden Wassers vom Waschbecken hörte, wurde sie aus ihren trüben Gedanken gerissen.

Mit Collin auf dem Arm kam Wes zurück und sah so zerknittert aus, wie sie ihn noch nie gesehen hatte. Und doch wirkte er stärker als je zuvor. Kaum konnte sie die Wertschätzung, die sie bei seinem Anblick überkam, zurückhalten. Ihr Daumen strich über ihren Ring, während sie im Stillen Gott dafür dankte, dass er Wes als Anker mitten in diesem Sturm geschickt hatte.

Als Wes Collin aufs Bett legen wollte, klammerte sich der kleine Kerl an ihn. „Du solls' mich feshalten, Wes."

Wes lächelte. „Sicher." Er schnappte sich eine zusätzliche Decke und wickelte sie um Collin, bevor er zum Sessel ging und sich darauf niederließ. „Mommy, warum streckst du dich nicht aus und hältst Collins Bett für ihn warm.“ Er zwinkerte ihr noch einmal zu und zog den Infusionsständer näher zu sich und damit aus dem Weg.

Sie tat, was er gesagt hatte, und drehte sich auf die Seite, um die beiden zu beobachten, die zusammen im Sessel saßen. Wes warf einen Blick auf die gegenüberliegende Wand, als sie bemerkte, dass er zwei Finger an Collins Handgelenk hielt, um seinen Puls zu prüfen. Ihr wurde warm ums Herz, als sie sah, wie sanft und aufmerksam er war, wie er ihren Sohn gleichzeitig verarztete und väterlich umsorgte.

Tränen traten ihr in die Augen, als sie die heimliche Untersuchung beobachtete, die Wes durchführte, während er sich leise mit Collin unterhielt. Er maß Collins Temperatur, indem er seine Lippen auf die Stirn ihres Sohnes drückte, prüfte seine Füße und Beine auf Anzeichen von Schwellungen, wie sie vermutete, und untersuchte dann vorsichtig die drei kleinen Einschnitte. Danach schaffte er es sogar, Collin dazu zu überreden, ein paar Schlucke Wasser zu trinken, bevor er eindöste.

„Warum schläft er so viel?“, flüsterte Sophia und stützte ihren Kopf in die Hand. „Es ist normal, dass jemand, der narkotisiert wurde, ein oder zwei Tage danach noch groggy ist. Außerdem hat er eine ziemliche Tortur hinter sich. Du übrigens auch. Du bist sicher erschöpft“, sagte Wes mitfühlend.

„Ein wenig“, antwortete sie schulterzuckend.

Es klopfte leise an die Tür und eine Schwester kam auf Zehenspitzen herein. „Ich bin Annie, die Nachtschwester. Ich wecke ihn nur ungern, aber ich muss seine Vitalwerte überprüfen.“ Während sie die Aufgabe schnell erledigte, ließ sie Collin in Wes’ Armen liegen, der sie über seine eigene Untersuchung informierte und damit bestätigte, was Sophia vermutet hatte.

„Ich bleibe die Nacht über hier. Wenn Sie mir ein Stethoskop, ein Thermometer und Verbandszeug bringen, kümmere ich mich um ihn."

Die Schwester errötete. „Es macht mir nichts aus, mich um ihn zu kümmern, Dr. Sawyer. Das ist mein Job."

„Und ich weiß, dass Sie den sehr gut machen", antwortete Wes in dem beruhigenden Tonfall, den Sophia an ihm schon oft gehört hatte, wenn er verzweifelte Patienten und Eltern vor sich hatte. „Aber die beiden hier hatten einen langen, harten Tag. Ich möchte, dass sie möglichst wenig gestört werden, damit sie sich ausruhen können. Ich werde mich melden, wenn ich Sie brauche."

„Wenn Sie meinen ..."

„Ja, das meine ich."

Die Krankenschwester tippte etwas in den Computer, bevor sie aus der Tür verschwand. Wenige Augenblicke später war sie mit den von ihm angeforderten Materialien und einem Kaffee zurück. „Bitte rufen Sie an, wenn Sie etwas brauchen."

„Danke, Annie." Wes schenkte ihr ein höfliches Lächeln, bevor sie ging.

„Hab' Hunger", verkündete Collin, noch halb im Schlaf.

Sophia setzte sich auf, um etwas zu suchen, aber Wes hob die Hand und winkte ihr, liegen zu bleiben. „Wir hatten doch Seth losgeschickt. Er sollte jeden Moment hier sein."

Wie auf sein Stichwort stürmte Seth völlig außer Atem durch die Tür. „Mann, ich hoffe, ich habe alles dabei." Er ließ ein paar Taschen auf das Bettende fallen, drückte Sophia mitfühlend den Fuß, ging zu Wes und kniete sich vor den Sessel. „Hallo, Sportsfreund. Ich habe gehört, du hast ein Wehwehchen." Mit den Fingern fuhr er Collin durch die Locken. Das war etwas, dem anscheinend niemand widerstehen konnte.

„Is' schon gut, Onkel Sef. Wes und sein Freund machen mich wieder gesund", murmelte Collin und entlockte allen Erwachsenen ein leises Kichern.

„Gut zu hören", meinte Seth zu ihm.

Sophia stand auf und begann, die Taschen zu durchsuchen. Als sie eine neue Packung Unterwäsche fand, riss sie sie auf und warf Wes ein Superman-Exemplar zu.

„In einer Tasche müssten noch Erdnussbutter und Bananen sein", sagte Wes, während er Collin vorsichtig in die Unterwäsche half.

„Ja. Ich hab' diese gesunde Sorte besorgt, wie du gesagt hast."

„Collin braucht Proteine und Vollwertkost. Das wird ihm bei der Heilung helfen", erwiderte Wes.

„Jawohl, Herr Doktor", sagte Sophia mit kaum einem spöttischen Unterton. Sie zog das Glas Erdnussbutter aus der genannten Tasche heraus und lächelte anerkennend. Seth hatte an alles gedacht: Teller, Plastikbesteck, Saftpäckchen und Feuchttücher. Schnell schnitt sie eine Banane in Scheiben und bestrich jedes Stück mit etwas Erdnussbutter.

Collin schaffte zwei Stücke, und nachdem er einen Schluck Saft geschlürft hatte, verzog er das Gesicht: „Ich will nich' mehr."

Da sein Appetit schneller verschwand, als er aufgetaucht war, machte Sophia sich Sorgen. „Er hat nicht viel gegessen."

„Das ist normal", beruhigte Wes sie, während er sich eine Bananenscheibe in den Mund steckte und den Teller weiterreichte, als wäre es ein Tablett mit Vorspeisen. Bald war der Teller leer und Collin gähnte schon wieder. „Seth, ziehen wir dem Kleinen mal seinen neuen Schlafanzug an."

Sophia fischte den Schlafanzug aus der Tasche und riss die Etiketten ab, bevor sie ihn an Seth weiterreichte. Beide Männer zogen dem Kind mit vereinten Kräften die locker sitzende Hose an und dann hatte Wes in Windeseile die Infusion gelöst und die Infusionsnadel abgeklebt.

„Wow, sieh dir das an." Seth zeigte auf die OP-Nähte auf Collins Bauch. „Na, wenn das nicht cool ist."

„Is' nich' cool. Ich will schlafen", antwortete Collin mit einem Gähnen und rieb sich die Augen.

Wes knöpfte den letzten Knopf des Schlafanzugtops zu und legte Collin in die Kissen. „Dann sollten wir unser Nachtgebet sprechen, bevor Onkel Seth geht. Okay?"

Während Collin nickte, konnte Sophia ihre Rührung kaum verbergen. Weston Sawyer war alles, was ein Daddy sein sollte. Es schmerzte sie zutiefst, dass Ty sich nie so sehr um ihren Sohn gekümmert und nicht ein einziges Mal mit ihm gebetet hatte.

Nachdem das Gebet beendet war und Seth versprochen hatte, bald wiederzukommen, zog Sophia ein Feldbett heraus und wollte gerade das zweite herausziehen, als Wes sie aufhielt.

„Ich bleibe auf und behalte Collin im Auge." Er dämpfte das Licht und setzte sich in den Sessel.

„Dann bleibe ich auch auf." Ein kurzer Blick auf die Uhr zeigte, dass die Zeit schon weiter vorangeschritten war, als sie dachte. Es war bereits weit nach Mitternacht.

Wes schüttelte den Kopf und bestand darauf, dass sie sich hinlegte. „Es ist wichtig, dass du versuchst, dich etwas auszuruhen. Er wird dich morgen sehr viel mehr brauchen."

Sie sah ein, was er sagte, und legte sich wieder hin, während sie beobachtete, wie er den Computerbildschirm studierte und zwischendurch zum Bett ging, um nach Collin zu sehen. Einmal kam er an Sophias Seite und zog ihr die Decke über die

Schultern, bevor er ihr einen sanften Kuss auf den Kopf gab. Doch die Erschöpfung gewann jetzt die Oberhand, und mit der Gewissheit, dass ihr Sohn in guten Händen war, konnte Sophia es zulassen, dass ihre Augen sich schlossen und ihr Geist zur Ruhe kommen durfte.

18

Wes fragte sich, ob er sich in der ganzen Stadt unbeliebt machen würde, wenn er gegen ein halbes Dutzend Omas eine einstweilige Verfügung erwirken würde.

„Und woher wissen Sie das alles?", fragte er gerade, legte die Arme auf den Schreibtisch, beugte sich vor und musterte die orangehaarige Klatschtante eindringlich.

Trudy stellte den riesigen Topf mit Fischschmortopf auf dem Schreibtisch ab und setzte sich dann. „Bertie hat diesem Ty-Typ ein paar Kekse vorbeigebracht. Natürlich als Zeichen, dass wir hier gastfreundlich sind", sagte sie schulterzuckend, während sie ihre Perücke zurechtrückte und sich unschuldig gab.

„Natürlich", wiederholte Wes trocken und sah zu, wie Dalma seinen kleinen Bürokühlschrank durchstöberte. „Und, irgendwas dabei, was Sie gern hätten?"

Die kleine Frau drehte sich um, hielt ihm eine Handvoll Beeren hin und stieß die Kühlschranktür mit der Hüfte zu. „Sie sind nicht die frischesten, aber sie sind gut. Wollen Sie eine?" Sie streckte die Hand aus, als ob die Früchte ihr gehören würden.

„Lassen Sie sich's schmecken. Nein, danke", antwortete Wes seufzend und richtete seine Aufmerksamkeit wieder auf Trudy. „Ist Bertie sich da sicher? Oder sind das nur Vermutungen?"

„Schätzchen, das alte Mädel muss vielleicht ’ne Brille tragen. Aber ich sag Ihnen was, ’nen Mann von so ’ner Statur, den übersieht man nich’, wenn er nackt vor einem steht. Bertie sagt, er hat wenigstens so viel Anstand gehabt, so zu tun, als sei es ihm peinlich.“

Wes wusste bereits, dass Ty Sophia hinterging. Dieser egoistische Hohlkopf war im Krankenhaus aufgetaucht und stank förmlich nach Beweisen – kaugummirosa Lippenstift im Mundwinkel und um sich herum der Dunst von billigem Parfüm. Wäre Sophia bei klarem Verstand gewesen, hätte sie erkannt, dass Ty den Nachmittag mit einer Frau verbracht hatte und nicht mit irgendwelchen Geschäftspartnern.

Bis sie außer Hörweite gewesen waren, hatte Wes Ty praktisch aus dem Warteraum und dann den Flur hinunter geschubst, und die ganze Zeit über hatte sie ein süßlicher Duft umweht. Wes hatte sich vorgebeugt und an Ty herumgeschnuppert. „Das ist nicht Sophias Parfüm, das Sie da tragen. Und sie würde nie im Leben diesen kitschigen, billigen Lippenstiftton auflegen.“

Sofort hatte Ty sich mit dem Handrücken über den Mund gewischt und dann den Nerv besessen, den rosa Fleck anzustarren, als verstehe er nicht, wie er dahin gekommen war. „Wie bitte?“

„An Ihrem Hals ist auch noch was“, hatte Wes vorwurfsvoll gesagt und auf die Stelle in der Nähe von Tys Ohr gedeutet. „Ihr Kind wurde notoperiert, und Sie haben nichts Besseres zu tun, als sich mit einer Frau einzulassen, die nicht die ist, die Sie für sich beanspruchen.“ Wes’ Schnauben war so verächtlich gewesen, dass es dem Mann tatsächlich die Röte in die Wangen getrieben hatte. „Collin und Sophia haben etwas Besseres verdient.“

Ty schien auf etwas herumzukauen und zu überlegen, wie er es ausspucken konnte, aber er kam nicht dazu. Wes’ Piepser ertönte und alle Aufmerksamkeit richtete sich wieder auf Collin. Als Wes Ty im Gang stehen ließ, rief er ihm noch eine Warnung zu, bevor er verschwand: „Kommen Sie ihr besser nicht zu nahe, sonst riecht sie das Parfüm."

„Huhu, mein Goldjunge. Haben Sie mich gehört?" Trudy schnippte mit den Fingern und riss Wes aus der Erinnerung daran, dass er Ty auf dem Krankenhausflur fast geschlagen hatte.

Wes räusperte sich und sagte: „Tut mir leid. Was sagten Sie gerade?"

Trudy schnalzte missbilligend mit der Zunge, weil er nicht zugehört hatte. „Bertie hat sich sogar vergewissert, dass es nicht unsere Sophia Grace war, die mit ihm da drin war, bevor sie ging. Sie sagte, es sei irgend so eine Wasserstoffblondine gewesen." Trudy rümpfte die Nase. Als ob ausgerechnet sie das Recht hatte, über gefärbte Haare zu urteilen.

Wes wusste, er hätte über diese Nachricht nicht erleichtert sein sollen; aber er war es. Er wusste, dass Ty zumindest in der ersten Nacht, in der er wieder in der Stadt war, in Sophias Wohnung übernachtet hatte. Sie hatte sich in den letzten Tagen zurückgezogen, und Wes war sich nicht sicher, ob sie sich nur von Collins Unfall erholte oder ob sie Abstand zwischen sich und ihn brachte, um die Situation mit Ty zu klären. Wenn er ehrlich zu sich war, musste er sich eingestehen, dass er feige war, weil er sich nicht zu einem Gespräch mit ihr zusammensetzte, um alles zu klären. Außerdem fürchtete er, dass ihm das Ergebnis eines klärenden Gesprächs nicht gefallen würde.

„Machen Sie mal Platz da", sagte Dalma und klopfte Wes auf die Schulter.

Verdattert, wie er war, tat er, was sie sagte, ohne weiter zu fragen. Dalma besuchte ihn mindestens einmal in der Woche, egal, ob sie seine medizinischen Dienste benötigte oder nicht, und dann benahm die kleine Lady sich so, als sei sie in der Praxis zu Hause. Er blinzelte und sah zu, wie sie in der obersten Schublade seines Schreibtischs wühlte und einen roten Lutscher zutage förderte. Als sie sich wieder auf die andere Seite des Schreibtischs begab, rollte er den Stuhl zurück an seinen Platz.

„Nun, meine Damen, ich weiß nicht, was ich Ihnen sagen soll. Ty ist ein erwachsener Mann."

„Na, dann sagen *wir Ihnen* jetzt mal was", verkündete Trudy spöttisch. „Jemand muss diesem Hornochsen eine Lektion erteilen."

Während die alte Lady weiter auf ihn einredete, blendete Wes sie aus und versuchte, die Kopfschmerzen wegzumassieren, die ihn plagten. Abwesend murmelte er: „Ich werde sehen, was ich tun kann."

Es war sein erster Arbeitstag seit Collins Operation, aber bis er die beiden alten Hühner endlich aus der Praxis hinauskomplimentiert hatte, war er nicht mehr in der Lage zu arbeiten. Agnes, die für Sophia eingesprungen war, war das nicht entgangen, und sie hatte die Assistentin angerufen, damit sie sich um die Nachmittagspatienten kümmern sollte, während Wes in seinem Büro saß und vor Wut kochte.

Ty hatte es verdient, bei seinem unwürdigen Tun ertappt zu werden, aber Sophia hatte es nicht verdient, dadurch verletzt zu werden. So gut es ging, schob Wes Zorn und Verwirrung beiseite und griff zum Handy, um zu tun, was getan werden musste.

Nach der Arbeit fuhr Wes direkt zum *Bless This Mess* und traf sich mit August auf dem Parkplatz, der ihn zum Hintereingang führte, durch den sie den Laden betraten. Sie fanden Lincoln an einem Arbeitstisch, auf dem mehrere Pläne lagen.

Als Lincoln sie bemerkte, sah er auf. „Was ist los?"

Mit einem fragenden Blick ging August zu einem Dampfgartopf, der in der Ecke stand. „Was kochst du da?"

Lincoln kritzelte etwas auf einen Notizblock, bevor er antwortete: „Möbelgriffe. Ich versuche, die Farbe auf umweltverträgliche Weise zu entfernen. Ich muss meine Frau und mein Kind schützen." Stolz schwang in seiner Stimme mit.

„Nun, wir haben noch eine Mutter und ein Kind, die unseren Schutz brauchen", sagte August, drehte einen Stuhl um, setzte sich und legte die Arme auf die Lehne. Wes nahm den anderen Stuhl und die beiden anderen Männer sahen ihn erwartungsvoll an.

„Ich weiß nicht, ob ihr es bemerkt habt, aber als Ty am Sonntag im Krankenhaus auftauchte, roch er nach Parfüm und hatte Lippenstiftspuren an sich, die nicht zu Sophia gehörten." Wütende Hitze stieg in seinem Nacken auf. Er öffnete den obersten Hemdknopf und lockerte die plötzlich zu enge Krawatte.

„So ein elender Mistkerl. Er spielt ihr vor, dass er wieder mit ihr zusammenkommen will, und belügt und betrügt sie wieder nach Strich und Faden! Hat sie es bemerkt?", fragte Lincoln. Wes schüttelte den Kopf. „Wir müssen ihm wohl mal unsere ungeteilte Aufmerksamkeit zuteilwerden lassen", sagte Lincoln ganz langsam.

„Es gefällt mir, wie du denkst, Cole. Das ist genau das, was wir tun müssen. Diesmal werden wir uns aber richtig ausführlich Zeit für ihn nehmen", antwortete August breit grinsend, während seine ganze Miene ein diebisches Vergnügen verriet.

Wes schnaubte: „Wenn Sophia hier wäre, würde sie die Augen verdrehen und infrage stellen, dass ihr erwachsene Menschen seid."

August zuckte mit den Schultern. „Sie ist nicht hier, also können wir diesen Punkt diesmal mit so viel Unreife behandeln, wie wir wollen."

„*Diesmal*? Was soll das denn heißen?", fragte Wes.

August verschränkte seine Arme auf der Stuhllehne. „Nicht alles hat es in die Klatschpresse und in die Schlagzeilen geschafft, als Sophia Anfang des Jahres mit blauen Flecken und aufgeplatzten Lippen von ihrer Reise nach Kalifornien zurückkam. Ty flog ein paar Tage später ein, und Linc und ich waren so freundlich, ihn vom Flughafen abzuholen. Wir fuhren raus auf einen Acker meiner Familie, und Linc hat ein bisschen ‚Hand angelegt' und Ty sehr nachdrücklich erklärt, dass er Sophia besser nicht mehr anrühren solle, und schon gar nicht, wenn er wütend ist."

Lincoln hatte den Hals vorgestreckt, August starrte düster aus dem Fenster; die beiden schienen den Vorfall noch einmal zu erleben. Sie sahen regelrecht zum Fürchten aus, und Wes beschloss auf der Stelle, dass er es nie darauf ankommen lassen wollte, eine solche Begegnung mit diesen beiden bulligen Kerlen zu haben. Er war froh, sie auf seiner Seite zu haben.

„Ty kam gestern in Sophias Wohnung vorbei, als ich dort war. Bevor ich ging, hat er mich beiseitegenommen und geschworen, dass er sich geändert hat. Aber heute sind zwei Damen vom Strickklub bei mir in der Praxis aufgetaucht, und wenn man ihnen glaubt, dann hat sich nichts geändert."

Lincoln ließ den Stift fallen, und obwohl sein Kinn von einem dunklen Bart verhüllt war, sah Wes, wie sein Kiefermuskel sich anspannte. „Wieso?"

Wes berichtete, was er von Trudy erfahren hatte, als sie ihn mit einer neuen Ladung ihres Schmortopfs beglückt hatte.

„Wo ist der Schmortopf?", fragte August.

„Darum kümmern wir uns später", antwortete Lincoln für Wes, während er aufstand und seine Füße in ein Paar abgetragene Flip-Flops steckte. „Im Moment ist es wohl an der Zeit, diesem Mr Football einen Besuch abzustatten. Wie man hört, wohnt er in einem dieser protzigen neuen Strandhäuser. Los geht's, Jungs."

Die drei Männer stiegen in Lincolns Jeep und innerhalb von zehn Minuten parkten sie hinter einem schicken Range Rover vor einem neu gebauten Strandhaus. Es bestand ganz aus Glas und Beton, ganz anders als die traditionellen Häuser ein paar Straßen weiter südlich.

Wes hatte gehört, dass nach dem Hurrikan Lacy, der zwei Jahre zuvor mehrere Häuser bis auf die Grundmauern zerstört hatte, ein Bauträger auf den Plan getreten war und die betroffenen Grundstücke aufgekauft hatte. Die neue Bebauung war modern und auffällig-elegant, um reichere Käufer anzuziehen.

Es war klar, dass Lincoln Cole vorhatte, Klartext zu reden, und nicht die geringsten Bedenken hegte, als er Sturm klingelte und durch die Tür stürmte, sobald Ty ihm mit einem verdutzten Gesichtsausdruck geöffnet hatte. Ty war nur mit seinen Boxershorts und der Schiene an seinem Fuß bekleidet und sah verwirrt aus. „Was wollt *ihr* denn hier?"

Als alle drei in einem strahlend weißen Flur standen, rief Lincoln: „Ty, wir müssen ein Wörtchen mit dir reden!"

„Ich glaube, du brauchst eine kleine Auffrischung im Blick darauf, was wir beim letzten Mal besprochen haben", sagte Lincoln, während er bedrohlich einen Schritt vortrat und Ty instinktiv einen Schritt zurückwich. Beide Männer waren von beachtlicher Größe, aber Lincoln hatte Ty immer noch ein paar Zentimeter und zehn oder fünfzehn Kilo voraus.

„Ich hab' seitdem keinen Finger mehr an meine Frau gelegt, schon gar nicht im Zorn", beteuerte Ty, hob abwehrend die Hände und versuchte, den Anschein von Unschuld zu erwecken, was ihm jedoch nicht gelang.

„*Ex-Frau*", korrigierte August, und Wes hätte ihm am liebsten aus Dankbarkeit die Hand geschüttelt.

Eine spärlich bekleidete Frau mit verschmierter Schminke und blondem Haar erschien. Sie stieß einen kleinen Schrei aus und verschwand von der Bildfläche.

„Es ist nicht das, wonach es aussieht", sagte Ty und machte einen Schritt auf August zu, der daran interessiert schien, die flüchtige Erscheinung zu finden. „Sie ist meine Physiotherapeutin."

„Oh, sie wird also dafür bezahlt, mit dir Sex zu haben? Ich glaube, das nennt man etwas anders", sagte August spitz und mit hochgezogenen Augenbrauen.

„Und was hast *du* hier zu suchen?", bellte Ty in Wes' Richtung, als hätte er seine Anwesenheit gerade erst bemerkt.

„Oh, Wes ist nur hier, um uns in Schach zu halten. Um sicherzustellen, dass wir dich nicht in Stücke reißen", knurrte Lincoln jetzt regelrecht durch zusammengebissene Zähne. „Aber ich denke, das wäre genau das, was du verdienst."

Wes sah zu, wie August zu einem vertraut aussehenden Teller mit Keksen ging, der auf einem kleinen Tisch an der Tür stand. Er hob die Plastikfolie, nahm sich einen Keks und biss hinein. „Hmmm, schmeckt ganz wie ein Bertie-Matthews-Keks. Ich gehe also mal davon aus, dass sie dich über unseren Freund

Wes hier und über seine Beziehung zu Sophia aufgeklärt hat. Du weißt schon … all das, wovon du noch nichts gehört hattest." August schnappte sich einen weiteren Keks und deutete mit dem Daumen in Wes' Richtung. „Nach diesem Kerl hier lecken sich alle Frauen dieser Stadt, die auf Partnersuche sind, die Finger. Aber er respektiert sein Mädchen genug, um nicht einmal in ihre Richtung zu schauen. Selbst nachdem du hier aufgetaucht bist, um Ärger zu machen."

Wäre Wes ein selbstbewussterer Mann, hätte er August jetzt dafür umarmt. Stattdessen richtete er sich nur etwas gerader auf und reckte das Kinn vor, um bei dieser testosterongeschwängerten Konfrontation genauso einschüchternd zu wirken wie seine beiden Freunde.

„Sein Mädchen, ja?", sagte Ty in einem herablassenden Ton und verschränkte die Arme vor der nackten Brust.

„Ja. Sophia ist sein Mädchen, und es wird Zeit, dass du das respektierst", antwortete August und rief in Richtung des Schlafzimmers, in dem die Blondine verschwunden war: „Hey, Süße, komm mal kurz her!"

„Warte!", begann Ty, aber sie schlurfte bereits den Flur entlang. Als sie mit einem Laken vor der Brust um die Ecke lugte, zückte August sein Handy und schoss mehrere Fotos. „He!" Ty stürzte sich auf Augusts Handy, kam aber nicht näher, als Linc die Hand ausstreckte und ihn am Kragen packte, hochhob und dann fallen ließ, sodass Ty mit einem dumpfen Aufprall auf dem Rücken landete.

Wes hatte den Blick auf August gerichtet, der an seinem Handy herumfummelte, als sein eigenes in seiner Tasche zu vibrieren begann und er wusste, dass diese Bilder nun auch in seinem Besitz waren.

„Diese Fotos werden nicht in die Hände der Medien gelangen, solange wir dein Wort haben, dass du Sophia in Ruhe lässt." August hielt das Handy hoch, um das Foto zu zeigen. „Denn du machst es ja immer wieder deutlich: Du respektierst sie nicht genug, um ihr treu zu bleiben. Und Sophia verdient etwas Besseres als das. Sie verdient Wes."

Wes trat neben Ty, der immer noch von Linc auf den polierten Boden gedrückt wurde, und sah zu ihm hinunter. Ein Anflug adrenalingetriebener Großspurigkeit schoss durch seine Adern.

„Du wirst dich darauf konzentrieren, der Daddy zu sein, den der Junge verdient. Und wenn du das nicht schaffst, packst du am besten deine Sachen und verlässt die Stadt. Wir sind hier zu dritt, und es gibt mindestens ein weiteres halbes Dutzend Kerle, die sich von jetzt an nicht mehr damit zufriedengeben werden, wenn du dich nicht von deiner besten Seite zeigst."

Während Lincoln seinen Griff um Ty löste, trat Wes zurück und folgte Linc zur Tür. Im letzten Moment drehte Wes sich um und fügte hinzu: „Und nur damit du es weißt: Ich werde für die beiden da sein. In jedem Fall."

August steckte sein Handy ein und nahm den Teller mit den Keksen in die Hand. Als Wes ihn eindringlich ansah, zuckte er mit den Schultern und sagte: „Die sind zu gut, um sie an Mr Football zu verschwenden."

Ty protestierte nicht, sondern stand so unauffällig wie möglich auf und verschwand in einem Zimmer. Wes fragte sich, ob dieser Kerl unter all den gebräunten Muskeln nichts weiter als ein Feigling war. Er schüttelte den Kopf und ließ vieles ungesagt, weil er wusste, dass die Botschaft unmissverständlich angekommen war.

Erst als sie in den Wagen stiegen und losfuhren, bemerkte Wes, wie kühl und trüb der Tag geworden war. Er holte sein Handy heraus und schickte Sophia eine Nachricht, um zu hören, wie es Collin ging, und zu erfahren, ob sie etwas brauchten. Sie antwortete schnell, dass alles in Ordnung sei.

„Jetzt, wo das erst einmal erledigt ist, haben wir noch zwei Dinge auf der Tagesordnung, Jungs. Zuerst müssen wir uns um diese Kekse kümmern", sagte Lincoln. „Und dann suchen wir ein paar Schüsseln für den Fischschmortopf."

„Einverstanden", meldete sich August vom Rücksitz aus zu Wort, wo er bereits die Kekse verputzte. Wes dachte sich, dass die erste Aufgabe wahrscheinlich erledigt sein würde, bevor sie an ihrem Ziel ankamen.

„Können wir noch einen dritten Punkt hinzufügen?", fragte Wes, als Lincoln hinter *Bless This Mess* parkte. Keiner machte Anstalten, aus dem Jeep auszusteigen.

Lincoln warf Wes einen fragenden Blick zu, als dieser die Handbremse zog. „Gibt es wieder Probleme mit Seth?"

Wes winkte ab und schüttelte den Kopf. „Nein. Nichts dergleichen. Aber ich habe ein kleines Problem. Ich muss herausfinden, wie ich mit Sophia wieder auf einen gemeinsamen Kurs komme."

„Na, jetzt, wo Ty aus dem Weg ist – kann es nicht einfach wieder so zwischen euch werden, wie es war, bevor er aufgetaucht ist?" August schob den Teller mit den kümmerlichen beiden letzten Keksen zwischen Lincoln und Wes.

Wes hatte keinen Appetit, also überließ er beide Lincoln. „Ich wünschte, es wäre so einfach", fing er an und erzählte, was nach dem Geländelauf zwischen ihm und Sophia passiert war, aber Lincoln unterbrach ihn.

„Warte. Das erzählst du uns besser, während wir den Schmortopf vertilgen", sagte Lincoln, zog den Schlüssel aus dem Zündschloss und stieg aus. Wes schnappte sich den Container aus seinem Auto und folgte den Jungs ins Haus. Als sie am Tisch im Hinterzimmer des Ladens Platz genommen hatten und den Eintopf aus Kaffeetassen schlürften, forderte Lincoln Wes auf weiterzuerzählen.

Während Wes von dem Kuss und ihrem Wortwechsel berichtete, bei dem seine Zunge eine Fehlfunktion gehabt hatte, ließ er sich die Brühe in seiner Tasse schmecken.

Nachdenklich und mit zusammengekniffenen Augenbrauen murmelte Linc: „Ja, ich würde sagen, es ist nie eine gute Idee, einer Frau zu sagen, dass man sie anfangs nicht leiden konnte, und dann auch noch eins draufzusetzen und ihr zu sagen, dass man sie nicht mögen will."

„Besonders eine so temperamentvolle wie Sophia", bestätigte Lincoln und füllte seine Tasse nach. „Ich wette, dafür hat sie dich ganz schön in die Zange genommen."

„Nein, aber so, wie sie aussah, hätte sie das liebend gern getan."

Grinsend lehnte sich August in seinem Stuhl zurück. „Ich kann nicht glauben, dass du euren ersten Kuss so vermasselt hast."

Lachend erzählte Lincoln: „Na ja, mein erster Kuss mit Opal ist ähnlich abgelaufen. Ich glaube, ich habe etwas darüber gesagt, dass ich mich lieber nicht in sie verliebt hätte und dass ich es nicht mehr aushalten könnte." Ein langsames Grinsen stahl sich unter seinem dunklen Bart hervor. „Dann habe ich sie einfach geküsst."

„Mann, ihr beide seid in der Romantikabteilung aber echte Armleuchter." August nahm einen Stift und begann, ein kompliziertes Muster an den Rand einer Rechnung zu kritzeln, aber Lincoln schien das nicht zu stören.

„Was ist mit dir? Hast du für Josie einen Kuss *gemalt*?“, fragte Lincoln mit einer gehörigen Portion Sarkasmus.

August blickte von der Zeitung auf und sah ziemlich selbstgefällig aus. „Keineswegs. Ich bin so unwiderstehlich, dass meine Frau mich sogar zuerst geküsst hat.“

Schnaubend rief Lincoln: „Du erwartest von mir, dass ich glaube, dass unsere süße, schüchterne Josie diejenige war, die die Initiative für euren ersten Kuss ergriffen hat?“

„Das kannst du glauben.“ August ließ den Stift fallen, breitete die Arme aus und zuckte mit den Schultern. „Ich sagte doch, ich bin unwiderstehlich.“

„Na schön … Du bist der Schönste“, sagte Lincoln ironisch.

August senkte zustimmend den Kopf. „Ich meine, ich war es, der sie aus dem Haus gezogen hat, um mit ihr im Regen zu tanzen. Ich bin mir ziemlich sicher, dass mich das unwiderstehlich gemacht hat.“

„Nein. Du hast einfach Glück gehabt.“ Mit dem Finger deutete Lincoln auf August, bevor er aufstand und drei Flaschen Wasser aus einem kleinen Kühlschrank holte. Er verteilte sie und ließ sich in den Stuhl zurückfallen.

Wes hatte das Gespräch schweigend verfolgt, meldete sich aber zu Wort, als die beiden Jungs damit fertig zu sein schienen, sich gegenseitig zu veralbern. „Also, was soll ich eurer Meinung nach tun?“

„Ganz einfach. Du musst sie zurückgewinnen.“ Bei Lincoln klang es wirklich einfach, aber Wes wusste es besser.

„Ich weiß, aber wie soll ich das anstellen?“, fragte Wes skeptisch.

„Du musst dir eine romantische Geste von epischem Ausmaß einfallen lassen. Etwas, das so überwältigend ist, dass sie entweder mit Herzchen in den Augen in Ohnmacht fällt – oder dir eine scheuert", sagte August schulterzuckend.

„Das klingt für mich nicht gerade nach einem Plan. Und eigentlich bin ich nicht der Typ für romantische Gesten. Ich hasse Klischees."

„Welcher Kerl ist schon verrückt nach romantischem Kram? Aber wenn du die Frau genug liebst, würdest du dir das doch sicher für sie abringen."

Lincoln stand wieder auf und machte sich auf den Weg zum Eingang des Ladens, fügte aber, bevor er außer Sichtweite verschwand, noch hinzu: „Ich weiß, dass ich den irrsten Blödsinn verzapfen würde, wenn es meine Frau glücklich macht." Es beeindruckte Wes, dass Linc das sagte. Also konnte er vielleicht auch ein bisschen Blödsinn riskieren.

„Linc liegt damit goldrichtig", fügte August hinzu, der sich wieder der Rechnung widmete.

„Wisst ihr … Jo und ich sind gebeten worden, den Winterball in diesem Jahr neu zu gestalten. Wir haben eine ziemlich romantische Idee für das Thema. Das könnte der perfekte Anlass für dich sein, um dein Mädchen zu beeindrucken."

Lincoln kam zurück und fiel wieder auf seinen Stuhl. „Romeo hat wahrscheinlich recht. Du weißt ja, dass unsere Mädels sich gern mal so richtig auftakeln. Und Sophia, unser Modepüppchen, ganz besonders."

August erzählte mehr über das Thema für den Ball, und bis der Schmortopf restlos vernichtet war, hatten sie eine vollkommen lächerliche romantische Idee ausgeheckt. Wes hoffte nur, dass Sophia ihn dafür nicht schlagen würde.

Während er einige Augenblicke lang auf seine Hände starrte, fragte er sich, wie weit er sich blamieren müsste, um das durchzuziehen. Schließlich machte er sich auf den Weg, um nach Collin zu sehen, bevor es zu spät wurde. Die lange Woche und der ereignisreiche Abend hatten ihn erschöpft, sodass er nur einen kurzen Besuch machte, bevor er nach Hause ging.

Am Wochenende verkündeten Schlagzeilen und Fotos, dass Ty Prescott in ein Haus in der Nähe seiner Eltern in Atlanta, Georgia, gezogen war. Wes war fassungslos, wie leicht sich der Mann von seinem Kind trennte. Er erinnerte sich daran, dass der Doc gesagt hatte, Ty sei „ein Windbeutel mit einem Loch im Hirn", dem es an Rückgrat fehle. Offensichtlich hatte er recht, so wie Ty vor Lincoln kuschte. Wes war sich nicht ganz im Klaren darüber, was zwischen den beiden auf diesem Stück Acker vorgefallen war, aber offensichtlich hatte Lincoln es geschafft, dass dieses Großmaul weiche Knie bekommen hatte.

Bis Collin aus dem Krankenhaus entlassen worden war, hatte Wes selbst das Gebäude zwei Tage lang nicht verlassen. Als er das Kind in seinen Armen gehalten hatte, das so verletzlich und ihm so kostbar war, hätte ihn niemand dazu gebracht, aus dem Zimmer zu gehen. Es war das erste Mal seit vier Jahren, dass er sich wieder fast vollständig fühlte. Eine schmerzhafte Stelle, die immer die Erinnerung an Claire und Luke beherbergen würde, schien ein wenig mehr zu heilen. Und Wes wusste, dass er herausfinden musste, wie er die zweite Chance, die Gott ihm in Form dieser eigensinnigen, unwiderstehlichen Frau und ihres außergewöhnlichen Kindes gegeben hatte, festhalten konnte.

Er sehnte sich danach, Sophia und Collin so zu lieben, wie Gott es für sie vorgesehen hatte. Sie könnten zusammen glücklich sein. Er war fest entschlossen, das auf die eine oder andere Weise zu erreichen und Sophia zu beweisen, dass sie und Collin es wert waren. Selbst wenn er sich dabei bis auf die Knochen blamieren musste.

19

Wenn ich es lange genug ignoriere, verschwindet das Problem vielleicht von selbst, dachte Sophia. Zum Glück hatte es bei Ty funktioniert, er war endlich weitergezogen. Sophia hatte dieses Mantra in vielen Situationen angewandt, aber die Person, die sie im Moment vor sich hatte, wollte nichts davon hören.

„Das war's, junge Dame. Es wird Zeit, dass du aus diesem Haus verschwindest", sagte Sophias Mutter streng und stand mit verschränkten Armen neben der Couch, auf der Sophia mit Collin im Arm saß.

„Ich bin doch erst gestern aus dem Haus gegangen", widersprach Sophia, ohne ihren Blick von dem Zeichentrickfilm im Fernsehen abzuwenden.

„Collins Nachsorgetermin zählt nicht. Hier." Lucy hielt ihr einen Geschenkgutschein vor die Nase. „Jill erwartet dich um zwei Uhr zu einem Friseur- und Maniküretermin. Du solltest sie besser nicht versetzen."

Sophia nahm die Karte und überflog sie. „Momma …"

„Komm mir jetzt nicht mit ‚Momma'. Geh. Du hast meinen Enkel schon lange genug in Beschlag genommen." Als sie ihre Arme ausstreckte, erhob sich Collin und lief sofort zu ihr.

Offenbar verlangte es ihn nach einer Pause von seiner Mama und das tat weh.

„Gramma, können wir rausgehn? Ich war schon so lange immer nur drin." Er machte einen Schmollmund.

„Natürlich, mein Schatz. Etwas frische Luft wird uns allen guttun. Wir packen eine Tasche für dich und dann fahren wir zur Farm, und du kannst Opa und mir helfen, den großen Weihnachtsbaum draußen zu schmücken", versprach Lucy, und Collin strahlte selbst wie ein Weihnachtsbaum.

„Ich weiß nicht, ob das eine gute Idee ist", sagte Sophia besorgt und blickte ihre Mutter nachdrücklich an; sie befürchtete, dass es für Collin noch zu früh war, an solchen Aktivitäten teilzunehmen.

„Blödsinn. Collins Fäden sind gezogen und der Arzt hat ihn entlassen. Es ist an der Zeit, dass er wieder zur Normalität zurückkehrt. Für dich übrigens auch."

Ohne eine Antwort abzuwarten, machte sich Lucy einfach daran, Sachen für Collin zusammenzupacken. Dabei ignorierte sie jeden Ansatz, in dem Sophia überlegte, ob es klug war, ihn nach draußen zu lassen oder aus ihrer mütterlichen Obhut wegzugeben.

„Dusch ausgiebig, rasier dir die Beine und verwöhn dich ein wenig. Und dann zieh dir für deinen Friseurtermin etwas anderes an als eine Yogahose und einen Kapuzenpulli."

„Aber warum?", jammerte Sophia.

Lucy zog den Muttertrumpf und sagte: „Weil deine Mutter es dir sagt. Und ruf die *Sand Queens* an, damit sie dich abholen." Nach einer Umarmung und einem Kuss waren Lucy und Collin zur Tür hinaus und ließen Sophia mit einem Geschenkgutschein zurück, der Dienstleistungen versprach, die sie dringend benötigte, von denen sie aber nicht wusste, ob sie die Energie hatte, sie zu überstehen.

Sophia legte den Gutschein auf den Couchtisch, ließ sich auf die Couch fallen und war kurz davor, einfach umzukippen und ein Nickerchen zu machen, aber sie vermisste ihre Freundinnen wirklich. Bei all dem, was sich ereignet hatte, von Tys ärgerlichen Annäherungsversuchen bis zu Collins Unfall, war der Kontakt zu Josie und Opal auf der Strecke geblieben. Sophia setzte sich auf und zog ihr Handy aus der Tasche ihres Sweatshirts.

Sie hatte Glück. Opal und Josie hatten Zeit, sich mit ihr im Salon zu treffen, und beide schienen begeistert über die Möglichkeit, aus Sophias plötzlich freien Stunden einen Mädelstag zu machen. Worin das Glück allerdings nicht auf ihrer Seite war: Innerhalb von zehn Minuten nach der Ankunft der *Sand Queens* in Jills Salon strömten die alten Ladys in den Salon – und alle fragten, ob sie einen Spontantermin bekommen könnten.

„Miss Bertie, wofür müssen Sie sich denn so kurzfristig in Schale werfen?", fragte Jill, nachdem sie ihre Mitarbeiterin angewiesen hatte, bei allen Kolleginnen nach freien Terminen zu suchen.

„Der Winterball im Gemeindezentrum ist heute Abend und wir haben ihn schlichtweg vergessen", antwortete Bertie und schnalzte mit der Zunge. „Ich glaube, wir werden langsam alt. Dass wir die Dinge einfach so vergessen …" Bertie watschelte durch den Raum und nahm neben Sophia Platz.

„Schätzchen, gehst du auf den Ball?"

Während die Schere sich näherte, um ihre Haarspitzen zu kürzen, blieb Sophia ganz ruhig. „Nein, Ma'am."

„Tja, das ist schade." Bertie schnalzte wieder mit der Zunge, als wollte sie Sophia ermuntern, ihr den Grund zu erklären, aber Sophia war klug genug, um nicht in diese Falle zu tappen.

„Aber du bist doch hier und lässt dich ordentlich aufhübschen. Dann kannst du genauso gut auch zum Ball gehen“, kommentierte Dalma und setzte sich neben Opal.

Dann streckte sie ihre zierliche Hand aus und begann, Opals inzwischen stattlichen Babybauch zu streicheln.

Sophia betrachtete Opal, deren Haut warm und rosig schimmerte, und das heitere Lächeln, das sie Dalma schenkte, während die kleine alte Lady geduldig darauf wartete, dass das Baby strampelte. Opal stand die Schwangerschaft definitiv gut. Etwas, das Sophia selbst nicht so elegant hinbekommen hatte. Lange Anfälle von morgendlicher Übelkeit und eine schlimme Akne hatten sie fast die ganzen neun Monate lang geplagt, aber für ihren Jungen würde sie das alles noch einmal in Kauf nehmen. Collin war jedes Unwohlsein wert.

„Ah, dieses Kleine hat einen kräftigen Tritt!“, verkündete Dalma lautstark, wurde dann aber wieder still und legte ihre Hand wieder auf Opals Bauch. Einen Moment später schreckte sie auf und lachte. „Ist es nicht das wundervollste Gefühl überhaupt, wenn sich dein Baby da drin bewegt?“

„Ja, Ma'am.“ Opal erwiderte Dalmas ehrfürchtigen Blick. „Ich kann es kaum erwarten, sie oder ihn kennenzulernen.“

„Du machst wohl nicht diesen Scan, um es vorher rauszufinden, was?“, grummelte Ethel und kramte in ihrer Tasche. „Das würde es für uns alle einfacher machen, wegen der Babyparty.“

Opal kicherte, als ob sie Ethels Frage lustig fände, obwohl ganz Sunset Cove Bescheid wusste. „Linc und ich lieben Überraschungen. Es wird eine Freude sein zu warten.“ Sie strich mit der Hand über ihren Bauchumfang.

Ethel widersprach. „Das nennst du eine Freude? Na ja.“ Kopfschüttelnd verdrehte sie die Augen. „Ich glaube, Tanzen ist eher eine Freude. Und Sommerbowle. Und Kuchen. Kuchen ist definitiv eine Freude. Uns nicht mitzuteilen, ob du einen Jungen oder ein Mädchen bekommst, das ist keine Freude", sagte sie streng und drohte Opal mit dem Zeigefinger.

„Ethel, ich glaube, du bist einfach nur verstimmt, weil du dieses Geheimnis nicht herausfinden kannst, und wenn du noch so viel herumspionierst", antwortete Opal in ihrem freundlichen, nur ganz wenig gönnerhaften Ton, und das brachte Ethel auf die Palme.

Während sie behaglich auf ihrem Stuhl saß und einfach nur die Gespräche um sie her genoss, konnte sich Sophia ein Lachen kaum verkneifen. Die Gesellschaft des Strickklubs störte sie nicht so sehr, wenn die Ladys nicht gerade etwas im Schilde führten.

„Ich freue mich schon so auf den Winterball", sagte Josie und klang dabei ganz verträumt. „August und ich wurden gebeten, in diesem Jahr das Thema zu gestalten."

„Oh, ich wette, dann wird es spektakulär." Opal klatschte begeistert in die Hände. „Erzähl mal, was es ist."

Josie grinste verschmitzt. „Ich kann dir nur sagen, dass Sunset Cove heute Nacht ein Schneesturm bevorsteht."

„Ach, kommen Sie, sagen Sie schon was", bat eine der anderen Stylistinnen.

„Ihr müsst schon kommen, wenn ihr es wissen wollt. So etwas hat es auf diesem Ball noch nie gegeben", sagte Josie höchst selbstzufrieden. Normalerweise lag es ihr gar nicht, sich selbst in den Mittelpunkt zu stellen. Aber Sophia war gespannt darauf, was sie sich für den Tanz ausgedacht hatten. Mit den vereinten Kräften dieser beiden kreativen Köpfe würde es sicher episch werden.

„Linc und ich, wir kommen natürlich. Wir können es kaum noch erwarten." Opal kicherte. Mit viel Mühe manövrierte sie sich vom Sofa in den Stand und streckte ihren Rücken.

Währenddessen drehte Jill Sophia auf dem Stuhl herum und massierte ein wenig duftenden Schaumfestiger in ihr Haar, bevor sie die braunen Locken mit dem Föhn durchblies. Als Sophias Haar getrocknet und der Föhn ausgeschaltet war, wurden die Mitglieder des Strickklubs unruhig.

„Wann gehst du denn wieder zur Arbeit, Schätzchen?", fragte Trudy, das hellorange gefärbte Haar auf großen Lockenwicklern.

„Agnes vertritt mich bis nach Weihnachten", antwortete Sophia und beließ es dabei. Sie beobachtete im Spiegel, wie die alten Damen Blicke wechselten.

„Du weißt also, was Wes in letzter Zeit so getrieben hat?", fragte Bertie zögernd.

Sophia wusste, was er „so getrieben" hatte: Er hatte gearbeitet und regelmäßig nach Collin geschaut. Sie wusste auch, dass Wes sich ihr gegenüber abweisend verhalten hatte, also nahm sie an, dass Ty ihn vielleicht im Krankenhaus in die Schranken gewiesen hatte und er das akzeptierte. Es war zu viel passiert, um die Situation aufzuklären, aber Sophia hoffte, dass ihr die Gelegenheit dazu nicht durch die Lappen ging.

„Nun, meine Liebe ... also, wir denken, du solltest wissen, dass Wes in der Stadt mit einer anderen Frau gesehen wurde." Ethel platzte damit heraus, worauf die anderen anzuspielen schienen, und verzog dabei missbilligend das Gesicht.

Obwohl Sophia flau im Magen wurde, beschloss sie, keinen Kommentar abzugeben, in der Hoffnung, dass die alten Hühner ihren Teil gesagt hatten und bald weiterziehen würden, um jemand anderen zu belästigen. So konnte sich der Knoten in ihrem Hals lösen, sodass sie wieder Luft bekam, und dann vielleicht später mit einem guten alten undamenhaften Schrei nachlegen.

Leider waren die alten Ladys mit ihren ungebetenen Kommentaren noch nicht fertig. Sie folgten Sophia wie ein lästiger Schatten durch den Salon und ließen Einzelheiten über diese Treffen durchsickern – angeblich hatte Wes die Unbekannte in die Kunstgalerie und dann zum Essen ausgeführt.

„Nun, und ich habe ihn auch noch mal bei einem Kochkurs entdeckt", steuerte Trudy bei, die Superspionin in Person.

Sophia warf einen Blick auf Opal und Josie, die bei der Nagellackauslage standen, aber die beiden sahen in eine andere Richtung, und das war die einzige Bestätigung, die sie brauchte, um zu wissen, dass es stimmte. Wes war fast jede wache Stunde an ihrer und Collins Seite gewesen. Wie er es schaffte, da noch andere Verabredungen unterzubringen, war ihr ein Rätsel, aber er hatte jedes Recht dazu. Sie war sicher, dass die Kunde von ihrem Date mit Ty Wes genauso zu Ohren gekommen war wie dieser aufdringlichen Mutter im Park. Die letzten Wochen waren so chaotisch gewesen und es war so vieles unsortiert geblieben.

„Ich habe gehört, er kommt heute Abend auch mit ihr zum Ball." Bertie verschluckte sich fast vor Missbilligung; die Vorstellung war ihr offensichtlich genauso zuwider wie Sophia.

„Ich hoffe, sie amüsieren sich gut", sagte Sophia mit gleichmütiger Stimme und meinte es in gewisser Weise tatsächlich so. Wenn es einen Mann gab, der es verdiente, glücklich zu sein und seinen Frieden zu haben, dann war es Weston Sawyer. Und er hatte es sicher nicht verdient, in ihr Chaos verwickelt zu werden.

Als ihre Nägel gefeilt und in einem schimmernden Rot lackiert waren, das Josie für sie ausgesucht hatte, war Sophia am Ende ihrer Kräfte angekommen. Die *Sand Queens* verschwendeten keine Zeit und eilten aus dem Salon und zurück in Sophias Wohnung. Sophia schäumte innerlich, während Opal und Josie aus irgendeinem Grund schuldbewusst aussahen.

„Es ist doch nicht eure Schuld, wenn er mit jemand anders ausgeht", blaffte Sophia sie an, als wäre es allerdings allein die Schuld ihrer beiden Freundinnen. „Er *sollte* sich verabreden!" Sie schritt um das Hindernis aus Spielzeug vor der Couch herum, auf der Josie und Opal saßen. „Er hat nichts falsch gemacht." Ein Schluchzer, den sie rasch in einen Schluckauf zu verwandeln suchte, verriet, dass es um ihre Fassung geschehen war.

„Oh, Liebste, ich dachte, ihr wart zusammen, bevor Ty hier aufgetaucht ist. Was ist passiert?", sagte Josie sanft, beugte sich vor und versuchte, Sophia am Handgelenk zu fassen, als sie auf ihrer Runde um den Spielzeugberg vorbeikam.

Sophia verschwand aus ihrer Reichweite. „Irgendwie schon; dann hat er mich nach dem Geländelauf geküsst und dann haben wir uns darüber gestritten … Und dann habe ich Ty in meinem Haus vorgefunden und dann und dann … und dann ist alles in die Brüche gegangen!" Sie warf die Hände in die Luft und stampfte mit dem Fuß auf. Als sie mit dem Fuß auf einen Spielzeuglastwagen traf, zog es ihr beide Beine unter dem Körper weg. Im Fallen prallte sie gegen ein paar weitere Spielzeuge und kam schließlich mit einem hörbaren Aufprall auf dem Rücken auf dem Boden auf.

Josie und Opal schrien auf und einen Moment später schwebten die Gesichter der beiden über ihr.

„Bist du okay?", fragte Opal.

Nachdem sie wieder zu Atem gekommen war, flüsterte Sophia: „Na, offensichtlich nicht." Körperlich tat ihr nichts weh, aber das feuchte Etwas, das an ihrem Hinterteil klebte, störte sie sehr. Sie schob ein Feuerwehrauto mit blinkendem Licht und heulender Sirene von ihrem Ohr weg und rollte sich auf die Seite.

„Bitte sagt mir, was das Zeug auf meinem Allerwertesten ist." Die Reaktion war ein Anfall von Gekicher.

„Sieht aus wie die Reste einer Banane", äußerte Josie kichernd. „Zumindest hoffe ich, dass es das ist."

Sophia hatte keine Energie, sich zu bewegen; sie lag einfach nur da. „Wäre jemand vielleicht so freundlich, das Zeug zu entfernen?"

Nach einigen Diskussionen erbot sich Josie, die zerquetschte Banane zu beseitigen. Dann half sie Sophia auf die Beine. Bis Sophia eine saubere Hose angezogen hatte, hatte sie sich so weit beruhigt, dass sie sich zu den beiden anderen auf die Couch setzen und ihnen alles erzählen konnte, was im letzten Monat passiert war.

„Wes hat schon genug durchgemacht. Er braucht meinen Ballast nicht auch noch, der ihn runterzieht", schloss Sophia und starrte auf ihre glänzenden roten Nägel, bis sie vor Tränen nichts mehr sehen konnte.

„Das ist doch nichts als regelrechter Schwachsinn", schimpfte Opal und räkelte sich, um es sich neben ihr auf der Couch bequem zu machen. „Du und Wes, ihr seid ein tolles Paar."

Sophia zuckte mit den Schultern. „Ich glaube, Wes und ich sind immer noch Freunde. Aber ich glaube, alles andere, was sich zwischen uns entwickelt hatte, ist in die Brüche gegangen."

„Wir müssen nur alles wieder zusammensetzen", sagte Josie und ließ es so einfach klingen.

„Meine Gute, es ist höchst zweifelhaft, dass alles wieder zusammenpasst." Sophia schenkte ihr ein trauriges Lächeln.

„Ooh! Ich habe eine Idee!", zwitscherte Opal enthusiastisch, und die niedergeschlagenen Gesichter von Josie und Sophia wandten sich ihr zu.

„Deine Ideen machen mich immer nervös", gestand Sophia.

„Keine Sorge." Opal wischte die Bedenken mit einer Handbewegung beiseite. „Beantworte mir eine Frage: Was war noch mal das, was Wes von Anfang an von dir wollte und weswegen du ihm das Leben schwer gemacht hast?"

„Diese öffentlichen Dates", antwortete Sophia und fragte sich, worauf das hinauslaufen würde.

Opal stupste Sophia mit dem Knie an. „Genau. Also warum gibst du dem armen Kerl nicht, was er will, und hörst auf, die Sache komplizierter zu machen, als sie ist?"

Sophia dachte über diese Idee nach und fand, dass sie ziemlich einfach klang. Als Ty letzten Monat aufgetaucht war, war ihr endlich klar geworden, wie ungesund ihre Beziehung war, selbst wenn keine Fäuste im Spiel waren. Beziehungen sollten nicht so kompliziert und anstrengend sein, dass sie Angstzustände und Übelkeit auslösten.

„Und wie soll ich das machen, wenn Wes inzwischen eine andere gefunden hat?"

„Ich habe gehört, dass er unglücklich ist und dass er diese Dates nur arrangiert, um dir Raum zu geben, dir darüber klar zu werden, was du empfindest", sagte Josie leise und drückte Sophias Arm.

„Ich schlage Folgendes vor", begann Opal in einem strengen Ton. „Du machst dich richtig schick, gehst zu diesem Ball und machst deinen Anspruch geltend. Zeig Wes, dass er es wert ist, dass du dich für ihn ins Zeug legst, und zeig dem Rest der Stadt, dass nichts und niemand die unglaubliche Sophia Grace Prescott aufhalten kann!"

Sophia schnaubte ohne jede Spur von Begeisterung, wie Opal sie an den Tag legte. „Die bald wieder Sophia Grace *Gaines* heißt. Ich habe die Papiere eingereicht, um meinen Mädchennamen wieder anzunehmen."

„Schön für dich, aber was ist jetzt mit dem Ball?", flüsterte Josie. „Wir gehen alle hin, also bist du nicht allein."

Sophia schüttelte den Kopf. „Ich hab' nichts zum Anziehen, und ich überlege, ob ich heute Nacht mit Collin bei meinen Eltern auf der Farm bleibe."

Opal kam jetzt langsam in Fahrt. „Gönn dem armen Kind mal eine Pause von dir, Mädel. Im Ernst, du bist als Mutter fast so perfekt, wie man nur sein kann, aber alle Kinder brauchen etwas Freiraum." Sie legte ihre goldglitzernden Finger auf Sophias Hand. „Meine Beste, um ehrlich zu sein, seit der Operation hast du ihn ein bisschen erdrückt."

Sophia schaute Josie an und diese nickte zaghaft zustimmend.

„Schön. Dann bleibe ich heute Abend zu Hause", entgegnete Sophia leicht verschnupft.

„Oh nein, du gehst auf diesen Ball. Ich glaube, ich habe ein Kleid, das passt." Opal schob sich von der Couch und ging zum Esstisch, wo sie ihre Tasche abgestellt hatte. „Ich bitte Linc, es herzubringen."

Ein Schauer des Entsetzens überlief Sophias Schultern. Es war nicht abzusehen, womit Lincoln auftauchen würde, wenn Opal es ausgesucht hatte. „Nein, nein, nein. Das ist schon in Ordnung."

„Schon erledigt." Opal schickte eine weitere SMS. „Er ist unterwegs. Jetzt müssen wir nur noch deine Schuhe durchsehen …"

Ein paar Stunden später stand Sophia vor dem Eingang des Gemeindezentrums. Der Abend war kühl, aber es war nicht annähernd kalt genug für Schnee. Dennoch glitzerte der kleine Hof unter einer weißen Decke.

„Ist das echter Schnee?“, fragte Sophia und schaute Josie an, die in einem atemberaubenden eisblauen Kleid und dem platinblonden lockeren Zopf aussah wie eine lebendige Version von Elsa aus *Die Eiskönigin.*

„Ja, das ist echter Schnee … aus der Schneekanone. Beeilt euch. Wir sind schon spät dran.“ Josie ging mit entschlossenem Schritt voran, sodass es für Sophias kürzere Beine unter dem bauschigen Ballkleid schwierig war mitzuhalten.

Sophia war immer noch verblüfft, dass Lincoln mit dem raffiniertesten Kleid aufgetaucht war, das sie je gesehen hatte. Schichten über Schichten aus luxuriösem Stoff passten, als wäre es speziell für sie angefertigt worden. Ein Prinzessinnenkleid, das das romantischste Hochzeitskleid abgeben würde, wäre da nicht die tiefrote Farbe.

„Langsam, Jo“, murmelte Sophia, während sie praktisch den Korridor hinunterjoggten. Als sie den Ballsaal betraten, ließ Josie ihren Arm los und brachte Sophia damit fast ins Straucheln.

„Ernsthaft?“ Sophia wollte gerade schimpfen, als ein Blick in den Raum sie für einen Moment verstummen ließ.

„Wow.“

„Wirklich? Findet ihr es schön?“ Josie strahlte.

„Habt ihr die alte Hütte hier abgerissen und neu gebaut?“, fragte Sophia und starrte auf den glitzernden Raum. Eiszapfen tropften von der Decke, bis sie auf die weißen Tafelaufsätze auf den ganz in Weiß gehaltenen Tischen trafen. Sie betrachtete die weißen Kerzen, die weißen Schneeflocken und die kahlen

Bäume, die weiß gestrichen waren und mit weißen Lichtern funkelten.

„Nein. Es ist dasselbe alte Gebäude. Nur versteckt hinter dem Winterwald.“ Josie strahlte.

„Es ist atemberaubend, Jo. Du und August, ihr seid Zauberer“, sagte Sophia leise, während sie die bezaubernde Szene vor sich weiter bestaunte. Der Raum war in ein eisglitzerndes Dekor gehüllt, und sie erwartete fast, dass ihr Atem in einer Wolke gefror, als sie einen tiefen Seufzer ausstieß. Alles war weiß und alle waren in einer Mischung aus Silber, Eisblau und Weiß gekleidet. Alle außer ihr. Sie war das Dunkelrot in einem Meer von Weiß.

Als Sophia nach links schaute, um sich bei Josie zu beschweren, war ihre Freundin verschwunden. Peinlich berührt fasste sie ihren Rock an beiden Seiten und hob ihn leicht an, um unauffällig von der Bildfläche zu verschwinden. Als sie sich auf ihren silbernen Stilettos umdrehte, stieß sie mit Schwung gegen eine breite Brust.

„Wow, bezaubernd. Wo brennt's denn?“ Seth musterte sie von Kopf bis Fuß und untermalte das mit einem anerkennenden Brummen. „Hmm … ich glaube, ich habe das Feuer in meinen Armen. Schätzchen, du bist der Hammer in diesem Kleid.“

„Ähäm. Nein, ich sehe in diesem Kleid aus wie eine Idiotin. Ich habe keine Information über das Farbthema bekommen.“ Sie trat aus seiner Reichweite und strich ihren Rock glatt.

„Nun, da bin ich aber froh, dass du sie nicht bekommen hast. Du bist einfach … hmm.“ Er brummte noch einmal mit deutlicher Anerkennung. „Fass in diesem eisigen Raum bloß nichts an, sonst schmilzt es.“

Sophia streckte die Hand aus und boxte ihn leicht in den Bauch. „Hör auf damit.“ Sie räusperte sich und sah sich um, wünschte aber sofort, sie hätte es nicht getan, als ihr Blick auf Wes fiel. Er trug einen silbergrauen Anzug und sah so umwerfend aus wie immer. Eine Frau mit tiefschwarzem Haar in einem weißen Paillettenkleid unterhielt sich mit ihm. Sophia schnappte nach Luft und wandte ihre Aufmerksamkeit wieder Seth zu.

Der süffisante Zug war aus seinem Gesicht verschwunden und hatte einem gewissen Ernst Platz gemacht. „Wie geht es Collin heute?"

Sie strich mit dem Daumen über den Ankerring. „Offenbar geht es ihm gut genug, um mit seiner Großmutter durchzubrennen und mich im Stich zu lassen."

„Dieses Kind ist einfach fantastisch." Seth grinste.

„Wo warst du denn die letzten Tage?", fragte Sophia Seth. Er hatte seinen Bruder bei fast jedem Besuch begleitet, um nach Collin zu sehen. „Ich dachte schon, du hättest die Stadt verlassen."

„Nicht die Stadt verlassen. Ich bin auf der Suche nach einer eigenen Wohnung. Weißt du vielleicht, wo irgendwas frei ist?"

„Ähm … nein." Sophia war sich nicht so sicher, ob sie Wes' Zwillingsbruder in der Nachbarschaft haben wollte.

„Du sagst mir Bescheid, wenn was verfügbar ist?", fragte Seth und sah aus, als ob er ein Geheimnis in den Tiefen seiner grünlich grauen Augen barg. Es war das erste Mal, dass Sophia bemerkte, dass seine Iris mehr grüne Pigmente enthielt als die von Wes.

„Ist es das, was dich so beschäftigt hat?" Sie wandte den Blick ab und ertappte sich dabei, wie sie in Wes' Richtung starrte. Zum Glück stand er mit dem Rücken zu ihr, sodass er nicht einmal wusste, dass sie da war. Aber sie wusste auch, dass es nicht lange dauern würde, bis er sie entdeckte. Das Kleid sah aus wie ein rotes Leuchtfeuer im Schnee.

„Nein. Was mich auf Trab gehalten hat, war mein aktives Dating-Leben", sagte Seth, wobei sich wieder Selbstgefälligkeit in seinen Tonfall einschlich.

Seine Antwort veranlasste sie, ihm einen kurzen Blick zuzuwerfen, bevor sie ihn wieder über die Menge schweifen ließ. „Oh, schön für dich." Sophia setzte ein Lächeln auf, auch wenn es nur oberflächlich war. Es schien, als stünden die Sawyer-Zwillinge bei den Damen in Sunset Cove durchaus wieder hoch im Kurs.

„Ja, ich war zum ersten Mal in einer Kunstgalerie. Und ich habe sogar einen Kochkurs besucht. *Ich* hatte eine Menge Spaß."

Sophia warf Seth einen Seitenblick zu und dachte über das nach, was er gerade von sich gegeben hatte. Es klang prosaisch genug, aber er hatte es mit einer gewissen Betonung gesagt. Einem Ausdruck, der besagte: Pass mal gut auf. Und dann machte es klick. Es war Seth gewesen und nicht Wes, den man gesehen hatte. Aber warum ließ er sie das gerade jetzt wissen?

Sie zeigte auf die Frau neben Wes, die ihm gerade ihre Hand auf die Schulter legte. „Wes hat eine hübsche Verabredung für heute Abend."

Seth schnaubte. „Auf keinen Fall. Diese Frau umkreist ihn wie ein Geier das Aas. Er versucht immer wieder, sie abzuschütteln, aber sie gibt nicht auf. Ich glaube, du musst ihn retten."

„Warum das denn?"

„Weil er sich wirklich große Mühe gegeben hat, dich heute Abend hierherzubekommen. Er hat dir einen Schönheitsgutschein gekauft, damit du dir die Haare und Nägel machen lassen kannst. Er hat die alten Hühner geschickt, damit sie dir Unsinn über die Dates erzählen, die er für mich arrangiert hat. Aber ich muss sagen, er weiß, wie man ein Kleid aussucht. Hat ein hübsches Sümmchen gekostet, wenn du's wissen willst."

Keuchend öffnete Sophia ihren Mund. „Was?" Sie verstummte, bemüht zu erfassen, was Seth da gerade gesagt hatte. „Warum … sollte er das alles tun?", brachte sie schließlich heraus.

„Männer machen verrückte Sachen, wenn sie verliebt sind." Seth schüttelte den Kopf und zog die Nase kraus. „Ehrlich, ich hab' ihm gesagt, er solle eine Schachtel Pralinen kaufen und damit bei dir auftauchen und ganz offen sagen, dass er in dich verliebt ist. Aber er hat gesagt, du verdienst mehr als nur Pralinen."

„Aber ich mag gute Pralinen", murmelte Sophia, deren Füße sich bereits in Wes' Richtung bewegten.

„Das habe ich auch gesagt", antwortete Seth hinter ihr.

Als Sophia weiterging, war sie nur noch wenige Schritte von Wes entfernt und hörte, wie seine Begleiterin etwas davon sagte, dass sie wirklich gern tanzen würde. Das wollte Sophia nicht zulassen. Sie legte ihre Hand auf Wes' Schulter.

„Tut mir leid, dass ich zu spät bin, Schatz."

Als Wes sich von der Frau abwandte und sein Blick über Sophias Gestalt glitt, stockte ihm für einen Moment der Atem. „*Wow*", murmelte er, während er sie in die Arme schloss. „Meine italienische Prinzessin – nur für mich." Sofort überließ die Frau Sophia das Feld.

Mit den Fingerspitzen strich sie über seine Seidenkrawatte, die denselben tiefroten Farbton wie ihr Kleid hatte, ebenso wie sein Einstecktuch. „Warum rot?" Die Frage drängte sich Sophia einfach auf, als sie sich in seine Arme sinken ließ und ihre Finger hinter seinem Hals verschränkte.

„Weil du eine außergewöhnliche Frau bist, die man hervorheben sollte." Seine Lippen kräuselten sich und formten diese

Grübchen, die sie so sehr liebte. „Außerdem möchte ich, dass nach diesem Abend für ganz Sunset Cove klar ist, an wessen Arm du gehörst."

Ihre Augenbrauen hoben sich spöttisch. „Ach ja?"

„Ja. An meinen." Damit reichte Wes ihr diesen Arm, und sie zögerte keinen Moment, sich bei ihm einzuhaken. Er führte sie in die Mitte der Tanzfläche, und einen Moment später erklang Sam Hunts „I Met a Girl".

Sophia schaute zum DJ-Pult und entdeckte Lincoln, der einen deutlich sichtbaren Daumen hoch in Wes' Richtung hielt. Opal saß neben ihm, aß Kuchen und hob winkend ihre Gabel. „Was sollte das denn bedeuten?"

„Nun, Lincoln und August haben mir ein bisschen geholfen, diesen Plan zu entwickeln. Ich wollte dich zurückgewinnen. Und sie meinten, es müsse etwas absolut Ausgefallenes sein. Wenn du also jemanden ohrfeigen möchtest, sollte es einer von den beiden sein. Wir haben sogar eine Playlist zusammengestellt, die darauf ausgelegt ist, dass ich bei dir punkten kann. Diesen Song zum Beispiel habe ich ausgewählt, weil du ein so wundervolles Lachen hast."

Sophia war beinahe zu Tränen gerührt; ein Kribbeln lief ihr über die bloßen Schultern. „Ich kann es nicht glauben … dass du das alles geplant hast … Und du hast sogar den Strickklub dazu gebracht, mitzuspielen."

„Wir hatten was gut bei ihnen. Wenigstens einmal hat ihre Intrigenspinnerei einem guten Zweck gedient", sagte Wes grinsend, während seine haselnussbraunen Augen schelmisch funkelten.

„Mich auszutricksen, gilt als guter Zweck?"

„Nur dieses eine Mal." Als er sie näher an sich zog, schmolz sie in der Umarmung dahin.

Sophia legte den Kopf zur Seite und sah, wie ihre Lieblingsintrigantinnen, Josie und Opal, mit einem breiten Grinsen zu ihr hinüberschauten. „Ich hätte es wissen müssen. Natürlich hatten sie ihre Finger mit im Spiel, diese Schlingel." Spätestens das zu gut sitzende Kleid hätte sie misstrauisch machen müssen.

„Du wirst sie doch nicht kneifen, oder?", flüsterte Wes und liebkoste ihren Nacken, wobei die Wärme seiner Hände viel tiefer reichte als bis zur Oberfläche ihrer Haut. „Sie haben mir geholfen, dich für mich zu gewinnen."

Sophia fuhr mit den Fingern durch sein weiches Haar und trat ein klein wenig zur Seite, um seinem Blick wieder zu begegnen. „Es gab nie einen Wettbewerb, in dem du gestanden hättest, Wes. Du hast mich schon gewonnen, seit du mit meinem Sohn in der Kirche dieses Kinderlied gesungen hast, und zwar aus keinem anderen Grund, als um ihn glücklich zu machen." Sie sah ihn mit diesem herausfordernden Blick an und zwinkerte ihm zu, während es um ihre Lippen zuckte.

Er legte den Kopf ein wenig zur Seite und lächelte von innen heraus. „Und du hast mich bei unserem ersten Date gewonnen." Ein tiefer Seufzer entstieg seiner Brust. „Ich schwöre, Sophia, in dem Moment, als du gelacht hast, ist meine Welt erschüttert worden. Und ich wünsche mir, dass sie nie wieder völlig ins Lot kommt."

Die Wärme erreichte ihre Augen und Tränen verschleierten ihren Blick auf ihn. „Wo waren denn all diese geschmeidigen Worte an dem Abend, als wir beide im Schlamm gesteckt hatten?"

Sein Lächeln verblasste, bis nur noch eine Andeutung davon zu sehen war. „Du bringst mich manchmal ganz durcheinander mit deiner Unverblümtheit. Ich wollte das alles auch damals schon sagen, aber es kam völlig falsch rüber."

Wes führte sie in einem langsamen Tanz, der sie beide mitten in dieser Winterlandschaft wie in Trance miteinander verband. Sophia erinnerte sich an ein Märchen, das ihre Mutter ihr gern vorgelesen hatte, als sie klein war. Sie ließ die Anspannung der letzten Wochen von sich abgleiten und erlaubte sich, endlich zu glauben, dass das Märchen wahr werden könnte.

Während sie sich langsam im Kreis drehten, blickte Sophia auf und sah Wes in die Augen. „Du hast die bezauberndsten goldenen Flecken in deinen Augen … und wenn deine Gefühle die Oberhand gewinnen, dann blinken sie aus diesen wunderschönen Augen noch heller als sonst. Zum Beispiel jetzt gerade."

Wes blinzelte und in seine verführerischen Augen trat ein noch sanfterer Zug. Er legte die Hände um ihre Wangen und näherte seine Augen den ihren. „Gott muss Wasser direkt aus der Karibik benutzt haben, um deine Augen zu färben. So ruhig und tief, so friedvoll … Du bist mein Ozean."

Um ihre Tränen zurückzuhalten, schniefte sie leise. „Das kannst du nicht sagen, hier mitten auf der Tanzfläche."

„Warum nicht? Ich möchte, dass jeder weiß, was ich für dich empfinde." Er neigte den Kopf und berührte ihre Stirn. „Wir haben unsere Gefühle lange genug verborgen gehalten. Vor der Welt und vor uns selbst."

Die feierliche Geste, sich schweigend Stirn an Stirn zum Takt zu drehen, sagte mehr als das, was sie mit Worten ausdrücken konnten. Die Liebe war greifbar. Sie brauchte nicht in Worte gefasst zu werden, um sie zum Leben zu erwecken.

Während sie sich sanft zu einem anderen Song wiegten, legte Sophia ihre Lippen nahe an sein Ohr und flüsterte: „Ich liebe dich."

Wes' Griff um sie wurde fester und er stieß einen tiefen Seufzer aus. „Das sind Worte, die ich wirklich gern höre." Er löste sich gerade so weit von ihr, dass er ihr in die Augen sehen konnte. „Ich liebe dich auch."

Der Abend verging wie im Flug, während ein Song nach dem anderen verkündete, was Wes für sie empfand. Während sie tanzten, erklärte er ihr, inwiefern das jeweils zutraf. Und als „Born to Be Yours" durch die glitzernde Winterlandschaft klang, wandelte die innige Stimmung sich allmählich in etwas Ausgelasseneres. Der Rhythmus hatte ein flotteres Tempo, und als Wes im Takt seine Hüften schwang, ließ Sophia ihre Hemmungen hinter sich und tanzte ausgelassen mit. Sie warf die Hände in die Luft und rockte mit einer Freiheit, die sie seit Jahren nicht mehr gespürt hatte. August tanzte sich mit Josie an sie heran und die beiden präsentierten jubelnd ein paar ziemlich beeindruckende Tanzfiguren.

Lachend rief Sophia über die Musik hinweg: „Sie haben Talent, Dr. Sawyer!"

Lächelnd zwinkerte Wes ihr zu, bevor er sie herumwirbelte und wieder in die Arme schloss. Als das Lied zu Ende war, hatten seine Wangen schon viel Farbe und sein Haar war ein wenig zerzaust.

Atemlos fragte er: „Habe ich es geschafft, dich auch nur annähernd angemessen zu umwerben?"

Grinsend antwortete Sophia: „Eine Schachtel Pralinen hätte auch ausgereicht, um mir den Hof zu machen. Und du hättest mich einfach zum Ball einladen können, anstatt den Strickklub auf mich anzusetzen."

Wes verzog die Lippen und neigte den Kopf zur Seite. „Das klingt dann doch zu einfach."

Sanft strich sie eine lockige Haarsträhne zurück, die ihm in die Stirn gerutscht war.

„Oh, ich fühle mich vom einfachen Leben sehr angezogen. Und ich fühle mich sehr zu dem Mann hingezogen, der mich mit diesem Konzept bekannt gemacht hat."

„Hmm …" Wes neigte den Kopf zur anderen Seite. „Klingt es einfach genug, wenn wir uns jetzt hier rausschleichen?"

„Kommt darauf an, was du danach vorhast."

Wes sah an ihr vorbei in die Ferne. „Ich denke, wir fangen damit an, dass wir uns bei dem Schneemann da draußen küssen. Danach wollen unsere verrückten Freunde schwimmen gehen."

Der letzte Teil ließ Sophia innehalten. „Hm?"

Wes gluckste. „Sie wollen zu einer nächtlichen Poolparty ins Camp fahren. Er ist beheizt, und August und sein Onkel dachten, es wäre die perfekte Ironie, den Winterwunderland-Abend an der Lagune zu beenden, die sie da mitten auf dem Land versteckt haben."

Sophia grinste. „Ich habe davon gehört, aber gesehen habe ich sie noch nicht."

„Ja. Lincoln kann wegen seines Beins nicht so viel tanzen, also ist dieser Teil eigentlich für ihn gedacht. Opal wollte sichergehen, dass er sich heute Abend auch gut amüsiert."

Als Sophia sich umschaute, sah sie, dass die Coles und Bradfords zusammen mit Seth an der Tür warteten und anscheinend alle bereit waren, ebenfalls zu verschwinden. Sie ergriff Wes' Hand und begann, ihn in ihre Richtung zu ziehen. „Komm schon. Ich glaube, ein Treffen mit den *Sand Queens* ist fällig."

Den Vorschlag, sich beim Schneemann zu küssen, setzten sie in die Tat um. Danach vergingen die Stunden wie im Flug, während sie sich am Pool des Camps aufhielten und sich ausgelassen wie Kinder amüsierten. In den frühen Morgenstunden ließ Josie die ausgedörrte und ausgehungerte Gruppe ins *Driftwood Diner* und servierte ihnen ein festliches Frühstück. Und als sie Krabbensoße und Biscuits verputzt hatten, dämmerte es bereits. Sophia war erschöpft, aber hellwach. Alle packten mit an und halfen beim Aufräumen, bevor sie sich auf den Heimweg machten.

Wes hielt vor seinem Haus, gerade als die Sonne aus dem Meer emporstieg, und führte sie hinein.

„Als ich dieses Strandhaus gekauft habe, hatte ich eine Vision für das Haus, die über die Renovierung hinausging. Es sollte mein Zufluchtsort sein, an den ich mich zurückziehen und allein sein konnte. Aber es fühlte sich vom ersten Tag an nicht richtig an."

Als sie ins Wohnzimmer kamen, drehte Wes sich zu ihr um. „Als du und Collin das erste Mal hier wart, fühlte sich das Haus zum ersten Mal irgendwie fertig an. Als ob ihr zwei noch gefehlt hättet, bis die Renovierung vollständig war." Er küsste sie langsam, bevor er einen Schritt zurücktrat und ihr in die Augen sah. „Die Villa Meerglas war von Anfang an genauso sehr dein Strandhaus wie meines. Es ist einsam, wenn du und Collin nicht hier seid." Wes ging zum Kamin und nahm die Glasvase vom Sims. Er drehte das Gefäß in verschiedene Richtungen und das frühe Morgenlicht brach sich in den matten Steinen. „Nachdem ich hier eingezogen war und Lincoln mir von dem Meerglas erzählt hat, war ich fasziniert und habe ein wenig recherchiert. Wusstest du, dass diese Schönheiten einmal Scherben von Flaschen und dergleichen waren?"

Sophia nickte, als er aufblickte. „Ja." Sie hatte im Laufe der Jahre ihren Teil an Informationen über den Schutz der Meere gelesen. Sie wusste alles über Meerglas, aber sie ließ ihn in seinem wohltönenden Bariton weitersprechen, weil sie wusste, dass er auf etwas Bestimmtes hinauswollte.

„Sie werden jahrelang im Meer herumgewälzt und herumgespült, und die ganze Zeit über formen die Elemente sie um, sodass etwas Neues und viel Schöneres entsteht. Das erinnerte mich an einen Bibelvers aus dem zweiten Korintherbrief. ‚Von allen Seiten werden wir von Schwierigkeiten bedrängt, aber nicht erdrückt. Wir sind ratlos, aber wir verzweifeln nicht. Wir werden verfolgt, aber Gott lässt uns nie im Stich. Wir werden zu Boden geworfen, aber wir stehen wieder auf und machen weiter.'"

Sophia kannte den Vers und begann mitzusprechen. Als sie wieder schwiegen, sah Wes auf und schenkte ihr ein zärtliches Lächeln.

„Ich habe diesen Vers in diesem Jahr immer wieder gelesen und mir eingeprägt. Er sollte mir helfen, die richtige Perspektive zu behalten", gestand sie.

„Du hast wirklich durchlebt, was der Vers aussagt. Und ich auch. Und jetzt, wo wir vieles hinter uns haben, ist es leicht zu erkennen, dass wir viel mit diesem Meerglas gemeinsam haben." Wes richtete seinen Blick wieder auf die Vase. „Wir haben im letzten Sommer als Scherben unseres früheren Selbst begonnen, wir haben beide eine turbulente Reise hinter uns, aber unsere gemeinsame Zeit hat die scharfen Zacken und Kanten geglättet und etwas aus uns gemacht, was in meinen Augen sehr schön ist." Wes griff in die Vase und nahm etwas heraus, bevor er sie wieder auf den Kaminsims stellte. Er drehte sich um und hielt einen zierlichen, in Diamanten gefassten Silberring hoch. „Du siehst also, Villa Meerglas wird nicht nur der Name unseres

Hauses sein. Es wird uns auch immer ein Zeugnis und eine Bestätigung unserer Geschichte sein."

Sophia schnappte nach Luft. „Wes!"

„Ich weiß, dass du gerade erst eine schlimme Ehe hinter dir hast. Ich sage nicht, dass wir in nächster Zeit heiraten müssen. Ich möchte nur, dass du weißt: Ich will, dass wir das tun, wenn du bereit bist."

Während sie die Hand ausstreckte, lag ihr Blick liebevoll auf dem Ankerring, den er ihr geschenkt hatte. „Aber den will ich nicht abnehmen."

„Das musst du nicht. Ich habe diesen Ring extra so anfertigen lassen, dass er dazu passt." Wes steckte ihr den funkelnden Ring an den Finger und platzierte ihn so, dass er perfekt zum Ankerring passte. „Ich hoffe, du bist einverstanden, eines Tages meine Frau zu werden."

„Ja, Wes, ich möchte deine Frau werden", antwortete Sophia schlicht. „Und nicht nur ‚irgendwann', sondern bald." Sie wollte die Komplikationen hinter sich lassen und war bereit, in die friedlichere Zeit einzutreten, von der sie wusste, dass Gott sie für sie vorgesehen hatte.

Epilog

Ein Jahr später

Der Winter am Grand Strand strahlte den Charme der Gelassenheit aus. Eine gemächlichere Zeit war angebrochen und es herrschte weniger Hektik und mehr Ruhe. Zumindest behaupteten das die Einheimischen. Für Wes war es der zweite Winter in Sunset Cove, und er musste diese Ruhe erst noch für sich entdecken, denn es war immer etwas los, das ihn auf Trab hielt und nicht zur Ruhe kommen ließ. Trotzdem verzogen sich seine Lippen zu einem Lächeln, als er über die jüngste Ablenkung nachdachte. Er schüttelte den Kopf, denn er wusste, dass noch ein weiterer Patient seine Aufmerksamkeit benötigte, bevor er seinen Gedanken erlauben konnte, den Arztmodus für heute auszuschalten. Er wollte sich gerade auf den Weg zum Untersuchungsraum machen, als die Tür aufflog und eine erhitzte, atemlose Frau hereinstürmte und stöhnte wie ein Tier in den letzten Zügen.

„Ich sterbe", keuchte sie, ließ die Schultern hängen und blies die Wangen auf. „Das ist eine echte Qual."

„Hör auf, so dramatisch zu sein." Während Wes sie genau betrachtete, fand er, dass sie ein wenig grün aussah und ihr Oberteil ein wenig zerknittert war, aber ansonsten war sie so schön wie immer.

Sophia warf ihm einen vernichtenden Blick zu. „Du hast leicht reden. Achteinhalb Monate Übelkeit, und jetzt hat dein Kind beschlossen, Stepptanz zu tanzen …" – sie verdrehte die Augen, um die Dramatik noch zu steigern – „… *auf meiner Blase.*"

Wes kam um den Schreibtisch herum auf sie zu und nahm seine Frau in die Arme, so wie er es in ihrer Hochzeitsnacht im letzten Winter getan hatte. Mit Nase und Lippen strich er über ihren entzückenden Hals und erinnerte sich an den Moment, in dem seine ungestüme Schönheit in dem roten Kleid den Mittelgang der Kirche entlanggekommen war. Es würde immer einer der schönsten Momente seines Lebens sein. Es war nicht konventionell gewesen, aber er mochte es, wenn sie die Dinge auf ihre eigene Art taten. „Nur noch ein paar Wochen. Du trägst sie noch ein wenig länger und dann werde ich übernehmen. Auf unbestimmte Zeit."

Als er an ihrem Nacken knabberte, schmiegte sich Sophia an ihn und kicherte. „Ich glaube, du wirst mit Collin um sie kämpfen müssen."

„Unser Junge ist zäh, aber ich glaube, ich kann es mit ihm aufnehmen." Leicht lehnte Wes sich zurück, sodass sie das finstere Gesicht sehen konnte, das er machte. Nach ihrem kehligen Kichern zu urteilen, hatte er es offensichtlich nicht geschafft, wie ein böser Junge auszusehen.

„Schatz, du bist zu kultiviert, um bedrohlich zu sein." Als fände sie ihn goldig, tippte sie ihm auf die Nasenspitze.

„Nun mal im Ernst. Du hältst doch noch durch?", fragte er jetzt besorgt und warf einen Blick auf ihre nackten Füße, da sie ihre Schuhe ausgezogen hatte, sobald sie in seinem Büro war. „Nicht sehr geschwollen heute."

„Oh-oh. Du bist schon wieder im Arztmodus. Tss, tss."

„Nein, ich kümmere mich gerade um meine Frau. Und wenn sie nett zu mir ist, mache ich ihr einen Eisbecher, wenn wir später nach Hause kommen." Inzwischen war er ein Profi im Zubereiten von extravaganten Eisbechern, denn danach hatte sie ständig Verlangen.

„Du bist zu gut zu mir", schmachtete sie seufzend und fuhr mit den Fingern durch sein Haar.

„Sie verdienen sogar etwas Besseres als mein Bestes, Mrs Sawyer." Wes beugte sich zu ihr herab, bis seine Stirn auf der ihren ruhte.

Er liebte sie so sehr. Jeden Morgen, wenn er neben Sophia aufwachte, wusste Wes, dass er nie noch mehr Liebe für sie empfinden konnte als in diesem Moment. Aber jeden Abend, wenn sie wieder ins Bett gingen, nachdem sie Collin ins Bett gebracht und mit ihm gebetet hatten, fand Wes noch mehr Platz in seinem Herzen, um sie und seine Familie noch mehr zu lieben.

Unfähig, sich zurückzuhalten, drückte er seine Lippen auf die seiner schönen Frau und hoffte, dass er ihr seine ganze Liebe vermitteln konnte.

Ein Räuspern an der Tür ließ sie auseinanderfahren.

„Entschuldigen Sie die Störung, Dr. Sawyer, aber Everly Cole wartet im Schildkrötenzimmer", sagte die Assistentin grinsend und verschwand.

Nach einem letzten Kuss murmelte Wes: „Lass uns mal sehen, ob Miss Cole uns diesmal erlaubt, ihr die Impfung zu verabreichen."

„Wahrscheinlich nicht. Die ist genauso dickköpfig wie ihr störrischer Daddy", sagte Sophia, aber Wes wusste, dass sie nur scherzte. Sie waren alle verrückt nach dem rothaarigen Engel mit dem süßen Lächeln ihrer Mutter und dem eisernen Starrsinn ihres Vaters.

„Wie geht es Josie heute?" Wes kniete vor Sophia nieder und schob ihr die Schuhe wieder an die Füße. „Dem armen Mädchen ist genauso blümerant wie mir." Sophia zog die Nase kraus.

„Es ist noch früh im ersten Trimester. Hoffentlich hat sie es bald hinter sich." Wes blickte auf, bevor er ihr den zweiten Schuh anzog. „Eine völlig neue Generation von *Sand Queens*. Kannst du das glauben?"

„Und/oder *Sand Kings*", witzelte Sophia.

Wes legte seine Hände auf Sophias runden Bauch und presste seine Lippen auf die Mitte. Plötzlich wurde ihr Bauch steinhart. Mit einem Ruck trafen sich ihre Blicke, während sie tief einatmete. Es dauerte einen kurzen Moment, bis die Steifheit unter seinen Händen nachließ.

„Ach ja. Ich vergaß, es dir zu sagen. Ich habe Wehen." Sie schenkte ihm ein entschuldigendes, aber verschmitztes Lächeln.

Wes sprang auf die Beine. „Sophia Grace!"

„Das hätte ich wahrscheinlich gleich sagen sollen, was?" Sie zuckte mit den Schultern.

Instinktiv war Wes ein Mann auf einer Mission. Er schob sich sein Handy in die Tasche, dann hob er seine Frau auf die Arme und verließ das Büro in schnellem Tempo. „Meine Frau bekommt unser Kind!" Sein Geschrei lockte die Coles aus dem Untersuchungsraum, und sie liefen hinter ihm her, während alle ihren Gefühlen lautstark Ausdruck verliehen.

„Meine Frau bekommt mein Baby!", brüllte Wes wie ein Wilder den ganzen Weg bis nach draußen und weiter zum Krankenhaus, bis Sophia tatsächlich sein Baby bekam. Einige Stunden später hielten Wes und Collin gemeinsam die kleine Isabella Luka Sawyer im Arm.

Die *Sand Queens* hatten schon einige Stürme überstanden. Einige waren heftiger als andere, aber jedes Mal entschieden sie sich dafür, ihr Leben neu anzupacken und vorwärtszugehen. Und sie hielten immer an der Hoffnung fest, dass es ein größeres Leben voller Liebe und Frieden gab, das sich selbst mitten im heftigsten Sturm zeigen konnte. Denn sie wussten, dass die Sonne geduldig darauf wartete, wieder zu scheinen. Treu und zuverlässig ließ Gott sie jeden Morgen wieder neu aufgehen.

Anmerkung der Autorin

Jedes Buch in dieser Reihe ist meiner Tochter Lydia gewidmet. Und jede Widmung hatte ihren Sinn, auch wenn das zu dem Zeitpunkt nicht offensichtlich war.

In *Der kleine Laden am Meer* habe ich Lydia – und dich (ja, dich) – dazu ermutigt, *es zu wagen, anders zu sein.* Ich hoffe, dass meine Leserinnen aus Opals Geschichte mitnehmen, dass es in Ordnung ist, anders zu sein. Meiner Meinung nach ist es sogar besser! Wie langweilig wäre dieses Leben, wenn wir alle in unserer Persönlichkeit und allem anderen gleich wären. Ich persönlich möchte eine Opal sein. Ich möchte das tragen, was mir gefällt, und nicht das, was gerade angesagt ist. Eine Geschichte in meinem Stil schreiben, auch wenn sie nicht in die Schublade dessen passt, was die Leute für mein Genre erwarten.

In *Das Strandcafé der Träume* habe ich Lydia und dich aufgefordert, *Träume zu wagen.* Die Umstände sagten Josie, sie könne es nicht, aber der gute, ermutigende August sagte, sie könne es. Endlich hat das alte Mädchen zugehört! Ich bin ein gutes Beispiel dafür, wenn ich das mal so sagen darf. Hätte ich nicht den Traum vom Schreiben verfolgt und auf das Flüstern der Gesellschaft gehört, dass eine Hausfrau mit wenig College-Ausbildung niemals eine erfolgreiche Autorin sein kann, was für ein schlechtes Vorbild wäre ich für meine Lu geworden. (In diesem

Moment strecke ich den Kritikern die Zunge heraus.) Umgib dich mit Ermutigern wie August. Ich hatte von Anfang an drei blonde Frauen um mich, die mich bei meinem Traum vom Schreiben unterstützt haben. Sie haben mir gesagt, dass ich es schaffen kann, und sie haben nicht zugelassen, dass ich meinen Traum aufgab, selbst als er hoffnungslos schien. Danke, Blondies. Ihr wisst, wer ihr seid.

Als ich dann *Träume aus Meerglas und Sand* schrieb, habe ich Lydia und dich herausgefordert, *es zu wagen, das eigene Schicksal zu bestimmen*. Ich hoffe, Sophia hat dir gezeigt, dass du die Macht hast, das zu tun, wozu du dich berufen fühlst. Lass dir nicht von anderen vorschreiben, wer oder wie du zu sein hast. Ich liebe das Sprichwort „Du machst deine Sache auf deine Weise". Meine Hoffnung ist, dass Sophia uns allen gezeigt hat, dass es in Ordnung ist, *nicht mehr so sehr* darauf zu achten, was andere über einen denken. Wer du bist, ist eine Sache zwischen dir und Gott und niemandem sonst. Ich garantiere dir, dass du niemals die Erwartungen anderer erfüllen wirst. Mach dir also gar nicht erst die Mühe, es zu versuchen. Ich ermutige dich, Gottes Erwartungen zu erfüllen und deine eigenen und nicht die von anderen. Manchmal sind diese anderen Hohlköpfe ohnehin selbst viel zu verworren, was ihre Erwartungen angeht …

See Glass Castle: Winterball-Playlist

„Everything to Everyone“ von Everclear
„Waiting on Superman“ von Daughtry
„I Could Use a Love Song“ von Maren Morris
„Wonderful“ von Everclear
„Praying“ von Kesha
„I Have This Hope“ von Tenth Avenue North
„I Met a Girl“ von Sam Hunt
„Carolina“ von Parmalee
„Broken & Beautiful“ von Kelly Clarkson
„Born to Be Yours“ von Kygo & Imagine Dragons